屯門人

外出時小心
不知名物種

U0152236

the jam.作品

當我睡醒的一刻開始，
我的生命開始倒數，
當夜幕低垂，牠們蠢動！
屯門區發生重大事故，
外出時，小心不知名物種！

構成動物軀體的大多數部分都各各相同，或其所互異者只在對照上或有所超逾，或有所缺損而已。所謂較多或較少（較大或較小），可以歸屬於超逾或缺損。我們還得注意到，若干動物的構成部分既不能在超逾或缺損之上求其所同，而且在形式上也實不相同。但它們卻可在比擬見其所同。例如，骨就只在比擬上同於魚刺、指甲之於蹄、手之於爪與鱗之於羽毛亦然，羽毛對於鳥的作用恰像魚之有鱗。

——亞里士多德《動物誌》

序幕

我們不停地走，走呀走，前景儘管一片白霧，但是我知道，唯一可以幫助自己的，就是一鼓作氣地走到目的地。雖然那裡是怎麼樣的環境，我仍未知道，不過，這也是現下我們唯一仍然能做得到的事。

背包中的物品差不多已全數棄掉，只剩下一把剪鉗及一支水。與我一起走的另外三人，均表現出筋疲力盡，雖然目標明確，距離亦在計算之內，但是我也不止三次想要放棄。

太陽又一次落下，我仍然是慣性地取出手機，在日落前拍了張照片，儘管知道照片永遠無法再傳送給他，但是也希望，在天國的他會安然看到。

空氣愈來愈不穩定，反而令我求生意志更加堅強，想起事發首 48 小時的心境；想起第一天所看到的街景，總是令人不寒而慄，毛骨悚然。

如果這一切只是夢境就好了。每當我合上眼睛嘆息，心裏就這樣想，總寄望一覺醒來，我還是老樣子的我。

當吸入太多有害氣體，呼吸道會自然地反映出來，我立刻咳嗽連連，辛苦得淚水也流了出來。

正當我咳至上氣不接下氣之時，雙腳也剛好宣布投降，身體已經告知再不能支撐下去，兩膝一酸，「噗」一聲響，跪了下來，身子同時一軟，整個人向橫倒下。

此刻，我只有等待死亡的降臨……

…待續……

01

某日我如常在家中看小說，一看便是整個上畫，陪伴我看書的是在網上購買的翻新 160GB iPod Classic。

我看完司馬中原的巫蠱，接著重看村上春樹的發條鳥年代記。或許你也會跟我一樣，很愛看村上的作品，被那已視為現代日本文壇經典的「挪威的森林」所 KO，而迷上村上春樹，甚至下載披頭四的老歌「Norwegain Wood」，不停的重複細聽，邊聽邊代入主角渡邊君的處境，走入山中的阿美療養院，尋找直子等……

然而，村上的長篇小說中，我獨愛發條鳥年代記，其荒誕離奇簡直令我封了該書為村上之最。

如是者，我屈膝坐在床上，看書看了差不多五小時，期間除了走廊有些住在隔壁百厭仔玩拍門短暫滋擾之外，整個下午，十分充實。

我看書是有點瘋狂，每每不眠不休不吃不喝，只要是好故事，便會一口氣追下去，直到像現在，肚餓為止。

我看看身旁手機，時間顯示為「13：00」。我閉上雙眼，打了一個呵欠，眼角積了些淚水，用手隨意拭擦之後，走進廚房，找找有什麼可吃的。

杯麵、方包、罐頭湯、蘋果及冰箱內的叮叮點心！

我有點不悅，「啪」一聲把冰箱門關上，拿起手機，在聯絡資訊中找到附近商場的餐廳，打算叫一個焗海鮮飯。

但不知為何，電話老是接不通，我開了電視，並走入房間，穿上一條卡其色褲、在灰色 T 恤外加上一件黑色連套外套，準備外出買吃的。

在我更衣期間，看到客廳中電視正播著新聞：

「畫面而家所顯示嘅係屯門至機場連接路，數部大型吊機已經將所有巨形石躉遮蓋隧道入口，甚至乎啲窿窿罅罅都已經用水泥密封，可以咁樣講，所有人車都唔可以經屯門 - 赤鱲角隧道出入，所有參與工潮嘅工人亦都趕去到碼頭上船離開，而藍領行動嘅發言人表示，雖然喺呢個特別時候仍然堵塞屯赤隧道係會對屯門居民做成極大不便，但係對於電力公司剝削前線工人感到極度不滿，亦講到政府長期以嚟包庇及縱容公營機構，同時運輸署亦都宣布，來往屯門至人工島暫時封閉，所有人應該立即乘坐港鐵或者渡輪離開屯門......」

我很愕然：使唔使玩到咁大呀......

藍領行動發起的工潮已經愈演愈烈，先由電力公司扣員工福利開始，如骨牌效應，牽一髮動全身，至少有超過二十間公私營企業員工參與活動。

心想幸好我不需要靠屯赤隧道出入上班。

我再看看食物櫃，盤算一下要買什麼東西之時，因塞著耳筒，阻礙聽覺，只是聽出一句半話，那句話是「政府宣布疏散受影響居民，並已開始由......」之後隱約聽到「蕉」一聲後，電視再沒了聲音。

唔係停電呀......我心裡這樣推算，但我並沒有太大不滿，於是取了錢包，也沒有檢查是否真的停電，便開門外出。

出到走廊，看到隔離單位鋼閘打開，木門半掩，似乎有人正

打算外出。

我很怕接觸這個單位的母女，母親平時黑口黑面，等候升降機時老是用些輕視的目光打量別人；她女兒還好，年紀比我要年長一些，外表也端裝得體，但每次我見到她，總是硬要說出句早晨或你好之類的老套話，似乎是難為了大家。

故此，一推算這兩母女很可能出現，我便改行樓梯，家住九樓，回家由地下走上九樓也未至於太辛苦，更何況下樓！

落到地下大堂，見到一隻玻璃門打開了，看一看保安崗位，那位常在扮傻偷懶背人午睡的保安員不見了。

「都唔知請埋啲咩人返嚟！」雖對保安員不滿，但我並沒有停留，離開了大廈，右轉步向油站。

我其實是想去距離遠些的華都商場的，那裡有間店的焗飯還可以，但我就是在一踏出大廈，突然只想去屯仁街油站，看看有什麼吃。

我住的地方是屯門市廣場第八座，跟其他座數相隔了一條高速公路，兩者就只有一條輕鐵杯渡站旁的行人天橋連結。

這棟第八座亦沒有商場，孤獨地，孤立無援地坐落在青山公路旁。而唯一令我還有些安慰的，就只有在屯仁街 24 小時營業並附設售賣便利商品的油站。

油站的食物種類雖不太多，沒有熱食，更沒有焗飯，但就是有種逛超市的感覺。

這些迷你超市的貨架可能只有兩至三米闊，來來去去也只有朱古力、薯片、腸仔及蛋糕等零食。不過就是能夠滿足到我，總好比橫過天橋去大型超市方便。

油站相距我家電梯大堂其實不足五十米，更與我停泊電單車的位置相連。每當我走向油站時也會探頭一看那小巷，看看愛駒有沒有什麼不妥，或警察抄告票之類。不過，此刻只是看見到我那台鈴木電單車，小巷裏頭，並沒有其他車。

走入了油站內便利店，眼見沒有職員在，我便看看貨架，用視線瀏覽貨品。結果我取了一盒紅色紙盒，內裡有十個八個夾有少許棉花糖的朱古力蛋糕、一包齋燒鵝、一大包紫菜及兩支甜筒。

我把食品放在收銀處，仍然沒有職員。

「搞咩呀……」我看看店外油站內沒有一輛車。

我從店內伸頭出外，亮了一聲：「喂……唔該有冇人呀？」

油站鴉雀無聲！

「阿姐……」我甚至大聲叫了出來。

「喂！唔洗做呀……」油站的便利店及收銀處是一層建設，不足二百平方米，有沒有人，一眼看得清楚。

我離開收銀處，走到建築物後的廁所，提高聲線道：「有冇職員喺度呀？收錢呀！」

廁所毫無動靜！我敲了兩下門，再說了一遍同樣的話，看見沒人回應，便伸手扭下門鎖手柄，打開了廁所門。

門開了，廁所無人！

我再次在油站內內外外看多一遍，便走到收銀處，一樣接一樣地把要買的食物，在收銀處牆角俗稱 CCTV 的監察鏡頭前

高舉顯示。

對！就像傻瓜一樣，在無人會注視你的情況之下，做出這種像默劇般的事情。而且我還從店內的金屬門框，看到自己那傻瓜的行為。

當然，我只是想保障自己，免除那偷竊的嫌疑。

做完默劇，我放下購買食品所需款項在收銀機枱面當眼處，接著便回家去。

行至小巷時，我再瞄了自己的電單車一眼。

當我回到升降機大堂，忽然之間覺得有些不自然，那就是我沿油站轉入青山公路，再左轉進入市廣場第八座之前，好像是有什麼不對勁之類。

但那感覺一閃即逝，因為我發現升降機似乎暫停使用。

升降機門上方及外面牆的樓層樓字或按鈕，均沒有亮燈，我按了兩下，確定是沒有燈。而升降機也不似是在運作中，很寧靜！

太寧靜了，我轉身看看大堂，保安崗位仍然無人，連平時開啓的掛牆風扇也沒有開，此時想起剛才在出門前，聽聽下新聞突然電視沒了聲音，似乎，真是暫停電力供應，並且包括升降機！

我把食物放在保安崗位桌面，取出手機，攝錄一下打開的大門，再攝錄沒有保安員的空椅，再攝錄暫停的電梯（主要是拍影升降機大堂沒有展示暫停供電的通告）。

這是保留管理不當的証明，以作為日後投訴之用。

一口氣走上九樓，進了屋企，立刻把甜筒放入冰箱，之後脫剩清光的走進廁所打算沐浴。

然而，相信真的停電，煤氣熱水爐開關制上上下下「啪」也沒反應，然而，那兩支甜筒只是勉強地暫存在冰箱。

本想用冷水沖身，雖是三月下旬，仍然十分清涼，早上也只不過二十度左右，晚間更甚。

「唉！你老味真係麻煩，」在樓梯上上落落已浪費了二十分鐘，某程度上，會令人心情變灰。若有家人在場，我會刪減第一句粗言，現下家人出門了，我才會毫不避忌。

我把衣服穿上，走進廚房，揭開了電力總制箱，只見所有制的位置向上，亦即是沒有跳制，電壓在停電前是正常狀態。雖然不是水電專科，但這也只是普通常識。

好了，我吃了些剛買回來的食物，再繼續看書，約三小時後，睡魔襲擊，我放下書本，睡著了……

我做了一個夢，夢見住在隔壁那個端裝女兒，我不清楚她本家姓氏，就稱她為「中女」。她穿著白色背心及熱褲，於外面走廊沿地磚以直線用單腳在跳，就像兒時跳飛機般，但她在夢中的身份是笠原 May。

即是村上春樹小說《發條鳥年代記》中的女角色，常和男主角崗田說無聊話的笠原 May。

笠原中女跳地磚跳到我家門前，從熱褲橡筋邊抽出了一支防狼噴霧，以噴霧代手敲門（在夢中我是坐在廳中，但我就是知道她在門外的舉動）。

我把門打開，笠原中女持續以單腳跳了進來，她白色背心下

9

沒穿內衣，就只有脹脹的胸脯，隱約還可看到乳頭的顏色。她把防狼噴霧交給我，自顧自地跳進了廁所，期間也沒有說話，之後更進入淋浴間，關上了磨砂玻璃門。

我在接過防狼噴霧之後，把它放進褲袋裡，跟著笠原中女進了廁所。

我用右手拉開了磨砂玻璃門，看不見笠原中女，接著門外有人用電鑽鑽我家門……

轟轟轟轟轟轟轟轟轟轟轟轟……

我夢醒了，但那吵耳的聲音仍然持續。

聲音源於室外，很響亮，似是飛機引擎所發出。而之前所謂的電鑽鑽門聲響，只是被「現實」室外的聲源影響所至。

只是，若果室外不是有雜音，那我拉開那磨沙玻璃門時，笠原中女會否在內？

我步出睡房，走進廁所，當然看不見那熱褲透視背心的笠原中女。

「頂……」確定浴缸內沒有笠原中女，似乎有一些失望。

室外「轟轟轟轟轟……轟轟……轟轟轟……」聲音仍然持續，故我走到客廳，揭開窗簾，抬頭往上空看。

窗外視野是屯門大會堂方向，而聲源來自大會堂上空一架淺色的飛機。

我幾乎肯定那並不是一般載人進出香港的民航機，而是體積比較小，兼且作特別用途的非民航機。

因為，那飛機在機尾部份，噴出了一些白色氣體；那是很濃厚而且持久的氣體。飛機不斷在高空盤旋，令氣體凝結成一條又一條的白線，其時天色已黑，使白線格外突出。

我首先想到的是政府飛行服務隊協助消防處撲滅山火，但是，我所認知，大部份滅火工作，也是交給直升機處理。我甚至看過報章，米埔一位村民投訴，直升機在其漁塘取水滅山火，運載水的容器帶有不潔物質，使他一整塘烏頭死亡，而令到該村民向飛行服務隊索償。

接著，我又想到是美國人在越戰時期噴灑農業用途的除草劑化學物，以減少敵軍的作戰能力。之後，飛機向友愛邨方向離開，消失在我視野之內。

我走出客廳，將今早和電腦同步的平板取起，把 wifi 模式轉到行動網絡，打算閱讀今天的報章，但在螢屏左上角顯示沒有訊號。

我再看看手機，時間是晚上「18：30」，天色已黑，室內更顯得陰暗，再查看在手機設定，同樣沒有行動網絡，可以得出結論是，問題出在網絡供應商，和平板電腦或手機無關係。

我按入訊息，有兩個，第一個在早上 1104，是父親……

1104／老爸：你放工上來吃飯嗎？

而第二個在下午 1259，亦是父親……

1259／老爸：知道你忙，你媽已準備好房間給你，收工自己買些日用品，好彩你上班了……

日用品？什麼日用品？我立刻查看再之前的訊息，看看是否父親誤會了，我從沒說過今天回去睡。

對上的訊息是今早 0734……

0734 / 老爸：阿仔，飲茶。（我在深水埗上班，間中會和父母飲早茶）

之後是……

0750 / 我：唔去啦，今日好多嘢做。

發了訊息給父親後，接著我便到油站旁小巷取車，但是我那台爛鬼鈴木老是不能啓動引擎，我弄了半小時，差點想推倒它。結果我因為不想坐巴士上班，才向老闆撒了謊，亂編一個父母家暴故事，取了事假。

故此，父親才以為我在上班。

只是，為何父親說好彩我上班了？是否我沒有上班便不好彩？難道他老人家一早已知大廈停電？如果早知，他為何又不通知我？

我抓了抓頭，今天似乎是怪怪的，不要想太多了，出外走走，吃個晚飯，好好享受餘下來半天 extra 的假期。

我走到街上，向華都商場行，老是感覺到有什麼不協調，直至走到華都商場外，我才知道是什麼不協調了。

那是街燈！

天色已黑，但街燈沒有亮著，甚至乎，面前的華都花園，上上下下沒有一戶開燈，而商場的店舖，居然全數關門，沒有營業。

我轉身看，屯門市廣場第六座地下的酒家也沒有營業，我抬頭往上望，連第六及第七座也沒有一戶亮燈。再向相隔了一條屯門公路的市廣場一期，也是烏燈黑火。

由此可以推測，停電絕不限於我家，也包括整個屯門市廣場，甚至整個屯門市中心。

我繼續走，打算走去青海圍那一邊，那裏會有更多餐廳，總好過又回家吃朱古力蛋糕。當經過華都商場外的巴士站時，我看到有兩個人影在屯興路（是一條橫過高速公路的橋），二人正行向栢麗廣場。

我穿過橋底，經過一個公園，到達青海圍，此時，我開始感覺到不安！

這種不安，來自眼前的事物！

原來這邊廂，也沒有街燈，商舖重門深鎖，沒有營業，我左右看了一遍後，比之前帶了一些緊張的心情，走到青海圍一間桌球室外，平時在這個時段還燈火通明的青海圍，居然沒有路人，街市販檔外亂七八糟，留下大量垃圾。

常有市民排隊的廣東燒味店家，就連鬼影也沒有，平時下班時間人來人往的行人天橋，居然沒有人。

嘩，啲人死晒呀！我心想，這究竟是什麼一回事？

對了，由出門至今，除了我那台爛鬼鈴木電單車，我沒有見過第二輛車！連仁愛街市外也沒有貨車停泊！

那停車場呢？

我跑到附近的露天停車場，除了一輛殘缺且似乎有心被棄置

的電單車外，整個停車場，竟然沒有一輛車停泊！

我想了一想，為什麼停電會涉及這麼多地方呢？過去家中曾多次停電，大部份也會在一個下午便搶修好。類似這種情度的，從未試過。

不不不……若果有關電力供應的事，近來進行得如火如荼的「藍領行動」罷工工潮，已直捲公營機構，電力公司職工會在過去半個月展開工潮，昨天從新聞還看到他們在政府總部示威。

難道電力公司今天所有員工罷工，以致無電力供應？

但若是這樣的話，街上也沒有理由「鬼影都唔多個」，而只有剛才在栢麗廣場行過的兩個人影。

心裏太多疑問，怎樣推斷也沒頭緒。

我再看看手機，螢屏左上角依然沒有訊號，於是在附近一個公共電話亭，亦沒有打算致電誰，實際上我也沒有零錢，只是提起那黑色的電話筒，嘗試放到耳朵旁邊。

「…………………………………」

沒有系統正常的「嘟嘟嘟………」訊號，難道就連公共電話也不能用？我按下了999，話筒內毫無聲音，究竟是什麼原因呢？心裡頭很是迷惘。

放下電話，我向置樂花園位置看過去，漆黑一片……

此刻，我感覺到恐懼了，心跳突然加速起來！

噗！噗！噗！噗！噗！噗！噗！噗！

我走上往安定邨的行人天橋，到了橋中心停下，腳底下正是屯門公路，但是，這並不是平常所見的屯門公路，平時汽車流量超高的公路，現在，居然一輛車也沒有！

嚴格來說，是由一分鐘前我上到行人天橋起，又或者是，由我較早前華都商場外望向市廣場一期開始，這條屯門公路，這條以鬼故事成名的屯門公路，就沒有一輛車駛過。

然而，這個並非鬼故事，而是活生生發生在我面前的事。

我面向元朗方向，集中視力，嘗試望去最遠處，或許是有嚴重交通事故，引致來往九龍及新界兩面行車線封閉。但是，因天色已黑，視線所及之處，能見度實在很有限，大概也看不到任何車輛，就連可能是警察、消防、救護車等閃燈也沒有，再轉身向九龍方向，情況一樣。

公路沿途多處有水跡，似乎曾經下雨，我抬頭望向天空，只見污雲密布，沒有月亮。

沿行人天橋去到安定邨，情況相同。到了去安定友愛商場，冷冷清清，間中不知何處吹來冷風，寒意更甚。

我把外套的拉鏈拉上，右手在白色聽筒的線控按了一下，把正在播放的 OST 停了，再除下聽筒，任由它掛在外套衣領之外。

可能是恐懼感來襲，我發覺牙齒緊緊磨擦著，臉頰肌肉不斷抽搐，雙手握拳，顯得緊張。

走進安定輕鐵站月台，探頭望進路軌，比平常深夜的寂靜更加寂靜，我走至愛勇樓，從玻璃門外窺看裏頭的電梯大堂，希望給我找到一兩個人影，但事與願違，大堂連保安員也沒有。

同時，在月台及路軌上，發現了數隻或左或右的鞋，有波鞋、有成人黑皮鞋、亦有小童穿的拖鞋，那是我兒時也穿過，走路時會發出「it it it it……」聲音的那種。

弊傢伙，呢次大鑊……

由停電開始，街上無人無車，以致隨處垃圾及遺下的鞋來看，這區似乎是發生了重大事故，所有人走難離開了。

現下，不是全部人死清光，便是走清光，全個世界只剩我一個人！

至少，是屯門區只剩下我一個人！

一個人！

不！剛才在栢麗廣場不是見到有兩個人影嗎？至少，我並不孤獨！

我索性越過欄杆，走到馬路上，雙眼在黑暗中四處搜尋，希望找到剛才的那兩個人。

離開安定邨，我走到屯門法院外出的石級，突然想起聽說在某年大除夕夜，有一名男子自焚而死……

而此刻，我雙腳所踏之處，正是那年除夕之夜，男子死亡之處！

我把視線從遠處收回，轉而望向地面。

原來，雖已事隔多年，雖然天色已黑，但是，單靠雲層反射的僅有光線之下，當年那燒焦的痕跡，原來仍有些保留在地上！

一股寒意由雙腳擁上胸口，直至肩膀，使我不其然打了一個冷震。

我立刻「呀……」大叫出來。

接著我跑上石梯，邊跑邊叫：「呀呀呀呀呀……」

此刻，我似乎要將夢醒之後至今，所有不安的情緒一下子發洩出來。我邊跑邊叫：「走呀……唔好搞我呀……」

只一口氣，我一口氣跑至屯門圖書館，再左轉，直跑至屯門大會堂外，才停了下來。

我用雙手按著雙膝，呼呼地回氣，回頭一看，屯門法院那邊漆黑一片，什麼也沒有，沒有人追來。我知道剛才那是一時間的胡思亂想，這世界，當然沒有鬼！

我是無神論者，極其量會相信電影《普羅米修斯》所說的，我們是由外星生物所衍生出來。

人死了便化為烏有，那會有鬼！

我經過文娛廣場，沿酒家旁的樓梯往下走，走到市中心巴士總站，卒之，我見到一輛車。那是停泊在巴士站內的一部巴士，那是 60M 路線的九巴，它泊正在市中心巴士總站。

我走到 60M 的右面車長座位，看看車廂，之後再看到巴士站內其他巴士，大約有二十來部。

接著我在巴士站走了一圈，亦在站長室外窺看，結果是，巴士站裡裡外外，沒有一個人。

那麼，剛才在栢麗廣場外那兩個人呢？若果他們處境與我一

樣，可能二人也是在四處亂走，尋找其他人！

我離開巴士站，走到便利店。那 24 小時營業的便利店，捲閘拉下了一半。我嘗試用腳向露出只有一半的玻璃門推動，但是不成功。

屯門市廣場、時代廣場等可以用死城來形容。但是，當我沿馬路由市廣場一期走到二期時，沿途地上有很多又藍又白的膠帶。

那是警察專用的膠帶，藍色及白色交替，印有「警察封鎖線，不得越過」九個字。

封鎖帶隨風飄揚，有些綑綁在燈柱上，被風吹打得「啪啪」聲響；亦有一整卷的被棄置地上，除了封鎖帶外，亦有很多垃圾，甚至一整個行李喼，或背包等，凌凌亂亂的，散滿一地。

突然，遠處傳來一些聲響，「隆隆……隆隆……」聲源似近也似遠，「隆隆……隆隆……」我站在 T 字路口，聲源受大廈影響，忽左忽右，我四處張望，嘗試在黑夜中，尋找聲源。

隆隆隆隆……隆隆隆隆……

聲音有些像是引擎聲，但是與之前看見在半空噴灑白色氣體的飛機引擎不同。之前的是較為沉重的「轟轟」聲，而現在聽到的，是比較刺耳的「隆隆」聲。

隆隆隆隆隆隆……隆隆隆隆隆隆……

聲音愈來愈大，亦愈來愈刺耳，但同時也較肯定，那是天空傳來的。

我抬頭望向天空，不斷搜索，雖然漆黑，而且也沒有月亮，

但是隱約可看到在屯門新墟上空,有一些藍藍紅紅的閃光。接著「嘭」一聲,很是響亮,似是碰撞聲,沿自何福堂輕鐵站那邊傳出。但是我看到的那些藍藍紅紅閃光,依然持續。

過不多久,閃光消失,取而代之,是更大更刺耳的聲音……

隆隆隆隆隆隆隆隆隆隆隆……

隆隆隆隆隆隆隆隆隆隆隆隆隆隆隆隆隆……

接著,一個龐然大物出現我視線之內,漆黑一團,看不清楚,它先撞到市廣場一座大廈高層,發出巨響,半空有些雜物「啪喇啪喇」的跌了下來,我也未來得及閃避,只是自然地舉起雙手,保護自己。

龐然大物沒有停下,再撞到和市廣場一座對角的錦華花園A座,一塊像巨型刀鋒的物體,由龐然大物伸延出來,橫掃了多個住宅單位外牆,大量階磚及玻璃碎片從高處墜下。

「蓬蓬蓬蓬蓬……啪啪啪啪啪……」龐然大物此時急速旋轉,其伸展物不斷擊中大廈外牆,並且拉近了與地面的距離。

我向屯門大會堂方向奔跑,並回頭看,突然一下震耳欲聾的聲響……

嘭!

接下來是刀鋒型伸展體不停撞擊地面的聲音。

啪啪啪啪啪啪……啪啪啪啪啪啪……

之後……

在我眼前出現的……

是一艘直升機……

在屯順街墜毀！

...待續……

儘管同樣是直升機墜落，但這艘並非黑鷹，沒有列尼史葛導演電影《黑鷹十五小時》的墜機場面，也沒有林超賢拍攝的飛虎隊游繩至天台反恐場面。

不過，無論如何，那確是一艘政府飛行服務隊的直升機，因為在那白色機身上，印有「政府飛行服務隊」及「GOVERNMENT FLYING SERVICE」的名稱。

它橫躺路中。引擎發出「啪啪」聲響，機頂的螺旋槳損毀得七零八落，橙色機尾殘缺，在那印有香港區徽旁邊，也有英文字母，部份字因毀爛變形。

濃煙不斷從機底霧出，機首部份多格玻璃窗佈滿血跡，馬路上留有一度三四十米長痕跡，由錦華花園 A 座，一路伸展至時代廣場 B 座，隱約還可以看到，地上有一度似是由螺旋槳刮打而成的裂痕。

我走到馬路中心，左顧右盼，希望有一個半個人出來，至少，我不知現在該做些什麼。

我冒險地走近機首，實在也害怕隨時爆炸，在接近機底朝天的機身，我小心奕奕地蹲下，用手機的電筒功能，窺探機艙情況，不過，我很快便站起來。機艙很遼闊，但是一眼看畢，就只有兩具屍體！

我雖然不是醫護人員，但是此刻也相信絕對有資格，去判斷機艙內兩個人死亡。

機首有部份玻璃窗破穿，一名從身形看估計是男性，身穿墨

綠色連身制服的人，其頸項正以非自然的角度向後屈折，耳朵幾近和背脊貼著，死狀恐怖。而另一名怕且是女機師，身形較纖細，同樣身穿墨綠色連身制服，只是，她的頭顱穿破玻璃窗，和地下相連，血肉模糊，根本稱不上頭型。一灘似是腦漿等又紅又白的糊狀物，斷斷續續遺留在地上，伸延至十米以外。

引擎聲仍然持續，黑煙開始由機艙霧出，我很擔心會發生爆炸，所以連滾帶跑地跑到距離直升機較為遠的市廣場二座，躲進入口處凹槽。

我又自然地左手從外套側袋取出手機，仍然期望有網絡訊號，只是……

我深深抽了一口氣，再閉上眼睛……

屯門停電、居民消失、政府飛行服務隊直升機墜落，究竟，我應該做什麼呢？

走！

我相信自己是被遺忘的一個，而現在，我也要離開這裏！

我張開眼睛，左右看看，正盤算走那條路回家，但在眼前，就在錦華花園Ａ座對開空地，有一個人伏在地上！

我慢慢走近，心跳再次加速起來……

噗！噗！噗！噗！噗！噗！噗！噗！

而不遠處那艘直升機仍然發出「隆隆隆隆隆」的聲響。

我走近那人，他是一名身穿制服的警察，上身穿上一件藍色

外衣，背後印有「警察 PLOICE」，而下身是一條藍色扯布束腳褲，一雙黑色皮靴。

他可能是俗稱「藍帽子」的「機動部隊」，又名「PTU」的警員。

我蹲下身，用手拍打他肩膀：「喂！阿 SIR，你見點呀？」

那 PTU 警員沒有反應（暫且這樣稱呼他），從他身處位置及週邊雜物推算，他是與飛行服務隊一夥的，是被那艘直升機墜落時拋出機外。

我用右手托起他右邊肩膀，左手推他腰間，希望把他反轉過來，但是可能他身體太重，不成功。於是我轉用雙手拉扯他腰部衣服，雙膝頂著他腰背，這一拉總算把他翻身過來，但是，我臉色一變，視點落在他的傷勢……

他的左腹，被硬物劃開了，露出可能是腸臟的器官，他那件淺藍色襯衣，也滿是鮮血，血跡染滿地上，但是，他的胸口，還有些輕微抽搐。

他還沒有死！他還有救的！

我把外套拉鏈一拉到底，脫了下來，再把短袖 T 恤脫下，摺成一個四方形，把它當作紗布也好，救傷包也好，此刻，我只想為 PTU 止血。

我小心奕奕把摺好的 T 恤輕輕放在 PTU 左腹，一下子，T 恤已染上血跡；我嘗試輕力的壓下他傷口，他立刻進一步抽搐起來，口唇顫抖，發出「格格」聲響。

PTU 的口唇左右移動，舌頭上下郁動，發出輕微「嗒嗒」之聲。

他左手抬起，我本能地傾前身子，以右手接過他左手，他在顫抖之下，說出一句話：「救……我……」

救 我 ！

接著，PTU 口唇顫抖加速，呼吸聲比之前沉重，胸口起伏更甚之下，突然 PTU 吐出大量血液來，染滿頸項，同時，原本他還有輕微力量的左手，在他吐血之際，已經開始放鬆，把原本還屬於他的體重，轉移給我。

我把他左手輕輕放下，再在他手腕脈搏處把探一會，期間血液沒有在他嘔吐中停過，之後我站起身來，我已知道，PTU已在血泊中死去……

一連看到三具屍體，而且死狀恐怖，確實使我害怕，再加上那些警察封鎖帶隨風飄揚，「啪啪」作響之聲，這條屯順街，真是他媽的死亡之地。

把心一橫，我一轉身，正想離開回家，但見到不遠處有一個公共電話亭，我想了一想，就嘗試多最後一次。

最後的一次。

我走到電話亭，右手執起電話，靠在耳邊……

「……………………………………」

沒有訊號！

我雙眉一皺，隨手把聽筒撞到主機上，用力地，狠狠地，將聽筒不停敲打直至破裂，之後再在電話亭外，不停用腳踢向那些藍藍黑黑的纖維版。

「呀……」我像瘋了一樣……

嘭！嘭！嘭！嘭！嘭！

最後，整個電話亭被我破壞得體無完膚為止，我所做的，亦類似羅拔迪尼路在電影《盜亦有道》中，從電話中得知祖柏西被黑手黨所殺，把憤怒發洩在電話亭上，直至電話亭被推倒！

發瘋了後，地上撒滿電話亭被毀的碎片、殘骸，我額上滿是汗，從褲袋取出數張紙巾，抹去臉上及一頭短髮的汗水。之後穿回外套，頭也不回，離開現場。

我跨過欄杆，穿越屯門公路，再次去到油站，接著火速奔跑回家。

這已是今天短短數小時之內第二次走上九樓，我真的氣搖連連，拿門匙的手顫抖起來，入屋之後，門也不關，脫掉外套，走進浴缸。這時候竟然想起笠原中女，但一瞬即逝，我開了花灑，打算沖洗一下，但禍不單行，居然……

「我頂！又冇電又冇水，想點樣呀！」我怒怒的叫喊出來。

我用勁掉下花灑頭，走出浴缸，拿了毛巾掉在洗手盤，再走進廚房，隨手拿起冷水瓶，把水倒在毛巾上。

擦過臉及身體之後，我穿上一件白色 T 恤及黑色連帽外套，取出平時去攝影用的背包，找到了護照，再隨手放了些東西進背包，包括兩件 T 恤、內褲、平板電腦、手機充電器、行動電池、個人衛生用品（基本上是我之前住醫院的物品）及之前在油站買的食物等等。之後又走進家人房間，取了些認為重要的東西，接著又返回自己房間，在書架上取了一本書便把背包拉鏈拉上。

臨出門前，我在玄關小桌上取了手電筒及一支瓶裝水，分別放在背包兩旁，接著把所有窗子關上，便鎖門離開。

在走下樓梯時，我心裏反而平靜起來，我在想應該要去那兒？去朋友家？去住酒店？還是離開香港？接著我想起父母，似乎父母的家才是都好的選擇，父親老早也預計我會去作客的，何必要麻煩朋友呢！

想了一會，我已走到地下大堂，正當我打算直出大門時，住客信箱處站著兩個黑影！

地下大堂本來已是黑漆漆的，但是在漆黑中，就是有人影在動，才引起我注意。

我當時已經走到門口，兩個人影所在之處，就在距離我大約五米轉彎角。

此刻，我想到之前在栢麗廣場的人影，我不是很想找到他們嗎？我在安定邨走到屯順街，而遇上直升機墜機，再看見PTU死在我面前，我之所以遇到上述事件，全因為是要找尋栢麗廣場的兩個人影。

只是，我突然又有些膽刦，瞬間緊張起來，或許我在青海圍開始已是這個狀態。

我緩緩地轉身，視線由望向青山公路轉移至地下大堂，雖然沒有街燈，但是外面光線必定比大堂較為光亮。一下子由光入暗，機能上產生短暫的視盲，視盲時間雖短，但事物已經有所改變。

當轉身後，視覺適應了環境後，面前就已經站著兩人！

「嘩嘩嘩嘩⋯⋯」尖叫聲配上動作，我全身抖震，嚇一大跳！

「對唔住⋯⋯」說話是個黑黑瘦瘦的男童。

「嘩！俾你嚇死呀！」我有些不滿道。

「我哋冇心架⋯⋯」另一位戴上眼鏡的男童說。

我打量他們，二人穿上運動衫褲，均穿上白色波鞋，約 140 厘米高，似乎是小學生來。看見他們身體濕透，不知是汗水或是雨水，黑瘦男童前頭髮尖還水滴滴。

我問：「你哋住喺度㗎？」

黑瘦男童表演得很緊張，走前一步道：「唔係呀，我哋走失咗呀，本來諗住搭輕鐵，但係冇晒車呀，又見唔到有人⋯⋯」

黑瘦男童鼻子紅紅，兩滴淚水隨著眨眼而落下，他口唇顫抖，鼻子一酸哭了出來。

「叔叔，唔該你帶埋我哋走啦，當我求你啦⋯⋯」另一個四眼男童亦以右手輕輕拉扯我衣袖，雖然沒有哭，但聲線已經告知，他很害怕。

叫我叔叔？他們最多得十一、二歲，我又真是做得他爸爸⋯⋯

於是我安慰二人：「你哋唔好喊先，全身濕晒⋯⋯你哋跟我嚟。」

我帶兩名男童離開住所，左看右看，結果還是走到油站，我在貨架上找到一款用透明膠盒包裝的毛巾，那是標榜吸水力

強抹車專用毛巾。

我遞給他們：「你哋抹下個頭先啦，肚唔肚餓呀？」

四眼男童：「都有少少......」

黑瘦男童：「我哋只係食咗早餐咋。」

我：「你哋想食咩隨便攞啦，我請啦。」接著自己在冰箱取出一支能量飲品，一飲而盡。

黑瘦男童：「都冇人喺度，乜仲要俾錢咩？」

我：「雖然唔知發生咩事冇晒人，但如果人哋事後發覺俾人偷嘢而報警，你咪做咗通緝犯囉。」

黑瘦男童陡然瞪大眼睛：「吓？通緝犯......」

我：「緊係啦，話攞就攞呀？你估真係免費呀！」

二人擦乾了頭髮，把毛巾伸入衣服內擦身，二人傻傻的又很有趣。

我：「喂，你哋叫咩名？幾多歲？」

黑瘦男童看來是較主動的一個，他道：「我叫張家志，佢叫吳德安，我十一歲，佢十歲，我哋原本都係讀緊六年級嘅......」

我皺眉：「原本？乜你哋而家又讀返五年級咩？」

四眼男童被我說話逗了一笑，黑瘦男童搖頭：「唔係，我哋而家都係六年級......」

我在收銀桌坐了上去，用手拍打四眼男童肩膀問：「你哋讀邊間學校？」

四眼男童答：「我哋喺青山寺嗰邊……」

我好奇：「青山寺？嗰邊得裘記同仁濟二中咋喎？你哋唔係讀小學嘅咩？」

此時黑瘦男童立刻接上口：「唔係，我哋係青山寺對落嗰度，係龍門居間……」

我想了想：「啊！係咪基督教何福堂呀？係咪呀？」

二人連忙點頭說是。

我笑道：「嗰仔，你哋都九唔搭八，講下你哋點解喺度出現？」

接著，由黑瘦男童道出他們走失的經過……

「我哋本身返緊學，喺第一節小息之後，一返到課室，中文老師已經宣布話我哋將會走，咁啲同學就係度嘈，又大聲傾偈，咁中文老師就搵咗阿 Sir 嚟，阿 Sir 就捉咗嗰啲曳嘅人罰企。

之後都冇上中文堂，我哋成班人都係喺課室等，跟住，有兩個人嘅阿爸阿媽好似想接走佢哋，但阿 Sir 唔批，話學校會用車載我哋走。

大約等到……我諗下晝，有人話肚餓，阿 Sir 拎咗啲杯麵比我哋食，但唔夠分，因為好多班太多人，所以我哋冇食，讓咗個杯麵俾其他人。

等到……我都唔知幾點，有啲人伏咗喺枱度瞓覺，突然舍監……唔係……係訓導主任，佢突然入嚟課室話要立即疏散，我哋逐個逐個上咗旅遊巴，之後去到青雲路個輕鐵站附近，又要係車上等，我哋前面仲有架旅遊巴，見到其他人落車行去輕鐵站搭輕鐵，其實嗰陣兩面路軌都係輕鐵，一路去到蝴蝶邨嗰便都係輕鐵，一架接一架咁，馬路又好多車好多人，一面行車，另一面行人，向住山景嗰面行。

跟住到我哋兩班人落車，行上輕鐵站，但因為吳德安（指着四眼男童）之前同我商量過，話我哋唔洗跟大隊，可以自己走，咁我哋就趁上到輕鐵月台，立即跑去便另一面出口，阿Sir立刻叫住我哋及追上嚟，但因為人多，我哋走甩咗。

跟住我哋去咗青山寺上面玩，玩玩下落大雨，我哋匿埋咗喺寺入面，等到天開始黑，又停咗雨，又肚餓，所以就過咗去山景邨個商場，諗住問路人借錢買嘢食，但四週圍都冇人，啲舖頭又冇開，跟住行去西鐵站，但西鐵站閂咗閘，連輕鐵都冇埋。

跟住我哋去咗青海圍，諗住同小巴司機講，求佢俾我哋坐車出返荃灣，但個小巴站根本冇車。

跟住我哋又行，行咗去文娛廣場，跟住見到馬路有架直升機，又見到你踢電話亭，同埋……個警察屍體……

跟住就跟住你跑，去到頭先嗰度大堂，但見唔到你，跟住……跟住我同吳德安就喺度等，睇下你會唔會再落嚟……」

黑瘦男童一口氣道出始末，雖然有些不清楚，但大概也能明白。

我問：「點解有家長嚟接都唔俾走嘅？」

黑瘦男童道：「係唔俾走㗎……」

我道：「乜你間學校咁怪嘅，你哋住荃灣㗎？乜而家仲會跨區返學嘅咩？」

黑瘦男童道：「唔係……咁因為學校話疏散，所以諗住去遠啲。」

疏散？

回想起，我今天在家換衣服打算外出的時候，正正聽到電視新聞說什麼疏散，當時也不知是什麼電視台，那位女主播說的那句話是「政府宣布疏散受影響居民，並已開始由……」

難道新聞說的便是疏散屯門居民？我起初還以為是什麼大廈火警或大廈出現裂縫之類的事。

回想起出門去油站的時候大約是下午一點鐘，若果真的是指屯門區疏散，那我不是錯過了最後離開的時機？

為何這等重要的事，居然沒有人通知我的呢？那個偷懶背人午睡的保安員，怎麼能夠自私地一走了之？

突然間，我想起一件很重要的事情！

今早正當我看小說的時候，可能是因為內容太緊湊，司馬爺爺文筆太生動，我直情代入了主角的遭遇，在山頭一帶，被巫師死纏，就在這時候，走廊有人拍門，其實也不只一次，記憶中，至少有三次。

因為隔壁住著一個頑童，他每逢美術堂後，便會四處向鄰居展示那些古裡古怪的兒童畫（畫人時肚子下便到雙腳，沒有下體那三角部份）。

起初我也有細心觀看，但後來發覺越看越無聊，故此若非出門剛好遇到他，我才不會理會。

因此，今早有人拍門，我便主觀地以為又是他，而事實可能是其他住戶叫我離開，可能是笠原中女，可能是偷懶保安員。

而這件事，可能是一連串巧合的開端，因為，在電視新聞聽了那一句「疏散」之後大廈便停電，亦因為停電，可能影響電訊商的流動電話基站運作，而使我收不到訊息，令其他人不能通知我。更巧合是，父親以為我在上班，他此刻肯定想不到，那台爛鬼鈴木會打不着引擎，而使我被遺留在家，白白錯失了疏散的機會。

這是巧合？

我呼了一口氣，閉上眼睛，再搖搖頭，嘆了一口氣！

此時我想到另一個問題，故向二人問：「屯門警署呢，你哋有冇去睇過？」

黑瘦男童：「嗰度呢……都冇晒人……」

我：「你有冇入去搵呀，可能報案室有人呢。」

黑瘦男童：「嗰邊俾啲車塞死晒，行唔到過去……」

四眼男童補充：「我哋只係企咗喺天后路嗰面過唔到去……」

黑瘦男童：「係呀，嗰度仲有啲大廈爛晒，好似有啲仲冧咗定係外牆剝落，幾面都過唔到去添呀。」

我揚眉道：「冧樓？咁大鑊？有冇咁誇張呀？唔通曾經地震過？但我真係 Feel 唔到⋯⋯如果真係曾經地震，政府可能會怕餘震做成傷亡，所以疏散？」

我話後看著二人，二人連忙搖頭說不知道。

和這兩個男童談話後，我看看手錶，已經是晚上八點半，我作了一個決定，便是⋯⋯

撤退！

真的是時候撤退了，我們三人是被遺忘的（至少我是），不論二人是頑皮之過或什麼原因而留在這裏，也應該是離開的時候了。

因為估計徒步走出屯門也需要一段頗長的時間，故我在油站取了兩個背心膠袋分給二人，把能量飲品及瓶裝水及一些蛋糕（又是朱古力那種）放進袋內，而自己也再取了支能量飲品放進背包。

我取出一百元放在油站收銀處，雖然此刻不付款也沒有人看見，但是，做人就是應該奉公守法，說到底兩位青年仔在場，之前還擺長輩架子說教的我，總不能拍拍屁股不付款便離開。

好了，替兩男童添了些補給之後，我們離開油站，正在盤算沿青山公路出荃灣或是向元朗走。

因為我初步目的地是深水埗，只要能給我截上任何的士，至少能到達荃灣地鐵站，而兩男童似乎也想出荃灣，雖然我對他倆跨區上學感到懷疑，但這是他們的選擇。往元朗方向似乎是近一些，只要能坐到西鐵，便可去所有地方，但是若果沒有西鐵，就算我坐上綠的，也不能出九龍，結果也是荃灣。

原來，我和兩男童也可說是同路。

想呀想……

啊！

我轉身問兩男童：「頭先你哋有冇行過栢麗呀？」

黑瘦男童：「栢麗？」

我揚手指著天橋：「屯興路呀，嗰條橋呀！乜你哋去完青海圍等小巴，等唔到之後，唔係穿過柏麗去文娛廣場咩？」

黑瘦男童：「唔係，我哋喺青海圍行兆安苑條天橋，再穿過橋底去到政府合署，再上文娛廣場……」

我瞪大了眼，兩男童有些刮，我立刻道：「冇嘢，我可能睇錯啫！」

但是，若按照黑瘦男童之說法，他們是穿越橋底過，那麼，走在橋上的是……

可能，還有兩個人留在這裏！

本來以為橋上兩人影便是這兩名濕頭小學生，但是原來一廂情願的誤會，唉……算了，我不再想了，應堅持剛才的決定。

撤退！

我們三人跨過屯門公路去到了屯門市廣場第一座，盡量避免再看到那位 PTU 陳屍地點，之後再穿過杯渡路橋底，當經過德政圍時，看到一隻小狗困在一部豐田 HIACE 客貨車內。我在路邊拾起一部手推鐵車，用力把鐵車拋起，試圖撞碰客貨

車玻璃。經過一次失敗之後，第三次成功了。

我伸手入內打開車門，這才讓小狗離開，小狗一著地，便不斷吠叫，並快跑走了。

兩男童看著我不語，我道：「啲人真係過份，唔帶埋隻狗走都放生佢嘛！」

此時四眼男童道：「叔叔，何福堂嗰便好多寵物店，啲狗仔貓仔會唔會都困咗喺度？」

我瞪了他一眼，當然，我又不好意思拒絕，接著我們穿過新墟街市，向青山公路行。

當我們在行人天橋時，看到青山公路方向天色變亮了，應該說，那兒的天空，都要比其他地方光亮。

當我們漸漸走近，一種熟悉的聲音又來了，但這比之前的聲音較低沉……

隆隆隆隆隆……隆隆隆隆隆……

這一種聲音，是在市廣場的時候，那艘直升機引擎所傳出來的一種。而現在，夾雜在「隆隆」聲之中，額外多了兩種聲音，第一種，是我聽到自己的心跳聲「噗噗！噗噗！」；而另一種，則是「啪嘞啪嘞啪嘞啪嘞」，那是一種像昔日鄉村農民燒柴做飯的聲音。

走至麒麟徑的時候，我看傻了眼，一向是熱炒宵夜好去處的麒麟徑，現在已面目全非，取而代之的，是一個又一個的帳篷。

麒麟徑原本是兩邊食肆，變成了一邊有四個綠色帳篷，是充

氣式的，從半掩的出入口可看到，內裏物件不一，有枱及椅，有醫療用品，甚至有散滿一地的警察封鎖帶。而最令我感到驚訝的，是設置在另一邊 7-11 便利店旁的一個藍色帳篷，接近十五米長，帳篷外滿是滅火筒、水喉，以及又紅又螢光色的連身保護袍。

而令我覺得驚訝的是，那藍色帳篷出入口，有個黃色反光牌豎立，上面寫著......

「臨 時 沖 身 設 施」

沖身！

我抽了一口涼氣，正當我頭痛欲裂之際，那種「啪嘞啪嘞啪嘞啪嘞」之聲音愈趨清脆。

啪嘞！啪嘞！

每響一下正配合上我的心跳，一下一下的，侵入了我身體，我不由自主，一步一步地走到青山公路，所謂「啪嘞」之聲，源自於眼前事物......

在輕鐵路軌上的，是一輛接一輛......

正在被火舌吞噬中的......

綠 色 軍 車！

...待續......

03

軍車？

駐港解放軍部隊的軍車？

一下子，所有美俄開戰、外星人侵略、阿拉伯國家圍揼以色列、等等情境全數浮現。

在這裏我要描述一下現場的狀況，我正面向青山公路，左面是元朗方向，右面則是屯門市中心。首先吸引我眼球的，是右手面的輕鐵路軌上，正有為數八至十輛的墨綠色車輛停泊，而奇怪的地方是，該處是輕鐵路軌而並非馬路。

我不知道軍車是怎樣進入路軌的，該段路軌，正是介乎在何福堂站及杯渡站之間，而杯渡站是一個離開地面的架空車站。換言之，那為數約十部的軍車，正在輕鐵路軌上向斜坡道而停泊，且還不見盡頭。

而整列隊的軍車，正被火光紅紅燃燒得「啪啪」作響，那估計是運兵車的軍車，其後部的帳篷式帆布正是起火因由，在杯渡站那邊，甚至乎聽到輕微爆炸聲。

我再轉向何福堂站方向看，隱約看到在左面遠處，原本是一棟白色的基督教屯門堂，超過一半的外牆居然倒塌了！

我吞了一口口水，被著火軍車的煙弄得咳嗽連連。

路軌上的火舌伸延至左面元朗方向，可能是太遠，我看不清楚，於是再沿青山公路往前走，直至走到基督教屯門堂時，眼底下所看到的，將徹徹底底把我對香港是一片福地的觀念完全摧毀！

這就像是戰爭過後的情境，那種場面，現實中我在之前從沒看見過，但在波蘭斯基導演的《鋼琴戰曲》中，我倒是看過。

相同場面，相同的頹垣敗瓦，很多建築物不是倒塌便是一大幅外牆剝落，混凝土、磚塊、石頭佈滿兩邊馬路。建築物包括大廈及村屋，另外路軌、馬路、欄杆及街燈也有不同程度的損毀。

我看見已經被劖開外牆的一座大廈的二樓及三樓，可以看見露出鋼筋的水泥天花、一度一度倒下的牆壁、電器、傢俱、玻璃、衣服及其他雜物，一切一切，一切你和我日常生活中所使用到的，沒有使用到的，通通所有跌出街外，沒有留下半點餘地，徹底地，絕對性地，由我腳底開始，稀巴爛地無限伸延，無窮無盡，深不見底。

此時，原來已聽不見火燒軍車時的「啪嘞啪嘞」之聲，而是聽到另外有一種很輕，很細微的抽抽搐搐的聲音。聲音源自我身後，我想轉身，但思想竟與雙腳不協調，反而，雙腳突然劇烈顫抖，雙膝蓋竟互相碰上，失去平衡，接著一陣酸痛，才發現自己已坐在地上，耳邊的抽搐聲源自身旁兩名男童，他們在火光的映照下，臉上青青白白，不斷哭泣。

我用雙手撐著身體，很是勉強才可以再次站起，當穩著腳步時，感到鼻樑及臉頰麻痺，我當然知道，那是因為恐懼感所引致的生理反應。

我沒有說話，雙手拖著兩名男童，緩慢地掉頭行向屯門新墟，我也不知道要走到那裏，看見一間玻璃門爛了的便利店，便走了進去，取了一瓶葡萄適，一飲而盡，亦遞了兩瓶給兩名男童飲。

我到底還可以怎樣？

這是我腦袋中纏繞著的問題,我可否思想逆轉,當現在是戰爭期間,雖然戰火連連,但很有趣,好期待!

當然不行,那是自欺欺人,事實已放在眼前,整個屯門,或可能是整個新界,甚至是整個香港,已不明不白的被戰火毀掉,怎會很有趣?我家雖然還在,但說不定明天會有一個什麼火箭炮彈,一下子把我家毀滅,連那台爛鬼鈴木,也變成一堆灰燼。

當我定了定神,看看四周,原來已走至屯門診所。我再認真打量,看見育康街以北有警察封鎖帶圍起來,而帶與帶之間,有一張 A4 紙寫著一些字:

「最高危險區域,不可進入,如誤闖此區者,立刻到消防處設立的沖身設施沖洗。」中文字下面是英文翻譯。

另外一張 A4 紙是一張黑白影印地圖,那是地政總署的地圖,內容是屯門街道,上面用綠色螢光筆劃了兩個(+)字,分別是先前曾經過的麒麟徑,與及青田路遊樂場,亦有用紅色螢光筆斜間表示最高危險區域範圍,備註則在左上角:

「 + :臨時沖身設施」

「\\\\:最高危險區域(包括屯門公路)」

右下角處名是:消防處示

離開診所續向西行,沿路均有警察封鎖帶封鎖了以北範圍,不時出現剛才兩張分別是警告及地圖的 A4 紙,我們三人走到蔡意橋,橋下便是內河,而蔡意橋的橋頭,則有另一張告示:

「此處河道可能已被污染,不可進入。」中文字下面

是英文翻譯。

河水被污染？

我暫時腦袋運轉力很有限，也沒有再細想，本應想繼續走，雖然精神已近崩潰，但也想知封鎖的範圍。

但橋上走了一半，便不能再前行，因為，部份橋面已毀，而橋的對面，那個稱作卓爾居的屋苑，竟然，被夷為平地！

世界末日了嗎？

那個呎價曾經創下屯門區新高的卓爾居，竟然移為平地？究竟這個該死的鬼地方，我們被什麼國家攻打，竟打至體無完膚？又為什麼河流被污染？疏散了的數十萬屯門居民，何處棲身？

我知道沒有人可以答覆我，看看兩男童，二人已停止哭泣，四眼男童沿途扯著我外套，沒走遠半步；而黑瘦男童，由我剛接觸他時的主動外向，已變為沉寂不語。

我要冷靜，要克制，不然，再下一次恐懼感來襲的話，怕且我要向極樂出發了。

我呼了一口氣，向二人道：「嘩，就算係打仗，都唔洗炸爛晒啲大廈呀，我本應仲諗住喺度買樓添！」

四眼男童道：「叔叔，也唔係有軍隊保護我哋嘅咩，點解會咁嘅？」

我開始亂猜：「嗰啲駐港部隊可能喺之前已經嚟咗，就係喺你哋喱喺青山寺嗰時，因為你哋貪玩，到全個屯門啲人疏散晒，你先出嚟，所以咪變咗同我而家一樣囉。」

四眼男童問：「同你點一樣呀？」

我笑道：「戇居囉！」

此時四眼男童被我說話逗笑了，我立刻再下一城：「嗱！而家呢壇嘢好麻煩，因為我哋唔可以經呢度行出元朗，要諗過另一個方法。不過，因為大家之前都食咗啲嘢，我建議大家去個廁所，痾番篤屎先。」

四眼男童用手掩住咀巴在笑，而身旁的黑瘦男童，亦笑了起來。

我一定要帶他們回家，以現在情況來看，我責無旁貸。

黑瘦男童卒之開口：「對面唔知有冇封鎖到呢？」（他指是河的對面）

我道：「我哋沿河邊行去西鐵站，沿途咪睇到對面囉，之後去屯門公園個廁所度，放低篤屎先啦。」

雖說是我逗二人笑，但某情度上，我亦是想自己放輕鬆了些，臉頰的麻痺感已消失，怕且不會心臟病發而亡。

沿河畔走，遠眺對岸，震寰路亦被封鎖，久不久便貼有 A4 紙，相信是告示及地圖。

真的是戰爭嗎？

往屯門公園途中，我回想近期在電視上看到的國際新聞，有什麼地區是在戰爭中的⋯⋯

朝鮮、南韓？

前者從來不會對外妥協，那麼，若是朝鮮開火，目標只有是日本或美國，與香港何干？難道中國放棄朝鮮？免得受牽連？不會，若朝鮮真的戰敗，南韓同時又作出吞併，南北統一的同時，亦相等於美國人的戰線推上至中國東北鴨綠江。這個不可能，中國人才不會那麼愚蠢，眼白白看著朝鮮這塊緩衝區消失。

中東？

更沒可能，千多年來，也只是阿拉伯人圍揀猶太人，沒中國人的事。

日本人？

香港人再次登上釣魚島，再被日本警方拘捕，但不獲釋放，於是全港抵制日本人、日本貨，更有大批毒男組員旅遊日本期間作不合作運動。日本極右政黨以暴易暴，找來奧姆真理教死囚餘黨，持假護照進入香港，發動比東京地下鐵事件更大規模的恐佈襲擊？應該不會，香港人才不會不用日本貨。

中美核戰？

請不要傻了，這是云云可能性當中最沒可能的，照我想法當今兩大強國應該安於現狀，一切以不變應萬變。

邊走邊想，不經不覺到了屯門公園入口，我看看手錶……

晚上十點半。

公園很暗，我們找到廁所，但進內後伸手不見五指，根本不宜久留，不一會便離開。

我向兩男童道：「入面根本唔係開大嘅好地方，電筒就得一支，

痾得嚟都會用好多電，你兩個細蚊仔毛都未出齊不如求其搵個草叢痾啦。」

黑瘦黑童：「咁都要紙巾㗎……好急呀……但我哋冇紙巾呀。」

我這才醒起，在市廣場抹汗時用了整包紙巾，回家也沒有再取。

我向四眼男童道：「俾支電筒你，你入去廁格度攞呀！」

四眼男童皺眉：「我唔入去呀，裏面黑麻麻，我寧願唔用呀。」

我瞪著他：「咪生人唔生膽呀，唔用紙巾唔通你唔拉呀？」

四眼男童堅持：「我痾嗰啲屎收尖收得好靚，我擇塊蕉葉印兩印得啦。」

我開始有點兒怒：「咁大個公園，去邊度搵蕉葉呀，有得擇你都唔夠高啦！」

我用手抓著四眼男童的右手，另一隻手推他背脊：「你老母你嘷嘷聲入去第一格度攞啦……」

四眼男童被我一推，左腳已踏入廁所，此時黑瘦男童亦用背脊頂四眼男童，讓他不能退出，但四眼男童右手用勁抓著門邊，暫時能夠抗衡，以免被推進去。

四眼男童大叫：「張家志你自己入去攞啦，明明係你自己急屎，又夾硬逼人入去……」

黑瘦男童出盡力頂住對方，免被他逃去：「呀……你仲講……我就嚟瀨啦……」

此刻主要是二人在角力，雖然我是按著四眼男童背脊，但因為黑瘦男童阻礙，故著力點實在不多，距離拉遠，不能使勁。

正當二人勝負未分，我隱約看到距離二十米過外，有一些東西在郁動，緩慢的，靜靜的，在視野中向橫移動。

不似是貓狗，這個東西體積很巨型，而且，久不久又會停止移動，似乎也在觀察著我。

我用雙手分別抓緊兩男童，壓低聲線：「殊……殊……唔好嘈！唔好嘈！」

二人呆呆的看著我，我以咀形再說一次「唔好嘈」。當二人靜止下來，我再緩緩轉身，尋找剛才所看見的移動物，但左顧右盼，就是找不到。

接著，聽到不遠處，傳來「咕嚕……咕嚕……」之聲！

聲音近在咫尺，我立刻雙手一推，把兩男童推進廁所。

進廁所後，我立刻把最近的廁格門推開，三個人一同進了廁格，因為太擠，瞬間不能把門關上。我手及說話並用，叫二人企上廁板，才騰出空位。接著我立刻關上廁格門，實在太情急之下，一下響亮「啪」的一聲，門才關上。

廁格內漆黑一片，伸手不見五指，過了一會，適應光暗反差後，才有很微弱的光線從廁所入口處或氣窗透入。

「咕嚕……咕嚕……」

那怪聲愈來愈近！

「咕嚕……咕嚕……咕嚕……」

怪聲由廁所入口處傳來！

接下來怪聲消失，我能聽到自己的呼吸聲，還有的是，因為兩男童站在廁板上，我能聽到他們的心跳聲。

「咩事呀？叔叔……」那是四眼男童的聲音。

我壓低聲線：「出面有啲唔知咩嘢郁嚟郁去，總之一陣聽到咩聲都好，你哋都唔好嗌出聲，記住呀！」

我儘管叮囑二人，但我也十分害怕，心跳也愈來愈快，剛才所見，根本是有東西在地上移動，我亦相信那是生物，一種物種……

一種……不知名的物種！

更令我不敢去想的是，那物種，很像是日本電影《咒怨》中，在天花板上，模仿蜘蛛爬行的死相男童。

廁所入口處，再傳來「咕嚕」一聲，但這一聲，和之前不同，那是因為在室內所發出，更為響亮的一聲。

驚魂未定，突然一連串「咚咚咚咚咚咚」類似二戰時日本皇軍步操的聲音。

再來……

咚咚咚咚咚咚……咚咚咚咚咚咚……

那物種已進入了廁所，並且發出比剛才更響更亮的怪叫聲。

「咕嚕咕嚕咕嚕……咕嚕咕嚕咕嚕……咕嚕咕嚕咕嚕……咕嚕咕嚕咕嚕……」

「乜嘢嚟㗎？佢撞門入嚟點搞呀……」我心裡正盤算，面對可能會發生的事。

「咕嚕咕嚕」的叫聲，「咚咚咚咚」的腳步聲此起彼落，那物種，根本上不止一隻，而更使我害怕的，是聽到一種刺耳並且毛骨悚然的「ささ」聲。（註）

註：さ（音 sa，日本片假音）

さ……さ……さ……さ……さ……

那種「ささ」之聲，像是正以手指甲在牆壁上，一下一下的，逐寸逐寸地，刮出一道又一道的抓痕。

さ……さ……噹！噹！噹！

每一下刮聲，清脆響亮！

さ……さ……噹！噹！噹！

每一下結尾，也會用甲尖敲打牆壁！不知名物種步步震撼人心抓刮聲，每一下也撕心裂肺！

當中有三下，甚至刮在面前廁格門上，每次也使門鎖「噠噠噠噠」作響。

不知過了多久，廁格外靜了下來，我再等待約五分鐘，確定那物種已經離開，才按下戴在手腕上 G-SHOCK 5600 手錶旁一個按鈕。紅光下顯示時間為「23：10」。推算那可怕物種在廁所內逗留了約二十分鐘，才肯離開。

手錶紅光在狹窄的廁格內只是亮起了短暫時間，當一暗下來，

殘留在我腦海中的影像，除了兩名男童之外……

多了一個！

正確點說是多了一個東西在牆角上。

殘影並不真實，因此我在背包取出手電筒，向牆角一照……

多了出來的一個不是整個人，而是……

一個凌空懸掛在廁格與廁格之間木板之上，的一個人頭……

「呀呀呀呀呀呀呀呀呀呀……」

我撞向廁格門，反彈回來才想起要拉開，兩男童被我影響尖叫起來，三人連翻帶滾跑出廁所，一路跑至距離廁所三十米過外，才停了下來。

我嚇得魂不附體，回看廁所，深怕有什麼追趕過來。

我們三人在一個垃圾筒後隱藏，探頭觀察著廁所，我看看二人，他們也屏息以待，想看看有什麼出來。

而我呢？那或多或少，也想看看，廁所裏頭有什麼鬼怪！

不一會兒，開始聽到兩把聲音對話，源自廁所傳出的，聲音開始大，隱約聽到些對話……

「四周圍搵下見唔見佢哋先啦！」

「但係可能嗰隻嘢仲未走嘛！」

「最多咪跑，我哋有腳㗎嘛！」

「但係佢有四隻腳噃……」

是兩把男人聲音！

廁所走出了兩個人影向我們走近，可以看到他們身上背了很多東西。

軍人？似乎他們身上很多裝備，我站起來，向他們發出「殊殊」之聲。

「咦！前面有人『殊』呀！」

「好似係佢哋呀……」

兩個人影漸漸走近，這才看出，他們並非什麼軍人，只是兩名男子。

直至二人走到我們身前，我才百分百確定他們並非那不知名物種。

二人年約三十來歲，均有背囊，而背囊外有副腳架，明顯地，他們是俗稱「龍友」的攝影愛好者。體形較壯健的雙目有神，口吻突出，一頭短髮；而另一位屬則鋼條形，鼻子高高，兩眼分得比正常人開，左手紋滿刺青。

我們互相對望，也不知應說什麼才好，兩名龍友看著兩男童，壯健那一位問：「呢兩個你細佬呀？」

我答：「唔係，喺街上遇到㗎……係呢，你哋揾唔揾到路離開？」

仍是壯健一位：「冇計，四週圍封鎖晒，一係就冧橋冧樓，

我哋……已經行咗成四個鐘頭,劫到想死……」

說話後二人想放下背包,但被我阻止:「我諗唔好再喺度逗留,嗰隻唔知咩嘢可能喺附近,不如過去文娛廣場嗰邊先。」

一行五人,急步走至文娛廣場,兩男童向兩龍友借了紙巾,二人便在噴水池大解,而我和兩位龍友,在屯門大會堂外等候。

待兩名男童如廁後,五人一起坐在屯門大會堂外,經介紹下,兩名龍友均是居住在黃大仙區,較壯健的名叫家軒,大大隻隻,成隻暴龍(暫且稱呼他暴龍友);而綱條身形的名叫阿進,似乎是身手敏捷,擅於運動(暫且稱呼他速龍友)。

五人圍起一個圈子,得知兩龍友也是同路人,即是被遺留在屯門的人,基於過去數小時大家已嚇得剩下半條人命,於是,也不急於離開,反而,我開始講述我和兩男童的經歷。

文娛廣場變得冷冷清清,沒有了經常醉酒大嗌的大叔,也沒有玩滑板單車的青年,連那艘直升機的引擎聲也停止了,相信是燃料用光之故,只有陣陣濃煙在杯渡站方向散發出來,那是著火的軍車。

我由下午在油站購物開始,一路說至卓爾居塌樓,再往屯門公園為止,當然刪除了我夢見笠原中女及屯門公園廁所那段,而廁所那段相信他們也很清楚。

「喂!你掉轉身坐睇住公園個入口啦!」暴龍友指著四眼男童道。

經他一說,我亦望向美心酒樓,酒樓旁的石梯直達巴士總站,而巴士總站能通往任何地方……

包括屯門公園！

選擇在大會堂坐是有原因的，經過廁所一役，明白「前無去路，後有追兵」的可怕，雖然文娛廣場空曠幽暗，但勝在四通八達，若然那物種再現，逃生起來，多個選擇，不至於「困獸鬥」的場面。

兩名龍友被我所說的內容吸引，我指引二人在美心酒家有樓梯能到巴士總站，他們向美心方向去了，我也沒有理會二人，更不知他們有否走下樓梯，反正，我就是不想再看那條該死街道。

「正如頭先所講，我哋唔係住呢區，今日咁啱放假，所以就約埋出嚟影相......」二人從美心方向回來之後，稍微回一回氣，暴龍友開始覆述他們的經歷......

「咁我哋都有指定目的地嘅，分別喺青山寺同埋龍鼓灘，大約上晝......佢老母......嗰陣幾多點呢......都可能七點半到左右，我哋已經坐西鐵入咗嚟屯門，咁就喺青山寺開始影，又上咗山頂發射站影，就係咁 hea 吓 hea 吓，跟住又去咗孫中山嗰個乜嘢紅樓度影，跟住就沿山路行，途中食咗啲乾糧當午餐。係咁行，行到開始劫......呀，佢老母呀，唔記得講，我哋兩個其實係民安隊隊員，亦都玩開三項鐵人，所以呢啲裝備對於我哋嚟講其實唔係咩一回事，不過你哋細蚊仔千奇唔好學，如果喺荒山野嶺一嚿柴及脫水真係死得......」

我見兩男童對望一眼，點頭回應，之後暴龍友繼續......

「總之開始劫，又開始落雨，我哋就攤咗係涼亭休息，你知啲攝影器材好貴㗎嘛，佢老母如果濕到水就痾血啦。大約......都成六點，嗰陣雨停咗，天色好好，我哋先行返落龍鼓灘。不過話時話，好彩我哋趕得切，一落到去個『鹹蛋黃』已經開始落山，你知啦，太陽要落山好快之嘛，佢老母佢唔

會事前通知會你㗎嘛，咁橋又停咗雨，真係天時、地利、人和配合晒。咁我哋仲唔嗲嗲聲 Set 腳架 Set 機咩，咁辛苦又咁遠先去到龍鼓灘，我緊係帶埋我家傳之寶出嚟啦，當我部『單反』配上『小黑六』，加埋個兩倍 Converter 之後，多就方，但絕對可以令個鹹蛋黃大啲突出啲，要影張沙龍擺上攝影討論區『播毒』，並唔係咩難事⋯⋯」

我實在按耐不住：「等等，有兩樣嘢俾我講先，第一，其實我唔需要知道咁詳細，你用咩機咩鏡頭如果唔重要都可以唔洗提，第二，佢哋兩個仲係小學生，你講嘢可唔可以少啲講佢老母！」

暴龍友呆看著我，再打量兩男童，再道：「我迎合你口味之嘛，見你頭先喺廁所都係咁閧佢哋，乜你哋唔係咁樣溝通嘅咩？」

我無奈：「頭先只係情急之下⋯⋯」

暴龍友未待我說完，插口道：「佢哋都唔細啦，而家啲小學雞，五、六歲啲粗口已經滾瓜爛熟，字字腔圓，句句鏗鏘⋯⋯喂！嗰仔，你哋唔講粗口嘅咩？」

我向兩男童看去，二人原來在打瞌睡，我看看手錶，時間「23：47」。

當我還是小學生時代，晚上十點前已進夢鄉，他倆撐到這刻，又跟我東奔西跑，真是難為了他們⋯⋯

此時速龍友道：「咁啦，長話短說，我哋影完日落之後，去 K52 巴士總站，但等咗成個鐘頭都冇巴士，連的士都冇。想 Call 的士但手機收唔到，其實我哋中午上咗山已收唔到，電話亭又唔 Work。之後決定行出去坐輕鐵，但行到去一個好似葵涌貨櫃碼頭嘅地方⋯⋯」

我插咀：「係內河碼頭，蝴蝶灣之前。」

速龍友右手「dark」了一下手指：「係啦，未到蝴蝶灣，嗰個碼頭外面幾條街泊滿晒車，係乜車都有，消防、白車、警車都有，入屯赤隧道前天橋仲恐怖，塞滿晒車之餘，有啲車仲兩個前碌爬上咗其他車尾......總之就撞到車疊車，但係就一個人都唔見，幾條街塞到死晒，人都難行。我哋嘗試過想入去嗰個碼頭，睇下乜事，但關咗閘，之後就係發現四週圍都冇電，冇人，同你所講差唔多。」

速龍友吞了口水，繼續......

「當時我哋都好驚，因為都估到係好大鑊，一定係有啲災難發生咗，最衰收唔到電話，最後啲短訊都係今朝我約佢出門個時間，我哋沿紅樓外面嗰條輕鐵軌行......」

我再插咀：「龍門路。」

速龍友再以右手「dark」了一下手指：「係啦，我都記得叫龍門路，其實我嗌到口唇邊㗎啦，呀？你咁清楚嘅？揸的士㗎？」

我揚手示意：「你繼續先......」

速龍友：「一路行，沿途冇輕鐵，去到西鐵站，居然成個站關咗閘。之後個天已經黑晒，我哋就無乜目的咁行咗去嗰個叫蔡意橋，嗰度冧樓冧簷蓬又封鎖唔講喇，你都知。最主要原因係我哋認為，政府封鎖咗嘅區域，可能有輻射，或者病毒之類，所以我哋唯有行返轉頭，去咗屯門公園......」

說到屯門公園，我們似乎也緊張起來，身體自然地靠向中心，縮短了各人的距離，互相保護起來。

速龍友：「公園入面實在太黑，能見度唔遠，嗰隻......物種，係當我哋坐咗喺近廁所一個圓形嘅廣場時出現，佢......嗰隻物種喺草叢入面郁郁下，開頭以為係狗，但係叫到『吖吖』聲咁。狗最多咪吠，就算俾主人打都係『唔...唔...』好淒底咁嘅聲啫，邊有好似烏鴉咁叫㗎......當時心諗冇電冇人又冇車，個世界可能已經玩完，心情好灰。又或者香港中咗個核彈之類，所有人受到輻射影響，變晒怪物，加上嗰隻物種咁恐怖，我哋即刻走咗入廁所喱埋，點知你哋三個又引咗佢入嚟，講完。」

我好奇地問：「咁你哋有冇經過栢麗廣場呀？」

暴龍友搶疆：「係咪屯門法庭嗰條路呀？我哋有行過呀！」

我心急追問：「你哋係咪行過栢麗之後行咗嚟呢度呀？」

暴龍友興奮起來：「係呀，開頭我哋諗住坐巴士走，又唔識路，咪四圍撞下囉，結果都係搵唔到巴士站，嚟咗呢個廣場又覺得唔對路，又行返落去輕鐵軌，當見到西鐵站時，同時又發現到巴士總站......即係我試過有一次買咗盒燒鴨飯返屋企，開完門發現唔見咗隻匙羹，結果當我搵番條門匙，我又見番隻匙羹，真係好似跛手佬摸手踭呀！」

我好奇問：「即係咩呀？」

暴龍友高興地道：「捉摸唔到嘛，哈哈！」

夠了！

我沒有再問剛才在廁格內伸個頭顧來嚇我的是誰，已不重要，此刻，我所認識的這個世界就如速龍友所說一般......

已經玩完！

我和兩龍友也知道相信是大型災難發生了，故歸納出以下幾點：

1）香港發生抗日戰爭以來最大型災難
2）有飛機在上空噴灑不明氣體
3）放射性物質或病毒已污染屯門區
4）河流（水源？）亦已受污染
5）政府在屯門新墟以北納為最高危險區域
6）進入最高危險區域者均要沖洗
7）最高危險區域內的建築物可能因受污染而遭摧毀
8）屯門區已暫停電力供應（藍領行動工潮？）
9）流動網絡服務停止（因為停電影響電話機站運作？）
10）政府疏散受影響居民（只限屯門？父母的深水埗家未受波及？）
11）直至晚上六時已疏散所有居民（除了我們）
12）屯門公園出現不知名物種

最後一項是較難令人接受，也是最可怕的親身經歷。看到現在這個形勢，我們要離開屯門，除非不怕受感染而搏一鋪，否則，北上向元朗這路線已是不可能，屯赤隧道亦已封閉，還能選擇的，就只有南下沿海線出荃灣！

時間已踏入「00：20」

兩男童睡眼惺忪地被我喚醒，沒法子下也要帶他們同行。

我們沿青山公路向三聖邨走，五人也沒有說話，一心一意要盡快離開，當走至屯門公路橋底，聽到了一些聲音！

這種聲音，我至少將近有廿四小時沒有再聽過，而對上一次，已是昨晚十二時半，就在我臨睡之前。

聲音由遠而近，忽高忽低，或左或右！我們在橋底下不敢亂動，嘗試感覺聲源的方向......

左？右？

不......

碼頭方向？又好像不是......

聲音愈來愈近，開始刺耳......

啊！是上面！是橋上面！

屯門公路上面，有汽車行駛的聲音！

此時，正正在我們頭頂之上，橋中心突然有一聲撞擊巨響......

嘭！

啪嘞！啪嘞！啪嘞！橋上跌下一些石塊雜物等，散落在青山公路。

之後靜止了約兩秒......

接著，一部汽車從橋上墜下。

碰！

等了一會，確定再沒有車輛墜下，我才慢慢走近那四輪朝天的汽車。

我亮了手電筒，首先照在車尾上，清楚看到黃底黑字的車牌，

接著我向左面司機座位方向行，漸漸，我能看清楚這是一輛什麼車。

這輛車有些特別，甚至乎，我已多年沒有親身見過。

車身上印有「TAXI 的士」字樣……

但是，這是一輛藍色噴漆的……

大 嶼 山 的 士！

…待續……

04

目睹大嶼山的士由屯門公路墮下，兩名龍友反應最大。

「點樣撞車撞到出橋呀，嘩……架車仲反埋艇，入面啲人死緊！」那當然是暴龍友的說話。

「仲講咩呀，救人先啦……」速龍友較為冷靜。

「唔知係咪有人嚟救我哋呢？」四眼男童所說的也是我期望。

「係都冇用啦，架車都反轉咗。」黑瘦男童顯得失望。

不過速龍友所說的，亦是我們此刻應該做的事……

救人要緊！

速龍友取出電筒，伏在地上，在的士車窗外左照右照，接著站起來道：「應該得個司機喺入面。」

之後他放下身上的背包，再蹲下來，用手拉扯司機座位車門，但不成功。

此時暴龍友也上前：「開你條渠咩，車門鎖咗呀！」

接着暴龍友轉身問我：「你有冇啲乜嘢架生之類嘅嘢，例如螺絲批嗰啲……」

我拍拍褲袋：「我得個瑞士軍刀鎖匙扣咋……」

暴龍友張開手掌：「攞出嚟呀，或者啱用。」

我從褲袋取出鎖匙，再拆出瑞士軍刀，交給他。

暴龍友沒有接過：「玩嘢呀！你係咪玩嘢呀，把刀細過手指尾點樣撬門呀！」

我惱羞成怒：「我以為你爆鎖嘛，點知你要撬門啫！」

暴龍友繼續：「點樣爆呀？你估我撈偷車㗎！」

我走上前一步：「我都講咗俾你知係鎖匙扣啦，係你要我攞出嚟之嘛！」

速龍友亮聲：「仲嘈七鬼呀，過嚟幫拖啦！」

我沒有再和他爭辯，走上前，嘗試拉開其他車門，但所有門均上鎖了。

暴龍友從他背包之中拿出一個黑色相機腳架，瞄準司機座後排車窗，用力地撞了上去。

「啪！」玻璃窗應聲破裂，暴龍友用腳再踢在玻璃窗上，玻璃碎跌進車內，多了一個洞，接著暴龍友伸手進內，開啓車門鎖，打開後車門，之後他再探身進去，伸手再開了司機位門鎖。

暴龍友道：「你哋過嚟幫手頂住個車門先，我要慢慢扶條的士佬出嚟，否則佢個頭一落地就痾血......」

我上前用雙膝頂住車門，的士司機本身倚靠在車窗上，暴龍友緩緩打開車門，我立刻感到的士司機體重，故此改為轉側身子加上大腿頂著車門，免得他人頭落地。

暴龍友：「嘩，你哋頂住呀，我要逗住佢個頭先至拖佢出嚟......」

兩男童上前協助，用手推著車門，而速龍友則用手抽著的士司機衣領，恐防他摔倒。

的士車身搖曳不定，五個人夾手夾腳，才把的士司機拉了出來，司機是位男性，他毫無反應，似乎受傷不輕。

我持電筒照射著躺在馬路上的司機，年約五十來歲，只見他前額滿是血，在濃密的髮根中，有約三厘米長的傷口，且仍在流血，再看他的臉色及雙眼通紅，不似是他原本的膚色，右手手腕骨折移位。

他穿著一件藍色外衣、格仔恤衫、西褲、皮鞋，恤衫邊沿夾著兩個藍牙耳機，隨著他被拉出來的，一個像是通訊機的咪頭，被扯斷滾在地上，還有一塊透明膠版，膠版上夾有六部電話，均有不同情度的損壞，這是個典型的士司機。

然而，最令人不安的，是他臉上除帶了一個手術口罩之外，內裡還有一個工業用口罩。這是個藍色立體三角形的口罩，掩蓋了他的整個鼻子，直到眼角。

我向兩龍友看了一眼，他們臉上同樣有凝重的神色。

暴龍友首先發揮民安隊精神，蹲下身來，正想檢查司機傷勢時，突然速龍友一聲喝止：「咪住！」

暴龍友回頭看他：「俾你嚇死呀，咩料呀？」

速龍友煞有介事地道：「你睇下，車入面有個透明眼罩，仲有佢載咗手套，件事似乎唔係咁簡單，可能佢知道沿途入嚟有污染，所以先上行保護裝備！」

我用電筒照進車內，在車廂頂燈制附近，看見有一個工業用眼鏡型的硬膠眼罩，而這名的士司機，雙手套上了透明手套！

我不得不佩服速龍友的觀察力，在這個漆黑的環境之中，仍能巨細無遺地察覺到這些我完全沒有留意的事。

暴龍友疑惑地問：「咁即係點樣呀，同唔同佢做 CPR 呀？」

四眼男童用手拉扯我衣袖：「叔叔，CPR 即係咩呀？」

我道：「我諗係啲心外壓之類嘅急救。」

速龍友道：「如果屯門新墟以北係最高危險區域，咁荃灣方向嗰邊都有機會係最高危險區域，又或者係，成個香港都已經玩完，已經疏散咗嘅屯門居民，就係全港七百萬人剩番低嘅『死剩種』！」

死剩種？

全港七百萬人死剩屯門人？而僥倖生存下來的居民，政府已經把他們疏散離開了？

那麼……我們呢？

我們算是僥倖生存下來但錯過了疏散的「死剩種」，抑或是屯門以外已經玩完那七百萬人當中的「死唔去」？

死剩種？死唔去？

我突然在想，父親在訊息內叫我下班後返回深水埗，那時才下午一時，難道下午一時過後，屯門以外的地方，包括元朗、九龍、香港島及大嶼山等也列為最高危險區域？那麼，父母不是也遭殃嗎？

大嶼山？大嶼山的士？

若大嶼山也列為最高危險區域的話，那麼，要逃生的話，駕車走北大嶼山公路出來是必然的選擇。

正當我還纏繞在死剩種和死唔去的分別之時，暴龍友亮聲道：「哎！痴血啦，唔好話 CPR，嚟個 AED 都冇用啦，佢個瞳孔放到老練咁大，至少死咗八分鐘啦！」

由的士墜下至打開車門救人才不過五分鐘，若暴龍友所言屬實，的士司機可能在撞車意外前已死亡。我伸展雙手，手背推開兩男童道：「你哋兩個企開啲先……」

速龍友道：「如果佢死咗，可能係因為撞車嘅時候撞親個頭，又可能係因為……受到外來嘅物質感染……例如係病毒！」

暴龍友聽後，雙手立刻在褲管上不停磨擦：「唔係呀，咁恐佈，咁要洗下對手先啦！」

說話後暴龍友立刻收拾背上裝備，接著便起步跑。

速龍友立刻緊隨其後：「喂！你跑去邊呀？」

暴龍友頭也不回，高聲道：「三聖邨呀，公屋實有廁所啦……」

二人這樣就向三聖邨跑去，現場剩下我、兩男童、的士司機屍體及四輪朝天的藍的。

姑勿論荃灣方向是否已屬最高危險區域，或的士及司機身上有否病毒，現在清潔雙手也是當然的事，萬一死者身上帶有病毒的話……

愈想愈心寒，我立刻放下背包，找出一支消毒啫喱，把啫喱倒在兩男童及自己手上，我很認真地遵循衛生署宣傳海報的

指示，由手指隙開始、手心、手背、手指甲一一細心清潔。
兩男童還機智，把清水倒落地上，再踏進水漬上清洗鞋底。

我清潔完後，突然想起兩位龍友去了廁所，好像有什麼不對
勁……

這不對勁是，源自在蔡意橋的告示：

「此 處 河 道 可 能 已 被 污 染 ， 不 可 進 入」

河水！水源？

自來水！廁所？

是廁所！若果自來水已受污染的話，那隻腦殘暴龍此刻正以
身犯險！

我立刻向三聖邨奔跑，聽腳步聲知道兩男童在背後緊隨。

我們沿青山公路跑到三聖邨，經過熟食中心看到兩位龍友，
可能他們不熟路，這刻才由三聖商場跑向豐漁樓，而廁所正
正在豐漁樓下。

暴龍友帶有怨氣地邊跑邊道：「揾咗兩棟樓都冇，剩番呢棟
仲唔係……」

我距離廁所還有四十米，兩位龍友比我近得多。

「喂！啲水可能污染咗㗎，唔好用呀……」我盡量高聲喊出
這句話。

無奈地暴龍友已到廁所入口：「下？你噏乜春呀……」

說話未完，兩龍友已走進廁所！

當我亦走進廁所，看見暴龍友正在洗手盆前，右手正在轉動水龍頭......

而他左手，只是按著洗手盆邊緣。

水龍頭，並沒自來水供應！

「冇嘢呀？想噉樣冇噉樣，咁多賣魚佬嘅地方連水都冇滴，有冇搞錯呀，漁民唔洗手洗腳架！」

我不清楚水龍頭沒自來水和漁民洗不洗腳有什麼關係，但是，我總算鬆了一口氣。

我立刻取出消毒啫喱，強行把啫喱倒在暴龍友手心中：「快啲掉下對手，啲食水可能污染咗。」

暴龍友立刻掉手，我把消毒啫喱同樣倒在速龍友手心上，著他清潔！

我示意所有人離開廁所才道：「我唔記得之前有冇同你哋講過，蔡意橋嗰度有張告示，寫住河水已受污染......」

暴龍友伸出右手推了我左胸膛一下：「你老母你唔好拜我山先講，你話條臭河之嘛，有講過水喉水呀。如果唔係廁所冇水，萬一真係受污染，我一開水就放對手落去洗，『炸』一聲，啲病毒出晒白煙咁嘸落我雙手度，嘸到雙手剩番棚白骨，咁到時我真係紙紮賓州啦！」

速龍友好奇問：「即係咩意思呀？」

暴龍友瞪大雙眼：「唔死都冇啫用呀！」

四眼男童此時居然出聲:「咁你都唔洗打人㗎,如果架的士真係有病毒,你估得你一個瀨嘢呀,我哋都有幫手救人㗎。」

暴龍友:「你個小學雞呀,大人講嘢你出乜嘢聲呀!」

四眼男童轉向站在身旁的黑瘦男童道:「你唔係唔幫拖呀?」

接著,黑瘦男童居然抬頭向著暴龍友說:「雞你老母呀!」

暴龍友正想走前一步,立刻被速龍友制止:「夠啦!唔好再嘈啦。」

我亦亮聲道:「兩位大佬,當我講漏嘢唔啱啦,要怪就怪我,咪向嘅嗰仔出氣好冇!」

速龍友道:「其實你係有提過蔡意稿張警告,而我亦都有諗係咪因為水塘或者濾水廠受污染……」

暴龍友以手踭打了速龍友一下:「諗到你又唔講?」

速龍友竟也暴躁起來:「你冷靜啲得唔得呀!成日喺度大嗌有用咩?河水污染件事我都係啱啱先記起咋!」

暴龍友顯得不悅,速龍友繼續:「如果最高危險區域範圍入面有水塘或者濾水廠,咁好大機會受污染。雖然,我哋仲未知究竟呢個污染係源於病毒抑或係核輻射,但係可以肯定一樣嘢係,必定係好嚴重,否則,的士司機唔會著咁多保護裝備上身。」

對!速龍友在我們也陷於失控狀態及打鬥之前,合理而且冷靜地分析形勢,絕對是現在我們當中的牽頭人。現下世界是一個什麼樣的局面還不曉得,實在不應該再作無謂爭辯。

暴龍友六神無主:「咁屌血啦,想搵啲水洗下面都冇,等化骨都似……」

我道:「嗰面有間超級市場,我哋可以去攞啲蒸餾水用,順便睇下有咩消毒火酒之類……」

我的說話,亦是行動,我們走到三聖商場地鋪的超市(當然已落閘),暴龍友再次取出他的攝影腳架,敲打了十來次,卒之把超市的櫥窗玻璃敲碎。

當暴龍友把那破爛的腳架掉在地上,我才發現那是名貴品牌的腳架。這種腳架連波頭最平也要三、四千元,貴則上五、六千元,難怪他說盡出家傳之寶。

不過,這家傳之寶已變成一堆廢鐵,而目的,可能是為了救一名不認識的受傷司機,甚至乎,只是為了一支瓶裝水!

一支 700 毫升的瓶裝水最平的四元有售,而現在,那隻滿口粗言躁狂症的暴龍竟以可能是六千元的價值,來換取一支四元的瓶裝水,我該說他愚蠢,抑或是聰明?

若果一個因病毒感染而快將失明的人,為了節省六千元而不買水清洗雙眼,到頭來去到醫院時證實雙眼已經感染嚴重,沒法子醫治而失明,那他是否愚蠢?

相反,若果他節省六千元不買水,而最後他雙眼感染不嚴重而且可醫治,可省回六千元之餘而又可以保存雙眼,耶麼,他是否很聰明?

這是每個人價值觀的問題,聰明或是愚蠢,從來只是看你站在什麼角度來觀看。而這位暴龍友,我肯定他是知道瓶裝水絕對不值六千元的。

但是，他仍然堅決地這樣做！

啪喇！啪喇！

櫥窗玻璃碎片散滿地上，我們用鞋底把破爛的玻璃口加闊，直至能使人走進去。

我以電筒四周圍搜索，卒之找到瓶裝水，雖然平常連水我也不喝多一口，但此刻，似乎是十分珍貴。

我小心奕奕把一個盛載冰淇淋的冰箱門打開，再扭開瓶裝水，任水沿我的脖子、後腦、頭頂及臉頰以致雙眼——沖洗，沖洗後的水沿著我鼻尖及下巴流進冰箱之中。

大概用了兩公升水，我認為已沖洗乾淨。

突然我看到兩道強光，把我身處的那一行貨架上上下下照得燈火通明。

「呢支勁呀，可以箍喺個頭度……」那是黑瘦男童聲音。

「呢樣好大，又夠光，你屎急都唔洗驚廁所冇燈。」四眼男童高興地說。

兩道強光來自他們手上的電筒，黑瘦男童額頭還戴上一副像路軌維修工人用的照明燈。此外，二人肩膊上各有一個超市商家的環保購物袋（當然那物料一點也不環保，仍是塑膠），手上還拿著最大包裝的朱古力在嘴饞。

原來我在清洗期間，二人裝備好自己之餘，還搜羅吃的。

黑瘦男童道：「叔叔，你係咪會幫我哋俾住錢先？」

付錢？我錢包裡只剩下八百元，可以付多少次？

若果不付，有誰人知？

剩下的八百元，可能還有用呢，可能還有的士在行走呢，誰知道！又或許，那大嶼山的士司機，是應召而來屯門接客的呢？

我們已打破人家玻璃窗而進來，這已是刑事毀壞，若再取去貨品，而不付款的話，那我們豈非再干犯了偷竊？那當初在油站向兩男童說的什麼通緝犯一事，是基於什麼立場？那時候我還在向著監視鏡頭做的行為，是為了什麼？已經忘記得一乾二淨嗎？

個人所堅守的信念，就這刻蕩然無存嗎？

我沒有回答黑瘦男童的問題，實際上也不知怎樣回答，兩男童繼續在店內隨意取物，而我，也開始在店內，把有用的物品如手電筒的電池、毛巾、口罩、手套、瓶裝水及保礦力等放進背包中。

當我正想找回其他人時，已見到他們四人圍在其中一個收銀處。

我走前，看見他們把不同款式的罐頭食物，一一放在收銀處峽窄的金屬枱面上，速龍友將一塊沾有腐乳的方包給我：「試下呀，我細個時阿嫲教我咁食架。」

我伸手接過，速龍友竟把四四方方的腐乳當成菓醬般塗在在方包上，還完美的塗滿每個角落。

腐乳，加方包？

「食你唔死嘅，你睇下嗰兩條小學雞食得幾開心。」暴龍友也在推薦，我看看兩男童，他們還把整條豆豉鯪魚夾在方包中央，正吃得津津有味。

我將開嘴巴，咬了一口所謂腐乳方包。接著，我多咬了一口。

好味道！可能是洗了臉靜下來後，飢餓的感覺來了之故，總之，這樣我從來沒有想像過的腐乳加方包組合，就是十分美味。

我們在超市吃飽一大餐，已接近深夜一時，相討過後，仍決定沿海線的青山公路離開屯門。

兩龍友甚至取了兩部超市的手推車，把背包等裝備放置車中，還「選購」了不少食物及飲品，二人各自推著手推車，就像剛逛完超市一樣，有說有笑。

兩男童同樣取了一部手推車，四眼男童屈膝坐在裡頭，黑瘦男童則一人推著，似乎二人決定輪班推車，爭取時間休息。

我沒有仿效他們，只是取了一些如螺絲批等工具而已。

繞過青山灣燒烤場，繼續向荃灣方向步行，當走到入境事務學院時，我漸漸看到，沿途有零星的汽車停泊，均沒有人。去到黃金海岸商場，有一輛九巴停靠在商場入口，顯示著「暫停載客」，玻璃被擊碎，散滿一地，車子四週，留下大量血跡及紗布繃帶等。

用了約三十分鐘，我們走到黃金海岸第六座前的一條小橋，便再不能前進。

這是青山公路掃管笏段，介乎油站及黃金海岸第六座之間的一小段路橋，橋下面便是遊艇會旁穿過橋底的內河，橋與河

形成個十字形狀。

而沿河邊的欄杆及剛過了油站後的橋面，沿掛了些我不想看到的東西，因為這東西的出現，即代表了最壞情況的發生。

沿掛著的東西，是警察封鎖帶！範圍是整段橋面再繞過油站背面轉向掃管笏路，印有「警察封鎖線，不得越過」！

同時，封鎖帶之間，亦同樣有 A4 紙寫著一些字：

「最高危險區域，不可進入，如誤闖此區者，立刻到消防處設立的沖身設施沖洗」

中文字下面是英文翻譯。

和新秀街那邊一樣，有用 A4 紙影印的黑白地圖，同樣表示出（＋）最高危險區域範圍及（\\\\）臨時沖身設施地點：

「＋ ：臨時沖身設施」

「\\\\：最高危險區域（包括屯門公路、掃管笏村路、大欖涌水塘）」

至於臨時沖身設施地點則設在油站外空地。

河邊欄杆，亦由警察封鎖帶封鎖，並貼上和蔡意橋相同的告示：

「此處河道可能已被污染，不可進入」中文字下面是英文翻譯。

今次……大鑊了！

「嘩！我頂呀，咁遠行到嚟呢度，又封埋，我唔信真係有輻射，啲警察玩我……」暴龍友撕斷警察封鎖帶，踏了進所謂的最高危險區域。

速龍友上前拉扯著他手臂：「喂！你仲乜嘢呀，封鎖咗緊有佢原因啦，想死呀？」

速龍友是對的，因為我認為，的士司機的死，並非因為交通意外，而是受感染所至。

暴龍友深深不忿地道：「佢阿媽嗰邊唔行得，呢邊又唔行得，河水又話污染，咁點樣呀？等死呀？」

速龍友接不上口，對於這個問題，我也有和暴龍友相同的疑問……

是等死嗎？

「超！我唔信咁易死！」正當我在迷惘之際，暴龍友已甩開速龍友的手，繼續前行。

速龍友見阻不了他，高聲道：「係你都帶番個口罩呀，戇居！」

暴龍友沒有理會，我們四人，站在橋頭，看著他的背影離開，我們四支電筒同時亮著，大約直至看不清楚馬路為止。

過了大約十四分鐘，暴龍友慢慢踱步回來。

他戴上手術用口罩，全身濕透，由頭至腳的衣服，全是一灘一灘水跡。暴龍友走到我們面前仍沒停止，繼續走向三聖邨方向。

速龍友見他垂頭喪氣，上前問道：「前面，發生咩事呀？」

暴龍友沒精打彩：「好多人死咗，全條路都係車，一地都係屍體……」

我走在他身後，看不出他表情，但從他顫抖的身軀可看出，剛才他所目睹的，似乎是很震撼的一幕。

暴龍友繼道：「大人、細路、阿婆、阿伯，總之有好多具屍體，成條路塞滿晒車，但全部溶溶爛爛，有啲冇咗車頂，有啲得番燒焦嘅屍體，四週圍都係血……好似……嗰齣鬼片……《見鬼》最尾嗰幕咁……冇啦，乜都冇啦，個世界已經……玩完。」

「玩完喇！你仲唔認命！」耳邊突然出現這樣的一句說話，是誰？是誰在我耳邊幸災落禍？

是速龍友？或是兩男童？但是他們四人正在我前方，那究竟是誰？是笠原中女嗎？在我浴室走出來了？抑或，是我自己？我自己是否仍不能接受眼前的一切？

我閉上眼睛，深呼吸，數1，2，3……

張開眼睛，真該死！他們四人仍在我前面，這是青山公路，左邊是黃金海岸酒店，前面是他們四個粉腸！

個世界，真係……玩完？

不知走了多久，我們進了屯門市廣場，也想不起是怎樣走進來的，應該是在華都那邊進入商場的吧，那是24小時沒鎖的通道。

唉！不重要了，先冷靜下來，冷靜下來！

我們把手推車放置在商場入口處，走上兩層樓，去到吉之島

UG 層（AEON、永旺？我深信永遠改不了口），我們坐在麥當奴外一排排桌椅上。

我們默默無言，不知應該說什麼話，兩男童在長椅上睡覺，暴龍友坐在我對面的另一張長椅，背靠著桌子，把臉朝向天花板發呆。我雙手抬著頭，看著麥記的價目表，腦海裡完全一片空白。

坐在暴龍友身旁的速龍友，則雙手合什，視線看著外面青山公路，他雙眼中，除了帶著絕望之外，還有什麼？

我看著速龍友，心想若不是遇到他，單靠我或那躁狂症暴龍，想要堅持到這刻肯定是不可能，不是互相廝殺，就是被他那麒麟臂箍死，想到這裡，我開始對速龍友加多一點敬佩。

但看著速龍友，他原本咬著唇的嘴巴，現已放鬆，且微微張開，原本皺起小虎眉的雙眼，開始睜大，漸漸地，樣子變得緊張起來。

噗！噗！噗！噗！噗！噗！噗！噗！

看到速龍友變色一轉，我心跳自然地加速起來，他再挺直身子，雙眼睜得再大，我已經知道，事不尋常了……

我循速龍友的視線緩緩轉身，向青山公路看去，在吉之島對面相隔一條青山公路的水務署，在其大閘上……

正有一個黑色的東西……

在……緩……慢……地……移……動……

…待續……

05

那是個黑漆漆的東西，像人一般的大小，在右邊的那道閘門上，緩慢地移動。

牠曾經攀爬至大閘最高處，但又跌了下去，過了一會，牠又再緩慢地一步一步攀爬，說牠是一步一步，但我實在看不清楚，究竟牠有沒有腳。

距離實在太遠，若不是速龍友剛才凝神貫注地看著水務署大閘沉思，我相信任何人也察覺不到。

難道，這東西與屯門公園的不知名物種是同類？

想到這裏，正當我驚魂未定，突然聽到暴龍友亮聲道：「你哋睇乜嘢呀？有嘢睇唔出聲呀......」單憑這聲線，可以看出他經已在《見鬼》的死亡陰影中回復過來了。

說話後暴龍友站起，手持電筒向外一照！

「等......」我正想阻止，但已經遲了，實在太遲了，繼三聖邨公廁後，我又再次被那躁狂症搶先了一步。

人們常見說「肌肉發達，頭腦簡單」，我從來只是聽說，身邊並沒有那些飲大大罐奶粉及穿窄身爆鈕襯衣的朋友（女性除外）。我不懂他們每一餐在吸收之中，究竟缺乏了什麼？腦筋竟然這麼簡單？

難道因為他口吻突出，像原始人，頭顱細，腦袋小？抑或是在思考邏輯上走錯了方向，就像韋家輝電影《神探》中主角的行徑，暴龍友用了他那個放縱的右腦，以非正常且獨有的方式去思考，來面對逆境？

「黑麻麻睇乜春呀？邊度呀？有人咩？」暴龍友把電筒貼在玻璃外牆上，朝著對面馬路照射。

速龍友立刻把他持電筒的手拉下：「熄咗去喇，跍低呀！」

此時我亦道：「你跍低先啦，對面馬路有隻嘢呀！」

暴龍友關了電筒並蹲下來：「有乜呀？有鬼呀……唔係嘛……對……對……面……屯…屯門……公園……嗰隻嘢？」

速龍友已坐在地上，深呼吸了一下：「頭先我見到有隻嘢喺對面大閘度爬出嚟呀！」

暴龍友這時才意識到情況有異：「唔係呀？爬……爬出嚟？」

我接著道：「堅㗎，對面仲係水務署建築物，嗰隻嘢可能受到污染添呀！」

我說來輕描淡寫，但聽在他們耳中，似乎有股不寒而慄之感受。

此時兩男童瑟縮在我身旁，四眼男童道：「叔叔，不如我哋返去青山寺呀，嗰度可能有啲神靈保佑……」

四眼男童的問題我答不上口，亦不知道此刻自己的臉色如何，但是相信也不會好到那裏。再說，剛才我千真萬確，看見水務署的大閘上面，有東西在攀爬，若果不是像《咒怨》小孩般的不知名物種，那是什麼？

速龍友緩緩轉身，壓低聲線道：「等我望下對面先……」說著他便伏在地上，露出半個頭顱，向街外窺看，接著，他把臉部貼在玻璃牆上，左顧右盼。

我見他不太對勁，嚷道：「喂！你好揚呀，伏番低先啦……」

速龍友道：「唔係呀，嗰隻嘢……唔見咗呀……」

「等我睇下……」暴龍友轉身，亦探頭向外望，雖然光線很有限，但他那暴龍般的身軀，在黑暗當中，顯露無遺。

「乜嘢都冇嘅？條馬路靜英英，你哋係咪睇錯嘢呀……」暴龍友此刻索性站了起來，在玻璃外牆前左右踱步，間中說些粗言。

但我自知，這一定不會是幻覺，若果是因為個人精神狀態或情緒波動所影響，而出現幻覺，還有得爭論，但若果是速龍友和我兩人一起產生幻覺的話，除非我們是集體濫藥，否則，這種巧合機會率微乎其微。

而且，剛才在大閘上出現的那物種，要比在屯門公園的那隻更大，如果那是一種人類從未認知的生物，牠在這個時期出現，目的似乎只有……

入侵？反擊？復仇？

牠們生活在雞蛋殼般的地殼之下數十萬年，乘香港立立亂之際一舉沿地下水道入侵人類社會，企圖來個逆權侵佔？

若然那些不知名物種懷有惡意，那麼，在水務署爬出來，體形更大的那一隻……

一定是殺傷力更強的一種！甚至乎，可以把活人肢解，一口吞噬！

速龍友向我們道：「我諗而家都係去過第二度好。」

我亦發表意見：「而家最驚係嗰隻嘢見到電筒光，好似燈蛾撲火咁，引咗佢……」

我說話未完，已聽到由下而上一下一下的腳步聲！

咚！咚！咚！咚！咚！咚！

我知道，那聲音是足踝踏在已停用的扶手電梯上所發出來的！

咚！咚！咚！咚！咚！

啪！啪！

單聽聲音判斷，來者似乎已經走完一層後，踏在沉實的地板上，正準備上第二層。

黑瘦男童反應最大，他立刻跑向麥記職員工作間，我不知他躲在什麼位置，而兩名龍友也效率奇高，一個箭步，已向吉之島超市貨架奔跑，只是聽見「啪啪啪啪」的跑步聲音，大約十秒過後，跑步聲停止了，他倆似乎也找到匿藏之處。

而四眼男童與我，則走到超市收銀處外的一個攤販位置，那是個不知道是賣花旗參或是蜜糖的小型商號，開放式的，有一個一米半高，兩米闊「L」形的玻璃櫃檯，陳列的貨品只是簡單地用黑布掩蓋著。

我與四眼男童，一起屈膝蹲在地上，身體已用黑布遮蔽，屏息靜氣，右手緊握著螺絲批，無奈地聽著腳步聲由遠至近，漸漸進逼！

噗！噗！

那物種到了！

噗！噗！噗！噗！噗！

牠進入了吉之島 UG 層！並且停了下來，可能在觀察四週。

腳步聲再起，可怕的是，每一下腳步聲結束時，也有一下「噹」的一聲隨後，就像那物種是赤腳一樣，長有長長的腳趾甲，每當腳踭至腳掌落地後，最尾的鈎形腳趾甲才一一敲打在地板上。

牠走到我倆躲藏的櫃檯，停了下來，接著，掩蓋著四眼男童與我的黑布在移動，正確點說，是被拉扯著！

黑布從我膝蓋漸漸升起，到了右手踭，再到我按著額頭的左手，直至我頭頂⋯⋯

然後，停了下來。

約二十秒過後，腳步聲繼續，從聲源位置可以推算，那物種向右轉走進了麥記，亦即是我們剛才休息的地方，而那地方，仍然有一人躲藏在裡面⋯⋯

那是黑瘦男童！

剛才在聽見那物種走上扶手電梯時，我也曾經想過像兩龍友一樣，躲藏在超市貨架處。但其後亦聯想到，若然躲在近吉之島出入口處的話，一但亂起上來，我也方便逃跑。

現在那物種正在裡頭，我是否應該離開？若離開後，躲藏在麥記內的黑瘦男童，會遭到那物種甚樣的對待？

正在盤算對策時，突然出現一束光，四處照射。我不想去告訴自己，是那物種拾起了不知是誰遺留下的手電筒，因為，若果接受這個說法，那麼，即表示那物種有不下於人的智慧，

且還能使用肢體以外物品。

踱步聲由用餐區域轉移到麥記的職員工作間，接著傳來「it……」聲響，那是提起點餐區和工作間活門的聲音。

接著，「霹礫啪嘞」聲音不絕，那物種正在職員工作間大肆搗亂，不停地推倒物品。

物品跌在地上的聲音此起彼落，電筒光忽左忽右，我期望黑瘦男童此時找到一個如電影《侏羅紀公園》中的廚房，有一個附設上下移動的活門，純鋼製造的廚櫃才好，縱使有恐龍突襲，他也能匿在其中，免受傷害。

大約過了兩分鐘，腳步聲再走近，到了我所匿藏玻璃櫥櫃之外，接著，牠走向超市那邊，我才鬆一口氣！

我明白一點是，說到底人類是自私的，我真的沒有勇氣去引開那物種，而令他們趁機會逃生。剛才連一句類似受襲的「哎」一聲也沒有聽到，說不定黑瘦男童已被那物種一擊秒殺，身首異處。

正如踢足球一樣，皮球當然是放在敵對球隊後半場好，此刻不知名物種在超市那邊，距離也遠了，我和四眼男童實在可以急速撤退。

那物種在超市內仍然是四處搗亂，玻璃撞破聲及金屬物品撞擊地板聲音不絕，我見那物種已經遠去，便轉身微微站起，向電筒光源窺看。

眼前不出十米之外，出現兩個人影，是兩名龍友。他們攝手攝腳的急步走了過來，正想離開吉之島之際，我挺起身子，揮手向他們示意，但沒計算到自己身在漆黑，突然出現會嚇怕他們。

「呀......呀......」暴龍友被我嚇個正著，叫了一聲，此時電筒光照射過來，二人拔足狂奔，而我則立刻蹲下。

兩龍友轉上扶手電梯，大步跑了上去 1 / F，而電筒光由暗轉亮，那物種的腳步聲又再走近。

噗！噗！噗！噗！噗！

那物種高速移動，似乎要比屯門公園的同類更快，牠跑上扶手電梯時，是沉重地跳上去的。

嘭！嘭！嘭！嘭！嘭！嘭！

那可怕的怪物，似乎是手腳並用，一瞬間已消聲匿跡。

在原地再待了兩分鐘，我見沒有異樣，便走進麥記開放式的職員工作間，找尋黑瘦男童。

我沒有使用手電筒，甚至不敢背向出入口，在黑暗和凌亂當中，就只有單靠從玻璃外牆照射入來的一丁點兒光線，來尋找黑瘦男童。就算他是被那物種秒殺，我也想確認一下。

職員工作間已經被破壞得凌亂不堪，雖然我嘗試過走進去，但是實在無立足之地。在點餐區後貼著一幅產品海報的牆壁上，我看到一個銀色密碼鎖，那牆壁相信是一道門。

我探頭查看，那道門虛掩著，我向四眼男童「殊」了一聲，他走了過來，我壓低聲線道：「你望住個出入口，我入去搵佢，如果搵到佢，我會同佢出嚟，萬一嗰隻嘢返轉頭，你即係走入間房度。」

說話後我向四眼男童指着貼上海報的房間，對方點頭表示明白。

我把虛掩的門推開，走了進去，內裏伸手不見五指，我取出手機，螢屏亮起，我就用這一點光，卒之找到黑瘦男童。

發現他時，他正伏在地上，我嘗試喚醒他，但他就是沒有反應。我用手拍打他臉頰，只發覺冷冷冰冰，我連忙按他手腕，仍有脈搏跳動。

但當我伸手去感覺他的鼻息之時，竟察覺不到有呼吸！

「喂！醒呀喂！」我不停用手拍打他的臉。

你不是死了吧？請不要啊！

我用力在他肋骨上壓了一下，他仍沒有反應。此時外面傳來腳步聲，四眼男童跑了進來，我立刻把房門關上，在罅隙中窺看外面用餐區，看看究竟是什麼……

是人影！兩個！是那兩名龍友！

二人走進了用餐區，在剛才我們休息的椅子旁尋找東西，我立刻開門喊道：「喂！係我哋呀！」

我深怕再次嚇著他們，故連忙表露身分：「喂，過嚟幫手呀！」

二人這才走了過來，我向他們道：「佢冇咗呼吸呀……」

速龍友走進房中，以手按在黑瘦男童右脖子，接著道：「仲有脈搏……」

此時暴龍友亦跨進房內，把黑瘦男童抱起，移出工作間外。暴龍友把黑瘦男童放在地上，自己則蹲了下來，耳朵貼著男童鼻孔。

速龍友問我:「點解會咁嘅?」

我道:「我啱啱先揾到佢,但已經見佢係咁。」

此時暴龍友用左手按著黑瘦男童額頭,右手托著他嘴巴,口對口吹了一口氣。

「嘩!佢個口好臭,有陣牛肉乾味。」暴龍友道,他背著我,我看不到他的表情,接著,他不停為黑瘦男童吹入空氣⋯⋯

一分鐘過後,暴龍友再蹲下,耳朵貼著黑瘦男童鼻孔並觀察他胸口⋯⋯

「大鑊⋯⋯」暴龍友似乎很失望。正當他打算再作人工呼吸時黑瘦男童突然氣促,咳嗽連連。

暴龍友立刻挺身,左右手分別托著黑瘦男童後腦及肩膀,使他身體打側,接著,黑瘦男童「嘩啦!嘩啦!」地開始嘔吐,在三聖邨超市吃的喝的,半消化的,林林總總一次過嘔了出來。

「嘩!好臭豆豉鯪魚味,仲有牛肉乾⋯⋯唔⋯⋯我都好想嘔⋯⋯」暴龍友立刻取出瓶裝水漱口。

四眼男童很快便準備了濕毛巾,黑瘦男童嘔吐後,似乎已經回復過來,跟之前沒兩樣。

「點解你喺間房入面嘅?」我心急地問。

黑瘦男童慢慢道:「門冇鎖⋯⋯」

我追問:「咁你點解暈咗嘅?」

黑瘦男童道：「之前喺學校都試過，阿媽帶我去睇中醫，醫生話我氣虛血薄。」

暴龍友抓頭：「係咪血糖低呀？氣虛血薄……」

黑瘦男童答：「唔知，之後阿媽叫我袋定幾粒糖返學。」

了解到黑瘦男童可能有低血糖，速龍友立刻取了排朱古力給他吃。

我轉向速龍友：「你哋做乜返轉頭嘅？嗰隻嘢呢？」

速龍友：「佢話漏低咗個電話呀……嗰隻嘢去咗巴士總站，所以我哋乘機上嚟。」

暴龍友：「咁而家點算呀？」

暴龍友的問題，可以分兩方面去想，首先是，那物種神出鬼沒，我們真的要找個地方躲避，另外亦是我最擔憂的，現時北上元朗及南下荃灣的道路均列為最高危險區域，那麼，我們何去何從？

不過，首先要解決的，是找地方躲起來！我說：「去我屋企先，斷估嗰隻嘢唔會走上樓！」

速龍友：「你住邊呀？」

我：「好近，咁我哋嘷嘷聲落下，左轉再左轉，之後一直走，投注站前就係我屋企。」

暴龍友看來不滿：「嘩！咁咪又即係要經過水務署，如果一陣仲有嘢爬出嚟咪大鑊？」

四眼男童:「叔叔,有冇啲唔洗行咁遠嘅地方?」

我想了一想:「有!不過仍然係我屋企,但路線唔同,地面行嘅時間短咗……你哋要聽清楚,而家我哋上多一層,之後左轉向時代廣場行,但其實係一樓嚟㗎嘛,右轉有一條巷,一直走,過埋一共兩條時代廣場通道,再右轉,過埋通去市廣場二期條通道,正正喺呢條通道隔離有個升降機大堂,大堂有條樓梯,一落樓就係馬路,右轉跨個屯門公路就係油站,再屈返出去就係我屋企。」我說得很仔細,希望他們明白。

暴龍友皺起眉頭:「你噏乜春呀?你帶咗我入金字塔呀……」

我沒有理會他,轉向另外三人:「你哋明唔明呀?」

四眼男童點頭,速龍友道:「喺地理結構上明,但係喺實際環境上可能會有偏差。」

我:「洗唔洗我講多一次?」

速龍友:「千奇唔好,不如簡單啲,你行頭帶路,不論向左走向右走,我哋跟住就係。」

黑瘦男童:「唔知你噏乜 Q……」

暴龍友:「又話啲嘅仔唔講粗口?你睇下佢……」

速龍友揮手打岔:「而家唔好講呢啲住,撇!」

由我帶領,始終有些膽刮,雖然經歷了過去數個小時步步驚心磨練,但我只是血肉之軀,沒有麥林手槍只有螺絲批,我怎能與那物種對抗?

我右手緊握螺絲批，步步為營地貼著牆壁走，暴龍友走在我身後，接著是兩男童，速龍友在末端，他不時回頭向後看，使氣氛更加緊張。

我們走至市廣場一樓第一條通往屯門時代廣場 C 座的通道時，突然有光線從通道射進來，那是手電筒的光。

光源來自屯順街，且不停晃動，光線透過通往時代廣場架空通道的玻璃，拆射進來。我本著《BIOHAZARD》主角的冒險精神，在架空的通道窺看街外。

電筒光在街上四處亂轉，之後突然暗了下來，但我看得出，光線進了那墜毀的直升機之內，希望那隻冤鬼般的物種短時間內不要走出來。

我們加緊步伐，走到第二條通往屯門時代廣場 A 座的通道，那通道原來已被撞破了玻璃及石屎外牆，相信是那直升機所撞毀的。

我看見電筒光已向巴士總站方法遠去，便轉身向四人嚷道：「再右轉就見到升降機大堂，趁機會，跑呀！」

眾人加速快跑，人如其名，速龍友跑得最快，我們右轉、下樓梯、跨越屯門公路、油站、左轉青山公路，一氣呵成。

成功跑至我家樓下時，我稍為回一回氣，我面向杯渡輕鐵站，眼前出現的事，使我毛管不自覺地豎起……

輕鐵杯渡站之前是何福棠站，由何福棠站至杯渡站，是由一條大直路及右轉杯渡路架空的手臂彎而成。而正正在轉彎處，除了本身的輕鐵路軌外，其實是有多一小段不使用的路軌。

該段不使用的路軌不足十米長，向青海圍方向伸延。

而那伸延外出的部份，正正在我居所對開，難怪昨日下午在油站購物後，當我走入電梯大堂時，會泛起不自然的感覺。

那是因為，在那不使用的路軌之上，有一列兩卡的輕鐵，其第一節車卡有一半脫軌沿掛在半空，而緊貼在其左手面杯渡路軌的是一列翻側了的輕鐵。

出軌的輕鐵車頭向下傾斜約三十度，當中隱約可看見有肢體露出車外，手手腳腳的，我不敢想像車廂內有多少乘客，是因為人疊人窒息而死。

進了市廣場第八座，我把玻璃門關上，並分別用垃圾筒及滅火筒頂著，我們沒有多說話，我慢慢走上樓梯，他們跟隨上來。

走至九樓，我向笠原中女的單位一指：「你哋可以入去休息，抖夠瞓醒先再算啦，有嘢連敲三下門搵我，記住開電筒，唔係睇你哋唔到，早抖！」

速龍友問：「喂，兩間屋都係你㗎……」

我沒有回應，便關上家門，把背包放下，脫下鞋子，便伏在沙發上。

「玩完喇！你仲唔認命！」

認命？才不會！由出來社會工作年代起，我不停地在金錢和事業上拼搏，希望總有一天，我能夠離開深水埗父母家。當我湊夠首期置業，相隔一條公路的屯門市廣場第一座我居然買不起，只能次選這孤獨的第八座。

當我為家人著想打算轉一個較大單位時，那個在屯門站的屋苑瓏門呎價居然破頂，使同區屋苑呎價被拉高，間接影響我

打算購買卓爾居的計劃。

認命？認你老味！

我翻轉身，昂頭向著天花板，腦海一片空白。我閉上眼睛，試圖入睡，但不成功。之後我把整件事從頭到尾想了一遍。

想到父母，想起家人……

我眼角流出了一滴淚水，之後可能太累，漸漸地，我睡著了……

但可能是飢餓之故，我醒了。我再次在冰箱取出冰水倒在毛巾上，擦乾了身子，之後把背包中所有物品重新整理好，並在廚房取了四把餐刀放進背包，再在工具箱中取了些輕巧鋸片、不同大小的螺絲批、剉刀、膠索帶等，總之可以作攻擊武器的，我也收納入背包內。

我甚至在灶底找到一小袋白英泥，若那物種近在眼前，我也可以用來灑在他臉上（若果牠有臉的話），接著我便可以用各種利器來刺進牠身體，再拔足逃走便可。

我再換了一次衣服，從頭到腳，白色 T 恤、卡其色褲、白色波鞋及灰色連帽外套，這些亦是我平常上班時所穿的衣服。

考慮到將來沒有機會再回來，我盡量在家人的房間中搜索，希望盡可能把一切有用及有價值的物品帶走。

當我在自己的書櫃旁罅隙找到一個鐵盒子時，我鬆了一口氣，這是個金屬啡色鐵盒子，像本小說般大小，盒子蓋是個一格格堆砌成像一排朱古力的凹凸圖案。

這盒子是母親送給我的，盒子很精美，故此我留了下來。

打從我小學時期，我便把自己覺得是重要的東西放進去，而約在八年前搬來屯門時，當安頓好一切後，這盒子便不見了。

我一直對這件事緊緊於懷，盒子內甚至藏有一隻用樹膠處理的「金絲貓」（註）標本，牠可是我求學時期戰無不勝的寶貝。

註：金絲貓，又名豹虎，昆蟲屬蠅虎科，生性兇殘，具打鬥能力。

發現盒子時盒蓋已經打開，盒內部份物品卡在書架與衣櫃之間，但在盒子中剩下的東西也有一大堆，其中一張長形白色咭紙，寫著我姓名，隱約還可以看見年份，內容是我小時候在香港衞生署接受疫苗接種的紀錄。

紀錄左面第一項是「B.C.G.」，亦即是「卡介苗」，我知道是每個嬰兒出生後所注射的第一支疫苗。接種紀錄其中一項是手寫英文 S 字頭的疫苗，其右面也有英文字是「DATE, PLACE, REMARKS」，這些項目均漏空了，沒有填寫。我不太清楚這是什麼疫苗，也不知道為什麼疫苗名稱要用手寫。

在本港，嬰兒出生後首半年便要接受多次不同種類的疫苗注射，由香港衞生署免費提供，家長亦可按意願自行到私人診所注射。

半歲之後，疫苗注射次數便會減少，直至小學畢業後，基本上免費疫苗計劃便會完成。

對於針咭上漏空的紀錄，我當然沒有記憶，可能是父親帶我到私人診所注射吧，就算今天我向他查問，可能他也毫無頭緒。

我再翻看盒子，有父母親合照，還有我兒時和妹妹在海洋公園的照片。

尋找了一會之後，發現那隻寶貝金絲貓標本不見了，因為盒子不知道是什麼時後卡在罅隙當中，這些年來家居清潔無數，到底是否已經棄掉則不得而知。

正當我留神盒內的東西時，門外有人敲門！

啪！啪！啪！

連敲三下，是暗號！是他們找我，我走出房間時，愣了一下，看了自己雙腳一眼。

哦！我一向在家不穿波鞋的，家裏天天清潔，我甚至不穿拖鞋的，這雙鞋⋯⋯

我走到玄關，在防盜眼窺看走廊，敲我家門的，竟是笠原中女！

她？她不是疏散了嗎？這個與她母親相依為命的中女，假期會與母親結伴外出的中女，此刻竟然會敲我家門？

昨天下午一時正當我外出時，見她單位大門虛掩，直至剛才仍保持那個狀況，不是說她一直在家吧？難道她看見龍友及男童等四人擅進民居，求助於我？

「咩事呀？」我打開木門問她。

「可唔可以開門先⋯⋯」笠原中女道。

「係咪大大隻隻，成個原始人咁樣嗰個人搞你呀？呢啲嘢我幫你唔到㗎。」我向她解釋。

「你開門先啦。」笠原中女堅持。

搞咩呀？好眼瞓呀⋯⋯你唔係過嚟益我呀⋯⋯我心想，半夜三更，她究竟想怎樣。

我把鋼閘開啓，讓她進來，她經過我身旁時，左手手臂接觸到我右手，我打量她，從頭到腳地看，當發現她不是穿白色背心及熱褲時，或多或少有些失望。

笠原中女有著一個瓜子臉蛋，架上 agnes b 黑框眼鏡，留著及肩的直髮，近左耳朵的臉頰有一度小疤痕，可能是暗瘡疤，她穿上一件黑色連身裙，裙子長至把雙腿完全遮蔽，我甚至看不出她的鞋子。

我招呼她在沙發坐下，自己則坐在她右邊另一張單人沙發，好奇地看著她。

笠原中女合膝而坐，左手托著頭，撥弄著耳朵前一束秀髮，我忍不住問：「你唔係走咗咩？點會喺度嘅？」

笠原中女把右手伸前，輕輕按著我枕著大腿的左手：「如果眼前睇唔見嘅嘢，呢一刻係咪同以前一樣，安於現狀？」

啊？你在說什麼？在這個可能是世界末日的時候，請跟我說些有建設性的逃生方法。什麼眼前看不見的事物，這一刻是否如以往一樣，安於現狀？這種不知道是哲學抑或是形而上學的問題，這與我何干？這個中女，被嚇傻了嗎？

笠原中女繼續：「其實我走咗喫啦，我坐咗軍車，去到屯門公園，但黑麻麻，得我一個人，我好驚⋯⋯」中女邊說邊以手指輕撫我手背。

「不過行行下，見到三個人⋯⋯就喺公園廁所附近，我諗住多個照應，咪上前去叫佢哋囉⋯⋯」說到這裏，笠原中女站了起來，走至我面前。

她一雙膝蓋緊貼我雙腳壓了過來，並用雙手撐在我左右兩邊沙發背上，她脹脹的胸部就在我鼻尖之前。

「但係我都未叫佢哋，佢哋就走咗去，之後走咗入男廁，咁我係女人嚟㗎嘛，點可以入去啫……」

笠原中女說話時身子微微郁動，甚至乎有一、兩次，我嘴巴竟觸碰到她胸脯。

「但冇辦法，當時真係好驚，唯有追住上去，我『咚咚咚咚咚』咁跑入男廁，但唔見佢哋三個，但牆上有好多甲由喺洗手盆爬出嚟，有啲仲飛埋我度，咁我咪用手撥走佢哋，我雙手有幾隻指甲係刮牆時整斷㗎……」

笠原中女退後了兩步，趁著挺起身前，再次以她左手手指尖輕撫我的手背一下，我感覺到她凹凸不平的手指甲，我心跳加速，毛管豎了起來！

「之後我見到第一格廁格關咗門，心諗可能佢哋喺入面……」笠原中女開始繞過她原本坐著的沙發，慢慢走到了我身後，把臉龐貼在我肩膀，我靠右一看，正正看著她瞪大雙眼。

「你知唔知我點做呀？咁我咪走入第二個廁格，企喺馬桶上面，伸個頭過去，裝下佢哋囉，你明唔明呀……」

未等笠原中女說完，我便彈了起身，找到背包並打開，但這時恐懼感來襲，我雙手嚴重發抖，嘗試伸手入背包取出白英泥，但手忙腳亂弄破膠袋，白英泥散滿一地。我想取出餐刀，但心急之下，呼吟嘩吟的把工具及武器打反在地上。

當我再抬頭時，笠原中女已走進浴室，並高聲道：「你過嚟呀……」

「過⋯⋯嚓⋯⋯呀⋯⋯」

我再看看自己雙腳，老是想不出為何忘了脫鞋，但笠原中女又在浴室中等我，我一定要入去查個究竟。

我隨意在地上取起了一把電鋸，開了電源，電鋸立刻「轟轟」聲響，我再用手拍拍右褲袋，才醒起笠原中女之前來我家時，曾經在內褲邊沿取出一個防狼噴霧交了給我。

我左手拿着電鋸，右手拿着防狼噴霧走進浴室，笠原中女背向著我，上半身已經赤裸，黑色連身裙脫了下來，露出雪白的背肌；下半身只是用左手輕輕抓着裙邊，那半條誘人的股溝露了出來。

接著，笠原中女轉過身來，正面對着我，長裙裡再無衣飾，一雙乳房挺而豐滿，之後，她左手一鬆，把黑色長裙整條退下，並且跨出一步。

我身子一軟，兩手所持的武器跌在地上，雙膝一酸，跪在她身前！

我之所以這樣，全是因為笠原中女雙腳⋯⋯

她大腿以下，是一雙生滿密密麻麻黑色硬毛，腳趾還有利爪，以非人類關節能屈曲的姿態站立！

我抬頭一看，一隻全黑色長滿硬毛的物種正向我說：「玩完喇，你仲唔認命！」

「呀⋯⋯呀⋯⋯呀⋯⋯」

「呀⋯⋯」我從沙發坐起，出了一身汗，我第一時間看看雙

腳，沒有穿鞋子。

剛才是做夢，包括我找到疫苗接種紀錄也是夢境內容，超真實的夢！很可怕，超恐怖！

看看手錶，才睡了二十分鐘，我擦了身子，更換衣服（與夢境一樣），再整理背包，把剛才在夢中涉及的裝備都帶上，最奇怪的是我在書櫃罅隙中真的找到朱古力金屬盒子，當我正想打開盒子之時，敲門聲至。

「啪！啪！啪！」是暗號，從防盜眼中，看見電筒光下的那躁狂症，證實是他們後，我立刻開門。

「咁耐先開門㗎，打飛機呀？」暴龍友雖然救活黑瘦男童，其實很值得尊敬，但是他的說話仍然令人討厭。

我用手捽眼睛：「有咩事嗱嗱聲講呀，好眼瞓呀⋯⋯」

速龍友顯得有點兒興奮：「我哋或者可以離開呢度啦！」

我稍微張開眼睛，敷衍地道：「點樣離開呀？鑿開條屯赤隧道啊？」

速龍友不厭其煩：「你睇下呢張紙⋯⋯」

我接過速龍友手上的 A4 紙，內容是：

阿女：

見字速到屯門碼頭

阿媽字

碼頭？這兩母女⋯⋯

坐船？

⋯待續⋯⋯

06

對！屯門碼頭！現時所知道的陸路已經封鎖，而且不知其範圍有多廣，除非我能以蝶背蛙自游泳到赤鱲角，否則，坐船已是必然的選擇。

看看手錶，時期顯示：03:50

若果政府是用渡海輪作為疏散人群的交通工具，那麼，由昨天下午一時起計算，已經過了超過半天，而我在傍晚外出時所看到的景況，似乎，要走的人已經走了，被遺留下來的，也不似會再有交通工具接載。

我們還要冒險走到屯門碼頭嗎？

我向他們道：「呢張紙喺邊度搵㗎？」

速龍友：「咪隔離間屋囉，佢貼咗係門口個白板度之嘛。」

暴龍友一本正經地道：「係就快，摶佢仲有船，如果冇，砌隻木筏我都要走。」

暴龍友這句說話，可能是我認識他以來最正經及沒有粗言的一句。

所以我也認真起來：「你哋而家行得未㗎？」

暴龍友雙手握拳：「我哋 Ready 㗎啦，等你咋！」

我點頭：「好！」

我在家中走了一圈，臨出門前，走進了廁所。不會的，是夢

境……我拉開了浴屏，內裏空空如也，沒有什麼中女或者怪物，總算呼了一口氣。

我們沿樓梯落樓，由昨天開始，我已經記不起來回走了多少遍，希望下次回家能乘升降機便好了。

然而，這次離開，真的是我最後一次走這條樓梯！

大堂一雙玻璃門緊緊關上，滅火筒及垃圾筒仍然堵塞在門前，所以肯定沒有任何人曾經進來。

為了把冒險程度減至最低，我選擇步行上屯門公路。

我們小心奕奕地走路，當上斜至杯渡站，看到那列已翻側的輕鐵，所有玻璃窗已破爛，相信是救人時打破的。再向屯門新墟方向看去，着火的軍車火勢大致上已經熄滅，但是在漆黑當中仍有零星火種。

我們沿屯門公路開始，向屯門碼頭方向走，經過友愛邨時，聽到屯門河方向很多狗吠聲，我想起昨晚在新墟那台客貨Van中的小狗，想到政府若要疏散，相信不會顧及流浪貓狗。

經營寵物店的，若計算到自己可能會被安排入住社區會堂，總不能把蚖蜴及蠍子也帶上，脖子上纏繞兩條牛奶蛇，在扶老攜幼的會堂中出現。那麼，暫時讓牠們留在店內似乎是必然選擇。

而在屯門公路落橋時，開始看到長長的車龍。整段屯門碼頭方向的馬路，被車龍擠得水洩不通，我們不敢開啓電筒，密密麻麻的車輛使我們走得更慢，有時候更感到腳底下踏到雜物，可能是鞋子或水樽之類的東西。這個情況亦配合了之前兩龍友所述，內河碼頭一帶曾經大塞車。

越過屯門河，我們進入了碼頭區域，途經湖景邨，狗隻打鬥得更激烈，其中一幕是五隻狗同時咬著一隻小狗，經過一輪撕殺，被襲小狗肢體斷裂，死無全屍！

我們走至屯門碼頭輕鐵總站，站內連一列輕鐵也沒有，反而，有兩架軍車，停泊在路軌之上。

速龍友發表意見：「照咁睇，係因為碼頭一帶太多車，好多人亂咁泊低架車就上船走，搞到成個碼頭一帶大擠塞，軍隊逼住用軍車行輕鐵軌，載居民去碼頭坐船，因為杯渡站兩架輕鐵相撞，所以你先見到成十架軍車塞咗喺新墟。又因為呢度都冇晒輕鐵，所以，除咗用船之外，政府仲用咗輕鐵，甚至西鐵去疏散居民。」

厲害！速龍友果然是我們的牽頭人，他分析得很有條理，屯門區居民至少有五十萬，剔除昨天早上離區上班及一些非經常居住的居民數目，保守估計，昨天政府要處理的是涉及二十萬人的超大型災難。

若果由我昨天下午一時聽到新聞起開始計算，直至我晚上六時半外出為止，短短五個半小時便能疏散二十萬人，我相信是個奇蹟！

要知道這二十萬人並非在羅湖橋北上深圳，而是要在數十個大大小小不同的公屋、私人屋苑、村落、大型商場、學校、各公私營機構、醫院以及監獄等等著手。

分階段及有秩序地以船隻、鐵路及其他運輸工具，安排路線、編制人手、設立指揮中心、臨時醫療等。亦要考慮到這二十萬人中有行動不便、獨居、或因不同原因而拒絕疏散、誓死保衛家園等問題出現。

相信就著上述各種因素，香港政府才要駐港軍隊協助。

穿過輕鐵總站，我們到達屯門渡輪碼頭，海面一片平靜，污雲密布，能見度低，看不清楚對岸，亦看不到有航機升降，因此並不知道大嶼山是否一樣停電。

渡輪碼頭的船公司已關閘，沒有一艘船停泊，暴龍友沿海邊徘徊，似乎是在尋找有否船隻被遺漏下來。

「冇嘢呀，真係乜船都冇？連快艇、大飛、舢舨都唔留番喺俾我？橡皮艇都俾隻我呀！你老 @%#¥€+……」（下刪八十字）暴龍友把失望及憤怒以粗言發洩出來。

「唔洗揾喇，乜嘢船都走晒喇，疊埋心水等救援啦！」說話的是一把陌生男子聲音。

「一、二、三、四、五，又多五個人爭飯食，講明先呀，海趣坊係我㗎！」說話是另一把陌生男子聲音。

我四週搜索，卒之在海趣坊商場二樓平台上的一個露天食堂，見到兩名男子。

再見到有人，本應打著「有伴唔怕跛，要衰一齊衰」的理念來說，必然是利多於弊，但是就著剛才第二把聲音的說話，聽進我耳卻是渾身不自在。

速龍友首先開口：「你哋知唔知發生咩事呀？我哋只係知道要疏散咋！」

「唔知喝！」是剛才第一個男子聲音。

之後雙方沒有再說話，速龍友背向他們，面向海面輕聲對我道：「呢兩條友仔好似唔多友善，我諗我哋要靠自己。」

速龍友已經很厚道，我聽得出那二人的說話語帶輕挑，極不

友善。我很想走上平台看個究竟，看看這二人是什麼模樣。

但是，當你不打算撩人時，人家正找上門來！此時有一隻貓在渡輪碼頭不停叫嚷，是一頭啡色本地小貓，相信是牠主人已乘船走了，遺下可憐的牠捱餓，不懂覓食的牠，只好向人撒嬌來討食物。

正當小貓走到速龍友及黑瘦男童身旁，半空突然擲下一罐啤酒，啤酒罐擊中小貓後腿，牠立刻淒厲的尖叫，跳下跳下的逃走。

啤酒灑滿地上，速龍友及黑瘦男童均被沾濕，速龍友指向那兩名陌生男子兼且亮聲道：「喂！你老母你冇嘢呀？差啲掉到我呀！」

四眼男童亦出言責罵：「喂！你做咩掉人呀？」

平台上的二人，支吾以對了一會，接著其中一人道：「Sorry！Sorry！人有錯手……」

速龍友體型黑黑實實，加上剛才出口便粗言相向，那兩人可能看見我們人數較多，自知理虧，故再道：「冇船㗎啦，搵個地方抖下先啦，我哋呢度有櫈，一路抖一路等天光啦，搏佢聽朝一早有船嚟啦。」

走了半小時才來到碼頭，結果只得這兩位同病相憐兼來者不善的人！雖然我很想上前給他倆每人一拳，但現在逃生無門，若果最終要困在這個遲早玩完的屯門區，倒不如在這二人身上收集資訊，才是上策。

我向速龍友道：「兩個細路已經好劫，不如上去坐陣，順便收下風，睇下佢哋知道啲乜嘢。」

速龍友望向不遠處的暴龍友，暴龍友知道是在詢問自己的意見，便道：「你話事啦！」

就這樣，我們五人沿海旁樓梯，上了海趣坊商場平台。平台上有圓桌及椅，兩男童一放下環保袋，便在椅上呼呼入睡。

平台上的兩名男子，其中一人正大字形躺在椅子上，身穿一件球衣、牛仔褲及人字拖鞋，正喃喃自語，像索了 K 一樣，迷迷糊糊。

而另一人則喝著啤酒，抽煙，約四十七歲，格仔恤衫西褲白布鞋，是個胖子，桌上擺放了一個大背包。

他招呼我們坐下，我們便往另一張桌椅坐下。之後，他在背包中取了三罐可樂給我們，我看見背包中央，有一支藍色的工具，長長方方的，頭部微曲，這件工具，像人前臂一樣長。

大背包表面突起一個又一個像盒子的角，包內似乎有大量盒子。再看他左手手腕，是一只勞力士 DEEPSEA 黑面手錶！我大膽推測，他背包中的長形硬物，應該是一支鐵筆。

而這名男子的身分，相信是一名擅於入屋爆竊的罪犯，在這裏我暫且稱他為老爆犯。

老爆犯又把地上一袋物品拿起，取出一盒又一盒的最新型號手機：「有冇興趣呀，八折讓俾你呀，不過要 CASH ！」

我和速龍友對望一眼，沒有理會老爆犯，但他繼續道：「平板電腦啱唔啱？七至十吋都有，都係八折！」

速龍友搖頭後道：「我想問，你仲見唔見到其他人？」

老爆犯指著正在迷幻的男子：「咪佢囉，得佢咋！我尋日成

日喺公司做嘢，做到成下晝兩點，諗住出去食完飯先......」
老爆犯開始覆述他所見過的事......

「我公司喺工廠區附近之嘛，嗰個熟食中心有間燒味飯好好食，咪諗住填飽肚先，長命功夫長命做。但落到去間燒味店，原來拉左閘！唔止咁，附近仲大塞車，咁我咪返公司先囉。」

速龍友問：「你落街時兩點，嗰陣未疏散咩？」

老爆犯：「有，四週圍都係車，又多人。」

速龍友：「你明知疏散仲唔走，仲返公司？」

老爆犯：「咁都冇辦法㗎！有嘢未做完嘛！」

我亦問他：「咁你返去公司，但應該停咗電好耐啦，你公司做嘢唔洗用電咩？」

老爆犯開始尷尬：「都......可以唔洗嘅，執下批貨咁啫。」

我在暗笑，他真是厚臉皮，還要死撐。

速龍友：「咁你部電話收唔收到啲有關屯門區嘅訊息呀？或者政府向市民發布啲咩訊息咁呀？」

老爆犯把正在手中把玩的電話放下，那是最新款電話，其透明的膠膜還沒有脫下，分明是剛剛爆竊得來的。

老爆犯支吾以對：「收唔到呀，張電話咭可能壞咗。」

夠了！死窮鬼老爆犯，出來做世界 Cheap 到連電話咭也沒有，我已不想再聽他「亂吹」！

這個老爆犯，根本就是乘亂爆竊，不是爆金舖錶行，便是爆手機專門店，甚至是工廠貨倉。我估計現在或將來，他都不會對我們逃出屯門有絲毫幫助。

老爆犯反問：「咁你哋又為咩冇走到？」

速龍友答得簡單直接：「唔好提，我哋五個唔係行山蕩失路，就係瞓過龍，出到嚟已經係咁。」

速龍友答得好，對著這種「亂噏」友，根本不用跟他認真。這兩名龍友，一個機智靈活，另一個躁狂爛口……

啊！暴龍友好像很久沒有說話，打從在渡輪碼頭找不到船而爆發粗言後，他也只是說過一兩句話。我注視著暴龍友，他只是靜靜地坐著，甚至沒有睡覺！

「呀……呀……呀……」突如其來的叫聲，是那名身穿球衣的男子。這位吸毒者，想必又是「上電」的時間到，生理時鐘反應過來。「喂！喂！喂！Check乜鬼嘢呀！」很好笑，他居然還在說夢話。

老爆犯再道：「我就係喺公司做嘢做晏咗，出到去所有人已經走晒，嚟到碼頭已經冇晒船，所以咪坐喺度等，等等下瞓咗覺，瞓醒都成一點鐘，跟住就見到呢條老童瞓咗喺度，咁我就落咗去碼頭坐，開頭以為條友死咗，點知，佢兩點半左右又起返身。」

我看著穿球衣的老童，身體翻來翻去像被蚊叮蝨咬，口部微微張開，手臂抖震，他的情況，就如政府宣傳反濫藥中所描述的吸毒者一樣。

老童此時挺一挺腰，伸展雙手，打了呵欠，褲袋露出一部手機，突然「啪」的一聲，椅子翻側，老童連人帶手機跌在地上。

「邊個推我呀？你推我呀？」老童坐起身指著我。

「你嗌乜嘢呀，死老童，你自己坐得衰之嘛！」我一向知道，只要比別人惡，才能保護自己。

速龍友舉高雙手：「唔好嘈住，誤會啫！誤會啫！」

老童似乎被跌在地上的一下痛楚喚醒了，看到我扮惡相，他也不敢再來。

速龍友向老童道：「喂！老友，我想問你，你部電話有冇收啲關於疏散嘅短訊？」

雖然老童已經較為清醒，但是程度似乎很有限，他緩緩站起，再拍拍口袋，再蹲在地上摸索，好一會才找到手機。

老童拿著手機，單手按著：「我都唔清楚⋯⋯部機之前已經壞壞地。」他一邊說一邊把手機交給速龍友。

速龍友接過手機，我和暴龍友亦上前湊看，眼前是一部原始得只有打出打入的不知名品牌手機，這種手機按鍵數目字很大，多半是給長者使用的。我家也有一個，我把它放在床頭當鬧鐘。我見速龍友帶疑惑眼神，定定看著屏幕，不知從何入手。

「等我嚟呀，我之前用過。」我取了那手機，是一部屏幕只有四厘米大小的舊款手機，屏幕右邊三分一畫面爆裂，不能正常顯示，只出現了又黑又白的不規則圖案。

我按入手機功能，找到訊息一欄，進入了，首先查看最新的一個內容：

藍地嗰邊派晒 \\\\\\\\\\\\

四仔，得番藍 \\\\\\\\\\\
仔講蝴蝶嗰間 \\\\\\\\\
元粒，好那貴 \\\\\\\\\\
你去開果頭，\\\\\\\\\\\
半打，我會俾 \\\\\\\\\\\\

發訊者：孖枝
時　間：12：50

這個老童，相信在疏散之前，還要去購買毒品。

我繼續查看，看到一則在 12：07，內容：

4B 區果邊啲藥 \\\\\\\\\\\
個個都話去藍地 \\\\\\\\
我諗住趁亂去 \\\\\\\\\
起 X 晒佢啲雷，\\\\\\\\\\\
該有廿幾粒，\\\\\\\\\\\
咋單眼佬棟檔 \\\\\\\\\
把牛肉刀隊死佢 \\\\\\\\
樣上次輸那咋波 \\\\\\\\
俾我仲唔乘機隊 \\\\\\\\

發訊者：孖枝
時　間：12：07

吸毒者都是蛇鼠一窩，動不動取刀傷人，若打後日子要和這
種人同路，必須格外小心！

卒之，我找到一個在上午 11：34 分接收的短訊。

發訊者，是香港保安局，內容如下：

『新界西地區特 \\\\\\\\\\\\
情況惡化，政府 \\\\\\\\\\\
人禁止前往新界 \\\\\\\\\\\
情況許可，請盡 \\\\\\\\\\\
東或九龍方向移 \\\\\\\\\\\
居民將會開始安 \\\\\\\\\\\
請只帶備隨身物 \\\\\\\\\\\
長者或小童。請 \\\\\\\\\\\
不是演習，新界 \\\\\\\\\\\
生嚴重事故，受 \\\\\\\\\\\
放射性物質或其 \\\\\\\\\\\
有害的物質污染 \\\\\\\\\\\
相當可能對人造 \\\\\\\\\\\
害，並可能持續 \\\\\\\\\\\
時間，注意個人 \\\\\\\\\\\
人衛生，切勿嘗 \\\\\\\\\\\
能或已經污染了 \\\\\\\\\\\
件，切勿觸摸地 \\\\\\\\\\\
疑物品，保安局 \\\\\\\\\\\
眾發布最新情況 \\\\\\\\\\\

發訊者：香港保安局
時　　間：11：34

看畢訊息後，一陣寒意湧上心頭。因為，對於整件事情，在
事發後我曾作出多次猜測，包括多個可能性。在遇到速龍友
之後，我們曾經綜合各種線索，得出一個結論，包括訊息所
提到的放射性物質已經污染整個屯門區。

但是，這是我親眼看到的一個訊息，發訊息的是香港保安局，
亦即是，這是鐵一般的事實，我們現在正身處受到污染的屯
門區，其污染可能對人造成傷害，並會持續一段時間。而我
們，正正是在所有人疏散離開後，仍遺留在此區域的人。

我沒有必要對訊息內容起疑，我把手機交回給老童，老爆犯立即搶過手機來看。

我看著兩名龍友，二人臉上，均出現一種失望的神情，而我，除了用絕望來形容自己，我找不出一個更適合的詞彙。

我沿平台樓梯走下，走進輕鐵總站，在職員辦公室旁，看到有些纖維板在地上，我蹲下查看，那是一些用作屏風的板，我嘗試屈曲它，但似乎很硬淨。

我在背包取出鐵鉗，打算把纖維板折斷時，速龍友在我身旁道：「喂！你搞咩呀？」

我沒有理會他，繼續用鐵鉗中央鉸位的切割口在纖維板剪割。

「你唔係諗住造木筏呀？呢啲物料太輕⋯⋯」暴龍友說話了。

我站起身，用鐵鉗向著暴龍友：「你識出聲嘅咩？你唔出聲我以為你啞咗！見到可能惡過自己嘅人就啫都縮埋，淨係識得恰啲嘅仔，大隻有乜嘢用呀，你試下郁我呀！」

暴龍友上前來，速龍友立刻阻止：「停止，easy，easy，而家唔係嘈交嘅時候。」

我沒有理會他們，見纖維板似乎剪不開，索性整塊抬起，拖至碼頭，纖維板刮地聲極響亮，老爆犯及老童也走了下來看。

速龍友向我道：「不如咁呀，唔好急住，做木筏都要安全穩陣㗎，我哋不如瞓醒先算。第一，可能朝頭早會有船；第二，萬一冇船，我哋去收集啲大膠筒，再用繩索穩固，慢慢造架靚靚仔仔嘅船走，咁咪仲好。」

衝動！我太衝動！速龍友言之有理，纖維板太薄，真是經不

起風浪，不要說去機場，就是能否浮在水面也是疑問。

老童道：「其實唔洗咁心急呀，可能仲有啲警察未走！」
「吓！」暴龍友及速龍友齊感驚訝。

老童取出香煙，燃點後深深抽了一口，之後把香煙遞給我們，但沒有人伸手去取。

老童道：「唉，唔怕講埋俾你哋知，其實我尋日朝早俾警察拉咗，我喺市廣場間超級市場攞咗兩盒壽司，冇俾錢，俾個肥佬便衣保安截到，咁……衰咗啦。之後俾軍裝嚟到拉咗我去咗青山警署，最衰條老鬼多口，條老鬼應該係經過報案室，又多事，同條新仔講話我係老童，叫佢搜我身時搜清楚啲。」

「嘩！聽完嗰個老鬼講嘢之後，嗰條新仔好似如臨大敵咁，一嘢推咗我埋牆度，連底褲都除埋我。咁就瀡血啦，老闆睇得起我先叫我 keep 貨，仲俾個權力我點棟檔啲老童做嘢，我諗住呢期實彈起啦，就算做老童，都做老童中阿頭……」

老童不斷搖頭嘆息：「個新仔一除我條底褲，我幾十粒四仔同藍精靈咁就斷到正一正。本來攞兩盒壽司好閒啫，簽個擔保上庭最多罰幾舊，但係而家就大鑊呀，偵緝個沙展話告我販運毒品，我春袋底差唔多收埋成百粒嘢，冇得保釋，仲話聽日押我上庭。」

「咁我就喺臭格度踎，啲警察好似好忙咁，切哣咁轉。到咗中午，我同個值日官講好肚餓，想食飯，佢居然鬧我，話全世界都唔得閒，飯都冇人煮，咁我話，咪玩我啦，你估我第一次衰咩，拋臭格點會冇飯食呀！點知值日官又再重插我，佢話自己忙到早餐都未食。」

「咁我望一望佢抬頭，又真係擺咗罐威化餅喺度，我心諗佢著白恤衫都咁忙，佢哋著藍恤衫嘅下屬咪做到死？所以我精，

我冇再出聲，萬一捽瘐佢，入嚟打我咪死，你知啲警察幾冇家教㗎啦，有牌爛仔呀嘛！我聽到佢抬頭個救命鐘響佢都唔理，正一打靶，人哋可能喺郊區遇到意外呢。」

「咁大約到咗下晝兩點，個值日官俾我走喎，我話我跑唔到山，冇錢交保釋金，佢居然話唔洗，我頭都痕埋，因為我成百粒嘢，入咗罪至少坐半年，咁我同個佢講聲多謝啦，佢又鬧我，叫我擔保紙上簽完名就快啲走。」

「咁我走咗，踏出報案室，一落樓梯身後面就『嘭』一聲，居然落咗閘，咁樣做嘢都有，乜鬼嘢警署㗎咋！之後我就過咗去啟豐園諗住偷......唔係，諗住食啲嘢，呀，頂佢呀，成個商場啲舖頭冇開，我諗唔通有新船去澳門？啲友仔個個諗住去澳門食嘢賭錢。」

「之後我去咗附近個公廁，唉，講埋俾你聽，其實我仲收埋一粒四仔喺鼻窿入面，條新仔知咩呀，我喺水箱頂拎返之前收埋嘅一枝針筒同水出嚟，咪上咗一針，嘩......正到，老闆啲貨真係唔同。」（老童似乎十分回味，雙眼半反白眼之餘，咀角流晒口水。）

「之後我就係廁格入面瞓咗，瞓醒已經成夜晚八點，鬼影都冇隻，跟住我諗住打俾個老友孖枝，話俾佢聽我衰咗，冇晒啲貨老闆實要我嘔番出嚟，叫佢出入都小心啲，但電話收唔到。」

「之後我諗住搵個地方瞓，就行咗去悅湖山莊個公園仔，但啲櫈濕晒，行過青山警署，雖然仲係落咗閘，但係我見到上面有燈光，不過我又唔敢入返去問佢哋發生咩事，點解停晒電又冇晒人，又萬一又捉番我入去臭格咪死！跟住咪嚟咗呢度瞓，貪佢有把太陽傘。就係咁之嘛，我而家都唔知其實發生咩事㗎。」

照老童所說，「新界西地區」必定是發生嚴重事故，連本應不能保釋的罪行也給予寬免，甚至郊區的求生鐘響也沒人手處理。似乎，可能是連警方也控制不了的事故，才要軍方介入。

此時，我聽到一些輕微叫聲，是女人聲。

「呀……呀……」

速龍友亦看著我：「有人嗌……」

暴龍友道：「喺前面！」暴龍友指向慧豐園舊碼頭方向。

我道：「我上平台叫醒佢哋，如果係有船走，費事返轉頭。」

我走上平台叫醒兩男童，之後，我們五人向慧豐園舊碼頭方向走，連老爆犯及老童也湊熱鬧跟上。

沿途聽見的叫聲愈來愈大，我們已奔跑起來，當跑至慧豐園一座對開時，看見一個人影！

這個人，坐在地上哭泣，她居然在是這兩天來，在夢境中如魔鬼與天使般出現的……

笠原中女！！

笠原中女全身濕透坐在地上，她只穿一件白色恤衫及黑色半截裙，身旁有一個啡色皮手袋及大旅行喼。

我們的出現，笠原中女表現得十分驚訝，但當她的視線接觸到我之後，她以雙手撐起身子，我可看到她每根手指頭已經損破，當她挺直腰後，可以看到黑色絲襪不同程度破爛。

她緩緩走至我面前，鼻子一紅，流下眼淚，接著立刻上前抱緊我......

笠原中女，平常只會在等候或乘升降機時遇到的笠原中女，此刻竟然用她一雙豐滿且濕潤的乳房，緊緊貼著我的胸膛，用她一雙陌生但衝動的臂彎，緊抱著我腰際，並以帶有疤痕的左邊蛋臉，溫暖地印在我肩膀，那黑框 agnes b 眼鏡，盡是一點點不知是雨水或是眼淚。

雖然身子疲倦不碪，但我就是在享受這一刻，每一秒，我甚至閉上眼睛，用身體去感受並鈎畫出笠原中女的線條美態。

但美麗的東西每每如流星般瞬間掠過，突然間，出現了一下反高潮！

因為，當我再張開眼睛，在舊碼頭對開海面，我看見了一艘......

正在海中心緩緩地下沉的......

渡輪！

...待續......

07

儘管笠原中女哭聲連連，每一下抽搐使其一雙豐乳上下搖晃不定，但是，眼前的一幕，竟令我喘不過氣來！

這是海難！

毫無疑問，海上正有一艘輪船以 45 度角半沉在海中，船艙正在入水，船身傾側，只餘下船頭露出水面。不知道它是被什麼東西攔腰猛撞，只見到船身有一個洞。

我正在呆呆看著半沉沒的船，不知所措，眼見船上仍有燈光，船身上有「TURBO JET 噴射飛航」商標，相信是平常服務港澳兩地航線的噴射船。

我把笠原中女暫且推開，走到舊碼頭（慧豐園一座對開），嘗試在漆黑的海面上尋找生還者，但是四週張望，就是沒有發現。

「嘩！好彩我方坐到船咋，唔係就大鑊，賭場未去就死咗，唔好話去桑拿。」老童在說風涼話。

不過照情況看來，政府真的有可能安排 TURBO JET 作運輸交通。

在我身後的笠原中女聲嘶力竭地道：「走晒喇，尾班船都沉埋，再方船㗎啦！」

連在身後的笠原中女也再一度擊碎我的幻想，起初我們一廂情願地憧憬「明天有船隻來」的想發也要落空了，看來，真真正正要造一隻木筏了！

此時笠原中女再次走前來，從後抱著我，胸脯也同時壓迫我背脊，並抽搐道：「我而家冇咗媽咪，只係識得你咋……」

什麼只係識得我！小姐，你貴姓？你知否我多次怕要向你說早安而改走樓梯？我不是上帝，不能做你心靈寄託，我還有家人，我才不要加重負累！那兩名小學生已經是負累，這個笠原中女更不用多說了，大波黑絲還要拖個大噏，心想她上班只會是個花瓶。

要在一個死城中找個水泡請不要找我，我自己有辦法離開，大不了在岸邊找個水泡真的蝶背蛙自四式游到機場，總好過被你們耽誤時間。

那個不知是什麼的污染說不定已經西移，否則保安局不會呼籲市民向東走，而且那個喪屍片般的最高危險區域說不定會擴大，誰知道此刻的最新情況？

要我這十年來也不會在公園跑圈的人保護你，絕不要以為波大能掩蓋一切，我還有一雙具調節能力的眼睛，你在天下太平時可能是巨乳，但災難當前則可有可無！

我轉身，雙手抓著對方手臂：「喂！你……你發生咗咩事呀？」

我把原本想說的「你貴姓呀」吞了下去。

「啊！佢咪住你隔離嗰條女？」暴龍友說。

「係呀！我喺房度見過佢張相。」黑瘦男童道。

「咦！原來係阿嫂呀，佢知唔知發生咩事呀？」速龍友比較有意思。

對，看見老童的手機訊息並不完整，或許在笠原中女手機中可得知事件始末。

不過她滿身濕透，不會是沉船的遇難者吧？

我把笠原中女的旅行喼橫放，扶她坐在上面，向她道：「頭先發生咩事呀？你慢慢講我知呀！」

我從背包取出毛巾，遞給她：「你抹下啲頭髮先啦。」

笠原中女眼定定看著我，她這才脫下眼鏡，先用毛巾抹乾頭髮，再以毛巾印乾臉上淚水，再眼定定看著我。

她現在這個造型，與塔倫天奴電影《危險人物》中，奧瑪花曼吸毒過量，被救醒後的死相一模一樣。

我眼見笠原中女似乎不太對勁，生怕她是給嚇傻了，便把手搖她肩膀：「喂！好啲未呀？架船點解沉咗㗎？船上啲人呢？」

我想知道的事情何止三個問題？但看見笠原中女的狀態，又怎樣不慢慢來？

接著，笠原中女才慢慢向我們道出，她所知道的事，但是她對道路及四週環境認識不多，而且十分破碎及凌亂，故我在聽她敘述後，再自己思考分析，才堆砌出一個可能最接近事實的真相……

笠原中女昨天因為身體不適，原本往上環上班途中的她，向公司請病假後，便乘巴士折返屯門。

大約早上十點鐘，當巴士行駛至屯門公路大欖海員訓練學園外時，行駛在巴士前面的一輛貨櫃車突然切線，由向屯門方

向的快線越過分咗隔石壆後，再跨進往荃灣方向的行車線，接著撞到數部車輛，包括一輛九巴及貨櫃車，而該貨櫃車亦翻則了。

但剛巧巴士在進入屯門時遇上壞車阻路，延誤了回家的時間。在堵塞期間，有公司同事致電她，才得知新聞報導說屯門公路發生七車連環相撞，有車輛發生爆炸，產生對人有害的物質，已經導致多人死亡，同事說幸好她逃過一劫。

笠原中女嘗試看新聞，但手機網絡擠塞。返家後，母親已外出飲早茶，笠原中女返回房間立刻昏睡。至下午五時，她才睡醒，當然已經停了電，及後看見大門虛掩，及白板上的字條才嚇了一跳。

那字條是她外婆寫的，內容是通知她母親到碼頭（即是我們看到的那張 A4 紙）。而她外婆已九十高齡，不良於行，平時甚少出門（難怪我從沒見過她），但忽然間不見了，母親又不在家，故查看手機，才發現在下午一時前，她昏睡期間，母親曾經多次來電，亦有很多訊息，內容也是因為屯門公路交通意外，而引致洩漏不明氣體，政府要疏散居民。

最後一個訊息是她母親，通知她不要回家，暫時待在公司，外婆在較早前已經被警察帶走，而她母親自己也回家收拾行李，坐渡輪離開了。

笠原中女感覺到晴天霹靂，回想起早上取病假回家沒有通知母親，返家後，外婆可能仍然待在房中，但是自己回房間便抱頭昏睡，想必是期間警察曾經上樓接外婆離開，母親返家後看到字條，便收拾行李趕去屯門碼頭，和外婆兩人成功疏散，離開屯門。正因為母親和外婆同房，故從不知道女兒已經返回家中。

笠原中女要做的，便是執拾隨身物品，接著便離開家園前往

屯門碼頭。而所謂的隨身物品，應該是電視上政府宣傳短片中提及的逃生三寶，分別是電話、鎖匙及毛巾（我想大概可以抹一額汗，以我段段動魄驚心的經歷為例）。

只是，她要執拾的，是足足一整個 29 吋大的旅行喼，遠遠超出了她自己預計的時間，當她再準備出門的時候，已經是晚上八點！

笠原中女拖著一個旅行喼，肩膀孭著一個手袋，徒步走到屯門碼頭時，差不多是晚上接近九點！

她看見碼頭一個人也沒有的時候，才知道自己錯了！錯在把衣服、首飾及其他自己認為貴重的東西來跟生命作平等的對待，到頭來發覺所有船都已經離開。

起初，她也以為會再有下一班渡輪，但是等了半個小時之後，開始懷疑尾班船已經走了。而她自己，便發慌起來。她沿海濱公園走，走到舊碼頭的時候，看見了一男兩女，他們似乎也在等待救援。

笠原中女在海旁看到一艘 TURBO JET 的噴射船，船隻正在冒煙，似乎是機件故障，但是，船身的傾斜，使她知道噴射船可能發生了嚴重事故。

另外，在旁有一艘似乎是救援船，船上的人正忙於把遇事的噴射船上乘客救出。

笠原中女不停揮手及叫嚷，希望救援人員能夠看到她，但對方似乎沒有為意。此時有一艘機動舢舨靠近舊碼頭岸邊。企圖發死人財的艘機動舢舨船主，向錯過了疏散尾班船的人兜生意，每人每程三千元載往荃灣西鐵站，並說他是最後的一艘船，不會再有政府船或私人船在屯門開出。

那等待救援的一男兩女中較為年長的婦人不肯上舢舨，她不相信那船主所說，並說自己的親戚已經上了娛樂設備齊全的郵輪，她也要上其他郵輪。笠原中女聽到有郵輪坐便精神為之一振，立刻詢問那位不肯上舢舨的婦人乘坐郵輪的方法。

那婦人斬釘截鐵地說政府租用了多艘郵輪，已經疏散及暫時安置屯門居民，婦人娘家的多名親友乘坐渡輪接駁上了郵輪。因此，婦人也希望能夠有同樣的待遇，故此，死也不肯上舢舨，希望再有接駁渡輪出現。

笠原中女正想再詢問婦人是否其親戚上了郵輪後曾致電給她而確定此事，但那婦人最終被相信是她家人同行的一男一女連拖帶抱地捉上了舢舨。笠原中女看著舢舨，猶豫不決，心想可能再會有政府安排的接駁渡輪出現，讓她可以登上其他郵輪。

想著想著，機動舢舨船主見笠原中女沒有乘船意思，便離去了。

笠原中女目送機動舢舨遠去，便一心一意等待下一班接駁渡輪。

在這期間，她看著可能是海事處的救援船把遇難噴射船上乘客救起來，並且離開，期間曾經有直升機在上空照明搜救，強光亦曾經短暫照到岸上，笠原中女也同樣揮手，但總是得不到救援。

最後，亦只有目送救援船隻及直升機離開，而海面上，就遺下那艘故障的噴射船。

笠原中女呆呆地等待著，並沒離開舊碼頭，仍然堅守著她那份登上郵輪的盼望，可惜只是事與願違。

時間一分一秒流逝，她開始慌亂，竟然游水至噴射船位置，希望找到橡皮艇之類，但噴射船開始下沉，根本沒有可攀爬之處。最後她唯有游回舊碼頭，並歇斯底里地哭了起來。

而我們在新碼頭聽到的尖叫聲，便是笠原中女從噴射船游回岸上之後所發出的。

從噴射船的位置至舊碼頭，最少有半個標準泳池距離，我估計笠原中女已經用盡了她有生以來最大的氣力去求生。

但可笑的是，在爭取存活最要緊的關頭，她變成了一名貪心中女！得知別人可能在災難期間入住郵輪，而她自己只能依靠機動舢舨出荃灣，接着也不知道政府往後的安排如何，貪念一起，頓成大錯。

兩者之間，她竟然選擇甘願一搏，放棄原本可安然離開的機會。

聽罷笠原中女的敘述，我和兩龍友面面相覷，我們沒有再理會她，反而從中得到一些重要的線索：

1）昨天早上 10:00，屯門公路發生交通意外，產生有害物質，多人死亡。洩漏有害物質的極大可能是一輛貨櫃車。

2）中午 13:00 之前，笠原中女的母親及外婆已經疏散離開屯門，其中她母親肯定是在屯門碼頭坐渡輪離開的。亦即是肯定政府曾經使用渡輪來疏散居民。

3）晚上 21:30 左右，屯門舊碼頭對開發生海難，噴射船入水，漸漸下沉，而船上乘客已被救起，另外機動舢舨船主貪財向居民收取每人三千元的費用載往荃灣。即是荃灣仍屬於安全區域，這一點很重要，亦可以推算出受有害物質污染的地方可能只有屯門區。

由我昨晚睡醒外出至今，暫時可以得出一個簡單的結論：

屯門公路交通意外，一輛貨櫃車洩漏有害物質，污染整個屯門區，屯門區以外地方暫時安全，政府已經疏散「所有」居民。

得出結論當然是好，但同時也等於宣布，政府不會再派人來救援或作出疏散，亦即是說，再沒有人可幫助我們了。

及後我取過了笠原中女手機查看，主要是她母親發的訊息，這些訊息內容之前笠原中女也說過，反而一個由香港保安局發出的訊息，現在卒之看到了完整的全文：

『新界西地區特別事故』
情況惡化，政府宣布所有人禁止前往新界西區，如情況許可，請盡量向新界東或九龍方向移動，屯門居民將會開始安排疏散。請只帶備隨身物品，協助長者或小童。請注意，這不是演習，新界西區正發生嚴重事故，受到可能是放射性物質或其他對人類有害的物質污染，可能及相當可能對人造成嚴重傷害，並可能持續一段頗長時間，注意個人安全及個人衛生，切勿嘗試接觸可能或已經污染了的任何物件，切勿觸摸地上任何可疑物品，保安局會再向公眾發布最新情況。

發訊者：香港保安局
時　　間：11：34

老童嘆了一聲：「睇怕今次死緊啦。」

老爆犯道：「我唔理咁多，一於等天光，搏佢仲有船。」

速龍友問身旁的暴龍友：「你點睇？」

暴龍友道：「我一向都睇你頭㗎喇，我都唔諗嘢嘅。」

速龍友轉問我：「你哋有乜打算？」

速龍友用「你哋」，即他是詢問我和兩男童，可能他在三聖
邨公廁外，看見暴龍友責備我時，兩男童曾出言協助，故他
直覺兩童會跟我是一夥人。

但是，我真的沒有什麼打算，連坐船離開這最後期望也幻滅
時，我還可以怎樣？

速龍友見我沒有回答，便道：「我打算去青山警署走一轉，
如果真係仲有警察，至少佢哋會安排我哋走，同埋我哋真係
要搵個地方休息下。我同佢（指著暴龍友）接近二十個鐘頭
不停咁行，真係好劫，如果你冇乜打算，不如同埋我哋一齊
去，六個人，點都好過單騎獨走。」

六個人？原來速龍友所指的「你哋」，是指我、兩男童，再
加上笠原中女！

我看看笠原中女，她神情呆滯，右手還牽著我的手臂，我嘗
試用手甩開她，但她立刻捉得更緊，而且目露兇光的對我說：
「想點呀你，連你都唔要我呀？」

笠原中女說話令我在眾人面前顯得尷尬之極，我唯有輕聲道：
「唔係，只不過佢哋打算去青山警署，想問你去唔去啫！」

笠原中女又哭了起來，抽抽搐搐的道：「你哋⋯⋯去邊⋯⋯
我咪去邊囉，唔通你⋯⋯掉低我喺度咩⋯⋯」

我看見速龍友有點想笑，但忍了下來：「OK，嗱，不如咁，
我有小小提議，如果警署真係有人又有電，咁我諗佢哋會收
留我哋，外面污雲蓋頂，隨時落雨，至少有個報案室坐下。
同埋警察可能會安排我哋離開，但亦可能隨時喺報案室唔知
等幾耐。最衰係我哋之前好多食物漏咗喺架手推車度，亦都
冇可能返轉頭拎，萬一⋯⋯」

速龍友吞了吞口水：「萬一嗰隻嘢又出現，就⋯⋯所以，不
如我哋去附近『收集』啲食物先，如果去咗警署，到肚餓先
出去搵，又可能會有危險，因為，你睇下嗰塊 banner⋯⋯」

速龍友指向路旁欄杆的一幅某政黨宣傳橫額，橫額相信早已
破裂，分開兩節並隨風飄揚。

我回頭再望著速龍友，搖頭表示不明白，速龍友環顧眾人，
大家也沒有答上話，於是他揚手隨橫額飄逸方向一指：「吹
西風！喺屯門公路交通意外洩漏嘅有害物質，可能飄緊嚟呢
度。」

經速龍友一說，我再回看那橫額，那半節破爛帆布正飄起，
正正向著蝴蝶灣方向，亦即是西面。我不知在黃金海岸二期
開始的最高危險區域設於何時，那究竟是已經受感染區域？
抑或是將會受感染區域呢？若那封鎖線是在交通意外剛發生
後設立，老天呀！那至現在已經超過十八個小時。

因此，政府才呼籲市民應該向新界東及九龍方向走，遠離屯
門。

我見速龍友很有計劃，便毫不考慮便相信他，正當我們相討要取什麼食物及到那裏取時，老爆犯及老童便走開了，二人向海濱公園方向走去。

當然，他兩人知道我們下一個目的地是青山警署，當然不會隨隊。一個是趁災爆竊的老爆犯；另一個是被趕離開以免阻礙工作的吸毒者，又怎會自投羅網？

於是我們開始收集物資，因為兩男童想吃漢堡包，速龍友自願帶他們去蝴蝶邨快餐店，順道往便利店找吃的，而我和其他人則在舊碼頭等候，期間暴龍友不停色迷迷看著笠原中女。

笠原中女不悅：「你望咩呀死麻甩佬！成世未見過女人呀？咁鍾意望你信唔信我除個 bra 俾你睇啦！」

暴龍友很雀躍：「你肯除我又唔介意呀……」

笠原中女拾起身旁一個膠水樽，使勁擲向衰多口的暴龍友：「呲屎啦你，死鹹濕佬！叫你阿媽除俾你睇啦！」說話後她把我手臂抱得更緊。

「嘩！你阿媽呀！」暴龍友身手敏捷，一躍而起，雙腿分起，乖巧地避過膠水樽攻擊，膠水樽「篤篤」聲的滾向碼頭邊沿，突然有個瘦削老伯不知在那處閃出來，左腳踏中膠水樽。

「呀……呀……呀……」老伯失去平衡並揚起雙手不斷打圈，接著向後跌倒，屁股一著地，再往後雙腿朝天，跌了落海。

笠原中女尖叫了一聲，像發了瘋般，甩掉了我手臂，雙手抓頭，失控地不斷退後，暴龍友轉身向海一看：「咩事呀？」

五秒過後，我才道：「有個阿伯踏到個水樽後一跌，跌咗落海……」

暴龍友立刻跑到岸邊，我呆站在原地，不懂跟上，只見他轉身向我喊道：「咩人嚟㗎？著咩衫㗎？」

我這才意識到大件事，立刻跑上前：「睇唔清楚呀！黑麻麻，兩三秒已跌咗落海！」

暴龍友此時脫去外衣、牛仔褲及波鞋，什麼也沒有再說便跳了落海。

暴龍友潛入水中，過了一會便浮上水面：「你去我背囊入面拎支粗粗地嘅橙色電筒。」

我照著指示，把電筒交到暴龍友手中，之後他又潛入水中，那橙色電筒相信是防水的，只見電筒光四處游走，忽光復暗，暴龍友間中上水面呼吸。

過了大約十分鐘，老爆犯及老童也來湊熱鬧。

老爆犯走到我身旁：「咩事呀？有人跌咗落水呀？邊個嚟㗎？」我沒有回答他，只是微微點頭。

笠原中女仍不時在後方尖叫，同時亦聽到老童和她對罵的聲音。

「癲雞呀！癲雞呀！」

「你收聲呀……」

「大波癲雞呀……嘩！你做乜嘢打我……嘩！仲嚟！」

「你走開呀……死白粉佬……」

那老伯跌了落海，是因為笠原中女擲水樽而引起，現在老伯

生死未卜，而暴龍友亦在搜救當中。雖然這隻暴龍為人非常討厭，但我已經不只一次看見他的仗義行為，此刻，也不禁為他擔心起來。

我轉身向著笠原中女及老童高聲喝道：「收聲呀你老母，你兩個嘈夠未呀，有人跌咗落海呀，靜一靜得唔得呀！」

笠原中女見我發怒便立刻收聲，乖乖的坐在一旁，反而老童走上前來：「你鬧邊個老母呀？」

我沒有跟他說話，右手握緊拳頭，打橫一拳，狠狠地打在他臉上，老童立刻退後數步，右手撫摸著嘴角，似乎在流血。

「嘩......你阿媽......」老童開始呻吟。

「喂！你打甩咗我隻牙呀......」老童抓著我衣袖，我右手用力一揮：「唔好再嘈！」

我沒有再理會他，只是繼續看著海面，留意電筒光的位置。正如我之前一開始已向老童以粗言相向，若不在此時給他一個下馬威，使他知道我也是不好惹，我又怎能保護自己！

暴龍友仍不斷潛水及上水面呼吸這兩個動作，不遠處已聽到老童向老爆犯申訴。

「嗰條友仔打甩咗我隻牙呀！」

「人哋叫咗你唔好嘈啦，你又係自己申請嘅。」

「咁點呀？佢打甩咗我隻牙喎！」

「大佬，你同我講都冇用㗎，又唔係我打你，一係你去青山警署報警囉。」

「仲去？啲警察再捉我入臭格咁點呀……」

大約再過了二十分鐘，速龍友及兩男童回來，我見他們拿著數個大膠袋，似乎滿載而歸。

我向速龍友說出了意外，暴龍友正在海中救人，之後他吩咐兩男童：「你哋分番好啲食物先，啲漢堡包食少少睇下有冇變酸先好吞呀。」

四眼男童高興地說：「冇酸，好味道呀，係凍咗啲啫。」

速龍友再問我：「個老童指住你鬧喎，發生咩事呀？」

我輕描淡寫道：「我打甩咗佢隻牙，佢而家好唔妥我。」

速龍友點頭回應，沒有再問，同時亦取出電筒，照在海面上。

暴龍友再次浮上水面：「冇啦，太黑，搵唔到……」

暴龍友不斷吐口水，碼頭水質污濁，他居然能在水中作接近半小時的搜救，甚至他根本沒有親眼看到那老伯跌落水，這真是十分難得。我不其然伸出右手，想把他拉上岸來。

突然，碼頭對開海面有一個魚羣出現，黑漆漆中只有微弱的反光面，那個魚羣發出如跳躍般的聲音。

噗！噗！噗！噗！噗！噗！噗！

魚羣由遠而近，直接游向碼頭方向，此時兩男童亦走上前在欄杆觀看，魚羣為數超過三十條，而且頗為巨大，反光面斷斷續續，甚有規律。

「係中華白海豚呀！Hello！」四眼男童高興地揮手。

「係就要拎相機！」速龍友立刻放下電筒，連忙在背包中取出相機。

魚羣在距離碼頭約五十米之海面，又突然轉往蝴蝶灣方向，但其中有六至七條又再離開魚羣，直衝碼頭而來。

「嘩！好巨型呀！」黑瘦男童十分興奮。

魚羣游得比之前快很多，速度愈高，跳躍更頻繁，肉眼似乎已經看不清楚牠們，只是感覺到，牠們濺起的水花撲面而至！

嗖——嗖——嗖——嗖——嗖——

牠們到了！

「唔對路呀，快啲伏低呀……」速龍友提醒的同時，我縮回本應接過暴龍友的手而伏在地上，暴龍友抓了個空，又退回水中：「頂你呀……」

那六至七條的小魚羣居然越過欄杆，跳了上岸，速度奇快，我們伏在欄杆下就只能看到一些黑影在頭頂上掠過，接著便是「啪！啪！啪！啪！啪！」的落地聲音。

那羣黑影著地後，便轉了個九十度急彎，沿海濱公園往新碼頭方向去了。

我立刻站起，跑到海濱公園時，已經不見那羣黑影，而海濱公園沿海小徑，則有多個圓形的街燈燈罩跌了下來，有些還在地上滾來滾去，而且，「啪啪」聲音不斷，似乎在新碼頭那邊，也有燈罩跌下。

我心中一寒，那羣黑影，怎會是中華白海豚？若果不是的話，那會是什麼？而地上剛才被弄跌下來的燈罩，是什麼一回事？

不久之前才有老伯墮海，接著是這羣會拆除燈罩的黑影，在我思路還很混亂之際，隱約聽到一些拍子聲⋯⋯

很微弱，但是，很熟悉。

是彈奏結他的聲音。

接著，是輕快的打鼓聲。

登！登！登！登！登！登！登！登！

登！登！登！登！登！登！登！

登 登 登！

that's something I reminded
everytime I make you cry
i say I'll die before you
nevermind just keep you smile

i don't mind I don't mind I don't mind
when will I die
i don't care I don't care I don't care
end of life

cause the one day I die
the sun will still shine
oh everyone just stay alive
remember don't cry
just keep your lovely smile

那是⋯⋯

Ketchup 的一首歌《Lovely smile》！

亦即是……

我手機的鈴聲！

…待續……

多年之前，某天在舊唱片店看見一張名為 sweet-smelling 的 CD，封面設計是一對男女接吻的畫像，演出者名字簡單兼且響亮：

ketchup！

那是香港本地的獨立創作，而 sweet-smelling 這唱片中第四首單曲 lovely smile 是最悅耳的一首。

自從她來到之後，我經常唱這一首歌逗她，她每次哭泣，我亦會哼這一首曲給她聽。

當她開始有自己的手機，我便把這首歌作為她的來電鈴聲，我最愛這歌開始時候的結他聲，在平常的日子，她平均每一天致電我五次。而在每一次看到她趣怪的大頭貼，以及配上「小公主」稱號的時候，我也會心微笑。

此刻，歌聲出自我口袋中的手機，那是……

我女兒的來電！

我開始緊張起來，火速取出手機，那是通訊軟件的來電，小公主可愛大頭貼出現，我立刻按下手機的接聽鍵——

「喂！乖女？係咪你呀？」

「爸爸！好嘢！媽咪呀，我打到俾爸爸啦！」女兒高興的向她母親報告。

「爸爸，爺爺尋日打長途俾我，話你成晚冇返深水埗，佢仲

話屯門而家封鎖咗，所以我同媽咪下星期走都要返深水埗……係呀，爸爸，你有方幫我帶埋本畫簿走呀？你知唔知我尋日喺三鷹……」女兒雖然可愛，但遺傳了她母親的壞習慣，長氣！

另一邊廂，暴龍友似乎已爬了上岸：「頂你咩，無啦啦縮手，頭先嗰幾隻黑麻麻係乜嘢嚟㗎？」

「你收到網絡嘅，你部手機用咩台㗎？」速龍友很驚訝地問。

我揚手示意他們停止，深呼吸了一下，嘗試控制自己的緊張情緒：「喂喂喂，小公主你做乜仲未瞓？又唔停口啦？聽爸爸講先好方。」

女兒心急：「唔係呀爸爸，我同媽咪而家出發去築地，我好緊張呀！有方幫我拎本畫簿呀？」

我盡量顯得輕鬆：「帶咗啦，小畫家，你叫媽咪聽呀。」

「媽咪呀，爸爸叫你聽電話……」話筒內傳來女兒喚她母親的說話，以及斷斷續續的噪音。

「沙……沙……沙……沙……」

那是訊號微弱的表現，話筒內仍然傳來女兒和妻子的對話，我把手機改為免提模式，雖然有「沙……沙……」噪音，但相比之前好得多。

因為這是個網絡通訊軟件，而且，我手機左上角顯示了扇形的 wifi 圖案，我進入手機設定，在 wifi 功能一項查看，居然連上了我意想不到的網絡。

「有 wifi ！」我大聲向眾人說了一聲！

「喂?老公⋯⋯沙⋯⋯沙⋯⋯」這是妻子帶著情急的聲音,話音質數愈來愈差,「沙沙」聲有增無減。

我亮聲回應:「係呀!係我呀!你咪講嘢住,聽咗我講先,講完我有嘢問你,時間無多,你清唔清楚?」

妻子跟我相處多年,一下子已經知道我十分認真,故她一字一頓道:「我清楚⋯⋯沙⋯⋯你講⋯⋯沙⋯⋯」

我吞了吞口水,呼了一口氣:「嗱!聽清楚,訊號好弱,隨時斷線,我而家喺屯門舊碼頭,安全,我尋日冇返工喺屋企睇書睇到夜晚,之後全個屯門啲人已經走晒,剩番我同另外幾個人,我冇受傷冇感染,但我仲未搵到方法走,唔好俾阿女同埋阿爸阿媽知我仲係屯門,阿爸問起你話我有事過咗台北,你總之想辦法向保安局或者傳媒講仲有人留咗喺屯門,我嘅情況你清唔清楚?」

妻子:「清楚⋯⋯沙⋯⋯沙⋯⋯老公⋯⋯沙⋯⋯」她開始抽抽搐搐。

我再道:「我完全唔知屯門發生乜嘢事,只知道已經疏散所有人,同埋洩漏有害物質,你簡單話俾我知,究竟發生咩事?」

妻子隔了一會才再說話,我知道她是忍著淚水:「屯門⋯⋯公路⋯⋯有架⋯⋯裝住⋯⋯沙⋯⋯沙⋯⋯危險品⋯⋯嘅貨櫃車⋯⋯沙⋯⋯撞咗⋯⋯漏咗⋯⋯好多出嚟⋯⋯沙沙⋯⋯死好多人⋯⋯沙沙⋯⋯之後藍地嗰邊⋯⋯又好似有啲沙沙⋯⋯毒氣洩漏⋯⋯政府中午開始疏散⋯⋯沙沙⋯⋯搵埋軍隊協助⋯⋯沙沙⋯⋯到夜晚宣布疏散完畢⋯⋯沙沙⋯⋯」

我:「知唔知點解最高危險區域咁多大廈倒塌咗?同埋入咗

嗰個危險區域會點樣？」

妻子：「我……唔知呀……沙沙……冇聽過咩危險區域……沙沙……政府冇講到洩漏嘅係乜嘢……沙沙……」

我：「屯門之外嘅地方有冇事？有冇電？」

妻子：「我只係知道屯門有事……沙沙……亦唔知有冇電……但阿女曾經……用視像打俾奶奶……沙沙沙……佢話奶奶睇緊電視……沙沙沙……但已經係尋日下晝……」

我：「政府有冇話幾時先解封俾人入返去？」

妻子：「冇呀……但係話情況好嚴重……沙沙沙……睇討論區有人講話係恐怖襲擊……沙沙沙……連機場同內地關口都暫停……沙沙沙沙……我都未必返……沙沙沙沙……」

「密碼係咩呀？」速龍友拍打我肩膊問。

我搖頭表示不知道密碼，立刻聽到暴龍友粗言連珠爆發。

wifi 訊號極不穩定，我要爭取時間：「記著，如果真係冇飛機返，留喺東京先，同埋打俾阿妹，叫佢去深水埗睇住阿爸阿媽，你就算返到香港，都千祈唔好嘗試入嚟搵我，記住呀，你唔好入屯門，你仲有個女要照顧……」

說到女兒，我鼻子一酸，雙眼淚水開始積聚：「萬一……萬一我真係永遠返唔到嚟……或者……死咗，記住好好……」

「……」

「喂？喂？」斷了線！我看著手機屏幕彈出的視窗：

必須有網際網路連線
才能撥打免費電話。
請檢查你的連線並再
試一次。是否要改為
撥打一般電話？
取消 / 是

同時，海面上「蓬」一聲響，那艘噴射船再一度下沉，船上
所有燈光熄滅，使海面漆黑一片。

我閉上眼睛，右手用力緊握手機，牙齒緊緊地磨擦着，回想
剛才聽到家人的聲音，想起自己的處境，只感覺到十分難受。
若果不是有其他人在，我深信必然會放聲大哭。

當然，我已結婚多年，妻子及女兒幸好去了東京旅行，否則
的話，我不敢想像當他們看到屯門新墟變成屯門廢墟的時候，
會害怕到那種程度！

至於來自通訊軟件的網絡電話，之所以能接上網絡，全因眼
前這一艘將近沉沒的噴射船！

起初我也不知道那是什麼船，只見船身上有「TURBO JET 噴
射飛航」字樣，但是當我查看手機 wifi 設定時，連接著那個
意想不到的網絡熱點，竟是「premier_jetfoil」，兼且是自動
連線登入。

而那艘噴射船，我估計是在上個月，我們一家澳門回港時曾
經乘坐過的噴射船。而這艘噴射船，是安裝了 wifi 服務的。

那一次出門到珠海再到澳門玩，我們一家三口住了兩個晚上，
回程時，就是乘坐這種噴射船。在船上，我拿著平板電腦，
和女兒一人一邊耳筒，利用船上 wifi 網絡，上網看歷屆奧運
會跨欄選手的片段。

當選手跨欄時便會播慢動作特寫，選手們臉上的表情十分肉緊，有一位女跑手的樣子，有九成和笠原中女母親一樣，黑口黑臉，我和女兒就以此大笑了整個航程。

「喂！點解你上到網嘅？」暴龍友拿著手機，不斷地按。

我向眾人道：「呢架船平時去澳門㗎，我上個月坐過，已經唔記得密碼。」

而這一艘下沉的噴射船，相信是特區政府租用來接載滯留在屯門的居民。

暴龍友表示不滿：「超！」

速龍友問我：「你老婆呀？索到啲咩料呀？」接著我把所知道的，告訴他們。

之後，黑瘦男童走了過來我身旁：「叔叔，你睇下，我喺蝴蝶邨執到㗎。」

黑瘦男童手上所拿着的，是一個黑色的防毒面具！

「好型呀！」黑瘦男童把它戴在頭上，但是尺碼不符，顯得頭大身細。

暴龍友指著黑瘦男童：「傻㗎你，可能有病毒㗎，戴嗰個人都可能死咗啦。」

暴龍友這次又言之有理，我首先推算那個防毒面具是警察的裝備，他可能在執勤中發生意外，甚至死亡，而死亡的原因，很有可能是因為吸入細菌或毒氣。那麼，這個面具，亦相當可能有病毒殘餘物。

速龍友立刻脫下黑瘦男童的防毒面具：「叫咗你唔好戴住啦，咁百厭嘅你！」說話後便把防毒面具掉在地上，並拿清水著黑瘦男童立刻洗臉；而他自己也立刻用酒精啫喱搓手。

我也向兩男童道：「你兩個聽住，而家唔可以再有玩嘅心態，只要有少少出錯，都可能會死，你哋要小心啲，知唔知道呀？」

兩男童始終比較聽我說話，他們一起點頭，而速龍友則正在弄他的相機：「爆晒光添！」

暴龍友：「點呀？影唔影到呀？」

暴龍友上岸之後還沒有穿回衣服，就只有底褲一條，全身肌肉，不時用手摸著大腿。

笠原中女驚訝尖叫：「死變態佬，你個露體狂，你個死PK……」

說話後笠原中女要再把手中的一個小包掉向暴龍友，我剛巧在暴龍友身前，反手一拍，把那小包拍到地上。同時我上前雙手抓緊她一雙肩膀：「癲夠未呀！嗰個阿伯可能已經死咗啦，你再亂掉嘢就唔理你，由得你自生自滅！」

我目怒凶光，要向笠原中女發出一個清楚的訊息，只見她扁一扁嘴，淚水快要抑壓不住。

速龍友沒有受到笠原中女打擾，他翻看照片後，開始緊張。

「俾我睇下，咦……」暴龍友取過相機後查看照片。

「嘩！乜鬼嘢嚟㗎……」暴龍友似乎很驚訝，退了兩步，兩男童立刻上前，爭看相照。

「都冇嘢睇嘅！」黑瘦男童道。

「點解……會影到盞紅綠燈？」四眼男童顫抖地道。

速龍友深呼吸，再道：「唔係紅綠燈呀，係隻眼嚟㗎！」

「呀……」四眼男童退了開去，我立刻上前，抓著速龍友的相機，很想知道那是什麼樣的相片。

那是一張過份曝光的相片，因為速龍友在拍攝那羣黑影時，使用了閃光燈，但是被攝物太近及背景沒有光線而失焦，灰灰白白，拍攝出來的效果，實在十分差勁。

這張照片，有兩個圓點卻十分搶眼，一點是綠色，一點是灰色，並有一枝像燈柱的物體。

若果把這兩圓點作個別獨立看的話，正如四眼男童所說，像豎立在馬路上的交通燈。但是，當把照片拉遠兼且兩圓點一起看時，可以看出，那是一隻眼睛及一個鼻孔。

而那所謂像燈柱的物體，可以說是一條由嘴巴伸展出來的摺痕，就像是一個人在露齒而笑！

「係……係個頭……」我也被這照片嚇到了，同時感到兩男童雙手抓緊我衣袖。

我往新碼頭方向看過去，地上的圓形燈罩被風吹得左右移動，除此之外，漆黑一片……

前方，還有太多地方看不清楚。

我看著速龍友：「睇下其他相。」

速龍友少有的凝重，眉頭深鎖，再按下相機按鍵，之後顯示出其他照片，有一片空白的，有灰灰黑黑混作一團，全都是被攝物失焦的效果，然而，最後一張，則是一個類似肢體的東西！

這個肢體，似乎是小腿至腳掌的一節，其中有些長長曲曲的可能是腳趾，而腳趾與腳趾之間，有像鴨掌的蹼。若然這種生物擅於水性，那麼，牠的趾蹼必然是使牠在水中及陸上，均能如履平地的原因。

這究竟是什麼生物？和屯門公園及吉之島是同一個物種嗎？

暴龍友道：「喂！你哋究竟有冇睇到係咩嘢㗎？」

我搖頭示意，速龍友把鏡頭拆除，將相機等放進背包內，再道：「你哋記唔記得吉之島嗰隻物種，之前係喺水務署爬鐵閘出嚟？」

暴龍友揮手：「你阿媽呀，唔好再講喇，毛管都豎起晒，諗下點砌木筏好過啦！」

速龍友頓了一頓：「水務署嗰隻物種爬鐵閘嗰陣，好似好論盡，但係轉個頭已經唔見咗，再過咗一陣，就經已到咗吉之島。但係屯門公園嗰隻又似乎笨重啲，雖然係入咗廁所，不過步伐唔似水務署嗰隻咁靈活。」

聽到速龍友再提起那不知名物種，我突然想起了朱古力鐵盒內的金絲貓，已經成為標本的牠，究竟往那裏去了？

速龍友再道：「屯門公園嗰隻同水務署嗰隻可能唔係同一類，而頭先嗰幾隻黑影，如果要分類，相信同水務署嗰隻係同一個物種。」

我也道：「如果唔係同類咪仲大鑊，兩群物種出晒嚟互片，諗諗下，市廣場嗰個警察都唔知係咪佢哋整死⋯⋯」

我也只是隨便說說而已，但是，那位 PTU 腹部的傷口大而且深，可以好肯定是被利器所傷，所以我才會有這樣的聯想。

舊碼頭翻起呼呼風聲，我抬頭望向天空，在雲層深處，顏色開始轉為紫色。笠原中女已經整理好行李，走至我身旁，四眼男童似乎很害怕她，轉到我身後來。暴龍友開始穿回衣服，但仍然是色迷迷的打量笠原中女。

至於速龍友呢？聰明的他，不知何處找來一支噴漆，開始在地上噴字。

「記住寫埋有個阿伯跌咗落海。」暴龍友提醒道。

經過一輪功夫之後，速龍友把噴漆罐掉在地上：「OK 啦，我哋而家可以去警署啦。」

「唉！都係跟埋你哋去啦！」老爆犯突然現身表態，只見他輕裝一度，之前那一袋兩袋老爆得來的贓物，相信已經被他不知在何處收藏起來。而老童則靜悄悄地跟在老爆犯身後，當他眼神接觸到我之後，又立刻迴避，口中唸唸有詞，應該是在詛咒我祖宗三代。

決定離開屯門舊碼頭，臨走前我向地上瞄了一眼，速龍友噴了一些字句：

我們三男一女兩小童⋯⋯
我們沒有受到感染⋯⋯
如果有船及車可以離開屯門⋯⋯
請到青山警署通知我們⋯⋯
我們願意支付任何交通費⋯⋯

PS：有一個老伯失足跌了落海⋯⋯
請盡力搜救⋯⋯

最後加上了時間和日期。

一行八人，零零星星地走著，笠原中女自從目睹老伯跌落海後，整個人呆呆滯滯，再沒有與暴龍友口角，反之，我沒有聽過她說一句話。她拉著旅行唸，緊隨我身後，我偶爾回頭看她，她就停下腳步，深怕我又再責備她，我開始有點後悔把笠原中女這個包袱背上。

還沒有到碼頭之前，我、兩男童及兩龍友均經歷過被不知名物種襲擊，由屯門公園開始，接著是吉之島 UG 層，我們也是憑藉靈活的應變及快速的一雙腿，來逃過那物種襲擊。

但是剛才舊碼頭一役，若果不是速龍友使用相機拍照期間使用了閃光燈，而使那物種害怕而逃走的話（我個人估計），那麼，我們之中，深信總有一兩個已成為牠爪下亡魂！

我們經過悅湖山莊，在公園旁看見兩隻狗隻屍體，亦有十多隻雀鳥屍體，屍體頭部有大量蒼蠅，而地上，椅子上均血跡斑斑，似乎是爭相在狗隻身體中產卵，好讓下一代一出生便有充足的食物。

「睇嚟，當人類離開咗之後，喺動物界已經產生咗新嘅秩序，雀鳥居然可以同狗隻爭地盤⋯⋯」速龍友有感而發。

四眼男童亦道：「因為針對屯門嚟講，人係萬物之靈呢個說法已經過時，如果其他動物要攻擊我哋，我哋只有坐以待斃。」

暴龍友嘆氣：「其實究竟有乜事啫，我都入過最高危險區域啦，又唔見我死？」

我道：「如果照保安局咁講，係放射性物質洩漏，咁其實就算我哋受到傷害，都唔會即刻睇到有幾嚴重。」

暴龍友抓頭：「即係點樣呀？係咪等於我頭先入咗去最高危險區域，但都未必有事呀？」

我道：「嘽，首先唔好將最高危險區域加埋嚟講往，你有冇聽過切爾諾貝爾核電廠？」

暴龍友有點仇視我：「咪當我低能先得㗎！前蘇聯時期呀嘛，即係而家烏克蘭位置嘛，嗰次洩漏好大鑊，輻射污染咗整個歐洲，死咗幾萬人，仲爆咗個核彈頭出嚟嘛！」

速龍友好奇：「乜嘢核彈頭呀，未聽過嘅？」

暴龍友笑道：「舒夫真高呀！AC米蘭殿堂級7號呀！佢踢基輔戴拿模時曾經喺一場歐聯入咗巴塞三球呀，唔係感染咗輻射，佢邊有咁勁！上網有片睇。」

黑瘦男童興奮起來：「入到巴塞三球？」

暴龍友有點傲慢：「佢速度仲勁呀，一定快過頭先嗰幾隻扮海豚嘅嘢......」

暴龍友已經把話題漸漸偏離，反而速龍友仍然在意：「頭先你話切爾諾貝爾核電廠，其實係想講咩？」

我道：「因為輻射並唔會對人體產生即時生命危險，反而會對身體造成長遠影響。如果交通意外嗰個貨櫃只係洩漏輻射，政府竟然要將所有人撤離，咁樣反而有啲唔合情理，除非，喺交通意外現場，根本係一次恐怖襲擊。而個貨櫃入面，係一個核彈，只不過同炸日本嗰次用戰機投擲唔同，呢次係類似自殺式襲擊製造意外，而引發爆炸。仲有，如果係核爆，

138

疏散屯門居民係好正常，但如果唔係核輻射，而係對人體有即時危險甚至生命威脅嘅嘢呢？例如生化武器，不論係細菌抑或係化學毒氣，都對人有即時影響。如果洩漏嘅係一種令人皮膚立刻燒傷、窒息等化學品，咁就正正符合你個 friend 喺黃金海岸時所見到嘅情況……」

速龍友看著暴龍友背影：「呢條友就係太衝動，硬係要入去嗰個危險區域……」

此刻暴龍友與男童走在前端，似乎舒夫真高的話題已把三人融合起來。老實說，暴龍友某情度上也不太討厭，若果他不是一開口便問候人家娘親的話。

我們邊談邊走，已來到青山警署。以往我曾經到過這警署的報案室兩次，第一次是十四年前左右，那時女兒才剛出生，我們一家在屯門租住村屋，因為租金便宜，我們還聘請了一位印尼女傭。

還記得當時我在屯門工作，和同事午飯期間，因為女傭私下向財務公司貸款，供了三期便不了了之，故引致家中大門被人淋上紅色漆油，令我要到青山警署報案室錄取口供。

而另一次更離譜，第二位菲律賓女傭竟然串通同鄉來洗劫我家，幸好父親剛巧來探訪撞破，這家賊及其同鄉一同被警察拘捕，我幸好沒有損失。但最可笑的是我還得借錢給她保釋，好讓她能執拾行李離開，免得日後上庭後需即時監禁，我也不知怎樣處理她的個人財物。

而且那次我更可憐，由我等錄取口供至女傭保釋，我足足在警署逗留了八小時，共吃了兩餐，這就是我第二次到青山警署錄取口供的體驗。

我們走到報案室，看到一度藍色卷閘，我們不約而同，看著

聲稱仍有警察在的老童。

「嘩！你哋望住我都冇用㗎，我之前講咗話『可能有警察』
啫，我點知佢哋仲喺唔喺度啫？你哋咪試下拍門囉……」老
童明顯在推卸責任。

我上前拍打卷閘中間的門：「唔該有冇人呀？我哋要人幫手
呀……有冇人呀……」

四眼男童亦上前用力拍門：「阿 Sir，我要報案呀……唔該開
門呀……」

聯同黑瘦男童，我們三個人不停拍打卷閘，就是毫無反應。

暴龍友向老童詢問：「喂！你又話見到有燈嘅？邊到有燈
呀？」

老童靠在石梯下欄杆道：「我係見到樓上有燈嘛，我喺警車
出入個閘口見到嘅！」

「頂！你阿媽你唔早啲講！」暴龍友似乎被我罵醒兼回復本
性。

「咪係，拍咗咁耐門先出聲，你而家玩我呀！」我也不甘後
人。

「係啦！係啦！廢嗡白粉佬呀……」黑瘦男童居然也抽水。

「白粉佬玩賓洲呀……」四眼男童開始亂講。

老童無奈地說：「你阿媽！你哋一個二個，而家擺明圍攻我
咋喎？係唔係想玩大去呀！」

笠原中女坐在樓梯上，毫無表情，反而速龍友和老爆犯二人走了去另一邊廂的車輛出入閘口。

暴龍友高聲道：「有冇燈呀？」

報案室入口和車輛閘口相距有二十米，可能接近天亮，天色一遍紫灰，我隱約能看到速龍友搖頭：「冇燈！有條鐵鏈鎖住咗個閘。」

我們走下樓梯，去到車輛閘口，入口裏面是一個露天停車場，有警車亦有私家車停泊。整座警署樓高十層，沒有亮著一盞燈。而車輛出入口分為車閘及人閘，相同地也有一條鐵鏈及鎖頭鎖上。

速龍友問老爆犯：「大佬！呢隻鎖難唔到你啦，爆開去好喎！」

老爆犯不滿：「哥哥仔，你當我咩人呀？爆鎖緊係要搵開鎖佬啦。」

我對於爆鎖一事亦感到奇怪：「係嘞，其實仲有必要入去咩？都冇警察喺度咯！」

速龍友從背包取出之一個防毒面具，我驚訝地問：「下！頭先唔係已經喺碼頭掉咗咩？點解又執番呀？」

速龍友變得十分認真：「緊係唔掉啦，用火酒抹下咪用得囉，我哋入去就係要攞呢樣嘢，有警察喺度就話旨意佢哋啫，而家呢度擺明都冇人，我哋就只有靠自己！」

速龍友說話發人深省，現在正吹西風，我們可能已經在不知不覺之間吸入了有害物質，若果有個防毒面具保護呼吸氣道，亦即是相等於可以延長生命，同時也可以增加被救援的機會。妻子也許已經向保安局求助，說不定天亮前就有搜救隊來，

我絕對是需要這樣的一個裝備。

「好，我哋一齊入去！等我拎把鋸出嚟先……」我以行動來表態，蹲在地上，在背包內尋找鋸片……

老童見狀道：「唔洗擇喇，用鉗一嘢剪斷去咪得囉！」說話後在一個膠袋中取出一把紅色大剪鉗！

老童繼續：「講明先呀，個防毒面具預我一個呀……同埋我唔上身㗎，我借把鉗出嚟咋，你哋自己搵人剪呀！」

老童確實自私兼自保，但是現在就只有借用他的工具才可剪鎖，我們面面相覷，大家也拿不定主意。

此時我膽粗粗的拿起剪鉗：「我嚟呀，等我一野剪爛個 Pad-lock 去……」說話後把剪鉗舉起，放在行人閘口鎖鏈上的鎖頭，瞄準目標……

「隆……」

突然，有種很輕微的汽車引擎聲，從遠而近傳來。接著，在黑暗中出現兩盞小燈光，移動得極之緩慢，那……就像是車頭亮起霧燈一般。

兩盞霧燈來到距離我七米之外時候，一下子轉為高燈，強光刺眼，我立刻以手臂遮擋。

一下子，我什麼也看不見，但是，我就聽到有說話聲！

聲音透過廣播器傳送出來：

「你拎住啲乜嘢呀，警告你立即放低，否則使用槍械！」

…待續……

09

透過廣播器傳送出來的是一把男人聲音，有著一種很沉厚的感覺，像是說話者戴上了口罩一樣，以致聲線不能集中。

「你呀！灰色衫嗰個，放低武器，想做咩呀你，政府嘢你都敢剪！」說話者似乎已認定我是在犯案，我的狀況就如老童在警署被搜出毒品一樣：

斷到正一正！

來者相信是警察，我也確實是企圖剪鎖，唯有把手中的剪鉗放在地上。

老童剛巧在我身旁：「你掉把剪鉗喺我面前托呀，我話明唔上身㗎！」

說話後老童用腳把剪鉗掃向另一面，直至遠離自己。

「你仲郁咩呀？全部人轉身面向牆，係呀，行過啲右手邊咪有幅牆囉！」廣播器聲音再道。

我們八個人跟從指示做，站在警署圍牆之前。

廣播器聲音：「喂！10 號仔，你行過去把鉗度先，唔使望呀，係你呀，你係恩尼斯達呀嘛，行過去把鉗度，快啲。」

恩尼斯達是著名的西班牙足球員，當年就是憑着他一個入球，幫助西班牙奪得世界盃冠軍，我這時才知道老童所穿著的是巴塞隆拿足球隊球衣。雖然對方要求老童這樣做令我有點意外，但同時也可以說是物歸原主。

廣播器聲音：「係啦，唔使執，用腳踢入去，踢把剪鉗入閘，踢入啲呀！」

廣播器聲音：「ＯＫ！你可以行返埋去。」

此時速龍友轉身叫道：「喂！我哋唔係賊呀，我哋要幫手呀！」

廣播器聲音：「我會調查，你轉返身面向牆先......細路，你舉高雙手做咩呀？冇人叫你咁做呀，放返低！」

此時速龍友低聲向我道：「呢個人好聰明，佢驚亂起上嚟，我哋用剪鉗做武器。」

速龍友所說的「聰明人」，當然是指透過廣播器說話者，而這個說話者，相信是個警察。

我左看右看，大家也乖乖站著，包括笠原中女，但她依然是目無表情。

廣播器聲音：「企定定唔好再郁呀！」

此時警車車頭高燈熄滅，引擎聲停止，接著，是車門開啟聲音。

踱步聲由遠而近，直至在我們身後停下，再左右來回。

「ＯＫ！你哋轉身！」聲音再道。

一轉身，我就四處張望，但是......警察呢？

啊，找到了，有一個頭戴防毒面具，身穿黑色運動外套，藍色褲及皮鞋的人出現。他站在一輛白色 AM 車牌的警車旁邊，體胖的他腰間有軍裝警察的裝備，手槍、警棍、糊椒噴劑、

以及一包二包我永遠不知道是什麼的東西。

警察向我們喃喃說話，但是距離遠加上他戴上防毒面具，我聽不到他說什麼，站在遠處的他，似乎覺得自己一人以寡敵眾，對我們仍有所顧忌。

速龍友道：「我哋聽唔到你講咩呀！我哋唔係壞人嚟㗎。」

那警察走上前來，把臉上的防毒面具脫下：「見你哋冇穿冇爛，睇嚟呢度仲係安全！」

這位警察……

他的樣子，令人完全聯想不到是和警察拉得上關係，甚至乎，他不像是有正當職業的人。

這位警察頭髮濃密兼且有輕微彎曲，似乎是天生的，防毒面具使他髮型變型，兩邊耳朵的水位置留有凹坑，相信是面具橡筋帶太緊所引致，也可能是戴了面具時間太久的關係，臉上及頭髮滿是汗水，有些竟流到他鼻尖。

而他鼻子下的人中位置，污污黑黑的，說是鬚根又不像，是本身的膚色，又不盡然。但是，他雙眼炯炯有神，嘴唇厚厚，單看五官，似乎是一個機智老練的傢伙。

「你攞住個剪鉗做咩呀？」這警察第一句便問。

「其實我哋想報警求助呀，但見報案室落咗閘，所以先打算由側門入去，我哋已經拍門好耐，見冇人應，心急之下，先會咁做。」我一早已預計他有此一問，所以也有所準備。

「求助？」這警察仍懷疑道。

速龍友幫我解圍:「真㗎,阿 Sir,我本身同佢(指著暴龍友)都係民安隊員,成日同你哋啲師兄合作㗎,你睇我哋有老有嫩,都唔似壞人啦,只不過咁唔好彩,趕唔切走啫。」

這警察逐一打量我們,從頭到尾,直至他視線落在老童身上,老童對這警察似乎有所迴避,他低下頭刻意避開對方視線。

「咦!你咪尋日衰非禮嗰條老童!」這警察居然認識老童。

老童立刻笑口回應:「阿 Sir,係咪認錯人呀?唔係我喎。」

警察道:「點會認錯人啫,你尋日喺市中心間超級市場揸咗清潔阿嬸個波兩下呀嘛,嗰個阿嬸喺我哋警署女文員個阿媽嚟㗎嘛,全間警署都知啦,認唔到你個人,都認到你件波衫啦,邊有人咁戇居將恩尼斯達印 10 號㗎?10 號美斯呀嘛!」

「我諗住 10 號勁啲嘛!」老童支吾以對。

「10 號勁你唔印馬勒當拿?」警察再道。

我和暴龍友對望,實在忍不住了,不約而同笑了出來。

這是我首次現場聽到警務人員說粗言穢語,雖然有點愕然,但這名警察的樣子,再加上老童的處境,所談及的內容,真是任何人聽了也會笑。

這警察再轉過頭看著老爆犯,再走上前打量:「你咪白鴿華?」

「你好呀貓 Sir,咁橋嘅,真係有緣。」老爆犯連忙回應。

這個叫貓 Sir 的警察再道:「上次龍門居衰咗單老爆上咗庭未呀?」

老爆犯顯得有點尷尬:「判咗三個月啦,受埋出返嚟㗎啦。」

貓 Sir:「冇 Case 跟尾啦?乾淨啦?」

老爆犯:「放心啦,貓 Sir,乾淨呀,我唔會連累你㗎。」

真是一物治一物,糯米治木蝨,在貓 Sir 三兩句盤問之下,這兩位老爆犯及老童之前吹虛到天花龍鳳的故事,現在也只有原形畢露。

速龍友道:「阿 Sir,仲有冇船走呀?」

貓 Sir 道:「我都想有船走呀!」

暴龍友道:「阿貓 Sir,可唔可以俾我哋去報案室抖下先呀,我哋好劫啦。」

「係呀,我哋真好劫,又全身濕晒。」

「唔該你啦,我哋好需要休息呀。」

「係啦,你俾我入去抹個下身都好呀。」

「係呀係呀,我咁喎急屎!」

我們你一言我一語,只想這位貓 Sir 能把青山警署閘門打開,好讓我們能夠進去休息。

貓 Sir:「嘑,警署地方好多禁地,報案室地方細,又多文件,唔方便招呼你哋,咁啦,我帶你哋上職員餐廳,你哋可以休息下,但係行開行埋要出聲。」

我們對貓 Sir 承諾,之後,他取出鎖匙開了 Padlock,帶我們

進入青山警署，經過一個停車場的時候，貓 Sir 取出一個透明膠袋，從裏頭取出香煙，緩緩地抽著。

之後老童、老爆犯、速龍友三人亦取出香煙，在停車場抽著。

我見笠原中女把旅行喼靠在一旁，坐在一張木椅上，於是我和兩男童及暴龍友分別也找來木椅坐下。

抽煙後，貓 Sir 首先叫我們交出身分證，逐一登記資料，我們一一交出，唯有兩男童年齡太少，沒有帶在身上。

貓 Sir 問兩男童：「衰咩呀你哋？」

兩男童沒有出聲，呆呆坐著，喝著可樂。

我見這情況便道：「貓 Sir，呢兩個細路衰貪玩啫，個個都坐輕鐵，佢哋就走咗上青山寺玩，結果咪跟唔上大隊囉。」

貓 Sir：「唉！算啦，唔好理咁多，咁嘅環境，我都自身難保……」

貓 Sir 很詳細記錄我們的資料，包括姓名、年齡、身分證號碼、電話及地址，最特別的是我看到他的簿冊上，在我們每個人的資料後寫上備註：

我，34 歲（剪鉗 + 灰衫）
黑瘦男童：張家志，11 歲（散石灣）
四眼男童：吳德安，10 歲（散石灣）
暴龍友：楊家軒，36 歲（大隻仔）
速龍友：黃華進，37 歲（瘦仔 + 紋身）
老爆犯：陳華陞，48 歲（白鴿華）
老童：Peter Ip，27 歲（超級市場非禮）
笠原中女：April Chu，39 歲（拖喼 OL）

我對速龍友曾經說貓 Sir 聰明感到應同，以記錄資料為例，他在看過我們身分證之後，便要交還給我們，若果只有一些姓名等資料，除了笠原中女及兩男童之外，根本不知道這位是誰，那位又是誰。但現在就算我們一下子離開了，他單看資料，仍然能憑此記得誰是誰。

當我正在想兩名男童那個「散石灣」是什麼意思，速龍友問我：「你有冇 check 訊息呀？」

啊！我太大意了，剛才在使用 wifi 期間，居然沒有查閱訊息。

我立刻取出手機，看到訊息右上角分別有數十個短訊，但是當我再嘗試進入程式，因為沒有網絡訊號，已經不能更新，所以仍舊是以父親的訊息為最新。

雖然我有點失望，但也在意料之中。

「冇電㗎，跟我行幾層樓梯啦，啲行李重嘅就咁放喺度啦，唔好攞上去啦。」貓 Sir 走進升降機旁邊的樓梯，帶領我們上樓。

笠原中女看一看我，我立刻轉移視線，我當然不會為她抬那將近六十磅重的大旅行喼，她也只好把旅行喼擱置在地下才走樓梯上樓。

沿途，貓 Sir 一一說明我們要注意的事。

「嘩！我叫阿貓，姓咩唔好理喇，俾面嘅叫聲貓 Sir，唔俾面嘅，都叫聲阿 Sir，但係你咪叫差佬呀下，我開槍打你㗎！」貓 Sir 說話看似認真，但我知道他只是說笑而已。

「首先，呢度係警察建築物，基於內部保安理由，你哋唔可以攞手機出嚟拍攝。由而家開始，你哋行開行埋去廁所都要

通知我，聽住，我只係基於人道理由而俾你哋逗留喺度，喺呢個非常時期，我自己條命都未必照顧得到，所以，某程度上，我會保障咗自己嘅安危先。」

我們面面相覷，貓 Sir 繼續：

「千奇唔好懷疑我咁樣係疏忽職守，反而我係根據警察程序依足指引做，做警察並唔係一命換一命，每個人生命都係平等嘅，希望你哋明白，同時亦要守望相助，小心注意安全，一齊解決問題。」

貓 Sir 說話清晰坦白，開門見山說到明會以自己生命放在第一位，雖然聽起來好像是很自私，也和政府宣傳片上一拳打爆汽車玻璃救小朋友或跳下海救人有天淵之別。

但是想深一層，站在對方立場來看，倘若身為一名警察，連自己生命也不能保障，怎樣能去幫助別人？

走到 4/F，分別有男廁及女廁，貓 Sir 開啟職員餐廳的門：「嗱，你哋就喺呢度休息啦，唔好開窗啦，門隙窗隙冷氣位都會入風，真係太焗嘅話就開隻門，樓梯口氣窗可以通風，頭先嗰個女廁俾呢位女士用嘞（指著笠原中女），男士們跟我嚟……」

這個餐廳很大，用盡了建築物的面積，有大約十多張飯桌，另一角有幾張沙發及電視。我之前因為曾在這裏吃過兩餐飯，所以仍然有些印象，這裏十多年來變化不大。

貓 Sir 叫老童在餐廳拎起一個方形垃圾筒，並帶我們穿過另一邊門而出，另一邊廂亦有樓梯及升降機，同樣有一個男廁。

貓 Sir 道：「嗱，你哋就用呢個廁所，嗰邊唔好去啦，留番俾女人用，至於你哋有三個食煙嘅，千奇唔好入廁所食。」

貓 Sir 走上了半層樓梯：「要食就喺度食，啲煙灰煙頭就掉喺老童手上個垃圾筒度。嗱！我睇你哋都唔係一夥人，我再講多次，我喺基於人道理由而留你哋喺度，如果你哋唔合作，有人投訴廁所有煙味，又或者嗰位小姐嗌非禮之類，我會趕晒你哋走，到時你哋方癮㗎咋。」

暴龍友道：「放心啦，貓 Sir，我會幫你睇住佢哋班古惑仔，同埋保護嗰位小姐。」

貓 Sir 反道：「慳啲啦你！一睇你個相頭就知你係個鹹濕仔啦，我諗你唔會好過老童好多咋。」

頂！我真是又忍不住，速龍友看了我一眼，我們又對望著笑起來。

貓 Sir 再道：「嗱！呢位哥仔就唔同啦，咦！你 CAS 㗎，正職撈咩㗎？」

速龍友道：「我正職都係 CAS 啲 Staff 嚟，負責訓練啲新隊員。」

貓 Sir：「啊！堅喎！嗱！咁樣，我睇你都係呢班人之中嘅發言人，你負責佢哋嘅紀律嘞，你哋隨便休息，我會喺呢度上一層嘅休息室，有咩特別事就嚟揾我。」

貓 Sir 似乎就想這樣離開，我立刻道：「阿貓 Sir，咁幾時會安排我哋走呀？」

貓 Sir 本來已經走上樓梯，被我一問，折返下來：「你因為乜嘢事留咗喺度？」

我簡短說出原因，之後貓 Sir 再問速龍友同一問題，速龍友便說出自己及其他人滯留原因。

貓 Sir 抽了一口煙:「其實我都係錯過咗疏散嘅一個,我知道嘅嘢唔會比你哋多好多!」

貓 Sir 的話有點令我意外,我們一心一意來到青山警署,希望得到警方保護及安排我們離開,但事與願違,現在他竟然說出這樣令人洩氣的說話,一瞬間,我來不及怎樣面對。

暴龍友顯得驚訝:「唔係啩,貓 Sir,你唔好玩啦,仲諗住旨意你帶我哋走添!」

貓 Sir 正經地道:「你教我點樣走嘞?我得架警車咋,而家成個屯門得番條水路可以走,但船都冇隻,點樣走呀?」

速龍友問:「但係你點解喺度但又錯過咗疏散嘅?」

貓 Sir 沒有正面回答,向兩男童道:「細路,你哋返入去休息先啦。」

兩男童返回餐廳,貓 Sir 再道:「你哋跟我嚟呀。」

老童舉手道:「貓 Sir,我唔去呀,我想喺度瞓覺呀!」

貓 Sir 道:「唔得喎!你衰非禮喎,萬一你趁冇人嘅時候去搞嗰條女咪死?你一定要跟埋落樓。」

老童心不甘情不願之下唯有聽命,我們跟隨貓 Sir 走下樓梯,走到將近 1 / F,貓 Sir 揚手示意我們停下,同時他也突然右手按著腰間槍柄。

暴龍友道:「喂!貓 Sir,你帶我哋去邊度呀?唔好嚇人啦!」

貓 Sir 轉身左手食指放在嘴唇「殊」了一聲:「呢度係報案室,咪咁大聲呀⋯⋯」

貓 Sir 在報案室木門中的玻璃窺探，接著推開了木門，探頭進內，過了一會，揚手示意我們跟上。

我們走進報案室，漆黑一片，貓 Sir 取出小型手電筒，在四周照了一會。

雖然只是一會，但是所看到的，足以令我喘不過氣來。

這是我相隔十四年後第三次走進青山警署的報案室，各項擺設大致相同，剛才我們是從側門進入，而側門對正的另一方向，同樣是一個側門。

這其實是在分別兩邊的升降機及樓梯位置的一道側門，與我們剛才在 4/F 餐廳兩邊的出入口一樣。

報案室正門外面是馬路，而大門是全玻璃構造，玻璃門外是我們較早前到達時所拍打的捲閘。

而報案室有一列長形桌子，有三個電腦屏幕，亦有三張椅子，相信是供市民報案之用。而長形桌子的左右兩側分別有一道門，似乎是進入報案室內部空間，而在一些沙發旁邊，又有多兩間房，我當年就是在這裏錄取口供。

我為何要描述得這麼仔細，是因為……

報案室裏滿佈了血跡！

而血跡所散落的地方，便是剛才所提及的椅、桌、電腦屏幕及玻璃門等等。

我呆呆地站著，不知道該做什麼才好。

速龍友低聲道：「你帶我哋嚟呢度做咩呀？」

貓 Sir 回應：「你哋而家明白我點解唔俾你哋喺度瞓啦。」

我道：「我完全明白，好明顯你係對我哋好啫，咁而家睇完走得喇？」

貓 Sir 走進其中一間房，亮了電筒：「拍硬檔，幫手每人拎支水上餐廳。」

暴龍友怨道：「你落嚟唔係講俾我哋知點解冇走到咩？原來係叫我哋抬蒸餾水呀！」

貓 Sir 道：「咁你抬唔抬呀，而家冇水冇電，唔抬就水都冇得飲，唔好話沖涼。」

一聽到沖涼二字，暴龍友高興道：「乜咁好有浴室嘅咩？」

貓 Sir 道：「有！焗桑拿都有呀，七、八月停電嗰陣，熱到你阿媽都唔認得呀！」

於是，包括貓 Sir 在內，我們抬了七支水，暴龍友因為要求沖涼，貓 Sir 便叫他一人抬兩支水上樓。

上樓途中，老童問：「貓 Sir，又話講你點解會留低嘅？」

貓 Sir 喘著氣道：「要講都唔係托住支水講啦，你想知，喺屎坑講都得啦，欠咗你咩！」

我們沿途每上一層便休息一會，如是者上到 4/F，走進餐廳，已見兩男童在餐桌上睡著了，而笠原中女則換上了一套黑色運動型睡衣，睡在排列好的椅子上。

我們把五支水放置在男廁外，方便使用，一支放入餐廳，接著我抬了一支到另一邊的女廁內，給笠原中女使用。在廁所

內的垃圾筒中，我看到笠原中女之前所更換下來的衣服。

之後我們坐在餐廳一角的三張沙發上，等待貓 Sir 交待他的遭遇……

「唉！其實都冇咩好講，我而家好後悔！」貓 Sir 收起了我認為很搞笑的樣子。

速龍友問：「後悔咩呢？」

貓 Sir 閉上眼睛，用右手尾指在鼻子上抓養：「好後悔，食咗感冒藥。」

「其實我係呢間警署槍械室嘅警員，我尋日返早更，朝早七點開工，我嘅工作係負責收發槍呀、警棍呀、通訊機呀，呢啲裝備俾外面巡邏嘅警員。」

「尋日我一開工嗰陣，返夜更槍械室嘅同事已經同我講，因為青山發電廠嘅工潮行動升級，有人開始用雜物阻塞交通，仲可能會封閉屯赤隧道，佢話夜更嘅同事大部份去晒發電廠做嘢，應該會遲收工。」

「咁我咪聽咗算數囉，又唔使我出去做嘅，咁我發晒早更同事啲裝備之後，上咗嚟呢度食早餐，食完早餐我返去槍械室，因為我早兩日感冒，已經食咗兩日藥，咁其實我覺得都好番晒㗎啦，但仲有一次藥，唔好嘥，咪食埋去囉。」

「點知到咗九點，返夜更同事居然仲有人未收工，咁我就問值日官啦，佢話嗰個藍領行動工潮搞到好大鑊，早更搞唔掂，令到夜更都要繼續幫手，呢，嗰陣我咪見到阿老童俾伙記拉咗返嚟囉。」

「咁我又返去槍械室，過咗一陣，可能藥力發作，好有瞓覺

feel，咁我心諗如果夜更返嚟交裝備收工，佢會敲門撳門鐘㗎啦，所以咪索性喺槍械室瞓陣囉。」

當說到工作時睡眠，貓 Sir 有點兒尷尬：「點知呢一瞓，我足足瞓到夜晚七點。」

貓 Sir 看一看我們反應，我沒有表示，但暗地裏想說……有冇咁好瞓呀？

貓 Sir 他繼續：「當我瞓醒之後，成間警署冇晒人，就連狗房嗰兩隻警犬都走埋。咁，大鑊啦，你都知咩環境啦，冇水冇電，得幾盞喺樓梯口嗰啲的緊急照明燈，咁都未算驚，直至我睇到保安局嗰個短訊先知真係大鑊。」

「咁我咪求其撳部警車，出去睇下做乜嘢事，我行過青山公路黃金嗰邊，上過屯門公路，又行過屯門新墟，龍鼓灘，總之結果係，走唔到。」

「屯門公路架貨櫃車洩漏嗰啲的應該係化學毒氣，因為喺屯門公路入屯門嚟嘅方向，我見到十幾架車，個個司機都係死咗，大部份死咗喺車旁邊，佢哋可能係喺交通意外現場，或者最高危險區域入面吸入咗毒氣，之後毒發身亡。」

我岔開了：「貓 Sir，佢（指著暴龍友）都入過最高危險區域喎，喺黃金嗰便，佢入過封鎖帶入面。」

暴龍友不滿：「頂你咩，交我出嚟！」

我道：「關咩事啫，而家最重要係點去面對同解決問題呀嘛。」

貓 Sir 看著：「嘩！呢位兄弟就講得啱喇，我哋最重要係集思廣益，你鬧我我鬧你冇用嘅，幫唔到手之餘仲會破壞團隊精神，影響工作效率，呢啲事唔好再發生啦。」

「我諗鹹濕仔唔係入得太遠，所以冇感染到，因為每逢有爆炸品或者有害氣體洩漏，我哋警方都會設立一個封鎖區，計算爆炸品或者有害氣體嘅影響範圍，而劃分一個區域係唔俾市民進入。」

「而喺區域入面做嘢嘅人，都會穿著針對性嘅保護裝備，例如頭盔、口罩、防生化物嘅衣服、甚至防毒面具。至於我喺屯門公路所見到嘅車及屍體，應該係喺你哋所講嘅大欖交通意外現場，吸入咗毒氣，而入到嚟屯門就毒力發作，呼吸困難，所以個個打開車門走出嚟諗住抖大氣，之後死喺馬路上。」

「喺我未知有交通意外之前，我都奇怪點解入屯門方向得嗰十零架車嘅司機遇害，但係經你哋咁講之後，可以推算到係因為架貨櫃反咗，頂住入屯門方向嗰條線，所以只有十零架車咁啱，亦咁唔好彩過到嗰度，而吸入咗毒氣。」

速龍友道：「但我哋見到架藍色的士喺屯門公路炒咗跌落青山公路喎。」

貓 Sir：「嗰架的士應該越過封鎖線而偷入嚟，佢唔好彩，現場應該仲有毒氣。」

暴龍友道：「貓 Sir……我…入咗個封鎖區，都見到好多屍體啩，好似『見鬼』套戲咁，我會唔會其實都……」

貓 Sir 怒瞪著：「你個鹹濕仔，牛高馬大，原來芝麻咁細個膽，我睇你係平時去飲早茶嗌點心都驚嗰啲人嚟。你話『見鬼』呀嘛，嗰幕好明顯係爆炸嚟喇，見鬼！」

「嘑！不過咁，至於你哋所講嘅不知名物種……我係相信嘅，我哋盡可能唔好離開呢度，等救援啦，如果你哋講嗰隻物種咁恐怖……」

貓 Sir 突然停止下來，揚手示意我們安靜，我望向笠原中女及兩男童，他們仍在睡覺。

「好似有聲⋯⋯」貓 Sir 眉頭皺起，集中精神。

而我隱約聽到「啪！啪！」聲！

聲源在樓下傳出！

「係報案室！」貓 Sir 站了起來，向我們道：「有冇架生喺身？上齊嘢跟我嚟！」

老童及暴龍友齊聲道：「我唔去呀！」

貓 Sir 右手拍拍腰間：「我有槍嘛，你驚咩呀！」

速龍友用手推著暴龍友：「你定啲嚟喇，可能有船到咗碼頭見到啲字，嚟搵我哋呢。」

被速龍友說服，加上老童被貓 Sir 夾硬捉了下樓，我把背包中的工具分發給他們，一行六人沿樓梯落至報案室。

啪！啪！啪！啪！啪！啪！

那是，拍打捲閘的聲音！

貓 Sir 帶領下，推門進入報案室，貓 Sir 揚手示意我們分開兩邊站，但是因為貓 Sir 有槍，我們五人極不願意分開，死跟實貓 Sir。

突然，兩下「嘭！嘭！」的撞擊聲！

捲閘出現了兩個凹陷之處，接著捲閘不斷搖晃。

逢！逢！逢！逢！逢！逢！逢！

貓 Sir 站在轉角之處，拔出手槍，準備射擊！

...待續......

10

貓 Sir 持槍的同時，向我們道：「如果衝入嚟嘅唔係人，我會開槍，到時你哋自己執生⋯⋯」

吓！自己執生？

我本來已經手持一支螺絲批，當聽見貓 Sir 一再提醒便更加緊張，立即在背包裏找尋其他工具。

老爆犯道：「貓 Sir，如果冇信心嘅不如走啦！」

貓 Sir 突然驚醒：「係喎，等我去拎支雷明登出嚟先⋯⋯喂！後生仔，你哋頂住！」

說話後貓 Sir 推門走進報案室內部。

「喂！你唔係呀，就咁走咗去！」

「搞錯呀！」

埋怨的聲音此起彼落。

「啪！啪！啪！啪⋯⋯」拍打捲閘聲仍然持續，只是⋯⋯

「唔該！有冇人呀！」一把男子聲音。

「開門呀唔該！我哋拍咗門好耐啦！」另一把是女子聲音。

我立刻高聲道：「喂，貓 Sir，人嚟㗎，係人拍門呀！」

「有人講嘢喎，喂！差人，開門呀！」報案室外男子高聲呼喚。

「嘭！」

推門聲響，貓 Sir 又再次從報案室走出來，此時他手中多了一把雷明登散彈槍。

「差人開門呀⋯⋯」男子不斷高呼。

貓 Sir 小心奕奕避免踩到地上血跡，走到玻璃門前：「你咩事呀？你哋有幾多個人呀？」

「得我同我條女咋，救命呀，差人⋯⋯」

貓 Sir：「救咩命呀，你拍到個閘凹晒，我拉你都仲得呀。」

男子繼續道：「我哋冇車走，想出返去又出唔到，我劫到就嚟死啦⋯⋯」

貓 Sir 很決絕：「而家全個屯門都冇車架喎，我幫你哋唔到喎。」

男子：「唔係呀，我條女佢塊面青晒，好似就死就死咁呀⋯⋯」

貓 Sir 嘆了一聲：「唉！濕滯，愈嚟愈多人⋯⋯喂！你兩個沿路行去警車度，喺嗰個大閘度等我。」

暴龍友道：「貓 Sir，我哋返上四樓定點呀？」

貓 Sir 推了我肩膀一下：「緊係一齊落去啦，咁冇雷㗎你！」

我無奈：「喂，唔係我講㗎喎！」

我們一行人走到停車場，已經看見閘外站了一男一女。

男的油頭粉臉，穿著藍色花恤衫，類似小丑褲及 Redwing 皮鞋，瘦瘦削削，很深的黑眼圈，似乎夜生活很頻密；而女的年紀比較大，長髮，一件 oversize 及膝長衫，一條黑色 legging 及露趾涼鞋，面青口唇白，雙手按著肚子。

貓 Sir 開啓了閘門，二人立刻走了進來，男的似乎有點精神緊張，在停車場上四處張望：「差人呢？差人呢？」

貓 Sir 道：「我係警察！咩事？」

花恤衫男抓著貓 Sir 雙臂：「上唔上到網呀？借部電話嚟呀？我想上網呀！」

貓 Sir 右手把男子推開：「做乜嘢呀你？講還講唔好郁手郁腳喎。」

男子轉移纏著老童：「唔該借部電話俾我呀，我想上網呀！」

老童取出手機：「上鬼上馬咩！都冇網絡，你自己睇下嘞。」

男子取了老童的手機，按了數下，便掉了落地：「你俾部古董機我把托咩，我要出 post 呀！」

老童的手機應聲落地，電池及主機分了開來。

老童高聲叫：「嘩！你阿媽，有冇搞錯......」

速龍友揚手兼且凝重地道：「大家停一停先......喂，你條女面青青咩事呀？」

男子轉身扶著女友：「佢？佢好似好辛苦......」

突然我有種不祥預感，那女子......她不是受到感染吧？

貓 Sir 似乎也察覺到不對勁，從腰間取出防毒面具，並大叫：「大家退後啲！」

我們立刻四散，老童及老爆犯走了入警犬犬舍，我和兩龍友躲在牆角後，而貓 Sir 只是後退了兩大步，並帶上了防毒面具。

「小姐，你咩事呀？係咪吸入咗啲不明氣體呀？」貓 Sir 戴了防毒面具，高聲說話。

「我......我 M 到呀......個肚好痛呀......」女子微微張開眼睛，嘴唇抖動地道。

「我哋冇受到感染呀......」男子辯稱。

「頂！俾你哋嚇死！」貓 Sir 除下防毒面具，我們亦各自從匿藏處走出來。

貓 Sir 問：「你兩個又點樣呀？不過講明先，冇水冇電冇車冇船，我仲有咩可以幫到你哋呢？」

這男子，竟然說出我最意想不到的說話：「阿 Sir，借個車房同架警車嚟自殺得唔得呀？之後你將我哋條屍掉出馬路，再幫我哋備案，話我哋係中毒氣死咁樣可唔可以呀？」

貓 Sir 皺起眉頭，口部微微張開，過了一會才道：「你噏乜嘢呀？你而家玩我呀？定係打得少呀？你講清楚究竟你哋想做乜嘢呀？」

男子道：「我哋想 claim 保險呀，如果我哋意外死咗，咁屋企人都有筆錢洗呀。」

天！這對落難鴛鴦居然是玩自殺的組合，這個穿花衫加上蛋

撻頭的自殺男，及那名疑似 M 到的死相自殺女，在云云拼命求生的我們面前，居然打算了結生命。

貓 Sir 對二人似乎看不過眼：「你兩個係咪儍㗎？全世界都諗住點走，你同我講話想自殺，要死你哋死遠啲呀！」

雖然貓 Sir 的態度，已經超越一般警察在市民心目中的印象，但是他勝在說話夠坦白。這一雙自殺仔女簡直胡鬧，我同意貓 Sir 那句說話：

要死你哋死遠啲！

速龍友永遠是以大局為重，他見自殺女樣子很痛苦，便道：「貓 Sir，不如扶條女埋去坐低先啦，佢痛成咁，怕佢會暈低，到時仲麻煩。」

貓 Sir 嘆息：「唉，早知唔應門，喂！老童，仲企喺度托咩，幫手扶佢坐喺櫈度先。」

老童協助扶起自殺女在沙發坐下，貓 Sir 便抄下自殺仔女身分證資料，我在旁一看，自殺仔居然不過二十歲……

自殺仔：Andy Lai，18 歲（瘦仔 + 撞凹捲閘）
自殺女：Winnie Kwok，20 歲（瘦仔女友）

貓 Sir 在記錄個人資料的時侯均有括號內備註，如這個自殺仔（瘦仔 + 撞凹捲閘），以及我（剪鉗 + 灰衫）等。似乎他很大機會秋後算帳，可能在我們安然離開屯門後，會對我或自殺仔作出刑事拘捕。

老童、老爆犯及速龍友三人乘機會抽煙，此時天開始轉亮，我可能是過了睡眠時間，又或者過去十小時太精彩之故，反而沒有多大的睡意。

自殺仔把我們提供的一支瓶裝水給自殺女喝，過了一會，自殺女張開眼睛，但是左手仍舊按著肚子。

她輕聲道：「點呀？打唔打到卡呀？」

自殺仔道：「打唔到呀，佢哋又係上唔到網！」

自殺女呻吟道：「呀……咁點呀老公，我好眼瞓呀，不如瞓醒聽日先死囉！」

自殺仔安慰她：「好啦好啦！豬豬，你又眼瞓又唔舒服，我哋一於喺度瞓覺，瞓醒先睇吓點死喇。」

自殺仔扶起自殺女，四處打量，之後向貓 Sir 道：「差人，有冇房呀？我同條女想瞓覺呀。」

貓 Sir 紅起了臉，似是強忍怒火：「你放低條女先……係啦，之後跟我嚟呀！」

這樣自殺女又坐回櫈上，貓 Sir 帶自殺仔推門走進樓梯間。

接著樓梯間傳出「啪！」一聲響！

「有冇房？你當呢度酒店呀？」

接著再度「啪！」一聲響！

「你老母，你醒未呀！」

貓 Sir 卒之都動起真火了。

「差人打人呀！我要投訴你呀，拍片擺你上網……」

「拍乜嘢呀，乜都拍，大導演呀？」

「你俾返部電話我⋯⋯」

自殺女迷迷糊糊地道：「喂！你哋咪打我 BB 呀⋯⋯我搵契哥斬你㗎⋯⋯」

「我部電話爛啦⋯⋯呀呀呀呀呀⋯⋯」

速龍友首先衝入樓梯間，接著我們也走了進去。

貓 Sir 正用左手壓低自殺仔條頸，右手則把自殺仔的右手翻在背後。

速龍友立刻上前勸阻：「算啦，貓 Sir，你睇佢個樣都知佢乜都唔識，細路嚟啫。」

我見形勢有點不對，貓 Sir 眼睛裏已經有一團怒火。現在有太多問題還有待解決，現再加上一對自殺仔女在胡鬧，若果情況持續下去，恐怕只會令不安因素積累，並拖延我們離開屯門的時間。

貓 Sir 年近五十，仍然孔武有力，那些不知是詠春還是擒拿手的招式，把自殺仔鎖得寸步難移。

「放手呀⋯⋯死差佬⋯⋯」

大鑊！貓 Sir 曾對我們說過，若果稱呼他為「差佬」，他會毫不猶豫開槍打人。

我見貓 Sir 退了兩步，順勢一拖，將自殺仔摔在地上。

「啪」一聲響，自殺仔屁股落地，貓 Sir 雙手推前，成功把自殺仔壓在地上。

「老童！過嚟拎副手銬鎖住佢！」貓 Sir 亮聲吩咐，不知從何時起，老童已經成為貓 Sir 的得力助手。

貓 Sir 和老童二人合力，將自殺仔右手鎖上手銬，但他左手屈縮在腹部和地面之間，霎時間沒法控制他。

我立刻蹲下身子，拍打自殺仔：「喂，你叫 Andy 呀？係咪 Andy 呀？」

「呀！呀！呀！呀！呀！」自殺仔沒有回應，仍持續大叫。

「Andy……」我把心一橫，一巴掌打在自殺仔臉上。

這巴掌把眾人嚇呆，同時亦把自殺仔冷靜下來：「係呀！想點呀你！」

我道：「癲夠啦你！而家唔係鬥氣嘅時候，我知你好痛，又俾人撳住喺地，但如果你安靜，聽話，唔再自殺，我哋可以放返鬆你，得唔得先？」

自殺仔左看右看，再掙扎了一下，便道：「OK 啦，對唔住阿 Sir，唔該放咗我呀。」

速龍友勸止：「算啦，貓 Sir，放咗佢先啦，如果佢再發圍，我幫你手捉佢入狗房，等佢同警犬瞓。」

自殺仔一聽到警犬二字，便瘋了一樣：「唔好呀阿 Sir，頭先對唔住呀，你講咩我都聽，但千祈唔好捉我入狗房呀！」

速龍友這一招「刑恐」果然有效，有理由相信自殺仔曾經在

夜店或在深宵街上被警察截查，出言挑釁警方而遭到警犬噬咬。

貓 Sir 按著自殺仔肩膀：「醒啦！知唔知呢度咩地方呀？」

自殺仔非常合作：「知道，呢度係警署！」

貓 Sir 繼續：「警署即係代表咩呀？」

自殺仔也有小聰明：「代表......權力，代表主場，阿 Sir，呢間警署係你主場！」

自殺仔的答覆令貓 Sir 頗為滿意，他扶了自殺仔起身，拍拍他膝蓋上的塵埃，解開了手銬，帶他離開樓梯間。

「BB 你冇事嘛？」自殺女問。

自殺仔滿臉通紅：「冇事呀豬豬，同阿 Sir 喺入面傾偈之嘛。」

自殺仔雖然只有十八歲，但是也頗為成熟，並沒有要女朋友為他擔心。

貓 Sir 在沙發坐下，也示意我們坐下，似乎有事宣布。

「嗱！咁樣，你哋唔好怪我嘅態度咁強硬，我都知你哋可能未見過啲警察係咁樣，但係逆地而處，你又同我諗下，你哋加埋成十個人，只有我一個警察，如果我唔夠硬淨，唔講明遊戲規則，你哋鍾意點就點，亂咁嚟，咁間警署仲洗要嘅？」貓 Sir 一一看著我們，我們沒有一個能夠答上口。

「我初步打算係等救援，而家疏散咗啫，可能過兩日會解封呢？如果我搞到間警署立立亂，我點向上級交待？我屋企仲有老婆仔女要養㗎，我幫你哋俾你哋入嚟，同時都想你哋幫

下我，唔好整亂整污糟啲地方，得唔得先？」

速龍友回應：「冇問題，貓 Sir，你幫我，我幫你啫，但係我哋乜都唔做，齋坐喺度等救援似乎唔係咁好，如果可以有㗎船……例如橡皮艇之類……」

貓 Sir 道：「我知你想問我有冇橡皮艇，其實橡皮艇呢個裝備，唔係每間警署都有，通常總部會有少量係留俾衝鋒隊用嘅。好可惜，呢間只係差館仔，我哋冇咁嘅裝備，我諗沿水路離開屯門呢個諗法可以放棄，同埋留喺度咪仲安全，至少唔會喺出面遇到嗰隻嘢呀。」

暴龍友道：「喂貓 Sir，咁頭先報案室咁多血跡嘅？」

貓 Sir 沉默下來，過了良久才說話，但並沒有正面回答：「噚……因為正如我之前所講，我喺槍械室瞓咗大半日，所以……唔知道期間發生過乜嘢事，總之……你哋唔好再入去報案室啦。」

貓 Sir 說話吞吞吐吐，不知道是否被報案室的血腥場面嚇得猶有餘悸，抑或是有什麼事情隱瞞……

啊！我突然想起之前有件頗為重要的事，是要向貓 Sir 詢問的，但此刻老是想不起來。

自殺仔緊握著女友的手：「阿 Sir，你哋講咩嘢血跡，又出面嗰隻嘢係咩嚟㗎，好恐怖呀！嚇親我老婆呀！」

這對癡男怨女攬在一起，自殺仔不斷安慰女友，我看見二人衣著光鮮，沒有帶雨傘，更絲毫沒有被雨水淋濕而感到奇怪。

我問自殺仔：「你哋尋晚喺邊度瞓呀？」

自殺仔想了一想:「尋晚……我哋由下晝入咗嚟屯門到而家,都冇瞓過。」

我表示驚訝:「吓?你哋係尋日下晝先入嚟?你唔知屯門出咗事咩?政府有發短訊㗎。」

自殺仔道:「我哋就係知道屯門污染咗,所以趁早仲有輕鐵,咪買定包炭,喺元朗坐車入嚟,點知去到何福堂,有啲軍車切線,佢哋居然行輕鐵路軌,我同老婆都 O 晒嘴,仲一連十幾架車,足足塞咗成個鐘頭。」

我岔入:「咪住,乜何福堂嗰便唔係最高危險區域咩,點解仲行到車嘅?」

自殺仔臉上出現疑惑:「最高危險區域?唔見有喎!係咪類似打槍 Game 入面雪山頂嗰種呀,唔覺喎!」

速龍友揚眉:「嗰陣都疏散緊,點會俾你兩個坐到車入嚟嘅?」

自殺仔道:「其實嗰陣只有屯門載人出去元朗,之後係吉車返去㗎,我同老婆趁司機唔為意,偷入車廂匿埋咋。係咁,咪去到何福堂,見塞車塞咗咁耐,咪同司機吹水話去到元朗瞓咗,冇落到車,咁佢即刻開車門,叫我哋改搭西鐵走。嗰陣好亂,有人打大交都冇人理。之後咪去咗龍門居河邊嗰度坐,坐咗半個鐘都好似冇毒氣 feel,不過好彩買定包炭,雖然我哋係想死,但係又怕中毒死好辛苦,所以我哋喺附近公園個殘廁入面,打算燒炭,但可能啲炭濕咗水,點唔著,結果又用唔到。」

老童道:「挑,你要死求其揀幢樓跳落嚟都得喇,幾秒鐘即爆頭,唔會辛苦!」

貓 Sir 道:「你個老童呀,好似死過幾次咁喎,洗唔洗示範下

咁呀？」

老童立刻搖手說不，自殺仔再道：「其實辛唔辛苦都係其次，後尾我哋發覺唔可以就咁死，因為，我哋今次入嚟屯門屋企人係唔知㗎，萬一謬謬然咁死咗，屋企人又搵唔到我哋，就算真係吸入毒氣死都冇用，因為屯門區已經封鎖，所以根本就死咗都冇人知……」

「哦！」我不自覺地說了出口，這對自殺仔女，真是計劃週詳！我示意自殺仔繼續。

自殺仔：「我聽人講過話如果懷疑一個人失蹤，但係原來係死鬼咗，咁就算佢屋企人報警，因為搵唔到屍體，喺法律上暫時只會當失蹤人口處理，直至七年之後，家屬先可以申請死亡證。如果係就麻煩，因為我仲諗住筆保險金留俾我阿媽，等佢有錢可以用嚟買定個長生位俾我阿公。所以，我喺死之前，點都要上社交網站打卡，等朋友同家姐知道我喺屯門，心諗災難死一定有得賠啦，但我哋又點會估到冇網絡呀，喺未搞清楚保險賠償問題之前，攪到我都唔知應唔應該死！」

自殺仔說話後看著我，不知道他最後一句話「唔知應唔應該死」是否在詢問我呢？這個關乎道德及沾到不知道是不是哲學的問題，深信窮我一生人所學也不懂回答。

貓 Sir 低頭嘆息：「點解要死？就係為咗保險金？」

自殺仔看了自殺女一眼：「咁又唔係，其實……」

自殺女突然雙手揮動：「BB 唔好講呀！好瘀㗎！」

自殺仔安慰：「怕乜啫，就係因為佢哋啲大人，先至有萬幾個 Like 之嘛，而家係佢哋唔啱喎！」

速龍友抽著煙：「喂，你唔好講啲唔講啲吓，好吊癮！」

我們把視線集中在自殺仔身上，他道：「其實係因為我老婆有次去應徵做 model，咁佢哋要豬豬影水著，影完之後就話佢個樣太素人，未必啱廣告公司啲客戶，叫佢交七萬蚊去上啲咩美容療程，夾硬碌咗張信用卡，之後又話豬豬冇波，又要交廿幾萬去隆胸，咁我同佢張信用卡都爆咗 limit，仲點碌啫！」

自殺仔此刻用很有敵意的目光看我們：「咁我咪問阿媽借咗十二萬上去救豬豬囉，佢哋收咗錢後放我哋走，但係要三日後返去補多十萬蚊，咁我哋仲邊度有錢啫，咁即係迫我去打劫啫！結果網絡上就出現咗個專頁，post 咗幾張豬豬水著嘅特寫相……」

暴龍友心急問：「特寫個胸呀？」

自殺仔搖頭：「係特寫下面呀，佢哋話豬豬下面又肥又現晒形喎！」

自殺女雙手掩面：「BB 呀……我冇面見人啦！」

忍！我一定要忍！我見貓 Sir 及速龍友已經打側了臉，沒有正視自殺仔女。

忍！

暴龍友再道：「咁個專頁叫咩名呀？」

暴龍友果然是鹹濕仔一名。

自殺仔輕描淡寫道：「啊，叫『駱駝腳趾』呀，哈哈哈！！」

暴龍友背著我，肩膀上下不斷抖動在忍笑。

自殺女：「你仲笑……」

我不自覺地看了自殺女下半身一眼，legging 外面是一件長衫……

「哈！哈！哈！哈！哈！哈！哈！哈！哈！」我再也忍不住了。

經我一笑，其他人也大笑了出來，速龍友甚至笑出淚水，就連那對落難鴛鴦，也笑著打情罵俏。

氣氛一下子輕鬆起來，我們的笑聲圍繞著整座青山警署。而這段小插曲，不知道是否上天的恩賜，在這個逃亡旅途中，增添了一份愉快色彩。

貓 Sir 勸服自殺仔女，二人在不能打卡的情況下，暫且擱置自殺念頭，我們所有人也回到 4/F 警署餐廳。我和兩龍友商討過，在有害物質還沒有污染碼頭區之前，聽從貓 Sir 的建議，留在警署等待救援。

貓 Sir 自己上了 5/F，自殺仔女聽從速龍友這個 4/F「主管」講解貓 Sir 的規矩，另外老爆犯、老童及暴龍友三人一到餐廳便立刻霸位，三人各佔一張沙發休息，自殺仔女則瑟縮在一角，互相緊抱，希望他倆不要做起愛來才好。

笠原中女及兩男童仍然在熟睡，四眼男童甚至傳出鼻鼾聲。

速龍友把五張椅子排列一起，向著我：「早抖啦，兄弟，聽日唔知又有咩玩！」

我也說了聲晚安，便打算把笠原中女身旁僅餘下的木椅搬移，

找一處地方休息。

此時笠原中女右手搭著我手背：「好夜啦，喺度瞓啦⋯⋯」她仍是閉上雙眼，那句是否夢話，也不得而知。

我見搬移椅子也會弄出聲響，於是就在笠原中女對面那排椅子上，橫臥而睡。

過去這一天，折騰了超過十二小時，非常疲倦，當我入睡的時候，已經是天亮。

而當我再張開眼睛，笠原中女已經不在椅上，我仍然感到疲累，看看窗外，天色陰陰沈沈，餐廳內只剩下暴龍友與我。我在廁所梳洗後，便下樓去，走到 2/F，看到老童及老爆犯在廁所出來，兩人似乎沒有遵守貓 Sir 規則，我並沒有理會他們。

當走到停車場，才發現天空污雲密佈，有種山雨欲來的感覺。

自殺仔女依舊如之前一樣，互相安慰，坐在椅上。

我問自殺仔：「你條女面青青嘅？咩料呀？」

自殺仔瞪了我一眼：「都話佢 M 到咯，你咁多問題嘅？」

自殺仔態度又似乎打回原形，相信仍然對我打了他一巴掌一事，懷恨在心。

我沒有再理會他，只看見貓 Sir、笠原中女及速龍友在閘口聚集，看著地上。

我向閘口走去，身後傳來說話聲。

「阿貓 Sir，睇晒啲廁所都冇發現喎！」身後的老爆犯道。

貓 Sir 這才轉身：「唔洗搵喫啦，佢兩個走咗啦！」

我看一看眾人，只有暴龍友及兩男童不在，暴龍友剛才還在 4/F 睡覺，那走了的兩個人……

是兩男童？

我心急地問：「兩個細路走咗？」

速龍友指著閘門地上：「佢哋剪爛咗個鎖頭走咗。」

我沿速龍友所指，看到老童之前踢入來的剪鉗，以及剪斷了的鎖頭，而鐵鏈仍然掛在閘門之上。

貓 Sir 道：「都係我唔好，冇收番起個剪鉗！」

老爆犯道：「貓 Sir 你千祈唔好怪責自己呀，有時啲細路諗咩嘢你估唔到喫。」

我驚訝道：「尋日仲好哋哋喫，點會咁嘅，唔通佢哋肚餓？」

速龍友道：「一定唔會，四樓仲有好多嘢食，就算想食其他嘢，都唔會粒聲唔出走咗，因為係佢哋要求你帶埋佢哋走喫嘛……」

我無言以對，雖然和兩男童非親非故，但是二人才不過十一歲，應該由成人保護，何況現在外面一片混亂，若然二人情急之下沿最高危險區域離開，並吸入有害氣體的話……

我把我所顧慮的情況說出來，貓 Sir 立刻反駁：「咁你又太過杞人憂天，呢兩個古惑仔，隨時精叻過你呀！」

我皺起眉頭，自然地向貓 Sir 作了一個反問表情。

速龍友問：「貓 Sir，點解你會咁講呢？」

貓 Sir 看了我們一會，嘴巴微微張開......

「你哋......原來唔知㗎？」貓 Sir 這一問，沒頭沒尾，大家只有待他進一步解釋。

貓 Sir 指著腰間：「我個防毒面具唔見咗呀！」

我們仍然沉寂。

貓 Sir 呼了一口氣：「佢哋兩個唔敢再留喺呢度，驚咗我呀！」

我千萬個不明白，故自然反應道：「驚你好惡咁鬧佢哋呀？」

貓 Sir 反著眼抬頭看天，似乎恥笑我的說話愚蠢，接著才道：「佢哋驚我拉佢呀！」

我此刻才記起要問貓 Sir 什麼了，那是他記錄兩男童資料時的備註......

散石灣！

貓 Sir 再道：「佢哋兩個係少年犯嚟㗎！」

兩男童，竟然是......

少 年 犯？

...待續......

11

少年犯？散石灣？

啊！我完全被兩名男童瞞騙了！

貓 Sir 再道：「佢兩個係散石灣路嗰間兒童院偷走出嚟㗎嘛！」

貓 Sir 與兩男童相處的時間不會比我多，亦等於，他能夠單從二人表面，就知道二人是少年犯，那是因為⋯⋯

兩名男童的衣服！

二人身上所穿著的，是一件黃色衞衣，灰色運動褲，白鞋，沒有書包，也沒有其他財物，那是因為，他們是從散石灣那間屯門兒童及青少年院偷走出來的！而二人聲稱所就讀的基督教何福堂小學，體育服應該是⋯⋯

對了，住在我家隔壁的那個頑童，是就讀何福堂小學，他常穿著的運動服，便是白色上衣及深色褲，我太大意了！

難怪當初我遇上他們，在油站和黑瘦男童對話的時候，什麼「原本讀六年級」、「舍監話要疏散」、「有家長嚟接但阿 Sir 唔批」，之所以出現當其時聽起來古怪的說話，全因為二人根本就不是何福堂小學的學生，而是屯門兒童及青少年院的少年犯！

這兩個古惑仔，他們竟然欺騙了我，打從一開始至今，二人都是有心躲避疏散，在青山寺匿藏起來，直至所有人也走清光，才自行離開。但是當看見屯門區處處渺無人煙，也沒有交通工具，在情急之下，才求助於我吧。

想必是這樣，這兩名古古惑惑的少年犯……

隆……隆……

天空污雲密佈，雷電交加，兩大點雨水滴在我鼻子上，我們立刻走到有蓋之處躲避。

雨下得很快，「霹礫啪嘞」的已經將警署停車場填滿雨水，中午時分，天色就像傍晚一樣，絲毫陽光也沒有。

速龍友嘆了一口氣：「佢哋兩個唔知走咗去邊，又冇遮，咁大雨好易會冷親。」

速龍友的說話令我很內疚，說到底也是我自己觀察力太低，若然一早摸清楚二人背景，還可能不致於弄成這樣的田地。

貓Sir亦道：「其實我第一眼見佢哋套衫已經認得係兒童院嘅，所以我先問佢哋兩個衰咩，但你又幫佢哋解圍話貪玩，咁我咪由得佢哋。況且，唔通我真係拉佢哋困喺羈留室度咩，首先佢哋未必係犯咗事，有可能係玩 missing 離家出走嗰種，而家咁嘅環境，困住佢哋都唔適合，如果唔係，老童都唔會有得保釋啦。」

速龍友望向我：「不如我哋出去搵吓佢哋啦？佢兩個可能為食匿咗喺快餐店嘅啫。」

我對速龍友的提議感到欣慰！兩男童是我帶著的，若然他們發生什麼意外，我是承擔不了後果的。

經過商討之後，貓Sir指派了老爆犯及老童前往新舊碼頭尋找，而我與兩龍友則往蝴蝶邨等一帶。我們各自提取了雨傘，部份是貓Sir在警署內找到的，吃過簡餐之後，我們分途出發。

我和兩龍友沿警署外的行人天橋走，向屯門河看過去，居然看見有一輪私家車浮在河上。

「你哋睇下！」我亮聲喚著。

兩龍友立刻依著欄杆，遠眺望向屯門河。

速龍友取出望遠鏡：「好似……車入面冇人喎！」

我拍拍他肩膀：「可能太大雨沖咗停車場啲車落河啫，我哋繼續搵啦。」

速龍友再道：「咦！但係……條河個入口咁假嘅？由橋底嘅屯門河入口至到三聖邨，居然可以係一條大直線同埋九十度角嘅？」

我解釋：「其實屯門河本身好闊㗎，因為發展新市鎮，所以幾十年前開始填海，你而家見到嘅地方大部份係填海得嚟。」

速龍友收起望遠鏡：「你唔係揸的士嘅咩？填海啲嘢你又知？住咗屯門好耐呀？」

我回答：「十幾年啫……」

我們三人走到蝴蝶邨的便利店，玻璃門已經破碎，店內一片凌亂。

速龍友道：「可能除咗我哋，仲有其他人！」

暴龍友走進店內：「未必嘅，或者有啲人趁火打劫呢！」

暴龍友所說的話，正正擊中我要害，我一向奉公守法，「趁火打劫」的行為，過去一天已經出現在我身上，由三聖邨的

超市開始，我所做的，不就是「趁火打劫」嗎？

速龍友亦走進店內，大肆搜掠，他們二人把背包塞得滿滿的，離開的時候，暴龍友望著我說：「碌葛咁企喺度把鬼咩，入去拎啲嘢食啦！」

速龍友亦道：「唔洗諗咁多啦，呢個係災難嚟㗎，拎啦！」

速龍友似乎洞悉到我內心所掙扎的，才加以安慰。我走進便利店，取了一些食物及保礦力，又和兩龍友走到蝴蝶邨街市，看看有沒有什麼可以吃的。

暴龍友在一箱二箱貨物中找到一些橙及蘋果，接著道：「唔知警署有冇石油氣爐呢？如果有嘅話，可以煮啲菜食呀？」

速龍友右手「dark」了一下手指：「有！我哋可以去超市搵，睇下有冇打邊爐用嗰啲石油氣爐同埋細細支嘅石油氣，再拎啲丸呀、腸仔咁，打邊爐都仲得。」

我揚手道：「等等，乜我哋唔係應該搵咗兩個細路先咩？」

速龍友安慰道：「我哋一定要搵，但係我哋都要為咗自己，如果唔補充體力，仲邊有得玩落去呀！」

暴龍友道：「阿進講得啱呀，而家根本就好似電視劇生還者嘅遊戲，邊個裝備充足就贏。老實講，我唔想輸呀！」

生還者？遊戲？

電影大逃殺及饑餓遊戲、楳圖一雄的漂流教室，以及望月峯太郎的末日漫畫，我現在置身的屯門，是一個類似的場景嗎？

為了生存，在較後的時間，我們會否如上述的故事一樣，互

相廝殺？賣友求存？為了生存，不擇手段？

不！我不應去想這些假設性的問題，我連「做人」、「生存」
的意義也不清楚，還能憑什麼基準去批判求存的方式？

我們在超市找到小型石油氣爐等用具，也找了些蔬菜，之後
在整個蝴蝶商場包括連鎖快餐店走了一圈，也沒有發現兩男
童。直至下午二時，我們決定放棄尋找。

回去青山警署途中，在湖景邨對開馬路上，發現一張又一張
白色的 A4 紙撒在地上。

我拾起了其中一張，一看內容之下，使我心跳加速：

> 『新界西地區特別事故』
> 最新安排，如仍有人未有
> 在指定時間離開此區者，
> 不論是政府執勤人員，抑
> 或是一般民眾，請留在家
> 中，切勿外出，以減低受
> 感染機會。若沒有處所容
> 身，可到蝴蝶灣社區中心
> 暫避，以待進一步安排。

化生輻核應變小組

化生輻核應變小組？我從沒有聽過這個部門，可能是隸屬保
安局、警務處或者是消防處吧，單從小組名稱已可看出，這
是一個專門處理輻射、生物武器、化學武器及核洩漏的部門。

我抬頭望向天空，希望有直升機飛過，這些單張，多半是直
升機在高空投下的。

「喂!邊個掉㗎?頂你!」暴龍友向天高呼,以說話來發洩不滿。

看畢單張內容後,速龍友最先發表意見:「單以內容嚟睇,其實政府對『疏散所有人』呢個講法都有保留,可能佢哋疏散後先知道有執勤人員遺留咗喺屯門,例如貓 Sir,或者墜毀直升機入面嘅機師,甚至 PTU。仲有,佢哋用到『感染』呢兩個字……」

我立刻道:「唔通係病毒?如果定性為恐怖襲擊,即係……細菌武器?」

暴龍友顯得慌張:「嘩!頂,吸入細菌武器好辛苦㗎。睇戲都睇過,又生瘡又流膿,出到街,啲警察當自己喪屍咁打㗎!你就好啦,至少有個防毒面具……」

速龍友搖頭:「我嗰個防毒面具都唔見埋喇,應該俾兩個細路拎走咗。」

兩男童似乎早有預謀,待所有大人入睡後,便起身偷取貓 Sir 及速龍友的防毒面具,這樣兩人身上分別也有一個,很有可能,他們打算走進最高危險區域,離開屯門。

若這個推算沒有錯,那麼,我們這一次尋找,就只有無功而回。最高危險區域內的有害物質,已經是百分百肯定的。為了生存,我們就只有西移,絕不能進入已受病毒感染的區域。大嶼山的士司機也配戴了雙重口罩,但也受病毒感染,誰知道那病毒的感染途徑?說不定是透過皮膚接觸,若是這樣,多一個防毒面具又有什麼用?大不了只減低病毒數量而已。

但是,若能減低病毒吸入數量,總比毫無保護的好,或許單是皮膚接觸,不足以致命,所以,我們還是需要一個防毒面具!

我把單張收起，打算回去交給貓 Sir，之後我們三人決定前往蝴蝶灣社區中心，看過究竟。

沿途很多流浪狗在追逐，似乎在爭奪地盤。到了蝴蝶灣社區中心，看見大門沒有關上。

「唔通呢度真係集合地點？」暴龍友顯得有點高興。

「等等…安全起見，每人拎住把嘢先……」我在背包取出餐刀，分給兩龍友。

「喂！你呀，自己就攞螺絲批，我哋就攞刀，想有藉口縮沙呀？」暴龍友不滿地道。

「又乜嘢呀，我求其攞之嘛，唔啱我同你換喇！」暴龍友真麻煩，我唯跟他交換。

此時一隻啡色唐狗出現在社區中心門前，牠看著我們，口部唇邊蹙起，目露凶光，發出「嗚……嗚……」之聲。

暴龍友把螺絲批在啡色唐狗面前揮舞：「咦！佢好似唔怕咁喎……」

唐狗何止不怕，還緩緩走前，我立刻蹲下身子，作勢拾取武器。

但是，這唐狗，牠……居然不害怕！

我從來沒有遇見過對人類「蹲下身子」沒有反應的狗隻，這唐狗，相信是第一隻！

暴龍友再次揮舞螺絲批，仍然對唐狗起不到阻嚇作用。

「喂！唔 work 呀，換把刀嚟呀喂！」暴龍友轉身向我求助，但是已經太遲了……

一切發生得太快了，唐狗飛身撲上，咬著暴龍友右腳不放，速龍友及我也被嚇了一跳，暴龍友不斷走動，但唐狗仍咬著他右腳。

我隨手一揮，以手中緊握的餐刀向唐狗劈下，幸運地擊中牠的腿部，牠立刻鬆開了嘴巴，轉移向我施襲，此時速龍友竟徒手抓著牠一條腿，利用離心力來一個大轉身，把唐狗拋了開去。

唐狗撞到欄杆倒地，之後再急速逃去！

我們三人抹一把汗，暴龍友檢查傷勢後，發現褲管爛了，幸好只有一處輕微傷口。

「而家啲狗變晒呀，成隻喪屍狗咁款呀！」暴龍友驚魂未定。

「我認為啲狗已經餓壞咗，可能會連人類都食。」速龍友說話使人心寒。

「不如咁呀，我哋上去社區中心睇埋之後，返去叫貓 Sir 借架警車先再算啦，就咁行出街好危險呀！」我抹著額上雨水，剛才一亂，我把雨傘也掉到地上，弄濕了身。

走進社區中心，地下沒有異樣，我們上了一樓，暴龍友問：「呢度唔似集合點嘛，靜英英嘅？」

速龍友分析：「如果真係走剩我哋幾個，都已經喺晒警署喇，呢度冇人都唔出奇呀！」

我解釋：「其實呢度每逢寒冷天氣警告就會開放俾人入住，

啲露宿者就最鍾意，貪佢有杯麵食。」

咔⋯⋯咔⋯⋯

有聲音！我們三人停在 1/F 和 2/F 之間梯級，聲音從 2/F 傳出。

「喂！撇呀！」速龍友低聲道。

「可能真係集合點呢，你唔睇你點知呀？」我雖然也害怕，但仍堅持。

「會唔會又係嗰隻嘢呀？好恐怖呀！」暴龍友很是擔憂。

「橫掂嚟咗，最多我上去裝下喇，冇嘢咪走囉。」我也不知何處而來的膽量。

我慢慢一步一步走上 2/F，2/F 大門開啓了，內裏是一段走廊，走廊左面是房間，右面是欄杆，欄杆外是天井，能看到社區中心地下。

而那卡卡聲音則源自走廊左面的一個房間。

我步入了走廊，兩龍友並沒有撇下我，二人緊隨其後，正當我還有兩米距離便到達那房間的時候。

突然，一羣黑影從房間衝了出來！

啪！啪！

啪！啪！

我首當其充，胸口中了兩下撞擊，那是一雙黑色前腿的重擊。

被重擊之後，我身體向後跌倒，背部一接觸到地面，立刻有人箍著我左右手臂，穿過腋胴，從後扶我起來。

扶我起來的是暴龍友，我站穩後，和兩龍友緊貼著牆。

眼前那些黑影……

是一羣黑色山羊！

千真萬確，我他媽的在蝴蝶灣社區中心 2/F 走廊，看見一羣二、三十隻的黑色山羊！

啪嘞！啪嘞！啪嘞！啪嘞！啪嘞！

山羊羣從房間裏衝出，直奔梯間，轉落 1/F，期間有數隻還被走廊的水漬滑倒，像保齡球一般，後發先至，把走在前端的山羊拌倒，滾下梯級。

相隔不久，便聽到有狗隻似是打鬥的聲音，亦聽到山羊嗚咽聲，這兩羣物種，又互相廝殺起來。

速龍友問：「你冇事呀？我見頭先踢得好應噃？」

我看了看胸口，居然有些即食麵條黏著，也有些痛楚，可能被山羊踢傷肌肉。

我向兩龍友搖頭，示意沒有大礙，我再指著房間，和兩人一起走了進去。

房間陰暗，我們亮了電筒，發現地上有兩個大紙箱，分別載有杯麵，但是大部份也破穿，麵條散滿一地。

「山羊唔係食草嘅咩？點會走嚟食杯麵嘅？」暴龍友滿是疑問。

「居然連食物鏈都改變埋......」速龍友驚嘆。

「呢羣山羊，原本喺掃管笏村，我曾經見過，係有人養㗎......唔通，連啲草地都污染埋？」我忍著痛楚。

沒有答案！當雀鳥可以和狗隻打鬥，當山羊可以吃杯麵的時候，還有什麼是不可能的？

社區中心就只有 2/F 放開，也沒有什麼特別，如單張所述，那裏只是給沒有處所的人暫避之地方。

我們回到青山警署，見到老爆犯及老童二人在停車場抽煙，我們互相交換尋找結果，他們也找不到兩男童，但同時也拾到相同的單張。

我走上 4/F，把背包放下，走進廁所，將蒸餾水倒在洗手盤內，就這樣洗了個澡。

返回餐廳，看到笠原中女正在吃杯麵，而也示意我坐下，因為她已預備了多一份。

我問她：「有熱水咩？」

笠原中女指著另一張枱，枱面有連鎖快餐店用的火鍋器具。

笠原中女道：「嗰兩個賊仔拎返嚟㗎，仲拎咗好多啤酒添呀。」

我吃著杯麵，不知應該說什麼才好，這是遇事後的第二天下午，我們仍舊沒有什麼建設性的方案，還要再無止境的等下去嗎？

「呀......呀......呀......」

嘶叫聲在樓下傳出，我跑到停車場，看見眾人扭作一團。

貓 Sir 捉著老童雙手，雙方在角力中，自殺仔雙手抓著老童右手，用力拉近自己，企圖施以咬功，而兩龍友分別上前阻止老童及自殺仔。

而自殺女仍然坐在椅上，按著肚子。

一句講晒：七國咁亂！

我亮聲道：「咩事呀，阿進？」

速龍友抱著老童腰部：「老童典癮呀，想搶槍呀！」

自殺仔亦道：「佢撻我個袋呀⋯⋯」

我不清楚自殺仔袋中收藏著何種寶貝，嚴重到需要咬人來洩憤，但看他那如格鬥狗般的容貌，或多或少真的會咬人吃肉。

我四處張望，看見老爆犯再次在警犬犬舍躲避，同時發現犬舍外有一枝長竹。

我發覺長竹有些特別，似乎是為了捉狗而製成的工具。

我向老爆犯高聲說：「拎枝竹過嚟呀！」

他把長竹掉向前來，看見真是捉狗用的工具，一個麻繩圈在竹的一端，而麻繩尾穿透整枝長竹杆至另一端。只要繩圈套在狗隻頸項，再收緊繩索，便可以控制狗隻，並與捉狗者保持距離。

我立刻把捉狗器提起，準備套在老童身上，只要我瞄準，不論是頭手腳也好，相信也會令事情解決。

我一發勁，瞄準老童左手手掌而下，但是，竟然套錯位置！

「Ar……Ar……頂……你呀……條頸呀……」暴龍友哀鳴喊著。

我誤把捉狗器套到暴龍友的頸上，故此立刻放手，把捉狗器掉在地上，上前扶著暴龍友，他的臉紅了起來，舌頭伸出，我雙手鬆開繩圈，他才呼呼回過氣來。

「sorry 呀！我冇心㗎。」我向他致歉。

「你……搞乜鬼嘢呀？你老母……（下刪八十字）」暴龍友以慣例的詞彙來品評我。

另一邊廂，貓 Sir 已經成功把老童反手鎖起來：「你咪再搞佢啦（向著自殺仔責罵），老童毒癮發作，想搶我抽鎖匙，你哋搵人幫手困佢入倉先。」

老童不斷哀求：「貓 Sir……你俾番啲嘢我呀，一粒都好呀！典癮好辛苦㗎！」

貓 Sir 立場鮮明：「傻咗呀你，喺警署問阿 Sir 攞毒品食，仲有王法嘅？」

我和兩龍友及自殺仔協助貓 Sir 押了老童上 1/F，一踏進報案室，老童又再發圍，他雙腳不斷地踢，直至他被地上的血漬滑到，跌坐在地上。

貓 Sir 蹲下身體，迎面就是給老童一巴掌：「你癲夠未呀？係咪要我開你波呀？」

老童苦苦哀求：「貓 Sir，我求下你呀，一粒咁多，藍仔都好，俾一粒我，食完我即刻走！」

速龍友見老童辛苦成這樣，便向貓 Sir 道：「貓 Sir，而家咁嘅環境，其實可唔可以……」

貓 Sir 瞪著他：「連你都傻埋呀？嗰啲係毒品嚟㗎，你知唔知乜嘢係鴉片戰爭呀……」

想不到貓 Sir 會突然說起歷史課來，速龍友立刻投降：「easy！easy！我幫你鎖佢入倉。」

貓 Sir 帶領下，我們走進了報案室的內部，穿過兩道門，到達了一個四四方方的空間，十分陰暗，室內再有數個房間，內裏放些伺服器及桌椅等東西。

另外有一條長梯直落地庫，地庫門外有個戴著防毒面具頭像的圖案，並顯示「槍械室」三個字，相信是貓 Sir 當值的地方。

室內仍然有血跡，但是就沒有外面那麼多，血跡斷斷續續，由報案室外部伸延至內部，地上亦有似乎是警察皮靴留下的血鞋印。

而這些血跡，最後終止在一個房間之外。

這個房間，正確點說，是一個羈留室，羈留室共有兩個，是雙連的，就如一般小型單位的「眼鏡房」一樣，兩個羈留室由一幅牆分隔，但是並沒有木門，只有鐵枝由天花板到地下緊緊罩著，當中有一個閘門。

而靠內裏的一個，頂部有個（2）字，外面有一個鎖頭，把橫向式門鎖鎖著，而鐵枝裏面，有數塊木床板及床褥遮蓋，從外面看不到裏頭。在床褥上，我能清楚看到，有數個重疊的血跡鞋印。

究竟這個羈留室（2）鎖著什麼呢？

貓 Sir 吩咐著自殺仔：「細路你去開咗個倉門先，跟手喺枱面拎支水掉入去……」

自殺仔開啓了另一個空置的在羈留室（１）閘門，再在一張桌子上取了一支水，掉進羈留室內。那張桌面有個金屬牌寫著「值日官」三個字。

貓 Sir 把老童的手鋑解開，接著我們一起合力，把老童推進羈留室（１），並鎖上鎖頭。

「貓 Sir，放我出嚟呀……」老童仍然未有放棄。

「放你？今晚先啦！冇我 Order 千祈唔好放老童出嚟呀下！」貓 Sir 十分絕情。

「求下你……一粒咁多……」老童死嚟。

貓 Sir 道：「唔該晒大家！老童講嘅嘢咪信呀！」

暴龍友攝手攝腳道：「喂！貓 Sir，另一個倉困咗啲乜嘢呀？好恐怖咁嘅？」

貓 Sir 看了羈留室（２）一眼：「冇嘢嘅，總之你哋唔好行埋去啦……」

速龍友追問：「唔係喎！貓 Sir，你留得我哋喺度，都要確保我哋安全㗎！而家地下的血跡擺明同個倉……」

未待速龍友說完，貓 Sir 已經道：「我唔係好想你哋喺度㗎咋，你咁叻可以走先㗎！」

速龍友與貓 Sir 眼神對峙，各不相讓。

我見雙方僵持，便打圓場：「喂！唔好講住啦，困住咩都好啦，去第二度再傾啦！」

貓 Sir 收起銳利的目光：「嗱！咁樣啦，轉頭講你哋知好冇？」

「貓 Sir ！」自殺仔站在值日官枱頭，指著一張紙條：「貓 Sir，呢張紙……」

我們走到枱頭，看見一張 A4 紙寫著以下一段文字……

緊急求助電話（3）

1030 / 2 女迷路，1 腳傷 / 冇消防 / 冇夥記

1142 / 同一人 / 冇消防 / 冇夥記

1256 / 同一人 / 冇消防 / 冇夥記 / 會在漁民墓場落山，小冷水路等警察

1430 / 已通知民安隊協助

1540 / 民安隊覆冇人 / 轉通知指揮中心

這張字條應該是警察寫的，伙記的意思，應該是警察對自己人的稱呼。

一看之下，明顯是一宗行山人士迷路事件，其中還有一名傷者，但是照紀錄顯示的五小時內，警方沒有任何人手去處理。甚至連消防處及民安隊同樣沒有人手。

當然，那段時間正是大欖交通意外兼洩漏事故，其後亦是大型的疏散行動，當時沒有人手處理，絕不意外。

速龍友道：「貓 Sir，救人要緊呀，你借架警車俾我用得唔得？」

暴龍友雖然膽小，但是總有一顆熱血的心：「我哋本身都係民安隊，呢單嘢，由我哋處理番！」

貓 Sir 閉上雙眼，右手指壓著額頭：「嗱！咁樣，我哋一齊出去，不過架車冇乜油⋯⋯」

嘭！嘭！嘭！

突然羈留室閘門震動！

「貓 Sir！放我出嚟呀⋯⋯」老童又再發作。

嘭！嘭！嘭！嘭！嘭！嘭！

「貓 Sir！好得人驚呀⋯⋯」老童持續驚呼起來。

嘭！嘭！嘭！嘭！嘭！嘭！

但是，當我留心細看之下⋯⋯

那度震動的閘門，並不是屬於老童身處的羈留室（1）⋯⋯

而是屬於⋯⋯

被木板及床褥所遮蓋的⋯⋯

羈留室（2）！

嘭！嘭！嘭！嘭！嘭！嘭！

嘭！

...待續......

12

羈留室（2）傳出聲音之餘，床褥及床板也不斷搖晃，加上老童聲嘶力竭的叫喊，使報案室內籠罩著一片陰森恐怖的氣氛。

「貓 Sir，好辛苦呀……」老童叫破喉嚨。

貓 Sir 道：「你哋唔使驚，倉入面嗰隻係受傷動物嚟嘅啫。」

「動物？」我和其他人不約而同地說出。

貓 Sir 再道：「應該……應該係呀……」

應該？若然不應該的話，那會是什麼？

「貓 Sir……咪玩喇，你個羈留室困人之嘛，點會困啲動物入去呀？」暴龍友退到門邊，表情驚慌。

速龍友雙手握緊一張木椅椅背，顯得緊張道：「之前你聽到我哋所提到嘅不知名物種，你諗都唔使諗就話相信，其實係咪因為你都見過？」

一提到不知名物種，我心跳再度加速起來，而視線也落在那個羈留室（2）之上，此刻倉門已經停止搖晃，也沒有了聲響，只有老童典癮時的叫聲。

貓 Sir 解釋：「我話相信嘅意思，就係相信，就係咁簡單，唔好諗得咁複雜。好似等於我相信呢個世界上有鬼，唔代表我見過鬼。」

我有點慌張：「咁……咁你有冇睇過入面係咩動物？」

貓 Sir 走到羈留室（2）外，蹲下身子，在地上取起一包狗糧，在倉門隙縫中倒了些進去，再在羈留室（2）裏面拉出一個發泡膠盤，倒進一些蒸餾水，並推進倉內。

貓 Sir 站了起來：「嗱！咁樣，你哋都見周圍都係血，我一瞓醒已經見到個倉咁嘅樣，又有狗糧又有水，都估到係狗之類嘅動物，只不過既然啲同事用得木板遮住佢，咁應該有佢原因嘅，一係隻嘢怕光，一係就好兇狠，咁我方必要去搞佢啫。」

貓 Sir 看著羈留室（2）：「我諗唔係野豬就係大丹咁高大嘅狗，但我又未聽過佢吠，都有機會係其他動物，總之你哋聽我講啦，封住佢緊有佢理由喎，如果搞佢反而唔知有乜嘢後果，到時令到自己受傷方人可憐㗎，仲俾人笑戇居㗎咋⋯⋯」

貓 Sir 在桌上一個 tary 取起一張紙，並遞給我，我接過紙張，那是一張全英文內容的文件，左上角有日期及時間，而頁 1 只是事件分類，並無其他內容。

CASE：INJURED ANIMAL FOUND

LOCATION：AT TUEN MUN PUBLIC RIDING SCHOOL

內容意思⋯⋯

大概是在屯門公眾騎術學校，發現有受傷動物，並被繩索綑綁著。接著是一些號碼及簡稱等，相信是到場處理人員的編號等等。騎術學校雖然是有很多馬匹，當然也會受傷，但是也必然有動物醫生照料，怎麼會報警呢？不過⋯⋯此刻安置在警署內的，相信並非馬匹⋯⋯

我把文件交回給貓 Sir，他安慰道：「你哋真係唔洗咁擔心喎，因為隻動物太大隻，啲同事先擺佢入倉啫，其實應該放入狗房嘅，但可能又怕影響倒啲警犬咁啦⋯⋯」

對於貓 Sir 解釋，老實說，我並不是全部相信，地上血跡斑斑，搖晃的床板，震耳欲聾的撞擊聲，沒有呻吟過一聲的動物，怎麼會是狗隻？

甚至乎，怎麼會是我所認知的動物？

正當我把羈留室（2）及水務署的物種聯想在一起的時候，突然，老童以頭部撞向倉門。

貓 Sir 走近羈留室，用腳踢了一下倉門：「咪玩嘢呀老童！」

老童倒在倉內，沒有反應。

我仍然留意著羈留室（2）的狀況，生怕會突然出現一些什麼舉動。

速龍友道：「老童好似暈低咗喎！」

貓 Sir 蹲下身，伸手入倉，捉著老童手臂，並抽他起來，但老童就是沒有多大反應，只是雙眼不停眨著，似乎真是暈了過去。

貓 Sir 把腰間取起扣在的鎖匙，連忙把鎖頭開啓：「死老童，累人累物……喂！鹹濕仔，你咁大隻，抬老童落返下面先，呢度周地都係血，費事係度搞。」

暴龍友及自殺仔合力把老童抬出報案室，而貓 Sir 再向我及速龍友道：「今日開始多嘢發生咗，希望我仲可以控制，如果過埋今日都未有救援，咁到時真係要你兩位年輕人幫下手，一齊諗下之後點算！」

我與速龍友對望一眼，再向貓 Sir 點頭，臨離開報案室的時候，我再次向羈留室（2）看了一眼，在那密密麻麻的鐵枝及重重

疊疊的床板之後，究竟是一隻怎麼樣的受傷動物呢……

我們把老童抬至 G ／ F 有蓋之處，暴龍友用力在他胸口肋骨使壓數次，老童漸漸清醒，速龍友把香煙燃點，讓老童吸著。

此時老爆犯亦走近：「嘩！佢成身血嘅，發生咩事呀？」

貓 Sir 指著停泊在有蓋之處下的警車：「白鴿華你咁得閒，見唔見嗰兩架警車車門旁邊有個油蓋？」

老爆犯回應：「見到。」

貓 Sir 再指著一扇門：「嗰間房入面有個手泵同兩個藍色桶，拍硬檔抽起兩架警車啲油，因為我哋車就冇油。」

老爆犯跟著指示做，此時自殺仔問：「貓 Sir，橫掂有車，你借架俾我揸，我去搵嗰兩個行山女人。」

貓 Sir 好奇地問：「你有車牌？」

自殺仔在銀包取出駕駛執照：「堅㗎，我有 1、2 號牌，另外仲學緊電單車。」

我好奇道：「呀！又睇你唔出喎，咁上進嘅？」

自殺仔瞪了我一眼：「冇計呀，讀到中三就冇讀書，喺屋企踎咗兩年，之後走去貨櫃場揸攆車，老闆叫我考返個車牌，俾部貨 van 我揸，入行學做物流，如果勤勤力力，一日踩多兩轉，人工可以多過以前兩千蚊左右，咁至少我可以幫補下屋企，家姐又可以安心返大學呀！」

自殺仔，Andy，十八歲，不知道他是否真心說話，一個人在十八歲的時候，是否應該要有這種想法？抑或要負擔更多？

究竟，現在的社會，是否應該要有這種想法才算是適當？

貓 Sir 以手輕拍自殺仔肩膀：「細路，唔好諗咁多喇，警車我就唔會俾你用，總之我一陣會出去搵佢哋。」

此時老童雙眼微微張開，似乎仍未能回復清醒，他雙手顫抖，牙齒「咯咯」作響。

暴龍友皺起眉頭：「老童而家成身血跡，又典癇，貓 Sir 你諗住點處置佢呀？」

貓 Sir 冷冷道：「點處置？隊冧佢囉！」

暴龍友驚訝：「吓！你講堅㗎？」

貓 Sir 正經道：「嗱！咁樣，而家佢都死吓死吓，我諗佢都冇乜殺傷力嘅啫，鹹濕仔你拍硬擋，一陣夾佢上警車，幫手睇實佢。」

暴龍友瞪大雙眼，指著自己，貓 Sir 在他肩膀上輕輕拍打：「射住呀後生仔，一個人發起癲上嚟，十個警察埋去都會受傷，但你有一副天賦嘅身形，食硬佢嘅，放心！」

外面仍然下著大雨，天色灰沉，我從來沒有看過下午二時的天色會是如此陰暗的，若在正常時段，相信也會亮起了街燈。

雨水在有蓋建築物邊緣緩緩灑下，水珠連連如柱滴在地上，積水形成漣漪，一層接一層的散開，但事實上只是在原地積聚。我在漣漪中看到自己，輪廓似乎在轉變，但是我知道，此刻心裏，對未來絲毫沒有掌握能力，除了等待，我還能夠做些什麼？

我們合力把兩桶油抬出閘外，因雨勢很大，其中有人負責撐

起雨傘，有人以泵入油。打爆油缸後，便把餘下來的一桶放在警車上。

貓 Sir 所駕駛的並非平時常見的新款警車，而是表面十分陳舊的舊式警車，除了司機座位外，有十一個乘客座位。全車分為前、中、後三個部分，連同司機座位計算，座位數目分別是前（2）個、中（6）個、後（4）個。

暴龍友第一時間上了前排座位，但被貓 Sir 趕了下車：「你同埋白鴿華加埋老童坐最後！」

暴龍友埋怨：「吓！咁睇得起我呀，貓 Sir。」

貓 Sir 沒有理會他，之後安排自殺仔女坐在中排的前面兩個座位，速龍友自行走上了前排司機位旁乘客，並指著汽車叉電位置：「貓 Sir，借條線嚟叉電呀？」貓 Sir 也沒有反對。

接著速龍友立刻調校收音機，貓 Sir 道：「唔洗試啦，一個台都收唔到呀。」速龍友立刻顯得無奈。

剩下我和笠原中女二人，就只有坐在中排後面的座位上。

貓 Sir 著了引擎，亮聲道：「鹹濕仔，你坐門邊，頂住老童，咪俾佢搞車門車窗，如果唔係開開下車佢開門跳落去就大鑊！」

暴龍友揚手示意，貓 Sir 再道：「開車啦，所有人扣上安全帶先！」

我們也聽從指示做，笠原中女所坐的是四個座位的中間偏右那個，而我就坐在最左面的一個，但是我嘗試很久，也不能夠把安全帶拉下，「啪！啪！」聲不斷作響，老是拉不出來。

警車開始行駛，貓 Sir 從倒後鏡看著我：「嗰條帶壞咗㗎，你坐過隔離啦！」

終是，我向右移了一格，坐了在笠原中女旁邊的座位，我看了她一眼，她沒有反應。

我倆的肩膀貼在一起，笠原中女所穿着的是一件薄薄的黑色風褸，我還感受到她的體溫。

警車沿途經過蝴蝶灣體育館，再左轉入了龍門路。

速龍友道：「貓 Sir，wrong side 喎！」

貓 Sir 道：「一陣間你就知點解。」

我向右看出窗外，警車正在龍門路行駛，但是，正如速龍友所說，車子正在逆線而行。

駛經蝴蝶輕鐵站旳時候，看見向龍鼓灘方向的行車線被堵塞，大量汽車在龍門路及美樂花園一帶，根本沒有空隙可以再行車。

大雨紛紛，警車擋風玻璃上的水撥正以最頻密的頻率抹去雨水，但能見度依然十分低。

貓 Sir 喃喃自道：「呢個月份未到雨季，好少咁大雨喎⋯⋯」

我亮聲道：「貓 Sir！可以嘅話停一停車！」

貓 Sir 從倒後鏡看了我一眼：「咁麻煩㗎，你唔係嘔呀？」

警車停下，我再道：「右面就係騎術學校，如果報案室入面嗰隻真係一般動物，我想睇下綁住佢嘅地方。」

我的要求在旁人看來可能是很唐突，但是，自從在屯門公園廁所之後，那隻物種對我來說是一個解不開的死結。若果有機會能夠對那物種有更進一步的瞭解，深信對我、對兩龍友，甚至是對整個動物界（可能是誇張了），也有幫助。

貓 Sir 回應得有點猶豫：「其實，都⋯⋯冇咩好睇呀⋯⋯」

暴龍友用手拍打車上中段及後段之間的分間網：「喂！你仲乜嘢呀，而家好得閒呀？如果現場仲有受傷動物，咁點呀？你照顧佢呀？」

此時速龍友等其他人也看著我，暴龍友再道：「又或者⋯⋯真係嗰隻物種，而現場仲有佢啲同類⋯⋯」

自殺仔也向我道：「頭先喺一樓仲睇唔夠咩？」

大家也用敵視的目光看著我，我深深不忿，正想挺直胸膛，跟他們理論之際，笠原中女緊握著我右手，我看著她，只見她眉頭深鎖，閉上雙眼。

警車響起倒車的警示聲音，緩緩向後退，貓 Sir 忙於駕駛：「嘈乜呀，入去兜個轉咪走囉，就算仲有受傷動物，都幫佢唔到喇，四周圍啲流浪貓狗，唔通帶晒返去咩！」

車子倒後至分叉路，接著右轉，向騎術學校行駛。

貓 Sir 的駕駛態度很差，隨著車身右傾，我身子急速向右一移，肩膀起對下整隻右手臂，也壓向笠原中女，使她傾右，但同時也使她左手握得更緊，我右手腕甚至有些微疼痛。

我輕聲道：「你冇事呀？唔舒服呀？」

笠原中女輕輕搖頭，並無回答。自從她在舊碼頭大哭了一場

之後，整個人也變得沉靜了，或許這是她本身的性格吧！畢竟我與她實際上並不算認識，說到底我是今天早上在貓 Sir 的記事簿上，才得知她本姓朱，叫 April。

警車駛進一條陰森小路，右邊有一個偌大的沙地，有木欄圍著，正前面是一個石屎拱門，有賽馬會及康民署的標識，這是騎術學校的正門。

正門大閘沒有上鎖，但內裏有一支紅白色電動升降的欄杆橫臥著，勉強可以容納電單車駛過。

貓 Sir 將警車停在拱門前，拉上了手制：「嘩！咁樣，呢度鬼影都冇隻，滿意未先？」

我解開安全帶扣，甩開了笠原中女，站起身子，探頭外望，這時雨勢不大，沒有之前的滂沱大雨感覺，車窗外能見度增加了。

速龍友向我道：「做咩啫你？你唔係想落車呀？」

我猶豫了片刻，沒有回答，此時在後排的暴龍友叫喊著：「喂老童！你唔係而家先嘔嘔呀……」

我轉身往後看，老童全身顫抖，嘴吧不斷開合。

暴龍友道：「貓 Sir，老童想嘔呀，我打開車門先。」

貓 Sir 立刻道：「咁大雨唔好開門！」

此時老童竟說起話來：「貓 Sir……放我出嚟呀……好恐怖呀……」

暴龍友鬆開企圖開啓車門的手：「你仲識講嘢嘅咩，俾你嚇死，

以為你想嘔添！」

我追問：「老童，究竟你見到啲咩呀？」

我仍然很關注羈留室（2）的受傷動物。

老童喃喃道：「隔離……個臭格……嘭嘭聲呀……」

老童把羈留室形容為臭格。

我也緊張起來：「嘭嘭聲之外，你有冇見到啲咩呀？」

老童瞪起雙眼，移近車廂中的分隔網：「好長……好高
……」

老童就在笠原中女身後，後者的頭髮更被他口水所沾，她立
刻道：「咦……你啲口水呀，死道友……」

我右手輕拍著笠原中女右肩，示意她安靜，她以蛋臉依偎在
我臂彎之中。

我繼續：「又長又高，係咩嚟㗎？」

老童雙眼瞪得很大，我甚至能夠看見自己樣子的倒影。

車廂中眾人也屏息靜氣，大家或多或少也想知道，究竟老童
在羈留室中看見了什麼。

老童仍然抖震，暴龍友用手睜打了他手臂一下：「喂！老童，
冇嘢呀你？」

老童表情十分猙獰：「佢……伸咗過嚟……」

突然，我全身顫抖，心中不寒而慄起來，右手不自覺地抱著笠原中女頸項，她更把上半身貼在我腰間，我同時亦感覺到她在發抖，右手抓著我的外套。

「呀⋯⋯」自殺女突然尖叫起來。

自殺仔立刻摟著她：「啊⋯⋯豬豬唔使驚，冇事嘅，冇事嘅。」

啪一聲響，老童雙手緊抓分隔網：「好高⋯⋯我抬起頭⋯⋯見到佢⋯⋯」

「喂！老童！」速龍友緊張起來：「咪講啲唔講啲呀下，好吊癮呀！」

我發覺笠原中女情況異常，她雙手環抱著我腰間，蛋臉埋在我腹下，我有點不自在，向她道：「做乜嘢呀你？」

笠原中女顫顫驚驚道：「出⋯⋯出面⋯⋯」

出面？車廂出面？笠原，你究竟看見什麼？

老童雙手在分隔網上發抖：「見到佢⋯⋯喺鐵閘頂⋯⋯」

此時，自殺女指住車窗外：「樹上面⋯⋯掛住咗啲嘢！」

「佢喺鐵閘頂⋯⋯望住我呀⋯⋯呀呀呀呀呀呀呀呀呀呀呀呀呀呀呀⋯⋯」老童卒之道出所看到的。

隨著老童高聲嗌，我沿着自殺女所指往窗外看，在路旁樹林中的一棵樹上，距離地面兩米高的樹枝上，掛著一些東西！

笠原中女全身發抖，緊緊地抱著我：「出面⋯⋯係咪有人吊頸呀？」

我再也按耐不住了，先把笠原中女推開，再自行開啓車門，撐起雨傘，走出車外。

「叫咗你唔開門咯，撇晒啲雨入嚟。」貓 Sir 埋怨道。

我走進樹林，到了那棵大樹，卒之，我看到了！

三條樹枝插進了三個黑色物體上，而那三個物體，從外表來看，是狗隻屍體！

那是三隻不過一米長的狗，三條樹枝分別插進了牠們的腹部、胸部及嘴巴，剛巧大樹遮蔭，地上還留下大遍血跡，沒有被雨水沖走。

被灌穿嘴巴的是隻黑狗，樹枝由牠的口腔進入，在左胸膛穿出，樹枝首端還能看見一些嫩芽，完整無缺。

我目定口呆，腦海中浮現了這一幕……

一隻黑色人形物種，張牙舞爪的向三犬施襲，手起爪落一擊秒殺之餘，還把三犬以極速掛在樹上。

但是，對我來說還是不夠驚嚇，接下來所看見的，才是我恐懼來襲的原因。

在入口拱門後面虛掩的大閘底部，有一些繩圈，一共是三個，在大閘七呎高之處，亦有三個繩圈，繩圈以綑綁方式綑在閘門上，而這三個繩圈和地面的不同，那是被利器齊口切斷的。

這六個繩圈，究竟有什麼作用？三高三低，當然不會如笠原中女所說是吊頸之用，那麼……

突然，我心中一寒，回想不久之前在報案室看過的文件：

受傷動物，被繩索綑綁著！

這六個繩圈，難道是綑綁著那受傷動物的？低處的繩圈有三個，有什麼動物只有三隻腳？那麼，七呎高處那三個繩圈呢？又有什麼動物可昂藏七呎之高？

長頸鹿？鴕鳥？

若是鴕鳥的話，在屯門區，真是有民居飼養鴕鳥的，這個可以肯定，我還是親眼目睹過。若果山羊也可以在社區中心吃杯麵，那麼鴕鳥走來市中心，根本沒有什麼稀奇。

我雙手握拳，嘴巴張合不斷，呼吸急速起來，臉頰開始麻痺，我知道又是我身體上獨有警號亮起了！

我那些所謂「恐懼感來襲」，實際上是，可能是我已經痊癒了的驚恐症發作。

此都市病曾經影響我學業、工作及社交，十五年前才在心理治療下痊癒，直至昨天為止，過去十五年來也沒有再病發。

這個我以意志力去克服的可怕病症，居然在昨天被這個定名為「新界西區特別事故」所重新激活，不過經過第一天後，我還是可以在病發之前壓抑它！

只是，儘管我多番告訴自己，那六個繩圈只是綑綁鴕鳥之用，但是，我不能不相信自己的眼睛……

以及耳朵！

老童所說的：佢喺鐵閘頂……望住我呀……

老童所看見的動物，就是之前被綑綁在這閘門上的動物嗎？

此時，警車的廣播聲傳出：「有冇特別嘢呀，冇就走喇！」

我返回警車上，速龍友凝重地問：「樹上面⋯⋯有乜嘢呀？」

其他人的視線，全集中在我身上，我為免令他們恐懼，撒了一個謊話：「係啲帆布掛咗喺度啫。」

這個謊話也說得太差了，速龍友投以懷疑目光：「哦！冇嘢咪算囉。」

我看著速龍友，相信他也知道我說了謊話，但是感激他沒有再追問。

離開騎術學校後，警車再次行駛，當途經望后石污水處理廠，亦即是屯門第 38 區。第 38 區由高爾夫球場打後開始，範圍包括污水處理廠、環保園及鋼鐵廠等等。

警車轉入了小冷水路之後停了下來。

貓 Sir 拉上了手制道：「打橫呢條就係小冷水路，由尋日朝早十點半開始，山上個緊急求助電話響過三次，最後一次喺下晝一點前。好可惜，我哋所有部門都安排唔到人手，而根據紙上記錄，兩個行山人士會由漁民墳場落去小冷水路等救援，而家，我哋就先用車走一轉，但係如果搵唔到嘅話⋯⋯」

貓 Sir 視線轉向速龍友：「你同鹹濕仔兩個民安隊會唔會行上山搵？」

速龍友看著我身後的暴龍友，暴龍友道：「阿進你話去咪去囉，我一向都睇你頭㗎喇！」

速龍友向貓 Sir 點了點頭，於是警車駛進小冷水路。

老實說，我對那兩名行山者毫不關心，首先我不是民安隊隊員，更沒有兩龍友那一顆熱血的心，若然給我選擇，我反而會去尋找兩男童。

小冷水路不長，沿途只有一堆二堆非法傾倒的建築廢料，而且是掘頭路，一眼看畢，沒有任何人。

警車又再沿着同一條路出去，駛到一處左右兩旁也是兩米高的鐵絲網圍欄的地方，左面有一個白底黑字的路牌，寫著：

青山漁民墳場
由 此 路 進

墳場！兩個行山女怎會選擇這種鬼地方行山？

自殺女道：「阿 Sir 你哋唔係真係上去嘛？」

自殺仔也道：「係囉，尋日到而家咁耐，都走咗啦，仲搵乜 Q 啫！」

貓 Sir 指著自殺仔女：「你兩個，一陣落車幫手搵！」

「吓！」自殺仔女。

貓 Sir 瞪著二人：「吓乜嘢呀？唔洗做呀，有權利亦都有義務呀，唔理你哋，一陣全部落車幫手搵。」

貓 Sir 語氣很重，似乎開始有些怒火，各人也沒有再多言。沿著往漁民墳場的道路上斜，除了兩旁的圍網之外，根本就沒有其他建設，到了道路盡頭，才有一個涼亭。

此時雨勢減弱，只有紛紛雨粉，但是天色依然陰暗，在墳場入口之處，反而增加了陰森恐怖感覺。

貓 Sir 下了車，開啓了車後尾門，除了暴龍友及老爆犯下車之外，貓 Sir 把老童留在車上，並鎖上門鎖，其他人也下了車，走到涼亭之中。

貓 Sir 道：「嘩！咁樣，搵到就搵啦，睇唔通嘅路唔好行啦，最緊要唔好走失，至少兩個人一組。」

暴龍友笑道：「冇問題啦，貓 Sir，我哋兩個都成日參與搜尋失蹤行山人士，放心交俾……」

暴龍友說話未完，收起了笑容，使勁打了一下大髀，並皺起眉頭：「我哋仲乜咁笨嘅，我沿山路入屯門，行番山路走咪得囉！」

走車路，已封鎖；走水路，沒有船。走山路？可行嗎？

…待續……

13

對於暴龍友的意見，我倒是從來沒有想過，畢竟我是夜行性一族，太陽還未落下我甚少外出。平常工作也只是在公司指手畫腳，太陽對我來說就像敵人一樣，行山這類活動跟我沒有關係。

兩龍友是民安隊隊員，對於山嶺搜救等體力化的工作更是勝任有餘。

由屯門駕駛汽車出元朗市中心，至少也有十四公里，若然繞山路便會更加長途。我對於鄉郊登山徑等毫無概念，甚至不清楚是否真的有道路出元朗，或者荃灣。若果走山路是個折衷的方法，就算環境惡劣，似乎也是必然的選擇。

貓 Sir 道：「你哋點入嚟屯門㗎？」

暴龍友道：「我哋喺青山寺上山，再沿山路入到龍鼓灘……」

老爆犯怨道：「超！哥哥仔，咁咪即係屯門去屯門，咁你點出返去啫？」

暴龍友解釋：「大佬你聽埋先啦，未講完你就超超聲，乜我個樣好似雞咩？」

老爆犯踏前一步：「喂！你咁講又唔啱喎，雞咩呀？佢哋係性工作者，有人類歷史以嚟經已有呢個職業㗎嘞……」

我上前伸手分開二人：「而家唔好講呢啲住……暴龍，你繼續呀……」

暴龍友呆道:「暴龍?你做乜叫我做暴龍呀?即係話我似侏羅紀公園恐龍呀?」

我口直心快,連忙補充:「sorry,你唔似恐龍又唔似性工作者,唔該你講俾我聽,係咪行山路可以安全離開?」

暴龍友喃喃有語,但不知道是在咒罵我,抑或是咒罵老爆犯,總之,他們這一班「騎呢怪」,絕不齊心又各自為政,很多問題。

貓 Sir 向暴龍友揚一揚眉:「點呀,鹹濕仔,係咪有計呀?」

暴龍友道:「有條行山路線,叫花朗古道,行呢條路嘅人,大部份係喺良田邨開始上山,終點係龍鼓灘,咁即係調翻轉我哋亦可以由呢度行出良景後山,之後再沿山路跨過屯門區,睇下可唔可以向天水圍嗰面行。雖然未知良景後山嗰面有冇納入咗最高危險區域,但係如果等死,不如搏一搏。不過,呢條路我都未行過,但係我知道,久唔久就有人迷路求助。」

「我反對!」久未發言的速龍友道。

眾人也看著他,我更是首次看見兩條龍友意見出現分歧。

速龍友打量了我們一番,再道:「呢條花朗古道,根本唔適宜行!」

暴龍友拍打了速龍友肩膀一下:「喂!你唔係驚呀,你教官嚟㗎嘛!」

速龍友皺起眉頭:「就算我真係驚,都係驚你哋應付唔嚟。首先良景邨同蔡意橋嘅封鎖線唔會差好遠,好有機會都係納入咗最高危險區域,我就當良景邨後山唔係,但花朗古道地理惡劣,已經唔係正式郊遊徑,政府網頁亦唔建議人行。加

上路面崎嶇，仲有部份係泥沙路，沿路又冇樹蔭，同埋根本
冇清晰嘅路線，分叉路又多，如果未行過，好容易迷路，就
算你真係行到，仲要再行山路跨過屯門，點行呀？」

我們面面相覷，沒有發言，身為一般普羅大眾的我，根本想
像不到這段山路的情況。

暴龍友瞪大雙眼以表不滿：「我會應付唔嚟？你睇小我呀？」

速龍友也開始煩躁：「慳啲啦你！成日自以為是，成熟啲啦！
如果剩係顧住自己，我一早游水走咗去赤鱲角機場啦！而家
有位女士，又有個老童，仲有走咗嗰兩條細路，唔通你掉低
佢哋呀？仲有仲有……你睇吓佢（指著我），一睇佢個樣，
都唔似做開運動嗰啲人喇，如果生活喺幾百年前，佢仲唔係
揸住籠雀手指指吹口哨嗰啲乜公子物公子？你旨意呢班人行
花朗古道，即係叫佢哋去送死！」

我……我……真的要感謝速龍友對我的瞭解，莫說是登山，
我平時連公園散步也不會去，更只能游半個標準泳池，去赤
鱲角的話，可以坐在充氣小泳池裏嗎？

兩龍友情如手足，但是也出現爭拗起來，我身為局外人，當
然不敢多言。

氣氛一下子嚴肅起來，終於由自殺仔打破寂靜：「喂，咁仲
上唔上山搵呀？定係返差館呀？」

貓 Sir 道：「唉！愈搞愈多嘢又愈煩。嗱！由我決定，而家上
山搵，最多兩個鐘頭，返嚟警車集合，超過兩個鐘嘅，自己
行返警署。OK？」

沒有人反對提議，由貓 Sir 帶領下，我們離開涼亭，慢慢沿山
路行，兩龍友走在最前，沒有對話，接著是貓 Sir，他手持警

棍，間中會撥打雜草，之後順序是自殺仔女、老爆犯、我及笠原中女。

自從在舊碼頭遇上笠原中女開始，其他人已經當了他是我女朋友，或是親密或是熟落的人，因此順理成章，有關她的任何事情，也會旨意我加以照顧。

笠原中女自從在事發後，跟平時我在升降機大堂遇見她的時候，是兩個樣子。上班的她是行政套裝打扮，略施脂粉，表情永遠是微微低頭淺笑，視線落在自己的鞋尖。我偶爾跟她打招呼，若是有其他住客在，我甚至乘機不理會她，在乘升降機期間，我也會微微低頭，只是，我的視線總是落在她的胸脯上。

別怪我，笠原，你實在令人產生太多幻想！

現在走在我身後的她，雖然已經沒有化妝，但其實分別不大，可能她本身五官很完美，只是，不同之處，是她那絕望的眼神。

身穿黑色防風衣的她，拉鏈緊緊拉至最高，把粉頸完全遮蔽，手臂交叉放在胸前，分別托著手踭，瑟瑟縮縮地踱步，似乎有很多心事在煩惱中。

這裏是村民祭祖掃墓的山路，走起來也有點吃力，真難想像暴龍友提議的花朗古道，實際環境會是如何險峻？若果強行取道，難道真會如速龍友所說的，只是去送死？

上斜不久，便看到老爆犯及貓 Sir 折返，二人緩緩落斜，當二人走到我身旁的時候，臉上滿是汗水的老爆犯氣喘如牛地道：「唔好意思，年紀大血壓高，真係唔掂……」

老爆犯似乎不是假裝，貓 Sir 甚至扶著他落山。上山人數少了

兩位，我只能希望走在前面的兩龍友草草了事，返回警署，看看是否有救援人員前來。

上山的路並不易走，大雨把原本是小徑的山路沖得稀巴爛，泥濘沾滿了我的鞋子，在陰暗灰色的天空下，水氹會反射光線，提醒我不要踏進去，泥濘亦顯得深黑色，我只需要避免接觸，改而踏著淺白色的石地，就可以應付下去。

「喂......有冇人呀......」暴龍友以雄厚的聲音，在山上喊出。

「我哋係民安隊呀......」速龍友亦高聲呼喚。

若果這一帶真是有人，也必然會聽到呼喊聲。

「呀！豬豬呀，不如講嗰個鬼故俾佢哋聽囉！」自殺仔邊走邊說，這個人，真是無聊！

「係咪恐怖節目嗰個呀？」自殺女高興哋問。

「頂！緊係唔係啦，嗰個把鬼啦，一聽就知個聽眾亂吹啦！我係指大澳嗰個呀。」自殺仔刻意大聲地說。

「哦......呵呵！好呀，好呀！」自殺女奸笑地道。

「咳......咳......」自殺仔調高嗓子：「咁我開始講啦下......」

大家也忙於應付山路，沒有理會二人。

自殺仔繼續：「開始啦......真人真事，一班中四學生，一共三男兩女，喺上年十二月有三日假期，去咗大嶼山玩，佢哋頭兩日都係喺塘福住，到咗第三日，佢哋一早入咗去大澳影相......」

這對自殺仔女真是討厭，竟趁上墳場時才說鬼故，若果我這時制止，豈不是顯得我膽小？

啊！不怕，說到膽小，有個人天生有個芝麻膽，他必定會早我一步出聲制止。

「啊！聽過啦，大澳呀嘛，仲以為有乜好嘢聽……」暴龍友埋怨。

糟！連最膽小那個也已經聽過此鬼故，我再沒有掩護了。

「佢哋影吓啲棚屋呀，食下糯米糍咁呀，搞吓搞吓食埋晚飯，都已經好夜，冇晒車又冇晒船走，就好似我哋而家咁……」

自殺仔你正打靶，還把我們不幸的遭遇投影在鬼故事當中！

「咁佢哋就膽粗粗走咗上山，但喺收唔到電話……哈，又真係同我哋幾似，突然間，雷電交加，落起大雨添！」

轟……隆……

此時天空出現閃電，接著是震耳欲聾的雷聲，烏鴉嘴巴的自殺仔，竟然開口說中。

暴龍友不耐煩道：「頂你咩，加鹽加醋，冇嗰樣噏嗰樣，而家俾你條粉腸開口中，一陣又落巨雨就真係多謝你！」

自殺仔道：「嘩，咁又闆呀？你可以唔聽，我有權講嘢㗎！繼續……咁上到山後，有條村落，有十零間村屋，全部係一層瓦頂舊式建築，五男女入面有一個本身喺元朗住村屋，佢話呢啲村屋至少八十年歷史。當時唔好話冇街燈，連村屋門口燈都冇盞，成條村黑麻麻，之後佢哋諗住玩探險鬥大膽喎……」

速龍友忍不住岔入：「你仲要講幾耐？快啲入正題。」

自殺仔見有粉絲，立時顯得積極：「好快，好快……之後佢哋行入咗一個墳場，大約有百幾個墓碑，應該係原居民嘅墓地，佢哋正想睇下墓碑啲名時，突然有人大叫『搞咩呀你哋？信唔信我報警呀！』大叫聲嚟自一個著灰色棉衣黑色褲，大約八十歲嘅阿伯。當時佢哋五個人都嚇咗一跳，墳場地方突然間出現個類似唐裝服飾打扮嘅老伯，應該好驚先係，但係因為個阿伯一開口就話報警，所以佢哋五個至少覺得個阿伯係人，並唔係———鬼！」

自殺仔說到鬼，還刻意把語調提高。

「咁佢哋就同阿伯講，話只係四周圍行吓，同埋搵吓有冇公園、石亭之類可以休息。但係個阿伯話，呢條村荒廢咗幾十年，後生嘅已經去晒外國，只剩番三個老人家，住喺上面療養院，而所謂療養院，亦只係好簡陋嘅村屋，冇咩地方可以俾佢哋休息。咁佢哋就問阿伯，點解咁夜仲喺度，其實佢哋五個都有啲青面，話晒條村都冇人住，所以佢哋懷疑個阿伯就係住療養院嘅住客……」

「個阿伯嘅解釋，反而令佢哋仲驚……阿伯話，佢喺度負責每日送飯俾療養院啲住客嘅人，有個移民咗英國嘅老村民，唔忍心佢哋冇人理，所以就賣咗自己啲農地，成立咗個乜嘢基金之類嘅嘢，聘請咗住大澳嘅阿伯，每日三餐，送飯去療養院俾佢哋食，直至佢哋老死為止。咁住村嗰個男仔就多口問療養院入面嘅住客其實有咩病，個阿伯就話……」

「大約八十年前，呢條村仲係好多人住，但喺一個農曆新年，一場麻瘋病，感染咗全村人，令到九成村民死咗，死唔去有幾個醫好咗，就去咗外國；而未醫好嘅，就繼續留喺村入面。因為傳染性高，同埋原來麻瘋病全身包括塊臉會生肉瘤，手黑腳黑好恐怖，所以當時鄉長就困住佢哋唔俾佢哋離開，只

係每日供應三餐，同埋挖個水井俾佢哋用，個水井仲要用鐵枝封住，驚佢哋自殺……」

自殺仔此時笑笑口捽手捽腳：「講到我雞皮都起埋……繼續，咁大約七十年前起，阿伯只有十歲，就由鄉長俾錢，負責送飯去療養院，因為阿伯本身係孤兒，由村嘅兒童院出錢養大，無父無母，所以冇人反對。阿伯送飯到療養院，一就送咗幾十年。由鄉長出錢，到基金出糧，又由十個病人，死剩三個，而家未死嘅，病發時都係十零歲，甚至五六歲嘅細路，到而家，最老嗰個都成百歲……」

「佢哋見阿伯抽住個水煲，入面喺出緊煙嘅滾水，覺得好奇，一問之下，阿伯話：『啊！呢煲係白醋，殺菌嘛，以前啲人有乜病痛，屋企都係咁煲，哈哈哈！』佢哋五個見阿伯嘅笑聲咁恐怖，講聲再見掉頭就走，佢哋打算幾夜都好，至少行返落山，情願喺碼頭度坐通宵。但個阿伯一路跟住佢哋，當佢哋轉身，個阿伯又企喺度唔郁，佢哋再行，個阿伯又跟，一路跟到墳場入口……」

「好驚呀我……繼續，直至行到墳場入口，住村個男仔卒之忍唔住講：『阿伯，你唔洗送啦，就算你見到咩都好，你都唔洗同我哋講喇，我哋只係想落返山咋！』，之後佢哋再冇理個阿伯，但係……」

自殺仔面色轉為陰森：「個阿伯向住佢哋講：『昌哥！』佢哋五個掉頭，周圍望，都冇其他人，住村男仔有啲㷫，佢話：『阿伯，你唔好嚇我哋喎！』呢個時候，個阿伯行前幾步，將煲醋放喺佢哋其中一個面前，講話：『昌哥，你都玩咗幾日啦，返去啦，你會嚇親佢哋四個細路㗎！』，對方就話：『吓！點解你會認得我嘅？』，阿伯就答佢：『昌哥，我細個時同你喺河邊一齊釣魚㗎，同埋我送飯俾你送咗幾十年，點會唔知係你呀。』跟住，五人之中兩男兩女立刻驚到走咗去阿伯身後面，原來，阿伯煲醋就係放咗喺話自己住元朗鄉

218

村個村仔面前，所謂昌哥，就係佢！之後，村仔向一個墓碑行過去，一路行，個身型一路變，行到墓碑時，已變咗個駝背老伯，跟住轉身，向佢哋揮手，個樣仲好恐怖，成臉肉粒，之後喺墓碑前消失咗⋯⋯」

「唔好再講呀！好恐怖呀！都唔係我聽嗰個故㗎嘅！」暴龍友在大嗌。

速龍友道：「我都俾你嚇親，講完未？好吊癮！」

自殺仔再道：「差少少⋯⋯之後四男女有個大膽少少嘅，同阿伯走上墓碑度，見到碑上個名，就係佢哋住村，叫阿昌個同學，咁點解會咁呢⋯⋯」

「咁墓碑上張相呢？係咪同個村仔一樣？」我岔入了問。

自殺仔道：「呢度我個 friend 又冇講喎，我諗因為八十年前都未興相機，所以冇相，但我都未講完⋯⋯咁其實個村仔，並唔係佢哋四男女嘅同學，佢哋第一日約咗喺東涌巴士站等，咁啱村仔喺度，佢哋每一個人都以為係另外三個其中一人嘅 friend，冇人懷疑，佢自我介紹話叫阿昌，住元朗鄉村。就係咁，講都冇人信咁巧合，五個人咁就玩咗幾日。至於個村仔，其實係喺三日前已經死咗，死嘅時候係九十六歲，佢就係八十年前麻瘋病人死唔去嘅其中一個，死咗之後，喺落葬時，工人先發現條屍唔見咗，原來係化身成十六歲病發前嘅樣，去咗玩⋯⋯」

「講完啦！粉腸！俾你嚇死⋯⋯」暴龍友手掌擦著雙臂，顯得狼狼。

反而速龍友比較大膽：「講完啦？仲有冇⋯⋯」

自殺仔道：「其實未完，差少少⋯⋯呀⋯⋯」

自殺仔身子突然下沉，沿著山坡滑下，滑到了兩米外他雙手抱著一棵樹。

「BB……」自殺女正想上前，被速龍友阻止。

「喂！你哋冷靜一下先，等我諗下死唔死好……」自殺仔居然仍然未放棄死的念頭。

我上前在斜坡邊，單手抓著樹幹，以免也失足墮下：「你係咪傻㗎？仲諗住死？你咪再俾麻煩我哋啦！」

自殺仔叫道：「我哋要死關你鬼事咩？我只係記得你打咗我一巴！」

我由中午睡醒，和自殺仔對話後，早已覺得他仍對我打了他一巴掌而懷恨在心，於是我便順水推舟：「早知我打多你幾巴，你老母養到你咁大，而家玩自殺呃保險都俾你兩條打靶諗到，你估啲保險金你老母袋得安樂咩？我一定會向保險公司篤爆你呃保險呢件事，到時你棧白死，你老母仲要搵錢葬你個衰仔，你死咗屋企少份收入，仲連累埋屋企人呀！」

我一口氣把激將法用在自殺仔身上，希望個打靶仔放棄自殺，誰不知……

啪！

「你講夠未呀！」自殺女突然一巴掌打在我臉上，我自然反應捉著她的手。

此時速龍友立刻分開我倆：「夠啦！救咗佢上嚟先啦！」

我臉上火熱的赤痛，活了幾十年，第一次給女人打，若果打者是一個美女還好，因為前因多半是我向她作出了語言上的

輕薄，又或是忍不住性衝動而輕薄了她，至少自己是得到了些甜頭，才被掌刮。但是現在打者居然是個平胸青臉的平俗少女，我心中確實有點不忿。

我沒有再跟自殺女爭執下去，說到底對方是女性，大庭廣眾我怎能跟她對打，現在不是打 GTA 的時候，我沒有再發聲，站在一旁，等待兩龍友善後。

速龍友拾起一枝又長又粗的樹枝，伸下山坡：「你用力揦住去！叫你揦就揦啦！」

自殺仔一本正經地道：「咪住先，如果我而家放手，碌落山死咗，咁咪 claim 到保險囉！我入嚟都係想死啫……」

速龍友道：「我講你聽呀，你碌落去真係死咗就好，就算搵唔到屍體，正如你所講，你老母七年後可以拎到保險。但如果你死唔去，變咗植物人，你阿媽可能要養你七十年呀，傻仔，信我，揦住樹枝，上返嚟係啱㗎！」

「BB……」自殺女雙手掩面正在哭泣，暴龍友抱著速龍友腰部，讓他把樹枝盡量伸前，我走上前抓著暴龍友褲頭皮帶，以防他傾前。

但使人意外的是，自殺女竟也抱著我腰間，哭喪著臉道：「對唔住呀，求你哋救我 BB 呀，求你哋呀……」

自殺女的胸部跟笠原中女沒法比，因此，我完全感受不到她胸部向我施壓，反而是 oversize 長衫及 legging 之下的部份，還有一點壓力。

救了自殺仔上來後，他和自殺女二人互相緊抱安慰，自殺仔向我們一一致謝，包括我，可能是她目睹了自殺女打了我一巴掌，算是扯平事件。

我們經過一段山路，走過了漁民墳場，也聽完了自殺仔講鬼故，也接近用了四十五分鐘，沿途發現曾經有人走過的痕跡，至少在泥濘中發現了腳印。

我看見重重疊疊的腳印，首先發表意見：「呢啲腳印，似乎唔止兩個人喎，同埋睇真啲，好似有啲車轆印添。」

速龍友蹲下，細心觀察泥濘上的痕跡，向我豎起手指公：「好嘢！夠細心，有進步，睇嚟似乎係有一大班人，沿呢度上山，佢哋……」

我立刻接上：「佢哋同我哋一樣，都係錯過咗疏散嘅一羣人！」

速龍友右手「dark」了一吓：「冇錯，佢哋都可能同我哋一樣，去過新墟，去過黃金海岸，見到最高危險區域，到過屯門碼頭，最後就同家軒一樣，選擇沿山路離開……」

我繼續：「而嗰啲車轆印，應該係手拉車仔嘅印，佢哋拖住行李，沿山路走。即係話，至少佢哋係喺尾班船走咗之後先上山，而兩個行山女如果當時仲未走，都應該見到佢哋，所以，班人可能帶埋兩個行山女一齊走……」

速龍友皺起眉頭：「如果咁樣，我哋咪可以落返山囉，因為嗰兩條女都走咗咯，一於收隊！」

速龍友一說收隊，眾人也跟隨轉身走，但我立刻高聲阻止：「等陣！」

「頂你咩！咁大聲，唔捨得走呀，搏聽鬼故咩！」暴龍友的無理及無禮，我已經習慣。

眾人也把視線投在我身上，此時天空來了一下雷聲！

轟隆⋯⋯

我向他們道:「如果嗰班人真係喺度走咗,咁我哋就應該跟住走⋯⋯」

暴龍友笑道:「嗱,阿進,連撚雀吹口哨嘅都話行山路呀,點睇先?」

暴龍友見提議得到支持,顯得非常興奮。反而速龍友凝望著我,等待我進一步解釋。

我道:「我咁諗,大家睇下得唔得⋯⋯只要我哋沿山路行,一路行向屯門又好,天水圍都好,只要⋯⋯只要未見到屍體,都即係代表條路係安全,未受到污染。雖然咁樣好似好衰,但係如果有呢班人做先鋒,幫我哋開路⋯⋯咁樣,我哋做咩唔跟啫,最多我哋拎定多啲遮呀,水呀咁,喺今晚出發,避開太陽,至少唔會因為中暑死先,最多咪聽多幾個鬼故⋯⋯」

我也不知道方法是否可行,只是我突然想出這個方案,便即管提議出來。

「阿進,都 OK 喎,至少有人做指標呀!如果行行吓離遠見到屍體,最多咪走囉,佢哋(指着我)行得慢嘅,咪慢慢行囉,最多我哋孭多啲水上山。老實講,我哋真係要決定啦!」暴龍友今次沒有咒罵我,還向我投以笑容。

自殺仔亦道:「係囉,如果你哋驚嘅,咪好似阿伯咁,揹定揹白醋一路行咪得囉!」

此時速龍友揚手:「咪住,我哋而家返落山先,再同貓 Sir 從詳計議,但頭先又話差少少未講完,你(望住自殺仔)講埋個鬼故先,好吊癮!」

自殺仔 O 嘴片刻:「啊!係呀……咁等我講埋先……喂!我自己都唔記得講到邊度……」

暴龍友提醒他:「你話個村仔死後化身為十六歲時嗰個樣去咗玩,之後你個仆街就跌咗落山。」

自殺仔笑道:「係呀係呀,呢度先恐怖……」

自殺仔的鬼故似乎頗為長篇,沒完沒了,高潮過後還有更恐怖?

此時,笠原中女從後伸出左手拖住我右手,可能她很害怕,我感到她的手在使勁。

我沒有甩掉她,但也曾經想過自己及她的身分。只是,若她此刻要得到安慰,眾人之中,身為鄰居的我似乎能夠給她一定程度的信任。

我們沿路走落山,跟上山時候一樣,只是少了貓 Sir 及老爆犯,依舊是兩龍友走在最前,自殺仔女在中間,我跟笠原中女走在最後。

自殺仔繼續那大澳鬼故:「咁事後佢哋四個學生落返山,坐的士返咗出東涌,當佢哋落車俾錢時,其中一個負責揸條大數嘅女仔,發現三日前佢哋每人所夾嘅錢,其中有啲係……」

暴龍友道:「超!咪陰司紙,仲有方『行』啲呀!」

自殺仔搖頭:「唔係,啲錢其中有張剪報,內容係講有個男人喺山溪電魚電死埋自己,嗰個男人就係煆醋個阿伯呀,但係份報紙仲係嗰啲叫執字粒個年代,成四、五十年前,即係話阿伯死得仲耐過嗰個叫阿昌嘅病人,個阿伯可能唔知自己

224

死咗，仲日日送飯上山，嗰個阿昌反而俾佢嚇足幾十年呀，好可能嚇到佢死咗做鬼都唔敢留喺山上，飄咗去東涌，先遇到四個學生呀。」

「嘩！你老豆呀，聽完個心好寒呀……」暴龍友例牌說話。

自殺仔的故事，老實說，在這樣雷電交加、山雨欲來、墳場墓地的背景來聽，簡直恐怖至極點，我雖然不至於如暴龍友般大嗌，但也不其然扭直手腕，握緊笠原中女的手，使她身子更加靠近自己，增加安全感。

笠原中女肩膀緊貼著我手臂，除了她的體溫之外，我還感到她的秀髮輕輕搖曳，磨擦著我手睜。

我們差不多到山腳，自殺女也自薦地說：「喂！我講多個，好短，十幾句啫……我聽契哥講過，話有次佢同兩個男仔 friend 上山去捉金絲貓，佢哋班人仲興玩打貓，佢兩個 friend 話劫，所以喺涼亭度等佢，契哥自己一個去捉，當落山時，佢兩個 friend 一見到佢就即刻跑落山，叫都叫唔停……呀，到啦，見到警車啦……」

速龍友吹速：「講埋先！講埋先！」

自殺女笑道：「OK，咁我講埋去……事後契哥打俾佢哋，問佢哋走乜鬼嘢，佢個 friend 要契哥自拍張相 send 俾佢先肯講嘢，咁契哥……都好戇居，佢豎起中指自拍，但當佢用部手機鏡頭影住自己時，佢見到佢膞頭有對腳騎住佢，仲係穿紅褲紅鞋，之後嚇到契哥跌咗部手機同埋暈咗，住咗三日醫院，講完。」

暴龍友道：「好驚！好驚！但住院係乜原因呀，撞鬼呀？醫生病假紙點寫呀？see ghost 咁呀？」

暴龍友真是無聊。

自殺女道：「冇問到呀，不過聽講以前山上面係亂葬崗喎！」

「超……」我及兩龍友三人一起說出。

速龍友：「好爛呀，你唔講最尾嗰句還好……」

暴龍友：「好行呀！一個字，差！」

我：「簡直係衰收尾呀，我肯定係你契哥啲 friend 搭 friend，再搭上搭亂吹返嚟，呢啲根本唔算係鬼故，而係膠故！」

自殺仔：「係囉，豬豬呀，今次又係膠咗啲嘅，呢啲咁嘅故，千祈唔好喺討論區貼呀，一定俾人追殺你個 post 㗎，接膠都接到手軟呀！」

自殺女：「太遲啦，契哥尋日喺專頁已經貼咗啦！」

自殺仔：「吓！咁硬膠？邊個專頁呀？」

自殺女：「咪我嗰個『駱駝腳趾』囉，仲好多人留言添……」

我岔入：「咪先！你話你契哥喺你俾人整蠱個專頁度貼呢個……故仔？」

自殺仔憤道：「個專頁咪佢契哥個打靶開囉！」

「吓！」我及兩龍友三人一起說出。

我好奇且心急問：「你係話你契哥知道你俾人影咗水著，手頭上又有你啲相，所以開咗個專頁……即係整蠱你嘅人係你

契哥？」

自殺女嘆息：「其實啲相都係契哥影㗎⋯⋯」

天！我雙眼也反白了！

自殺仔安慰女友：「豬豬，等我講⋯⋯佢契哥真係做廣告公司嘅，又真係攝影師，其實係因為佢契哥想搞豬豬，搞完一次又想搞第二次，結果豬豬唔俾，之後就開咗個專頁，就咁囉！」

我問：「咁你哋俾人屈刷信用卡都係佢契哥呀？」

自殺女不耐煩道：「信用卡其實唔關契哥事，佢都冇參與，企喺隔離之嘛⋯⋯其實嗰次佢唔係有心搞我⋯⋯即係⋯⋯其實嗰次都冇真做，佢射咗喺我條 under 出面之嘛⋯⋯咁契哥佢俾條女飛咗，又唔開心，我去安慰佢之嘛⋯⋯佢以前係溝過我，但之後上咗契都冇嘢啦⋯⋯嗰次其實係我話用手幫佢先，唉！總之，契哥佢有時唔係咁衰㗎！」

「有時唔係咁衰？」這是什麼話？自殺女聲線開始放軟，自殺仔連忙呵護。

我實在太好奇，向自殺仔問：「咁你知唔知佢契哥想搞佢？」

自殺仔直認不諱：「我知！豬豬嗰日上去之前，已經講咗話可能會同佢契哥用手搞一次，我話 OK，但就一定唔可以用口同真做，咁其實豬豬都有做援交，佢有啲客我都識，總之⋯⋯唔好堅做囉！」

我完全明白了：「即係你有個想搞你嘅契哥，事實上亦都非禮咗你，同埋老屈咗你哋成廿萬，仲整個專頁玩你，你就係為咗咁而想死，你條仔就陪你死，順便呃保險，但係，你同

時又會叫你契哥，斬啲恰你嘅人......我明白晒啦！」

自殺女仍在思考：「其實......BB 唔好嬲先，我一陣錫返......契哥佢......我幫佢個陣......我都有啲 feel，起初又係我除佢褲先嘅，乜咁都算非禮咩？」

夠了！這一對死唔去的狗男女，把道德歪曲之餘，更把性關係搞得一團糟，一段近乎三角戀但又類似日本 AV 近親相姦劇情的關係，我不想再干涉，我不要再知道更多，不願多聽一個字！

我們差不多到達山腳，看見涼亭沒有人，老爆犯及老童坐在警車車尾，而車廂中段則開啓了一半車門，貓 Sir 正抽著煙，口部喃喃自語。再看清楚一點，車廂內多了一個人影，貓 Sir 似乎和對方在談話。

「咦！唔通搵到兩個小學雞？」暴龍友道。

速龍友探頭左看右看：「唔似喎，兩條細路冇咁高喎！」

那人相信不是兩男童，因為從玻璃中可看出，是一個長髮女子。

我說：「我諗搵到嗰對行山女......」

我們也對有其他人出現而感到有些興奮，畢竟這趟也是因尋人而來的，各人也加快了步伐，我緊拉著笠原中女的手，加速地走到警車旁。

我們六人前後腳到步，差距不會超過兩秒，但是這兩秒，足以使走在前面的兩龍友及自殺仔女轉過了身，面向著我！我並沒有留意他們表情，我視線最先所觸及的，反而是貓 Sir 的表情......

貓 Sir 那目瞪口呆的驚訝表情！

我當然不明就裏，但是當我看見在車廂上，和貓 Sir 談話的人是誰時，我全身軟了下來，但同時右手被握得更緊！

車廂上的人……

怎會出現在這裏？

…待續……

14

我看著警車上的人，竟然是這兩天來，給了我無限驚嚇及很多幻想空間的……

笠原中女！

大約在五年前，笠原中女一家人搬到屯門市廣場第八座，當時她還是髮長能遮蓋胸脯的運動打扮。間中見她會束起馬尾，拿著網球拍出門，曾經在等候升降機期間，告訴我她在蝴蝶灣體育館打波，也曾經相約過我一起打，我當然十分樂意，尤其是單對單，老是幻想著她每次揮拍抽擊，豐乳為我眼球所帶來的震撼。但是，那次因為女兒在場，那小鬼人細口疏又八卦，怕她會向太太打小報告，故此我在十分不願意之下以不擅運動而拒絕了。

當時的笠原中女，比現在要胖些，較為運動型，也不知道她從事什麼工作，那是我所見過的她，頭髮最長的時候。及後不久，她便開始穿起行政套裝上班，也把長髮剪短，體型消瘦了，但更能突顯她美好身段。

因此，我差點忘記了，笠原曾經留有一把長髮。但是長髮已成了過去，絕對不是現在所擁有的！

那拖著我右手的人，以長髮掃過我手踭的人，究竟是誰？

「呀……呀……呀……」

也不知道是誰在尖叫，是把男聲！一下子場面混亂，各樣轉變同時發生，我第一時間甩掉拖著我右手的人，自殺仔女跳上了警車，貓 Sir 立刻把車門關上，並從另一面車門下車，走

前上了司機座，老童被嚇得奪門跳車，走向石亭，兩龍友立刻奔跑，見路便跑，我甩掉對方後，跑前抓著警車門，嘗試開啓，但車門上了鎖。

我回頭一看，在不遠之處，站著一個長髮披臉的人，右手舉起並指著我，也不知是男是女，也沒有留意是什麼裝束，我繼續搖著車門把手，但是隆一聲響，警車開走了！

嗖！

警車高速落山，一下子離開了我視線之內，兩龍友也沿下山路喪跑，我左看右看，眼前出現一個小山坡，也不知道向南或是向北，連跳帶跑，立刻爬上去。

同時，我聽見老童在高聲驚呼！

「呀呀呀呀呀呀呀呀呀呀呀呀呀呀呀呀呀呀呀......」

接著靜止下來！

一切，也靜止下來，雷聲停了，警車聲也遠去了，沒有了老童的大叫，就連我的心跳，也漸漸地放緩下來。

很是寧靜，甚至沒有風聲，只有臭臭的草叢氣味，以及，一種像是死屍的臭味！

我回過神來，看見自己雙手按在一塊磚石之上，磚石左右兩邊伸延，像塊石板，石板兩旁分別豎立著一支圓石柱，我抬頭一看，眼前......

出現一張照片，照片中人是一名年約三十歲的女子，我立刻閉上眼睛，深呼吸......

吸氣⋯⋯數一二三⋯⋯再度吸氣⋯⋯當我調節好呼吸後，腦筋清醒不少，我告訴自己冷靜！必須要冷靜！

我正身處一個已故女子的墓前，這裏是漁民墳場，墓碑是正常不過的建設而已。我再張開眼睛，相中人有一把長直髮，面尖尖，嘴唇薄薄⋯⋯

現在我的處境，千萬不要與大澳鬼故扯上，若果把兩者聯想在一起，我必然控制不了自己。因此，我亨著歌，THE BIG BLUE 電影配樂⋯⋯

亨著歌，我慢慢轉身，站了起來，之後，看見了！

看見一個長髮女子背面，她瘦瘦削削，頭髮長而凌亂，穿著一件白色衫，淺色褲，呆呆地站在涼亭之中，她也背著一個綠色小背包。

接著，她雙腳跪下，伏在地上！

那個⋯⋯是個人！

那個人暈倒了，我走下小山坡，走到涼亭，看見那女子是穿著透風質料的行山專用恤衫及長褲。

我什麼也沒有做，走出涼亭，沿下山路跑，並高叫：「喂！阿進⋯⋯人嚟㗎⋯⋯」

「喂！阿進⋯⋯家軒⋯⋯上返嚟呀⋯⋯係人嚟㗎⋯⋯」我盡能力呼叫他們。

「喂⋯⋯」那是暴龍友的叫聲。

我高興得再跑快一些：「唔洗走呀⋯⋯上返嚟呀⋯⋯搵到行

山條女啦⋯⋯」

我連忙回氣，也沒有再跑，慢慢地走回上山。

「我哋上緊㗎呀⋯⋯」暴龍友高聲回應。

告一段落了，世上怎會有鬼，自己的行為實在太無知了。幸好沒有人看見我剛才的狼狽相，不，至少還有個老童看見。

兩龍友趕上了我，我向二人又搖手又指向山上：「涼亭⋯⋯係行山嗰條女⋯⋯上去再講⋯⋯」

上斜的路很吃力，想不到剛才我一口氣衝下山路，原來也跑了很遠，兩龍友體力遠優勝於我，一下子已經把我拋離。

我嘗試又衝上山，但事與願違，雙腳沒有作出適當協調，勉強使勁後，啪一聲響，我向前跌倒。

這是我首次感覺到，上半身跟下半身出現一種互不妥協的情形，我使勁地用雙手前後擺動，希望跑起來快一點，但雙腳似乎被高估了應付能力。

幸好我能及時以雙手按在地上，保護頭部之餘更能抵消跌倒時的衝擊力，才能免卻受重傷。但是，我一雙手掌已在摩擦地面之時，擦損流血了。

我檢查傷口，近手腕之處部份皮膚脫掉，沙石與血液混雜，但不算嚴重。

接著，我用了六分鐘才上到山。當我再看見涼亭之時，看見剛才伏在地上的女子坐在地上，雖然長髮仍是披臉，但在髮絲中能夠看見她五官，看來不過三十歲。

暴龍友手拿著瓶裝水，逐少逐少地讓女子喝下，到我抵達涼亭時，才清楚看見這名女子，長髮及胸，一身行山人士裝束，白色恤衫，卡奇色長褲，綠色小背包，身旁還有一些嘔吐物，她正閉起雙眼，皺起眉頭。

暴龍友向我道：「佢話俾你玩死喎，一路扯住佢走，想停都停唔到……」

我困惑地瞪大了雙眼，感覺受到無理指責，但沒有力氣再跟對方爭辯下去。我轉移去找其他人，速龍友站在涼亭以外，面向山邊，而他面對著的是老童！

老童背著山邊，橫臥躺下，雙眼睜得老大，似乎仍在迷糊狀態。

「喂！做咩呀你！」我以腳尖踢向老童大腿：「條老童又搞咩呀？」

速龍友立刻道：「唔洗叫啦！佢死咗啦！」

「吓？點解嘅？」我感到很愕然。

正在照顧行山女的暴龍友道：「我哋上到嚟佢已係咁樣，check 過啦，死咗㗎啦！」

老童死了？為何會在這個時候死的呢？與那名行山女有關嗎？

這個行山女由昨日上午開始求救，至今已超過廿四小時，在戶外的時間相比我們還要久得多，若果她曾經到過受污染地方，那老童的死，會否是受到她所傳染？

我看著行山女一雙啡色行山鞋，泥濘滿佈，部份還沾滿了褲

管，雙膝位置破穿，衣領口鈕扣沒有扣上，不知道是遺失或是什麼，左邊胸口露出半個胸圍，她本身該不會是這麼野性入型入格吧？！

暴龍友顯得很關心：「喂！好啲未呀，你哋係咪有兩個人㗎？」

「嗄……嗄……」那女子仍舊吐不出話。

我好奇問：「又話佢頭先講過嘢嘅？」

暴龍友道：「你當我老作咩！我哋一上到嚟，已經見佢哊緊，之後一見到我哋，就話：『俾你哋玩死，係咁扯住走，想停都停唔到』咁嘞！之後咪俾啲水佢飲囉，到而家都未講過嘢！」

唉！很煩，一波未停另一波又起，老童屍骨未寒，我們還不知道要怎樣處理，現在這個像女鬼般的女子，似乎精神有些問題，亦不知道是否吸入了毒氣各樣。

我皺起眉頭，向速龍友道：「我好亂呀，個腦塞咗，老童點算呀？」

速龍友雙手叉腰，搖搖頭道：「佢都死咗囉，咪拎佢個銀包同電話返去交俾貓 Sir 等佢搞……嗰個貓 Sir，居然開車走咗去……」

暴龍友道：「開車走唔係問題，係都車埋我哋先呀！而家都唔知點走，呢度距離青山警署好遠㗎嘛。」

我看著老童道：「我諗唔好再掂老童，佢都唔知係咪受到感染，或者喺我哋識佢之前，一早已經感染咗，病毒潛伏咗兩日，而家先嚟爆。又或者（我轉望那像鬼的女子）係佢帶有病毒，傳染咗比老童……」

聽完我說話之後，暴龍友立刻站起：「嘩！唔會嘛……」

我蹲下身：「唔會？佢喺戶外已超過一日，明明識講嘢又唔講，我頭先見佢好似『貞子』（註）咁喺地下爬，唉……仲捉住我隻手咁耐，又唔出聲……」

註：貞子乃日本恐怖電影《午夜凶鈴》入面的女鬼

我立刻取出消毒啫喱搓手：「都唔知有冇病毒添㗎……仲成隻女鬼咁款，條老童唔係受佢感染就係俾佢嚇死！不如……」

「嘩！」我叫起來。

行山女子突然之間撲向我，我正蹲下，來不及反應，她已飛身把我按下，她臉部貼在我臉上，擦來擦去，我雙手推向她，竟意外碰上她胸脯，我立刻縮開雙手，但她更變本加厲，雙手緊箍著我頸項，接著，她竟一口咬在我肩膀上！

「呀……幫拖呀……暴龍……哎，唔係，家軒，幫拖呀……」我忍受痛楚。

這一下攻擊並不是說笑，我痛得死去活來，身體向左傾側，把女子摔在地上，她牙關一鬆，我乘機站了起來，之後再檢查肩膀被咬之處，留有一大個紅色牙齒印，幸好有一件外套阻隔，否則必然皮破血流。

「如果我係有病毒，第一個死嘅就係你！」女子終於開口了。

無辜被她所傷，我氣憤非常：「你係咪黐線㗎？係我哋上山救你㗎！你仲咬我？」

女子向地上吐了一些黃黃白白的嘔吐物出來，十分嘔心，接

著她取過暴龍友的瓶裝水，咕嚕咕嚕地嗽口，之後吐在地上。

我看著兩龍友，二人雙雙露出一種迷惘的表情，而我則滿肚是氣，卻不知道如何發洩才好。

女子取出一條束髮用的橡筋繩，把長髮束了起來，再以清水洗臉，之後說：「我個朋友扭傷咗隻腳，仲喺山上面，但佢好鬼重，我揹唔起佢。」

我這才清清楚楚看見這女子的容貌，她樣子原來十分端好，比笠原中女的冷酷來得熱情，也很像日本導演園子溫電影《戀之罪》中的神樂坂惠，足有九成相似。她瓜子口臉，雙眼不大，臉上兩個酒窩，看似可愛，但也帶點邪淫，束髮起來的樣子與神樂坂惠在《戀之罪》中照鏡一幕極度相似。

只是，這個神樂坂惠，是個以女鬼般狀態現身，也是把老童嚇死或者咬死，並出口傷人的神樂坂惠，說兩者相似，真的只是樣子跟體型，但性格上似乎是各走極端，這個神樂只是山寨版。當然沒有真人版的 D CUP 豐乳，目測……只是 B CUP 而已！

B 級神樂說出受傷朋友的地點，她和兩龍友三人在指手畫腳，我因為被她咬而感到不忿，沒有留心在聽。

接著，速龍友向我道：「另外個女仔可能斷咗韌帶，我同家軒上去搵佢，你喺度睇住佢哋先，OK！」

我沒有回應，自行坐在地上休息，速龍友道：「喂！俾啲反應好唔好呀？」

我怒道：「頭先俾佢咬到典嚟典去，仲唔夠反應呀？」

速龍友道：「好心你咪咁小氣啦！」

我又站了起來:「小氣?如果俾人咬嗰個係你⋯⋯」

兩龍友沒有再理會我,二人又沿山路上去,剩下那女鬼化身的 B 級神樂,還有老童的屍體。嚴格來說,得我一個是人,那個 B 級神樂,居然用人類最原始的方法來襲擊我,肩膀上的疤痕,有機會要她雙倍奉還。

B 級神樂扭動手腕,邊整理身飾,邊喃喃自語:「死自閉症⋯⋯扭到我隻手鬼死咁痛⋯⋯」

自閉症?她在說我嗎?

我⋯⋯我⋯⋯我真想殺死你個死女鬼:「你講咩呀?我都未插你呀!荒山野嶺成隻女鬼咁鬼鼠,捉住我隻手又唔出聲,你明知我轉身實俾你嚇親㗎,你硬係要唔出聲,而家條老童死咗啦,九成九係你頭先成隻『貞子』咁四腳爬爬,嚇死咗佢呀!你『仲乜嘢唔出聲』呢?好鍾意扮鬼咩?吓?」

說話後我呼了一口氣,B 級神樂怒瞪著我,並走上前來⋯⋯

「你咪行埋嚟呀,再咬我,我實還拖㗎。」我指著女鬼道。

B 級神樂走到我面前:「你講乜鬼嘢話?我聽唔到呀?」

死八婆,仲串串貢,究竟想怎樣?

我挺起胸膛:「人話呀!乜鬼嘢話?你哋啲女鬼就講⋯⋯」

B 級神樂搖頭:「唔係,頭先你話乜鬼⋯⋯未咩我話?」

我又火大了:「我話⋯⋯我都未插你呀!荒山野嶺成隻女鬼咁嘅死款⋯⋯」

B 級神樂把胸口壓向我：「插呀？你係咪插啫？除我條褲呀嘛，夠膽你就除，死自閉症，唔夠膽呀，我除埋俾你嘞⋯⋯」

說話後她真的雙手抽著褲頭，裝模作樣。

我退了一步，左手取出手機：「除呀！咁好客嘩，唔好嘥呀，包你點擊率高過『駱駝腳趾』呀！除呀！」

B 級神樂不敵終現代科技，她低下頭，竟然哭了出來。

兩條淚痕沿著雙眼劃過粉臉至下巴，我開始懷疑 B 級神樂是否有情緒病，又或是什麼公主病，哭笑無常，這種人最難應付。

我沒有再理會她，站得距離涼亭遠遠的，至少有十米緩衝區，好讓我能作出適當防範。

大約過了半小時，兩龍友回來了，速龍友拿著一個背包，表情很是沉重；暴龍友則背著一名年約廿五歲女子。

速龍友向我道：「佢扭親腳，韌帶可能斷咗，我哋唔好停啦，出返去龍門路先算。」

速龍友這樣說，亦即是等於暴龍友會背著那扭親腳的女子，沿路行落山，我看了老童一眼，突然想起打甩了他一隻大牙，有點兒難過。

我們四人沿路走落山，速龍友邊走邊向 B 級神樂詢問，總之她的遭遇不會跟我們相差太遠。這兩女子便是按緊急求助電話的行山者，扭親腳受傷的叫 Wendy，體型也很高大，相信有五呎七吋高，略胖；B 級神樂叫嘉嘉，二人在醫院上班，均是註冊護士，也是行山遠足的狂熱份子。

這個扭親左腳的傷勢嚴重，不能走動，因為沒有電訊網絡，B 級神樂唯有去找緊急求助電話，先後數次聯絡到青山警署，但一路等了大半天，並沒有任何人前往救援。

扭親腳 Wendy 的左腳一踏到地上便痛，根本無法再走路，B 級神樂也背她不起。到了昨天晚上，B 級神樂便一人下山，走至美樂花園，這時才察覺屯門區極不尋常，似乎發生了事故。

找不到人協助後，她進了便利店，找了些瓶裝水及食物，以及雨傘等物品，又走回山上，但已經是數小時後了。

扭親腳嘗試以雨傘當拐杖之用，但效果不好，不能持久站著，最後扭親腳選擇放棄，叫 B 級神樂一人離開，但後者不肯，二人交情要好，最後 B 級神樂決定陪同扭親腳一起等救援，他們深信必然有救援人員出現。

直至昨晚深夜，終見有人上山，但並不是什麼救援人員，而只是十多名村民。從村民口中，才知道「新界西地區特別事故」的始末，他們錯過了尾班船，嘗試過沿屯門新墟步行，進入最高危險區域，前往元朗。但當走到兆康站時，部份村民出現呼吸困難，結果死了，於是才繞山而行。

村民力邀 B 級神樂及扭親腳二人加入，一行人打算徒步沿山路離開屯門，但是這些村民只是一些年老長者及婦孺，根本沒有較為壯健的男人來協助扭親腳。故此，兩名行山女選擇留守在原地，卻也不知道等待著什麼似的。

今天是她倆遇上好運！又抑或是我的不幸？在這個陰風陣陣的墳場，我們偏偏遇上了，還嘔心地和 B 級神樂十指緊扣，現在想起她那個『貞子』造型，依然感覺到毛骨悚然。

聽罷 B 級神樂所說，仍然未能解開我的疑問：「咁你做乜唔

出聲啫，你叫我哋呀嘛，淨係拉住我隻手托咩？你唔係鍾意我呀？」

暴龍友目光突然放凶，怒瞪著我：「超！你估你好靚仔咩！今日照咗鏡未呀？」

啊？暴龍友……這……

啊！我明白了，由 B 級神樂遇見我們開始，剛才一路是被暴龍友所照料。但是我忽然加入，意外地和 B 級神樂抱頭箍頸，扭作一團，典來典去，暴龍友這隻膽小如鼠的古代生物，居然學習起人類的情感……

那隻暴龍，居然在吃醋！

「哈！哈！哈！」我忍不住。

各人向我投以奇怪眼光，我也沒有理會，繼續向 B 級神樂問：「喂！你答咗我先喇！」

B 級神樂停下步伐，抽起右腳，以鞋跟在左腳腳眼上磨擦三下，之後再繼續走路：「我見到你嗰陣，啱啱食緊雪芳蛋糕，俾你個死自閉症嚇咗一嚇，搞到哽親。之後見你哋走，咁我咪乜鬼都唔理，一手捉住你先，但點知講唔到嘢，一路俾你拉住，扯到我爆，頭先喺涼亭先吐翻啲蛋樣出嚟，我差啲窒息死添呀，好彩我爬喺地出力向自己個肚打咗幾拳，嘔番啲嘢出嚟，你仲當我『貞子』……」

B 級神樂抬頭看天，我也沿她目光搜索，突然，天空傳來「軋！軋！軋！軋！」之聲。

聲音沿自山上，我轉身往後搜尋，看見一部直升機沿我們頭頂上空飛過，直往 38 區飛去。

「喂！有人呀......」速龍友立刻向天揮手。

直升機飛行期間，落下了一些東西，因為太高，我看不清楚那是什麼東西。

我們加緊步伐，走到龍門路，此時已經失去了直升機的蹤影。但是，地上零零星星散滿了 A4 紙。

我拾起了其中一張，一看之下，原來跟之前在湖景邨所拾取的傳單一樣：

> 『新界西地區特別事故』
> 最新安排，如仍有人未有
> 在指定時間離開此區者，
> 不論是政府執勤人員，抑
> 或是一般民眾，請留在家
> 中，切勿外出，以減低受
> 感染機會。若沒有處所容
> 身，可到蝴蝶灣社區中心
> 暫避，以待進一步安排。
>
> 化生輻核應變小組

我把傳單撕毀，憤怒地掉在地上，B 級神樂立刻拾取另外一張閱讀。

「化生輻核應變小組......」B 級神樂喃喃地道。

我問她：「聽過未呀？」

B 級神樂點頭：「聽過，呢個係跨部門嘅小組，主要係當香港出現呢啲放射性洩漏事故時出動，由要衛生署、醫管局、消防處、警務處、仲有其他部門組成。」

接著，B 級神樂介紹更多她們醫管局會作出怎樣的配合，只是，這通通已經不重要，對我們現況根本毫無幫助。

接著兩龍友向神樂及扭親腳二人，講述我們一班騎呢組合的經歷，我也沒有在聽，反而在附近一帶，希望找到有司機忘記取回車匙的車輛。

此時天空放晴，太陽已經在龍鼓灘方向，較之前溫暖，我也把外套除下。距離日落，相信不會超過九十分鐘。

卒之，在環保園閘口外面行人路，給我找到一部舊款的白色 HONDA Mobilio 七人車，車門不單止沒有被鎖上，車匙還要插進匙膽之中。

但是此車被另外兩部停泊在馬路上的私家車阻擋，若要駕駛 Mobilio，就必須先移走這兩部私家車。

「暴龍⋯⋯有車呀！」我亮聲叫道。現在最需要的，是兩隻恐龍的力量！

我上了 Mobilio，啓動引擎，「隆！」，Good！有八成油，把車子向馬路邊駛前，再下了車，分別向兩部阻塞的車探頭內看，接著嘗試推動一部平治，很重⋯⋯

「你頭先嗌咩龍呀？」速龍友及 B 級神樂首先來到，接著是暴龍友背著扭親腳。

我向暴龍友道：「你仲揹緊佢呀，放低先啦，幫手推車！」

速龍友問：「咩料呀？」

我指手劃腳：「架七人車有車匙，但首先我哋要推走呢架車先（指著平治），另外一架要扑玻璃，因為架車拉咗手制⋯⋯」

此時暴龍友把扭親腳放下，我看一看她，才知道暴龍友死不放下她的原因，正如之前提及，扭親腳至少有五呎七吋高，但原來身型十分不錯，相信豐滿的上圍已深深俘虜了鹹濕仔暴龍的心。

我們三個男人，加上 B 級神樂成功把平治推後，接著我從後褲袋取出螺絲批，看著另一部更舊的 TOYOTA，想了一會，在右邊司機座玻璃窗劃了一個「十」字，再轉用左手反手握著螺絲批，對準那「十」字，右手用勁一拍，拍在螺絲批尾部。

嘛吟！玻璃碎裂，我再用腳使勁踢開玻璃，伸手入內開啓了車門，再鬆了手制，整個過程十分順利。

因 TOYOTA 軚盤扭向左，故我用腳掃走玻璃碎，坐上了司機座位，控制軚盤：「你哋推呀，我要扭番正堂軚。」

暴龍友一發力，速龍友還未動手，車子已向前移動，及後速龍友和 B 級神樂一使勁，我們卒之把 TOYOTA 推開了。

我落車拍拍衣服及屁股，撥去了一些玻璃碎，拾回掛在欄杆上的外套，便走進 Mobilio，開了左邊的電動門，兩龍友小心奕奕地抬著扭親腳上了車，而 B 級神樂則坐到司機位旁。

我開動車子，沿龍門路向屯門碼頭方向走。

「你手臂流血呀。」B 級神樂道，也不知道是向著誰說。

直至她靠近我：「人哋同你講呀，你手臂流緊血呀！」

這時候我才感覺到左手冷冷冰冰，一看之下，前半手臂全都是血。

「嘩，搞乜春呀你，俾玻璃剌親呀？」暴龍友例牌亂嗌。

我停下車子，在車內找到一瓶未使用過的水，按下了車窗，用水把左手的血跡沖走，掉了水樽，繼續駕駛。

「貓 Sir 條友點會開車走喋？俾佢激死！」暴龍友的提問，我們沒有回答，而速龍友自從再次上墳場救回扭親腳後，便一直神情凝重。

我從倒後鏡看著他道：「阿進！山上面係咪有啲咩嘢唔對路呀？」

速龍友道：「居然瞞你唔到……」

我道：「其實我都有嘢未講，頭先喺騎術學校出面……」

速龍友岔入：「唔洗講啦，臨離開前我用望遠鏡睇到嗰六個繩圈啦，同埋嗰種繩，我見過，係漁護署動物管制組捉野豬專用嘅繩，我諗係漁護署職員工作期間，咁啱見到有動物受傷，但隻動物太大隻，上唔到車，所以用繩圈綁住喺大閘度……」

速龍友皺起眉頭：「我亦都有諗過受傷嘅係野豬，甚至有六隻，所以有六個繩圈，但係……漁護署出現嘅目的只有一個，就係捉野豬帶返去管制組，避免佢傷害到人。既然係咁，咁喺羈留室（2）嘅受傷動物，又點會係野豬呀？同埋，又點會將野豬掛喺樹上呀？又點會有六隻咁多呀？」

速龍友面色變得很困擾，愈說愈激動：「仲有一樣嘢，嗰三隻狗……究竟係咩一回事……呀……」

這個問題，我深信除了死去的那三隻狗之外，誰也答不出來。

我把車子停下，轉身看著速龍友，他臉色變得十分難看，坐在他身旁的暴龍友，用手睜撞了他一下：「阿進，咩三隻狗？頭先騎術學校究竟有啲咩呀？」

速龍友沒有正面回答：「頭先我哋再上山，喺搵到佢（指住扭親腳）嘅地方，我用望遠鏡見到，喺對面山頭，有六個人瞓咗喺山路度，郁到唔郁，應該都死咗，但係⋯⋯最奇怪嘅，係見到⋯⋯見到⋯⋯」

速龍友雙手掩著臉，開始有點失控：「我見到⋯⋯呀⋯⋯我唔知呀⋯⋯我見到另外有兩個人⋯⋯踎咗喺⋯⋯喺⋯⋯」

看見速龍友精神狀態如此不穩定，我也不知該說什麼才好，暴龍友道：「阿進，你頂住呀，我未見過你咁㗎，唔好嚇我呀⋯⋯」

暴龍友身旁的扭親腳，已經被嚇至面青口唇白，反而 B 級神樂似乎是我們當中最為冷靜的一個。或許各人遭遇不同有關，至少，她沒有遇見過不知名物種！

我沒有催促，讓速龍友先自行調整呼吸，但是他似乎真的被剛才所看到的情況影響很大，並未能一下子回復過來。

我向他遞上一支水，但他拒絕：「唔洗⋯⋯我想講⋯⋯嗰兩個人，踎咗喺地上嘅屍體旁邊⋯⋯仲將個頭，埋喺⋯⋯埋喺屍體心口⋯⋯佢哋⋯⋯嗰兩個人⋯⋯好似⋯⋯」

「好似⋯⋯食緊屍體！呀呀呀⋯⋯」速龍友再也頂不住，開始崩潰！

他雙手不斷抖震，十隻手指甲由頭顱頂開始，往下爪，使他長髮脫落不少之餘，還在臉上留下紅紅的爪痕。

終於，速龍友說出了一句我最不想聽到的說話：「如果⋯⋯如果係咁⋯⋯」

「我唔玩喇！」

⋯待續⋯⋯

15

我一向沒有什麼專長，不是能言善辯之輩，也沒有一副令人懾服的臉孔。從小到大，沒有當過班長，也沒有做過糾察、風紀之類。在中學時期，男女生相約去燒烤或者露營的活動，我每每也只是走在最後，雙手拿最多東西的。而在前面跟女生們談天說地的，永遠只有兩種人，一是成績表考頭幾名的；另外是一些成績只屬一般，卻能言善辯，愛說笑話的。

我這種兩頭不到岸，成績不俗但不是最好，課外知識豐富，但不擅於交際的，永遠也只是看人快樂，替朋友溝女得手而高興。

因此，當「新界西地區特別事故」發生之後，幸好給我遇上了速龍友，否則，在這種急速變化的環境之下，我怎樣去作出每一個決定？怎樣去選擇該走什麼路？由屯門公園開始、吉之島、黃金海岸、屯門碼頭、以及警署羈留室，沒有他帶領的話，我們怎能撐到現在？

現在他說不玩，是想怎麼樣？

我沒有再問他有關食屍體的事：「阿進，唔好諗咁多，你抖下先啦！」

速龍友閉上眼睛，目光凝重，沒有再說話，扭親腳似乎是患處疼痛，顯得不安，暴龍友加以安慰。

「喂！我仲未知你哋叫乜嘢名，阿大隻哥哥你介紹吓呀！」B級神樂雀躍地問，似乎是想驅走緊張的氣氛。

「我叫家軒，佢叫阿進，我哋係民安隊隊員，阿進仲係

staff，訓練新人⋯⋯」暴龍友熱情地回應。

B 級神樂岔入：「咁揸車呢個自閉症呢？」

暴龍友道：「佢叫⋯⋯咦！點解你成日叫佢自閉症嘅？」

我看了看 B 級神樂，她正以手掩蓋嘴巴在笑，事實上，我也想知道她為何老是稱我為自閉症。

「哼！你睇佢個死人頭，平時一定係嗰啲出街唔望人，塞住耳機笠住頂死人帽橫衝直撞，唔餓死都唔落街食嘢嗰啲隱蔽中年啦⋯⋯」B 級神樂似乎對我的品評十分滿意，她和暴龍友二人大笑起來。

我不清楚本港是否真的有部門對所謂隱蔽人士作出統計，亦不清楚所謂隱蔽人士，其服飾裝扮上是否有一套標準，甚至指定衣著？但是，若我一個人在家，又真是叫外賣也不想外出。

「哈！哈！哈！咁佢叫咩名啫？」B 級神樂再問。

「你叫佢粉腸得㗎啦，都係一句啫！哈！哈！」暴龍友雖見有女士在場，但說粗言似乎是他堅守的信念。

當我們到達湖康診所，B 級神樂拍打我手臂：「等等⋯⋯等等⋯⋯」

我把車子停下，B 級神樂整個人爬了過來，右膝跪了在我大腿之上，雙手按著我右面的車窗，半個 B cup Bra 贈了給我。

「喂！搞咩呀你？」我感到很尷尬，但她很柔軟。

「間診所道門開鬼咗喎，有計！」B 級神樂道。

她退後回到座位道:「我打算入去藥房睇下,可能有啲嘢用。」

B 級神樂看著我們,我立刻把目光投向另一處,我真的不想進入湖康診所,自從經歷「吉之島事件」(這是我在新界西地區特別事故之中的小分類)之後,我對於任何樓層建築物均有所顧忌,總是覺得會有更多不能預知的事情發生。

「我……我唔去喇,我留喺度陪 Wendy 同埋阿進!」暴龍友搶先一步。

暴龍你個古生物,啊!你陪扭親腳同速龍友,即是剩下我及那女鬼,若女鬼要求我一同前往,我又怎樣推搪?

「其實……都冇咩好去呀,警署都會有啲急救用品……」我盡量去拒絕。

但是 B 級神樂已經下車,並繞過車頭,走到我右面,開啓了車門:「咁你個自閉仔跟我入去,我想睇下有冇拐仗同消炎藥。」

無奈地她真是開口向我說。

「咁你哋入去啦,我哋喺度等你哋返嚟,先再返警署。」暴龍友像是在指令我一般。

我感覺到很委屈,千萬個不願意地走出了車廂:「講明先,一唔對路我第一時間撇先!」

「咪生人唔生膽啦,入去啦,打靶!」暴龍友很輕挑的語氣。

結果,我和 B 級神樂走進了湖康診所,裏頭黑漆漆,沒有窗的空間伸手不見五指,單靠大門進入的光線,並不足夠使雙眼在建築物來搜索。

B 級神樂問:「你有冇電筒呀?」

我想了一想:「有!但係我唔會用,因為......我都唔知點同你講,總之,呢度唔適宜用電筒,你睇到就睇,睇唔到嘅地方唔好行就得。」

B 級神樂用疑惑的語氣向我說:「你好似好驚咁嘅,你哋啲隱蔽人士係咪都有幽閉恐懼症呀?」

幽閉恐懼症!想不到 B 級神樂會在我面前說了這個病症!

幽閉恐懼症是驚恐症的一種現象,患者會害怕坐車入隧道,坐飛機及乘搭升降機等。他們會害怕期間會發生自己不能控制的意外,愈想愈負面,惡性循環,沒法終止。

丹布朗著作《達文西密碼》的蘭登教授就是患有這種病,而害怕乘搭升降機。

因此,剛才在漁民墳場,我才要哼著歌曲,在負面心態之前來個腰斬,令思想不要沒完沒了地想下去,趕及在病發之前把情緒平伏,才能制止惡性循環的出現。

我步入了一個漆黑的角落,差點看不到 B 級神樂,她跟上前來,我再道:「我唔係怕黑,亦唔怕鬼,更加冇幽閉恐懼症,只係我哋幾個人曾經喺屯門公園同埋吉之島,遇過一隻......一隻不知名嘅物種......」

B 級神樂:「就係好受長頭髮嗰個人講嘅......六個繩圈,三隻死狗嗰啲咁嘅嘢?」

於是,我就把屯門公園、吉之島 UG 層、舊碼頭、羈留室及騎術學校的遭遇,說給她聽。

我們說話的地方，正是診所 G/F 候診區的一排排長椅之處。基於不想長篇大論，故此我說得十分簡略。

當說到那物種爬出水務署，走上 UG 層時，B 級神樂雙手抓緊了我右手臂。

「你驚呀？驚就唔好再講！」我道。

「係有啲啲驚，不過你講埋去先啦。」她道。

B 級神樂正是那種又害怕，又要聽的人。接著我再說下去，一口氣說到六個繩圈為止。此時，B 級神樂已經左手抓著我手臂，右手抓著我衣服，並把頭鑽進我胸膛，我是真心相信她害怕的。

我感到不自在，站了起來：「老實講，我一向唔信呢啲鬼怪嘢，但係嗰隻嘢出現喺我眼前，雖然我未親眼見到佢，但喺舊碼頭影到嘅相片睇，佢……佢哋又真係……一種我哋人類所認知以外嘅……生物……動物……咩都好，仲有一樣嘢好重要……」

B 級神樂坐在長椅上，左手仍抓著我衣袖不放，我用右手撥開她：「重要嘅係，佢地選擇喺呢個時候先出現，係代表咩呢？」

B 級神樂回過神來：「唔好再講啦，我大概都清楚晒啦，已經俾你個死人頭嚇到鼻哥窿都冇肉，個腦出晒畫面呀！」

我沒有再說下去，四周看了一下：「你話要搵咩話？」

B 級神樂：「柺杖同埋藥房呀！」

我從來沒有來過這個診所，但對於衛生署轄下的所謂診所，

在間隔上全部都大同小異，入大門便是登記處及預約處，接著是候診區，數間診症室或藥房，1/F 是母嬰科、牙科之類或藥房不等。

我們在一間相信是拆線及洗傷口的房間中，取了數包消毒包紮用品，之後很快便找到藥房，B 級神樂扭動門鎖，但不成功：「弊家伙，鎖鬼咗添！」

咔！咔！

B 級神樂多次嘗試後，我揚手示意她退開，接著右腳用勁一伸！

嘭！

藥房木門應聲打開，我們走了進去，B 級神樂開始大肆搜掠，我找到一張椅子坐下，不時觀察藥房外面，以防萬一。

正在身後的 B 級神樂與及扭親腳，二人是新加入我們的，我也不知應該怎樣去將「我們」這十多個人，給一個貼切的稱呼……

生還者？

老是像美國那些假到死的節目一樣。

難民？

我也希望，至少有人會打救我，也不理是上帝還是聯合國。

受影響災民？

我們大部份並不是居住在屯門，用災民更適合，這個形容相

信是較為官方式布導時所使用，至少在保安局發放的訊息中看到類似稱呼。

失蹤人士？

也可以，常在外國新聞中看見地震或海難當中，對還未曾尋獲者的稱呼。

被遺忘的人？

這是最可怕的一個！因為，這個稱呼代表沒有人向警方報失自己，在毫無影響之下，在世界上消失。

正當我在思考入神的時候，聽到與診所 1 / F 相連的行人天橋，傳來聲音！

那是腳步聲！

並且是急速的腳步聲！只是，給我的感覺，是人類的腳步聲！

可能是先入為主，直覺認為是人類的關係，這次並沒有之前同類情況的緊張，但是我想還是小心為妙。

「喂！殊……殊……」我向 B 級神樂招手，她正忙於執藥。

我走到她身前，抓著她左手：「有人行緊過嚟，匿埋先！」

我把 B 級神樂帶到藥房玻璃前，小心奕奕地把門關上並按下門鎖，蹲下身子，探出半個頭，在病人取藥的空隙，屏息靜氣，等待來者。

「啦！啦！啦！啦！啦！」

「啦！啦！啦！啦！啦！」

來者似乎十分輕鬆，還在亨著歌。

「嘎⋯⋯」

噗！

來者是跳入來的！

光線由診所外透入，跳進來的是個男子，因為背光，臉貌並不太清楚，只是看見他右手握緊拳頭，掩蓋著鼻子，上身是一件藍色拉鏈外套，一個公仔背包，下身是外側有兩間條的運動褲及波鞋。

「嘎⋯⋯」

男子放下右手，口中仍然發出呼氣聲。

「嘎⋯⋯」

他又再重複右手握拳放在鼻上的動作，之後又再發出呼氣聲。

就像是剛喝了一口熱茶的呼氣聲，他把背包放下，雙手從褲頭前伸了進去，並上上下下不斷抓癢⋯⋯

「呀！呀！呀！呀！呀！呀！」男子一邊抓癢一邊叫喊。

「皮膚病⋯⋯」B 級神樂壓低了聲線道。

「可能因為方水冲涼啫，睇定啲先。」我也壓低了聲線，這人是什麼背景還未清楚，不可以暴露自己。

「肯定係皮膚病，你睇下佢手掌，同塊臉⋯⋯」B 級神樂觀察力強，我也集中精神，把目光在不斷手舞足蹈的男子身上打量。

看見了，這男子一頭短髮，個子不高，身上確實是長有紅紅黑黑的斑點，也可能是瘡，就像我女兒小時候出水痘或玫瑰疹一樣，後者甚至能自行痊癒。

B 級神樂趁男子背著我們，伸手把掛在玻璃前，並寫有「藥房」二字的阿加力膠牌取走。

看見 B 級神樂的舉動，我立刻把地板上可能是一箱 A4 紙的紙皮箱，推到門後頂著。因為門鎖已經被我損毀，如果那男子要進藥房，一推門便可。

我之所以這樣做，是因為 B 級神樂取下「藥房」膠牌，而我推算她這樣做，是因為那男子進入診所，好可能是找藥房取藥，因為他清楚知道自己有病，可能是皮膚病，或者其他。

皮膚病！這名約廿十來歲的男子，難道⋯⋯

受到感染？

想到這裏，我看著 B 級神樂，她竟然向我投以一個很擔憂的神情。

我結結巴巴地道：「唔通佢⋯⋯」

B 級神樂向我點頭，並用很細很細的聲音慢慢道出：

「傳 染 病 ！」

我心裏一寒，表情想必是十分難看。我看見不遠有一個附有

車轆的藥物架，故用腳掌鈎著它，使它慢慢移近，之後我把藥物架頂著木門，把 A4 紙箱放在藥物架最低一層。

藥房外男子仍在抓癢，似乎皮膚極度痕癢，一會兒後，他從公仔背包中，取出一瓶大支裝啤酒，有半支滿，他拔掉了木塞，把啤酒倒在握拳的右手上，接著再一次把右手放在鼻子前。

「嗄......」

男子又再重複著剛才進診所前的動作......

他這種行為，我大概知道是什麼的一回事了。這名男子手上的，相信不是什麼啤酒，而是......

天拿水！

這瓶是在五金店舖平喋便能買得到的東西，是天拿水！

嗅天拿水的人，大部份會把紙巾卷成卷狀，握在手中，接著把天拿水倒在卷紙上，把卷紙弄濕，再放在鼻前，用鼻子吸入......

這名帶有皮膚病的男子，原來是個有這種惡習，俗稱的「揩天仔」！

我在屯門也曾經遇見過嗅天拿水的人，多半是一些表面看上去，已經感覺到他精神錯亂的人，衣服也很污穢，有些甚至出現臉部及身體被火燒的痕跡。也曾在報章上看到，嗅天拿水的青年墮樓身亡。

這種嗅天拿水的行為，根本就有如毒品般可怕，可以永久性破壞人體的中樞神經，嚴重者甚至可以使人死亡。

這個神智不清的揸天仔，若果身上出現的紅斑，真的是「新界西地區特別事故」而感染得來的傳染病，那麼，他在這時候的出現，其殺傷力等同子彈般直接！

我在後褲袋取出螺絲批，雖然我也不確定，自己能否在揸天仔接觸我之前加以施擊，但是在這環境之下，螺絲批已經是我唯一的武器！

揸天仔再嗅了兩次天拿水之後，竟轉過身來，我立刻按下 B 級神樂的頭顱，並拉她埋身，坐在地上。

我們與揸天仔只有一門之隔，僅以藥房中心的大藥架來作掩護，只要揸天仔走了進來，我們無可避免地會與他有或多或少的接觸，誰知道那病毒的傳染方式呢？說不定就在揸天仔嗅天拿水期間，已經透過他呼氣，以空氣傳播的方式，散布到整個診所！

想到這裏，我拍了拍口袋……糟！口罩在背包中，而背包，仍然在青山警署！

正當我環顧藥房，尋找口罩之際，B 級神樂已經把一個口罩遞了給我，而她自己，不知何時已經戴上口罩。

噗！噗！

似乎是揸天仔行走之聲音！

天呀！拜託！希望他不要真的進來才好。

我用腳頂著門後的藥物架，只望萬一揸天仔開門進來時，誤以為房門已鎖上了，繼而放棄找藥。

咔！咔！

揩天仔扭動門鎖了！

啪！

他推開門了，同時我感到藥物架震動著！

我心知不妙，我要在他走進來的一刻，用方法把他撞開，並從空位處跑出藥房。

所以，我找緊了另一個藥物架，構想著如何拋出，突然……

呦——呦——

是汽車響號聲，想必是暴龍友在催促我們。

推門停止了，揩天仔相信被汽車響號聲吸引，我探頭向外看，揩天仔沿天橋出口離開了，還輕鬆地亨著歌……

「啦！啦！啦！啦！啦！」

「啦！啦！啦！啦！啦！」

而同時，診所外面有很大的聲音發出。

隆！隆！隆！隆！隆！隆！隆！隆！隆！隆！

這是熟悉的直升機聲，難道是救援？

我目睹揩天仔完全離開後，便立刻離開藥房，走到向天橋的出口，看見在遠處有一架直升機，向山邊飛去，而揩天仔已經沿天橋走了到對面的湖暉樓，於是，我和 B 級神樂便沿樓梯走到下層，返回車上。

「嘩，咁耐㗎，執咗幾多劑？咦！戴咗口罩嘅？」暴龍友問。

「你口臭嘛，咪戴囉……你頭先講乜叉嘢呀？我哋去攞藥咋！」B 級神樂居然在解釋，同時我發現她臉紅了起來。

我當然不會理會暴龍友所說的話，某程度上，他的說話，相等於網上討論區的留言，若認真看待，便成為輸家！

所以，我毫不會再為了他的說話上心，反而問：「有冇見到直升機呀？」

暴龍友答：「有，不過飛到好高，我揮手佢都冇反應，我估又係派傳單，但派得咁密，唔會諗住短時間內炸晒個屯門掛？」

「吓！」我怔了一怔，暴龍友所說不無道理，傳單所指示，要我們立即走到室內地方，那麼，政府下一步行動，究竟會否如暴龍友所言，炸了個屯門？

若所言屬實，政府怎麼知道那些建築物有人，那些沒有人？怎樣去區分？

我們同時望向速龍友，希望聽聽他的意見，但他只是呆呆看著窗外，沒有表示。

「阿進冇嘢呀？」我關切地問，畢竟他是我們這班雜牌軍的領頭人，假若他也變得情緒低落，失去求生意志，那麼，我們還有誰可倚賴？

貓 Sir 嗎？

他可是個自私地捨棄我們而去的人！

暴龍友嗎？

我只記得他曾經向速龍友說過：

「我都唔用腦諗嘢嘅！」

「你話點就點啦，阿進，我睇你頭呀！」

速龍友的情況似乎只是暫時性，待返回警署後，我嘗試開解他便是。

我們返抵青山警署，我把車子停泊在警車旁邊，開閘給我們的是自殺仔，他一見到多了兩名行山女，便道：「我都話係人嚟㗎啦，咁驚鬼！」

暴龍友用力推了自殺仔一下：「有冇搞錯，就咁走咗去！」

自殺仔退了數步：「關我咩事啫！又唔係我揸車！」

暴龍友逼上前，以雄厚的胸膛撞他：「你個粉腸第一時間跳上車啦，你話你冇份呀！」

自殺仔被暴龍友嚇怕，索性走進有蓋之處：「係你哋自己豬兜之嘛，你可以跳上車㗎！」

我也按捺不住，跑上前道：「我唔想咩，度車門鎖咗呀，你見到我想開車門你唔幫手！」

自殺仔見我們動了真火，立即走入樓梯間躲避。

我們合力把扭親腳扶起，讓她在沙發上休息，B級神樂給了一些藥丸給扭親腳進食，我想大概是止痛或是消炎藥之類。

之後，B級神樂又查看扭親腳的患處，並嘗試把膝蓋前後屈曲。

「呀……唔得，好痛，感覺好搰搰緊……」扭親腳表情痛苦地道。

B級神樂凝重地道：「弊加伙，你韌帶可能裂咗，左右郁唔郁到？」

扭親腳嘗試擺動膝蓋，但不成功：「唔得呀，一郁就痛呀……」

暴龍友對扭親腳很是關心：「Wendy隻腳點呀？」

B級神樂道：「應該係內側韌帶撕裂咗，最好係有冰敷下，但而家惟有食住消炎藥先……」

說話後她撫著扭親腳額頭：「你仲未有燒，總之，你覺得有咩唔妥即刻講我知，OK？」

扭親腳沒有反應，只是露出痛苦表情。

若是我遇上這情況，會毫不猶豫走到急症室，什麼X光，什麼磁力共振又好，內規鏡也好，總之，我一定要知道自己確實的狀況。

我在B級神樂的背包，看到了一卷繃帶，於是取了出來，打算為自己包紮，剛才在漁民墓場跌倒而擦破的傷口，以及在環保園外給玻璃剺破的左手，仍然在流血。

我拿著繃帶，走進另一個有蓋之處，約十五平方米的空間。

那裏有自動售賣機、木桌、木椅等，汽水機旁是一道門，門

外是樓梯間，那是我們上落 4 / F 餐廳常用的。

而空間的另一邊，有一條走廊，通往另一邊樓梯間。

我坐了下來，嘗試自行包紮，但似乎很笨拙，繃帶整卷跌落地上。

「喂！自閉症你唔好嘅嚟喝！」B 級神樂又來了。

她走上前抽起我左手，左看右看：「你有冇打過破傷風針？」

我道：「之前打咗支加強針，應該到出年仲有效......如果未死嘅話！」

最後那句話，我是認真的，說話後，我居然很失落。現場的氣氛一下子被那句「如果未死」所感染，變為沉寂。

B 級神樂很細心地為我清洗傷口，包括雙手手腕及左手前臂，她熟練地翻開一個又一個消毒包，直至我傷口包紮了繃帶。

「返咗嚟啦，搵到佢哋喇？咦？條老童呢？」說話者是貓 Sir，同行的還有老爆犯、自殺仔女及笠原中女。

我道：「老童死咗喇！條屍仲喺墳場度！」

「吓！點死㗎？」貓 Sir 驚訝地問。

我道：「我諗係突然心臟病發掛，冇人知！」

「正打靶！」暴龍友目露凶光。

「你就係嗰個以為我哋係鬼嗰個警察呀？乜你咁鬼冇用㗎！」B 級神樂在取笑對方。

暴龍友上前道:「我頂你!你咁大個人,又當差,居然驚鬼?你冇病呀!」

想不到暴龍友竟然會這麼大膽,頂撞貓 Sir!

在旁的自殺仔衝着暴龍友道:「啊!你唔驚?我睇住你跟住我哋跑落山!」

暴龍友指著自殺仔:「唔係你個粉腸鎖咗車門,我會上唔到車?」

自殺仔笑道:「就係你上唔到先至搵到佢哋兩條女之嘛!咁蠢㗎你。」

我望向速龍友,他只是靜靜地站著。

此時貓 Sir 打圓場:「好啦,唔好嘈噎,返到嚟咪算囉,頭先咁嘅環境,係人都俾佢嚇親啦,走都好正常啫!」

忍受夠了,貓 Sir 不說最後那句話還好,但他似乎在推卸責任。

我要爆了:「你講乜呀?洗唔洗驚到咁呀?就咁走咗去,你有冇諗過我哋點返嚟呀?」

貓 Sir 顯得尷尬:「嗱!咁樣,頭先大家都亂,係咪先?」

你即管再解釋下去吧!身為警察的!

貓 Sir:「我一早同你哋講過,話我相信世上係有鬼......記唔記得先?」

暴龍友岔入:「你剩係話信有鬼,冇話會開車走喎!」

我舉起雙手道：「你睇下我對手，我要打爆玻璃偷架車揸返嚟呀，你繼續狡辯啦！」

我很憤怒，和暴龍友二人劍拔弩張，像爛仔一般。

貓 Sir 右手按著槍柄：「而家做咩先？想打我呀，個倉仲有大把位呀，你係咪嚟呀？」

此時，速龍友卒之出聲，他走到我們中間：「easy！easy！夠啦，家軒，我哋攞齊嘢走。」

暴龍友及我向他投以問號，速龍友再道：「係呀，走啦，我哋自己諗方法走，仲同啲粉腸一齊咩！」

「超！仲扮晒型！慳啲啦！」自殺仔仍在挑釁。

「真係火都嚟！」速龍友突然轉身，左手一拳打在自殺仔腹部。

「呀……」自殺仔尖叫起來。

接著場面一片混亂，自殺女用手袋拍打速龍友，暴龍友上前拉扯她頭髮，貓 Sir 嘗試分開各人，而我則抓著速龍友腰間。

「阿進，唔好呀！」我不想情況持續惡劣下去。

「放手呀……」速龍友不斷糾纏，卒之爭脫了我，之後，他再用左手揮拳重擊自殺仔。

又再次一片混亂！

自殺仔女、貓 Sir、暴龍友、速龍友等等扭作一團，也分不清楚是誰抓著誰的手；又或是誰抱著誰的腰。

突然，一聲巨響！

嘭！

我耳朵出現短暫的耳鳴……

we……

我掩著雙耳，臉上感覺到一陣涼意。

噗！

接著，一個身影應聲倒下！

…待續……

16

昨日上午十時左右，一輛運載著生化武器的貨櫃車，在屯門公路近大欖段發生交通意外，大量病毒或神經毒氣洩漏，引發出「新界西地區特別事故」。

加上電力公司職員引發的「藍領行動」工潮進入高峰，將屯赤隧道堵塞，引致交通一片混亂……

大約在下午一時，屯門區電力中斷，停電間接使供水暫停，一個下晝，整個屯門區斷水斷電。

香港政府在短短數小時之內，宣稱成功將「所有」屯門居民疏散，而在各主要交通運輸道路上，均設立「最高危險區域」，所有北上元朗及南下屯門的行車道均已封鎖。

入夜後的屯門，猶如死城！

當我察覺到事件不尋常之際，已經錯過了最後的撤離機會，而在我想辦法離開屯門之時，遇上同是錯過疏散的一羣人，他們是：

在屯門市廣場第八座大堂 / 兩名屯門兒童院逃走出來的男童；

在屯門公園 / 兩名在龍鼓灘影完日落的龍友；

在屯門碼頭 / 兩名案底累累的爆竊犯及吸毒者，以及住在我隔壁的 OL 中女；

在青山警署 / 一名槍械室警員，及一對趁災難自殺騙取保險金的年青男女；

在漁民墳場／兩名行山受傷待救的女護士；

幸好我們當中，有一名具有豐富領導才能的人，每當遇到難題，只要有他在場，任何事情便能迎刃而解，同時亦能給予我們無限安全感。

他的每一項建議，也是延續著我們的生命；他的每一個決定，足以左右大局！

因此，請你繼續帶領我們！

因為，你是我們的領頭人！

巨響過後，一切都靜止下來，我用手擦一下臉，原來剛才的涼意，想不到竟是……

血跡！

是槍聲！

「呀……」現場驚呼聲此起彼落，不絕於耳。

我立刻檢查自己的身體、頭、手、腳証實沒有受傷之後，我看著剛才倒在地上的人。

他右邊胸膛大量出血，全身顫抖，右手往褲袋找，嘗試找尋什麼似的。

暴龍友蹲下身子，雙手按在中槍者不斷出血的傷口上：

「頂住呀！阿進！」

躺在地上的速龍友表情痛苦,一下子臉色轉青,雙眼瞪大兼露出紅筋,嘴唇開開合合,但說不出話來。

B 級神樂也蹲了下來,看著速龍友:「有方封箱膠紙呀?佢傷口不斷有空氣進入,令到個肺部擴張唔到,要即刻封住佢!」

膠紙?這裏是⋯⋯

「貓 Sir!膠紙?有方封箱膠紙?」我很緊張地問。

貓 Sir 呢?他人在那?

正當我目光尋找貓 Sir 之際,在重重疊疊人影散開之後,貓 Sir 正呆呆地站著,低頭看著自己的配槍。

貓 Sir 的配槍正穩穩地在其槍袋之內,同時顯得愕然:「好⋯⋯好彩⋯⋯咁⋯⋯點解?」

眾人面面相覷,卒之,我發現另一個人拿著手槍⋯⋯

自殺仔!

自殺仔正右手持槍,那是一般軍裝警察的配槍,究竟,這是什麼一回事?

自殺仔左手一鬆,一個黑色女裝手袋跌在地上,那是自殺女的手袋,他們之前還因為老童擅自翻看這個手袋,而和他爭執起來。

這個手袋,相信是收藏著這枝警槍吧,而這枝警槍的來源⋯⋯

突然一個畫面閃進我腦海,難道⋯⋯

屯門市廣場！

直升機！

PTU？

「頂住呀！阿進！」暴龍友滿臉通紅，淚水似乎已經忍不住。

此時貓 Sir 拔出配槍，高聲道：

「警察，咪郁，否則開槍！」

警告聲一完，自殺仔立刻左手箍著身旁的笠原中女，後退兩步，背脊貼著汽水自動售賣機，右手持槍，架在笠原中女頸上，作出指嚇：

「你唔好郁呀，我開槍打死佢喍！」

情況急轉直下，自殺仔挾持著笠原中女，貓 Sir 擎槍對準自殺仔，暴龍友雙手掩蓋著速龍友槍傷位置，B 級神樂走到扭親腳身旁互相保護，老爆犯第一時間走入警犬犬舍。

而我......

什麼奪槍、飛踢、掃死腳等，這些使用在自殺仔身上的念頭一閃即逝。反而我看到一輛停泊在有蓋位置的警車，我指著自殺仔：「你唔好開槍，我去拎急救箱咋......」

我慢慢移向警車，心想自殺仔你千萬不要開槍！

貓 Sir：「放低槍！放咗位小姐！」

自殺仔：「阿 Sir，你唔好開槍呀！我打慣 war game 喍，咪

當我流呀，我講得出做得到呀！」

自殺女：「BB，唔好咁呀，你放咗佢先啦！」

自殺仔：「男人做嘢，女人收聲！」

情況仍然呈膠著狀態。

我上了警車，四處尋找急救箱⋯⋯

一定有的，我曾經在交通意外現場，看過有警察從警車上取出急救箱。卒之，我在車尾找到一個橙色的急救箱！

我立即向 B 級神樂投以懇求的眼神，她亦蹲下身子，雙手舉起，掩蓋著頭顱，走了過來。

B 級神樂打開了急救箱，左翻右翻，取了一些繃帶及藥水膠布道：「啲膠布咁細塊，冇用⋯⋯」

B 級神樂向我皺著眉，搖著頭：「佢好快會呼吸唔到⋯⋯」

這句說話鑽進我耳蝸內，我瞬間清醒起來。B 級神樂所說的話，亦即是相等於，速龍友很快便會死亡！

暴龍友已經在哭，他身為男子漢，若不是因為二人關係親如手足，相信不至於會這樣失控。

我靈機一觸，左手從褲袋取出手機，右手指甲在手機邊緣一推，整塊保護膜曲起，我隨即撕下，在急救箱取出火酒，倒在保護膜上消毒，接著以紗布印乾，交給 B 級神樂。

B 級神樂也沒有多問，便立刻道：「大隻仔，抽高佢件衫先，之後抹乾血跡。」

暴龍友依照指示做，因為速龍友上衣窄小，暴龍友用急救箱內的鉸剪，把上衣剪開。

接著 B 級神樂把手機保護膜放在槍傷位置，再以大量藥水膠布貼穩，但血水仍在溢出，我也知道這方法十分勉強。最後我們用繃帶纏在速龍友身上，緊緊地包好。

暴龍友情急地問：「咁跟住點呀？」

「去醫院！」B 級神樂的答覆，亦相等於宣布了速龍友死亡。

這個時候，還能有什麼醫院？

因此，暴龍友含著淚眼說：「仲邊度有醫院呀，全個屯門都玩完啦！」

我是明白暴龍友心情的，現在這個情況，怎樣能再有醫院？B 級神樂所說的，只是正確救活速龍友的唯一方法，至於能不能去到醫院，則是另一回事。

「阿進……阿進……頂住呀！」暴龍友已經喊至聲嘶力竭。

「嘶……嘶……」速龍友瞪大雙眼，臉部肌肉收緊，不斷嘗試呼吸。

B 級神樂雙手不斷按著速龍友繃帶的傷口：「太遲啦，佢胸口入面積滿空氣，令到個肺擴張唔到，間接令佢呼吸困難……」

暴龍友推開 B 級神樂：「咁你就唔好再壓住佢啦！」

暴龍友以右手食指及中指輕按速龍友頸項：「脈搏好慢……大 A……有冇大 A？」

暴龍友望向 B 級神樂，後者道：「打咗都係要去醫院先得㗎！」

「醫院……點去？打咗先……打咗支大 A 先！」暴龍友已變得很慌亂，我甚至不知大 A 是什麼。

接著，暴龍友和 B 級神樂兩人，在速龍友身上翻來翻去，一時抽起手臂，一時又拍打腋窩等。

只是，此刻的速龍友，已經沒有反應……

他雙目無神，甚至乎，已經看不見他的胸膛起伏。

B 級神樂把他們稱之為大 A 的藥物，注射入速龍友體內，我推算那是又稱為強心針的腎上線素。

通常在一些涉及醫療的劇集中，會看到救護人員在急救病人時使用到，而這支腎上線素，據我所知，是搶救生命的最後一步！

我偶爾一看自殺仔的情況，他仍然在挾持著笠原中女，自殺女在旁勸阻，而貓 Sir 則走進了一條走廊之中，以牆角轉彎位作為掩護物，雙方在對峙著。

而我也不知道該怎樣，若我上前勸籲，自己則走進了貓 Sir 的射擊範圍內，那是很危險的。

問題接踵而來，我應該怎麼辦？

阿進，如果是你，你會怎麼辦？

注射過腎上線素之後，速龍友沒有任何好轉，仍然是瞪大雙眼，沒有呼吸跡象，B 級神樂再次用手把探他的頸動脈……

「冇咗心跳！」B 級神樂搖頭道。

沒有心跳，是否等於死亡？

暴龍友立刻以口對口方式向速龍友吹入空氣，一次又一次，
更把耳朵對著他鼻子，相信在感覺他有沒有氣息，而眼睛則
看著速龍友胸膛。

當然，暴龍友在期望能看到對方胸口的起伏！

B 級神樂右手仍然按在速龍友的頸動脈，只是，後者已經再
沒有作出任何反應！

暴龍友抬起頭，雙手按在對方肩膀：「阿進，醒呀喂！」說
話後他拍打著速龍友的臉頰。

接著暴龍友挺直了身子，鎖緊腰骨，雙手按在對方胸口上
……

心外壓開始！

一，二，三，四，五……

當按了五次之後，在速龍友的槍傷位置及嘴巴，分別有大量
血液流出。

暴龍友停止了心外壓，往 B 級神樂看去，後者以手撐大速龍
友右眼，左看右看，接著再撐大他左眼。

檢查後，B 級神樂終於說出了一句，我們最不想聽到的說話：
「佢已經死咗啦……」

暴龍友把速龍友的臉向側，好讓對方口中血液流出：「阿進

......阿進......」

只是一切為時已晚，速龍友已經死亡！

暴龍友跪在地上，默不作聲，雙手放在大髀之上，緊握拳頭，似乎在強忍著。

但他的肩膀上下顫抖，再怎樣也掩飾不了，暴龍友為了好友而哭泣！

我呆呆地站著，不知道該怎樣做。

此時，貓 Sir 亮聲道：「嘩！嘅仔！你而家殺咗人，我要拉你，你即刻放低把槍！」

自殺仔結結巴巴道：「關我咩事呀？鬼叫你哋搶我個袋呀！」

暴龍友忍不住：「有槍喺身你兩個狗男女就匿埋死喇！人渣！」

自殺仔這樣才喊道：「我都話打唔到卡咯，人渣！」

我也忍受不了：「你老母呀！你仲推卸責任，唔係你身有屎執咗 PTU 枝槍，你使咁驚？阿進係俾你開槍打死，你一定終身監禁，你老母一世都 claim 唔到保險呀！」

我一口氣把屈悶及怒火宣洩了出來，自殺仔張口結舌，說不出片言隻字。

笠原中女一直緊閉雙眼，似乎不敢再看速龍友的遺體一眼及滿地的鮮血。當聽到我的說話後，她立刻睜開雙眼，以右手抓著自殺仔持槍的右手，用勁一伸，把手槍的指向改變，轉向了天花板。

同時，笠原中女頭一沉，一排整齊亮白牙齒咬在自殺仔左手臂上！

「呀......呀......」自殺仔痛極放聲尖叫起來，但同時亦把笠原中女箍得更緊！

自殺女伸手拍打自殺仔右手：「BB 呀......你放咗佢先啦，攪出人命喇，我哋仲未曾打卡㗎......」

自殺仔提起右腳，企圖阻止自殺女接近自己：「行開呀！豬豬你行開呀！」

自殺女反而雙手拉著自殺仔持槍的手：「BB 呀......你係咪唔聽我講呀......唔......唔......」

自殺女已哭成淚人，但是自殺仔仍然不放棄：「男人做嘢！女人收聲！佢哋話我要終身監禁呀！到時想自殺都自殺唔到呀！」

暴龍友站了起來：「貓 Sir，開槍喇！」

「嘅仔！放開條女先！」貓 Sir 沒有聽從暴龍友的說話。

當然，自殺仔與笠原中女二人扭作一團，貓 Sir 怎樣能確定射擊目標呢。

自殺女再道：「咁我哋咪唔好死囉......我叫契哥刪除咗個專頁去囉......」

自殺仔怒火中燒：「你講乜嘢呀？神又係你鬼又係你！正一死淫婦！」

自殺女用腳踢自殺仔：「BB 你居然話我淫婦......我而家就同

你分手……唔……」

自殺仔不斷被自殺女踢中小腿，他立刻把笠原中女推開，右手拉扯自殺女頭髮，但持槍左手被自殺女抓緊，警槍槍嘴一時指向上，一時指向下，忽然向左，又忽然向右，我們等人盡在火網之中，十分危險。

「你兩個停手呀！放低槍！」貓 Sir 仍然站在轉角之處，不斷發出警告。

笠原中女向地上吐了一堆血液，但我看到血液之中混雜了一些不知是肉或是皮膚之物，之後她頭也不回，走到我身旁，蹲了下來。

我見情況惡化，因此左右手分別抓著 B 級神樂，及笠原中女二人，正想走去有警車之後躲避，突然之間一聲高叫……

「呀呀呀呀呀呀呀呀呀呀呀呀呀呀呀呀呀呀！」聲音源自自殺仔。

他和自殺女二人面對面四手爭奪警槍，槍嘴在後者腰間左右擺動……

「放手呀！死淫婦！」自殺仔右手扯甩了對方部份頭髮，而他的右手臂，有一個血紅色的牙印，那是笠原中女還擊他的。

自殺女高聲叫著，趁自殺仔少了右手角力，立刻把對方持槍的手撐高，再次指向天花板！

貓 Sir 見二人距離分開了，立刻由轉角處跑出，轉到二人右面，以汽水機作掩護，左手從腰間取出楜椒噴霧，向自殺仔頭部噴射！

自殺仔十分機警，立刻以右手再抓著自殺女，並把她撞向汽水機，把糊椒噴霧盡數擋著！

貓 Sir 見糊椒噴霧沒有用，便掉在地上，雙手再次擎槍，但自殺女背部向著自己，不利射擊，故此又再跑回之前的轉角處作掩護

自殺女喊道：「呀……好痛呀……我叫契哥斬你……」

突然，自殺仔槍嘴正正疊在自殺女眉心之處……

嘭！

「你老母！仲講你契哥！」自殺仔狠狠地瞪著自殺女。

槍響的同時，血花從自殺女後腦噴出，灑在地上，自殺女中槍後身體傾前，倚在自殺仔身上。

貓 Sir 衝上前，左手撥開自殺女，近距離槍管貼著自殺仔胸膛，開了一槍！

嘭！

這是第三下槍聲！

自殺仔被子彈擊中，左胸膛出血，他用力推開了貓 Sir，跌跌碰碰地走到停車場，但右手仍然緊握手槍。

貓 Sir 再次走進掩護物內：「放低把槍呀！」

自殺仔沒有理會，當他走過我身旁時，我、笠原中女及 B 級神樂三人緊緊靠在一起，互相保護，暴龍友仍舊目露凶光，但懾服於自殺仔有手槍，敢怒不敢言。

接下來，狀況發展得很快，當自殺仔再次舉起持槍的手，在距離約十五米外的貓 Sir，再一次開槍！

嘭！

子彈擊中了自殺仔左胸膛傷口的相同位置，自殺仔慢慢向前倒下，但是，已經舉起了持槍的手，卻仍然能反手把槍口放進自己的嘴巴之中……

嘭！

這已經是第五下槍聲！

這個下午，先是老童在墳場猝死，接著是一場槍火之後……

速龍友！阿進，身為民安隊教官的他，不知曾經在險峻的山嶺之中，拯救過多少條生命！可是，他為了大家，為了一羣他不認識的「雜牌軍」，放棄了獨自逃生的想法，而留了下來帶領我們，結果換來的並不是什麼好市民獎，而是滿身鮮血的遺體。

暴龍友失去了刎頸之交，我失去了精神之柱及生命的保障，以及本應是帶領我們離開屯門的——領頭人！

自殺女！自殺不成功，反而被自己最信任的人奪去了生命。

自殺仔！一天內四條人命當中，他奪去了三條，包括速龍友、自殺女、以及他自己。

自殺仔吞槍之後，警槍跌到地上，貓 Sir 立刻快速地跑上前，一腳把警槍踢走，再取出手銬，咔！咔！熟練地把自殺仔雙手反鎖在背後。

卒之，現場終於平靜下來了。

「嘩！我都係第一次向真人開槍，好彩，目標全中，但係......唉......間差館攪到咁樣，大鑊......點算......點算......」貓 Sir 正在為了攪出幾條人命而費神，當然，單看他的外表，也聯想不到身手會這般敏捷，百發百中。

我、笠原中女及 B 級神樂三人走到沙發坐下，B 級神樂立刻緊抱著扭親腳，扭親腳情況一樣，閉上雙眼，顯得辛苦，甚至比之前更差。

暴龍友脫下了自己的外衣，遮蓋著速龍友臉部：「阿進......安......安心......上路......」

暴龍友抽搐著，且聲淚俱下：「殺死你嗰個打靶......都中槍死咗啦......阿進......你記住......你係俾一個叫 Andy 嘅粉腸......開槍打死㗎......不過......佢開槍自殺死咗啦......連佢條女都死埋......如果你喺下面又遇到佢哋......唔好再同佢哋嘈啦......行快一步......快一步投胎好過喇......」

暴龍友雙手不斷拭著淚：「阿進......唔......我哋......我哋來生再做兄弟喇......」

暴龍友雙手按在地上，哭成淚人，我上前安慰他道：「家軒......家軒......我諗拎起阿進身上嘅嘢，有機會就交返俾佢屋企人......」

暴龍友連連點頭：「好！好！我都唔諗嘢嘅，你幫我拎呀......」

於是我取出速龍友銀包、介指、手錶及手機等等，直至我在他一個拉鍊褲袋之中，找出一張記憶卡。

我把記憶卡交給暴龍友，他道：「我諗係阿進喺碼頭影到嗰啲物種嘅記憶卡，佢要我哋有機會就公開，一定係咁⋯⋯」

暴龍友收起記憶卡，接著，貓 Sir 向我們道：「嘩！就咁樣，呢單係謀殺案嚟嘅，要交俾重案組調查，未影相咪郁屍體住！」

我沒有理會他，繼續整理速龍友遺物：「仲查乜嘢呀，被殺者死，行凶者亡，結案！」

貓 Sir 沒有理會我，反而把配槍收回槍袋，走向倒在汽水機前的自殺女身旁，並把自殺女翻身查看。

只見自殺女眉心出血，血流滿臉，估計已經死亡！

「呀⋯⋯小姐⋯⋯你係咪醫生呀？幫手睇睇個傷者。」貓 Sir 見 B 級神樂剛才帶領著急救，誤當她是醫生。

B 級神樂只是從遠處往自殺女屍體看過去：「certified dead 呀！死亡時間 16：45 呀！」

貓 Sir 皺眉：「吓？你講咩話？」

B 級神樂：「死咗啦！前額中咗槍乜仲有可能唔死咩？你踢佢兩腳睇下佢有冇反應？」

聽見 B 級神樂的說話，我愣了一下，想不到她發怒起來居然十分入型入格，這個烈女形象，與初認識時候的女鬼模樣判若兩人。難道身為護士的她，見盡生死，才這麼冷漠？

我把速龍友身上的財物整理好後，把它交給了貓 Sir：「你喺咪要影相呀？快啲呀！」當然，速龍友那張記憶卡，仍然由暴龍友保管。

暴龍友道：「我想將啲嘢交俾阿進老豆......」

我道：「我知，呢啲事我知點攪，等貓 Sir 影完相佢會交俾你......係咪咁呀，貓 Sir？」

貓 Sir 向我不斷搖手，喃喃自語：「全部人癲晒，呢次飽！大鑊！有排煩！」

我有點體恤貓 Sir 的處境，但現場就只有他一個警察，我要幫助也無從入手。

看見他似乎十分頭痛，在自殺仔女兩俱屍體前走來走去，又走上 1／F，又取了相機拍照，亦將三個金字塔型，像露營用的墨綠色帳篷，把屍體逐一遮蓋。當最後蓋到自殺仔時，心念一轉，解下了手銬。

接著，他坐下來揭開記事簿，開始埋頭苦幹！

「唉！死啦！死啦！頭都痛埋！」貓 Sir 很困擾，枱面擺放了速龍友的物品，貓 Sir 正在逐一登記。

「貓 Sir，洗唔洗幫手呀？嗰一男一女仲有好多嘢喺身......」我完全出於好心，雖然還在氣他離棄我們而去，但是，若果我本身是很怕鬼，又看見有鬼出現的話，那麼，我可能也會......

貓 Sir 突然站了起來：「唔好攪佢哋住，逐個逐個嚟，暫時唔洗幫手......而家超級麻煩，老童條屍又話喺墳場......咦......」

「喂！白鴿華......」貓 Sir 頭腦很清醒，我完全忘了這個老爆犯的存在。

「喂粉腸！仆你個街！過嚟！」貓 Sir 高聲喊著，老爆犯從遠處的警犬犬舍慢慢走過來。

貓 Sir 道：「喂！你咁得閒，幫我執起汽水機同埋出面嗰一男一女所有財物出嚟，乾乾淨淨嗰隻，你最清楚喇！」

老爆犯支支吾吾：「下……佢哋……死咗囉喎！」

貓 Sir 將兩個透明的膠袋掉在老爆犯身上：「我夠知佢死咗啦，如果未死我就叫佢哋自己攞出嚟啦！頂你，咁你做唔做呀？」

老爆犯勉強地接過兩個膠袋：「做……識到你都冇好帶挈，唉……有排唔洗賭馬……」

趁有空檔，我立刻走上 4／F 餐廳，取回背包，將一件乾淨的 T 恤交給暴龍友：「喂！唔介意嘅著住先，不過可能 size 細啲，總好過你露點。」

我看一看 B 級神樂，她轉頭望向另一面，而笠原中女則跟之前沒兩樣，都是呆呆滯滯的。

我問她：「頭先行行下做咩走咗去嘅？」

笠原中女指著自殺仔：「條粉腸講鬼故呀，人哋好驚囉，所以咪走囉，我都唔知七事，你又冇上車……返到嚟又……又死人……唔……」

笠原中女哭喪著臉，暴龍友憤怒道：「一日最衰嗰條粉腸，如果唔係佢，我哋點會嘈交，阿進點會死……」

太多粉腸，暴龍友之前也曾經稱我為粉腸，及後貓 Sir 又稱老爆犯為粉腸，甚至乎，暴龍友在我心目中也是一條粉腸。

不過，我知道這次的粉腸，所指的是貓 Sir！

「正人渣……」暴龍友想了想，站了起來，我立刻上前制止：
「唔好呀，夠啦！」

暴龍友仍未放棄，他暴龍般的身軀，我怎能抵抗，於是……

「easy……easy……夠啦，你再衝動件衫太細件會爆㗎，俾
下面呀！」我出盡法寶。

「easy？」暴龍友看著我。

「easy！冷靜呀兄弟，我哋仲有好多路要走！」我很認真的
說出這句話。

「OK！我睇你頭！」暴龍友平靜下來。

我拍打暴龍友肩膀，著他坐下：「講番正經嘢……」

我看著三位女子及暴龍友：「照阿進所講，佢話見到山頭有
幾個人瞓低咗，同埋有啲人踎喺度食屍體……」

説到食屍體一事，包括我，眾人皆不能接受，各人也顯出憂
慮的表情。

我續道：「先唔好理食屍體係咩一回事，就當瞓喺山路度嘅
人係死咗，而佢哋嘅死，無論係吸入咗毒氣抑或感染到病毒，
都顯示出，行山路已經係好危險……」

暴龍友道：「咁游水走囉，橫掂阿進頭先都叫我執嘢走，我
諗佢都係諗住游水走！」

我不擅於水性，實在無法和議下去。看情況，笠原中女也是

游泳高手，因為見她曾獨自跳下水中企圖爬上噴射船。

反而兩名行山女的處境最不適合，扭親腳韌帶撕裂，莫說是游泳，就是走步路也很困難。

正當我們計劃怎樣逃生之際，遠處傳來震驚的叫聲！

「呀……呀……呀……」

那是老爆犯的叫聲，我向停車場看去，老爆犯背向著我，坐了在地上，雙手雙腳快速移動，不斷向後退。

接著，我用手擦了一下雙眼，因為，我現在所看到的，原來才是今天的高潮。

在老爆犯倒退後，可以看到那原本蓋著自殺仔屍體的帳篷，竟然……

朝向上方……

慢慢地……慢慢地……

升了起來……

「呀呀呀呀呀呀……」

「呀……」

…待續……

17

「呀呀呀呀呀呀……」老爆犯被嚇至肝膽俱裂,他立刻轉身,慌慌張張地跑到貓 Sir 身後。

自殺仔伏屍的位置,跟我們所坐的沙發距離只有五米,當那個遮蓋著自殺仔屍體的帳篷升起剎那間,我清清楚楚看在眼裏。

暴龍友驚慌地大喊:「嘩!你阿媽……屍變呀……」

貓 Sir 聽到屍變,皺著眉頭,又馬上拔出配槍!

「佢唔會未死啩?」B 級神樂呆呆地喃喃自語。

「嘉嘉,我哋走喇……走喇……」臉色蒼白的扭親腳甚少說話,其精神狀態也幾近崩潰,但是因為她腳傷得很嚴重,否則,她必然會第一時間逃跑。

我為了平衡負面情緒,冷靜地道:「定啲嚟!唔好自亂陣腳,邊有屍變呢回事㗎,唔好傻啦!」

相信這是我人生中最為冷靜的一次!世界上沒有鬼是我的信念,因此,自殺仔又怎麼會屍變呢?

看貓 Sir 的舉動,真的是準備打喪屍嗎?可笑!

帳篷原來只是升起了一面,大約升高了四十厘米之後,我能看得見自殺仔的那雙 RED WING 皮鞋。

接著,整個帳篷向側翻倒!

自殺仔的屍體似乎在郁動，那是他的右手，在帳篷升到最高處再翻倒時，他的右手用力地撞擊地面。

而所謂的屍變，原來是自殺仔右手掀起帳篷而已！

自殺仔，中了三槍，卻仍然生存……

我伸出左手向著貓 Sir：「唔好開槍，佢未死！佢未死！」

「唔係嘛……中咗幾槍都未死？」暴龍友也走了出來。

貓 Sir 仍然手持配槍，慢慢地上前查看，他走到自殺仔面前，蹲了下來，槍嘴指著對方，小心奕奕地伸出左手，放在自殺仔血淋淋的臉頰之下……

「白鴿華！」貓 Sir 高聲呼喚。

老爆犯立刻走上前：「嘩，貓 Sir，你唔係想話佢未死呀……」

貓 Sir 埋怨道：「頭先叫你同佢打包，你冇留意佢仲未死嘅咩？」

老爆犯表示無奈：「喂！大佬呀，你都係當佢死咗先叫我同佢打包啫，我又唔係醫生，點知佢死咗未啫！」

貓 Sir 轉向 B 級神樂：「醫生呀，你可唔可以睇下個傷者？佢仲有脈搏㗎！」

B 級神樂冷冷地道：「咁你叫唔叫到直升機嚟呀？而家送佢去醫院囉，你有部通訊機㗎！」

貓 Sir 搖頭：「成間警署得番一部機，我瞓醒已經冇晒電

……本身警車都有通訊機嘅，但收發唔到……」

B 級神樂疑惑地問：「瞓醒？」

這兩天來所發生的事，我只是簡略的告訴 B 級神樂，貓 Sir 睡了一整天，就沒有告知神樂。

此時，自殺仔的右手緩緩地提起。

「嘩！我頂！」貓 Sir 立刻站了起來，但是自殺仔一手抓著他左腳褲管。

「救……我……」自殺仔血流披臉但仍能開口說話。

我留心細看，這時才清楚看見，自殺仔右眼角旁邊正在出血，他說話的時候，血液正是從這傷口流出。

而這個傷口，就是他吞槍的那一下槍傷，這是從口腔內發射，子彈貫穿肌肉、頭骨的一槍。

然而，這一槍，居然令他不至於喪命！

那麼，他胸口所承受的那兩次槍擊呢？

在好奇心驅使下，我也走上前，貓 Sir 左腳一提起，已甩掉了自殺仔抓著他褲管的手，相反，我反而蹲了下來。

自殺仔先後中了三槍，第一槍在汽水機前，遭貓 Sir 近距離對正心口打了一槍，第二槍是現在躺下的位置，貓 Sir 在十五米外的走廊轉角處，所補發的一槍。

而這兩槍，巧合地，又或許是貓 Sir 眼界準確，均打在相同位置，而這位置，也巧合地打在自殺仔左胸膛鎖骨對下一吋。

這個位置很可能真的沒有傷及心臟，一個人左胸受槍擊後，並沒有射中心臟，這個機會率是多少？

至於第三槍，是自殺仔倒下前反手為自己了結的一槍，這一槍原本可以補助首兩槍的不足，使自殺仔死亡。但更巧合的是，這是失敗的一槍！這一槍不單止未能使自殺仔如願以償，甚至沒有傷及他的神經組織，至少，他仍能向貓 Sir 說話。

「救……我……」視死如歸的自殺仔，竟然求人救助！

只是，在沒有醫療設備的情況之下，怎樣去救他？若果有救護車在場的話，或許，速龍友就不會犧牲。

救！我！

使我聯想起市廣場那名 PTU 的遺言……

當時，我握著那 PTU 警員的左手，他在顫抖之下，說出一句話：「救……我……」

之後，我嘗試救他，還脫下了衣服，按在他腹部上，嘗試幫助他止血，就如剛才暴龍友為速龍友所做的一樣，我們也是希望，救活對方。

但是眼前的這個人，是槍殺了速龍友的兇手！若果這是數十年前的香港高等法院，他所干犯的罪行，足可判處環首死刑，直至氣絕身亡！

那麼我該怎樣做才對？還要嘗試救他嗎？

救！我！

聽到這句說話，任誰也不是應該伸出援手嗎？我……究竟我

在想些什麼？

刑事毀壞、盜竊、偷車......

我也可說是罪犯，那麼誰人來判我有罪？身處警署內的我，不是好端端的嗎？貓 Sir 甚至不過問我偷車一事，這......又應該如何給一個說法？

我回頭看著暴龍友等人，他們均顯得漠不關心，從 B 級神樂之前回答貓 Sir 的說話中不難猜想，身為護士的她，是否已經看慣了這種傷勢？已經評估了自殺仔沒有活下去的可能性呢？

那暴龍友呢？他走上前來，抑壓著怒火向貓 Sir 道：「貓 Sir，佢殺咗阿進，補多佢一槍啦，呢啲人，醫番都嘥藥費......」

「喂！家軒......」我制止了自己說下去。

因為，我沒有資格。

我本應想責備暴龍友，說他太過分、冷血之類，但是，我自己何嘗又不是一樣！

在屯門市廣場受傷的 PTU 面前，我毫不考慮便把他身體反轉，希望給他止血。但剛才呢？我甚至不敢接觸自殺仔，只是轉身以目光審判著其他人。

大家......大家也見死不救嗎？就是因為自殺仔殺死了速龍友，再殺了自殺女，其身分是一個殺人犯？

而那受傷的 PTU，相信是奉命進入災區搜救，這正正跟自殺仔形成了一個很大的對比。所以，我才把二人分開兩個類別

去看待，而這種想法，不單只出現在我身上，就連暴龍友及 B 級神樂相信也是這樣吧！

這樣將自殺仔標籤成為不值得去拯救的一類吧！

我往貓 Sir 看去，他已經收起配槍，取出了一個救傷敷料包，撕開包裝袋。

「白鴿華！過嚟幫手」貓 Sir 又再向「下屬」下達命令。

不知從何時開始，繼老童之後，老爆犯也做了貓 Sir 手下。

老爆犯神情閃縮，支吾以對：「阿貓 Sir，呢啲嘢唔好攪我啦！頭先同佢哋打完包，我心臟已經頂唔順，唔可以再受刺激。你仲話叫我同佢急救，對唔住嘞，我真係唔掂！」

經老爆犯推搪之後，貓 Sir 向我道：「年輕人，咁你幫下我手。我都就嚟癲，都就快頂唔順，但係鬼叫我係警察，拍硬檔，幫幫忙！」

說話後貓 Sir 拍拍我肩膀，我由起初十五隻吊桶七上八落，一下子轉為背負起一個救人使命，我，應該拒絕嗎？

也來不及細想，貓 Sir 已經使用救傷包，在自殺仔的下巴至頭頂，圍圈包紮起來。

我正想伸手按著自殺仔下巴繃帶，好讓貓 Sir 更順利包紮，但突然被人阻止！

「你唔係呀？佢隊冧咗阿進，你仲走去救佢？」暴龍友亮聲道。

貓 Sir 也道：「嗱！咁樣，你唔幫手唔緊要，但係你唔好阻住

我救人。我唔知道你哋民安隊嘅宗旨係乜嘢，但我呢一刻好清楚知道，眼前有一個受重傷嘅人，係需要急救，至於佢背景係咩同佢做過啲咩，根本唔重要⋯⋯」

貓 Sir 最後兩句說話，是怒瞪著暴龍友說的，先要衡量一個人的所作所為，才去釐定他是否得救，這又是什麼標準？

「喂，大隻仔你唔好嘈喇，佢哋警察都要向公眾交代㗎⋯⋯」B 級神樂的說話又似乎跟之前所說的不同。

暴龍友反駁：「咁你又見死不救？你夠係護士啦？」

B 級神樂道：「我唔係唔想救，佢中咗幾槍要即刻入醫院呀⋯⋯之但係有醫院咩？」

很亂！我很亂，一下子，腦海中出現什麼美國攻打阿富汗誤傷平民，在廣島及長崎投下核彈使多人死亡，是為了平息戰爭等等⋯⋯

結束一個生命，居然是為了拯救另一個生命，這是什麼邏輯？

我搖搖頭，不想再在這問題鑽進牛角尖，故一手拉緊了自殺仔綑在下巴的繃帶，貓 Sir 跟手打了一個結。

貓 Sir 再取出一個敷料包，向我道：「嗱，我想再同佢紮埋個胸口，你幫我托高佢先⋯⋯」

我照他吩咐，雙手抽著自殺仔衣服，貓 Sir 道：「嗱，我數一二三，你即刻抽高佢，咁我就將繃帶放喺佢背脊⋯⋯」

「等⋯⋯等等⋯⋯」

是自殺仔的聲音，他問：「我⋯⋯我老婆呢？」

自殺仔所指的老婆，當然是自殺女。

貓 Sir 道：「佢頭先俾你開槍打死咗喇，你唔記得呀？」

自殺仔一怔，結結巴巴道：「咁嘅話……你哋……唔好再救我……呼……呼……我……呼……我想死……」

自殺仔又來了，他由始至終，也是來求死的。

貓 Sir 抓了抓頭：「大佬呀，你死都要玩我。你都得番半條人命，算吧啦，好冇呀？！」

我開始明白貓 Sir 的心情，自殺仔真是很難攪！若我是貓 Sir，我會恨自己為何要放那對落難鴛鴦進來。

自殺仔張開口，良久才說得出話：「好痛……耳仔……個鼻……好似俾火燒咁……」

「你射準啲咪唔洗諗咁多嘢囉，超！」暴龍友隔岸觀火。

貓 Sir 舉起右手，指著暴龍友。

暴龍友沉不住氣，再道：「指咩呀！我都未同你計呀，你開車走咗去！」

站在遠處的老爆犯也加入：「喂，哥哥仔，你咁就唔啱啦，呢件事冇人想發生㗎，嗰個細路得嗰十八歲，你下下叫人去死，人哋冇阿媽生㗎咩？」

暴龍友怒火攻心：「阿進呢？阿進都有阿媽生㗎！十八歲……十八歲大晒呀？十八歲可以亂咁開槍殺人呀？有爺生冇乸教……」

老爆犯上前指著暴龍友：「乜你把口咁衰㗎，就算佢殺咗人，個人點壞，都唔應該連累埋人哋老豆老母呀，你先係冇爺生冇乸教呀，阿叔我今日鬧醒你呀！」

暴龍友正想發作，自殺仔再道：「頂你……你班大叔……有乜資格講我老母……貓 Sir ……快啲……開多槍打死我……唔該……」

我向貓 Sir 補充：「佢仲諗住 claim 保險呀。」

貓 Sir 望向自殺仔道：「你好煩呀，頭先又要人救你，而家又想死！」

自殺仔表情痛苦，雙眼也沒有張開過：「我中槍後……好痛……又凍……諗住會好快死……點知……痛咗咁耐仲未死得……我痛到頂唔順先開口求你救我……但既然豬豬都死咗……咁我都係死埋好啲……唔該……貓 Sir ……開多一槍……射準啲……我……份保險……」

我不禁破口大罵：「你仲諗呢啲嘢把鬼咩，你已經攪咗好多麻煩嘢出嚟啦，你知唔知呀？」

自殺仔哀求道：「好……呼……好凍……我想死……橫掂冇醫院……我都係要死……與其辛苦死……不如……快啲死……求下你哋……呼……呼……我好辛苦……想快啲死……」

貓 Sir 沒有理會他，繼續替他包紮，自殺仔胸前傷口仍在出血，正如他所說，失血會令他體溫下降，加上他頭部的傷，在沒有醫院的情況下，似乎，就只有步向死亡！

要忍受失血一段時間才死，抑或是一槍轟頭立刻死去，若果生命走到盡頭，做人還想有些尊嚴的話，應該如何取捨？

若要認真面對這個關乎道德的問題，首先，你要剔除生命是神所賜予的信念，否則，你將沒有資格去選擇自己生命的去或留。但是，生命只是個體的嗎？你認為你的取捨，真的不會影響別人嗎？

終於，貓 Sir 把自殺仔左手臂被咬的傷口包紮好。

接著，貓 Sir 的話，才發人深省：「我做晒我應該做嘅嘢，不過就送唔到你去醫院啦，好有可能，你最終都會失血過多而死！」

自殺仔聽後勉強睜開了左眼：「我頂你呀⋯⋯死差佬⋯⋯咁你救我⋯⋯做咩⋯⋯你唔加多槍都算⋯⋯俾你攪一攪⋯⋯呼⋯⋯可能⋯⋯呼⋯⋯可能我又拖多一兩個鐘頭先死⋯⋯增加我痛苦⋯⋯我做鬼都唔會放過你⋯⋯」

自殺仔所顧慮的，不無道理。先假設怎樣也不能送他到醫院，及以自殺仔仍然失血的傷口來看，死亡似乎只是遲早問題，那麼，貓 Sir 出於救人的行為，豈非加重了他的痛苦？

這情況就如討論安樂死的問題，永遠沒有標準答案。阿根廷導演艾美尼巴電影《情留深海》中，男主角身為全身癱瘓的病人，為了安樂死而去了另一個國家求助，最後如願以償。

但是，替他安樂死的醫護人員，是干犯了謀殺罪嗎？

「貓 Sir⋯⋯殺⋯⋯我⋯⋯求你⋯⋯」

自殺仔為求一死，竟由自殺未遂到求生，再轉為求死！因為，此刻的他，比死更難受，槍傷及孤獨無助為他帶來的痛苦，似乎只有他自己才感受得到。

自殺仔用左手抓著我衣服：「唔該⋯⋯你最好人⋯⋯隊冧我

……」

我撥開自殺仔的手，但他又再抓著我衣袖：「投票……你哋投票……邊個認為我……仲有得救……舉手……」

眾人當然沒有舉手，怎會跟自殺仔在胡鬧。

貓 Sir 嘆氣道：「你抖下啦，我再冇嘢幫到你！」

自殺仔再道：「冇人舉手……即係棄權……抑或……你哋都認為……我……呼……應該……死……」

說到這裏，自殺仔開始吐血，之後再道：「快啲……邊個想我死……舉手……」

暴龍友舉起手：「我贊成！」

「家軒！」我瞪眼向他道。

暴龍友解釋：「佢都冇得救咯，想佢舒服啲，咪打多佢一槍囉，有咩問題呀？」

B 級神樂道：「我唔會投票！不過，佢咁嘅樣，即係好似喺新界交通意外中受重傷嘅牛，有某啲情況下，有關部門人員為咗幫牛隻減低痛楚，會在場即時用藥俾佢安樂啲咁死，我係聽啲朋友講嘅。」

我望向貓 Sir，他已經坐下，又再次寫他的記事簿。

B 級神樂居然用受傷牛隻，比喻自殺仔？

暴龍友，他投了贊成票，要自殺仔死？

這裏究竟怎樣了，他們居然，嘗試掌控他人生命？

只是，自殺仔的情況，實在令人十分難過，眼睜睜看著一個人慢慢地步向死亡，我們就像是袖手旁觀者。

但是，若果，我說的只是若果，若果有一個方法能使自殺仔減少痛楚，而在事後又沒有人需要負上刑事責任的話⋯⋯

「貓 Sir⋯⋯」我走到他工作的桌子前。

「既然⋯⋯」我戰戰兢兢地道：「既然都送唔到佢去醫院，又如果可以減少佢痛楚，不如⋯⋯」

貓 Sir 停下正在寫字的手，抬頭眼定定看著我。

我再開口：「不如⋯⋯睇下可唔可以俾佢死快啲⋯⋯」

貓 Sir 站起身一手把我推開：「你哋癲夠未呀？容忍有限度㗎，你老母，你而家叫我去殺人，一個二個黐咗線呀，我警察嚟㗎⋯⋯」

接著，貓 Sir 拔出配槍，並指向我：「行開！唔好再講，再攪落去連我都失控呀！你班友仔，我好心收留你哋，攪到呢度七國咁亂，我俾你哋累死，累死呀！」

眼前的貓 Sir 已經沒有了初相識時的滑稽樣子，取而代之，是一副殺氣騰騰的臉孔，與及一把如箭在弦的手槍。

看到貓 Sir 微微抖震持槍的手，我退了下去，就剛才的失言，我也能感覺到⋯⋯

我們開始失控！

而且將會一發不可收拾！

不止是貓 Sir 失控，暴龍友及 B 級神樂為了投票而失控，就連我……

我自覺已經失控了！

由起初決定協助貓 Sir 救人的一刻開始，一下子轉化至要求貓 Sir 給自殺仔一個了結。

我所做啲，所想的，比在場任何一個人更瘋癲，更模稜兩可，毫無道德可言，內心掙扎時間不知道有沒有五分鐘，已由正變反，由明轉暗。對一向所持有及堅信的價值觀，瞬間扭轉過來。

我這樣子，還算是個正常人麼？

速龍友屍骨未寒，不久之前，我和暴龍友及 B 級神樂三人，還滿腔熱誠地救人，所謂生命比一切更重要的說法，正是那個時候所堅持的信念。

但此刻……

自殺仔身子緩緩地蠕動，雙腳慢慢地，慢慢地屈曲，以鞋跟壓著地面，之後拼命使勁，再伸直雙腳，接著又重複動作。

自殺仔，他，正嘗試移動身體，他打算做什麼？

貓 Sir 持著手槍，走到自殺仔面前：「你又想點呀？」

自殺仔只是勉強睜開一隻左眼：「你……槍……」

「槍？仲槍乜嘢呀？」貓 Sir 看了看手中配槍，再道：「你咪

攪啦,你嘔緊血呀!」

自殺仔右手緩緩地逐吋逐吋移動,終於能跨過頭頂,之後再慢慢伸前:「我......支槍......」

莫非,自殺仔所指的是,他所帶來的槍嗎?

那把警槍......

較早前被貓 Sir 踢走了......

踢向......停車場!

「唉!漏招!」貓 Sir 似乎也是才剛記起自殺仔那把警槍,他立刻走到停車場尋找。

這個自殺仔,說到底,打從他拍打報案室捲閘開始,折騰了一整天,結果又返回原點,還是要自殺。

只是,他這次想自殺,也許或多或少已經和之前有些不同了。

之前是打算騙取人壽保險金,而現在,很有可能是純粹為了減輕痛楚,得到解脫。

「Wendy 你點呀?」暴龍友問。

我轉頭看著扭親腳,只見她額上滿佈汗水。

B 級神樂憂心忡忡:「邊度有水呀?我想同佢抹下身。」

我搖搖頭:「停電,我諗應該影響埋濾水廠運作,所以,全個屯門冇水供應!」

暴龍友補充:「不過餐廳有蒸餾水,你哋可以入廁所沖涼。」

B 級神樂拍了暴龍友拍肩膀:「咁唔該你拐 Wendy 上去。」

暴龍友深深地看了看速龍友遺體一眼,我道:「你哋上去先,我喺度睇下貓 Sir 仲有咩要攪......」

說話時我也有望向笠原中女,她雖呆滯,但是也向我點了頭。

貓 Sir:「喂......你哋有方見過枝槍呀......」

我們向停車場看過去,貓 Sir 站在行人閘口前,再問:「枝槍唔見咗呀,我頭先明明踢咗......」

貓 Sir 突然停止說話,持槍右手向橫伸展,其身後不知何時站了一個人,左手抓著貓 Sir 持槍手腕,並向下一甩,貓 Sir 配槍竟跌在地下,他立刻蹲下身子,再度拾起配槍,但身後的來者,則以右腳踏在貓 Sir 手背之上。

「呀......」貓 Sir 在痛極叫喊,同時,他頭顱向後反,撞擊對方。

來者從後跌倒,並高舉右手......

嘭!

又是槍聲!

「呀......」身旁的扭親腳在高聲尖叫。

來者所舉起的手,居然持有槍械,只是剛才一槍,沒有打中人!

貓 Sir 取回配槍，向右一百八十度轉身......

嘭！嘭！

貓 Sir 及來者同時開槍，前者持槍右手被擊中，配槍又再跌在地上；後者亦同樣中槍傾倒，不多久，又挺直了身子，槍口再次指著貓 Sir！

「嘭！嘭！哈！哈！」來者這次沒有開槍，只是在扮槍響聲。

貓 Sir 見配槍已經跌落在地上，右手掌亦在流血，故迅速轉身，奔跑入他之前作掩護物的走廊。

來者以左手拾起貓 Sir 配槍，他左右打量著雙手分別握著的警槍，之後，哼起歌來......

「啦！啦！啦！啦！啦！啦！啦！」

「啦！啦！啦！啦！啦！啦！啦！」

來者穿著藍色拉鍊外套，孭有背包，個子不高，一頭短髮......

開槍後還在唱歌的，不是揹天仔，那會是誰？

這個人是我和 B 級神樂在湖康診所遇到的揹天仔，而且，還是一個很有可能受到感染而帶有病毒的......

危險人物！

我瞥向暴龍友使眼色，示意跑向梯間。突然，自殺仔叫道：「喂......唔好......呼......嗰子彈呀......殺我......」

揩天仔面向我們，走到自殺仔頭頂前，蹲了下來。

自殺仔道：「咩料……呀你……死毒瘡……走開……」

接著揩天仔左手向著自殺仔左手手錶上，開了一槍！

嘭！

自殺仔左手噴出血花，老爆犯已經奪門而逃，走進梯間。揩天仔被推門聲吸引，循聲音望去，他雙眼找到我們。

氣氛凝重！我們屏息靜氣，誰也不敢郁動。

「你……打我隻錶……把……把鬼咩……」自殺仔喊道。

揩天仔再以左手警槍，在自殺仔臉前晃來晃去，最後，槍管落在自殺仔的耳環上。

「唔好……唔好……唔死得㗎……打頭……打頭……」自殺仔視死如歸。

揩天仔又再次移動警槍。

「一個窿，兩個窿，三個窿，四個窿，五個窿，六個窿，七個窿，八個窿，第八個窿……」揩天仔數著，槍管最終落在自殺仔左眼……

我轉過身子，沒有勇氣再看下去。

嘭！

又一下震耳欲聾的槍聲，但槍聲似乎在遠處發出。

我轉身再看，揹天仔身子向前傾倒，右手撐在地上，雙膝跪了在自殺仔身上，失去重心。

與此同時，他仍然能向躺在地上的自殺仔左眼⋯⋯

開了一槍！

嘭！

⋯待續⋯⋯

18

揩天仔背部中槍，子彈撞擊力令他身體失去平衡，向前傾倒。

循他中彈的角度推算，射擊位置是在閘口一帶，我沿停車場閘口看過去，半個人影出現在閘外。

是貓 Sir ！

他從走廊撤退之後，並沒有一走了之，反而取了另一把手槍，繞了一個大圈，走到閘外，伸手進來，向揩天仔開槍。

貓 Sir 的射術似乎很可靠，繼較早之前兩槍射中自殺仔同一位置之後，這次又再次在人影疊疊的火網之中，遠距離命中目標。

至於地上的自殺仔，自從左眼中槍之後，就沒有任何動靜，他難道就這樣死了？

自從貓 Sir 向自殺仔轟出的第一槍開始，自殺仔生命力以乎很頑強，直至此刻左眼中槍之前，仍然十分長氣，諷刺是其求死的信念仍然堅決著。

揩天仔中槍之後，倒在自殺仔身上，我看見他的肩膀，肌肉非常結實，就像平常有做健身運動的人。

過不多久，揩天仔抬頭看著我們，一秒過後，突然彈起身，跑向圍牆。

「咪郁呀！」貓 Sir 發出警告！

揩天仔像沒受傷一樣，背貼著圍牆一路快速左移，並同時提

起左手，向站在閘外的貓 Sir，開了一槍！

嘭！

不知道貓 Sir 有沒有中槍，揸天仔已經走到閘口，我見機不可失，立刻低聲向眾人說：「走！」

我雙手分別拉著笠原中女及 B 級神樂；暴龍友則背起扭親腳，我們衝進了樓梯間之後，我用門後的拖把棍插在兩扇門中間的把手內，將由外面走入梯間的門鎖上，跟著便跑上樓梯。

雖然暴龍友背著高大的扭親腳，但仍然跑得比我快，一下子他已走上 1 / F。

當我到了 1 / F，立刻推開報案室門，半個身子走了進去。

但暴龍友一手把我抓住：「上餐廳呀！」

我推開了他：「你哋上去先！」

我頭也不回，穿過報案室，找到廁所，取了拖把棍，沿著另一邊門跑至 G / F，以同樣方法把門鎖上，再從門縫窺看外面走廊。

這條走廊便是貓 Sir 開槍時作掩護的走廊，我看不見有人，感覺鬆了一口氣。

走到 4 / F，餐廳的門鎖上了，我拍了門很久，暴龍友才開門給我。

「嗰個癲佬呢？」暴龍友是指揸天仔吧。

「唔見，我將樓下道門鎖咗！」我知道所謂「鎖咗」，只能

夠是暫時性，若然有人要硬闖，說不定也有方法。

我在沙發坐下，暴龍友用兩條啡色木方，將餐廳木門手把鎖上。

我看到地上有一張破爛了的木椅，相信是暴龍友摔破，再抽出椅腳使用。

我把頭靠在沙發背上，深深呼吸了一口氣。

腦海裏，一片空白。

另一邊廂，B 級神樂向其他人說出在湖康診所的經過。

「不過，佢好熟面口，以前唔知喺邊度見過。」B 級神樂皺著眉，不斷在腦海中搜尋著。

「你喺邊度返工？」

「博愛。」

「我喺那打素。」

「咦！大隻仔，乜你又係做護士？唔怪得你都好似好熟悉醫療程序。」

「其實我正職係做懲教署，我喺那打素做多一個月就返入懲教署醫院。」

「啊！明白，明白。」

「咁而家點呀？」

「我問你而家點呀？」暴龍友打了我一下手臂。

我呆呆地看著他，說不出話。

暴龍友道：「如果個揹天仔真係再出現，我最多亂棍打死佢。」

我答：「好⋯⋯」

暴龍友道：「喂！精神啲呀，我仲諗住靠晒你㗎。」

我自言自語：「靠晒我⋯⋯」

暴龍友站了起來：「嘉嘉，我拎支水俾你哋沖涼⋯⋯」

「唔係嘛，喺呢度沖，咪益鬼咗你？」

「都可以喺廁所嘅⋯⋯」

我從剛才與暴龍友的對答中，也感覺到自己情緒低落，十分沮喪。速龍友已死，沒有了他的帶領，我們⋯⋯應該怎麼辦？

另外，黑瘦男童及四眼男童二人，他們很有可能已經硬衝最高危險區域，徒步離開了。

以大嶼山的士司機的死狀推測，在最高危險區域內的洩漏現場，仍然含有可以致命的有害物質。

兩男童，儘管戴上防毒面具，也有可能和的士司機一樣，或許經由皮膚吸收了有害物質，已經死亡。

剔除兩男童的問題，現在急切面對的是如何才能離開屯門！

但在離開屯門之前，先要解決揹天仔的問題，還有貓 Sir 是生

是死?

老爆犯又躲到那裏去了?

更迫切的問題是,那個長滿毒瘡的揹天仔身上帶有傳染病,而最重要的,是他手上有兩把警槍。

右手所持的警槍,我估計是自殺仔所帶來的,亦即是屯門市廣場那 PTU 的配槍。

警察的配槍?對了!那兩把均是點 38 口徑左輪手槍,每把手槍只有六顆子彈!

貓 Sir 警槍子彈使用的過程是......

頭兩顆子彈給了自殺仔,

第三顆子彈打中揹天仔,

第四顆子彈由揹天仔打在自殺仔手錶上,

第五顆子彈由揹天仔打中自殺仔左眼,

第六顆子彈由揹天仔貼牆打向貓 Sir。

至於自殺仔警槍子彈使用的過程是......

第一顆子彈混亂中給了速龍友,

第二顆子彈打死自殺女,

第三顆子彈自殺仔吞槍,

第四顆子彈由揹天仔向空氣打出，

第五顆子彈由揹天仔打中貓 Sir 持槍手，

第六顆子彈……仍然留在警槍之中！

揹天仔手持的兩把警槍，原來……

就只剩下一顆子彈！

但是，我們仍然不能輕敵。因為，一顆子彈，已經足夠奪去寶貴生命！

阿進，RIP ！

我又聯想到，自殺仔女之死，似乎也正符合了二人投保的要求。假若，有人能証實到二人均是被謀殺的話。換個說法是，我們還能生存及在事後協助警方或保險公司調查的話。

而那個背包內有天拿水的揹天仔，好有可能還在青山警署範圍內。

他身上長滿密密麻麻紅斑，疑似病毒感染，加上有槍在手，雖說只有一發子彈，但只要跟我的眉心連成直線，我的生命，就會在這裏劃上句號！

不過，面對著這個困境，我把握著什麼可能反敗為勝方法呢？

首先，我要避免落入其火網之中，而最佳方法，便是待揹天仔自行離開警署，接著我們也離開，各走各路，不要再見。

但這是個被動的方法，若果揹天仔一直不離開警署，我該怎麼辦？

有什麼方法較為進取一些呢？

叮！

突然間，一個既實際又簡單的方法在我腦海中閃過……

其實我也可以……

殺 了 他 ！

與其等死，倒不如主動出擊，還來得有效！起碼主動權在我手。只要我掌握得到他的位置，並從他身後以硬物向他頭顱用力一擊！

就算他不死，我也足以奪槍或再用硬物繼續襲擊他，直至他死亡！

方法很簡單，或許可以試試……

之後，就只剩下一個問題……

如何離開？陸路可以死心的話，那麼，就只剩下水路。笠原中女曾在舊碼頭遇到機動舢舨的船主，對方聲稱可以出荃灣……

若然那船主會收錢載人往荃灣，再加上大欖海員訓練學園的交通意外為中心的話……

「家軒！」我突然發現了很重要一件事。

暴龍友走過來：「我都有嘢想講。」

B 級神樂及扭親腳相信剛洗澡完畢，頭髮全濕，還在滴著水。

暴龍友見我很著急的樣子，便示意我先說。

我道：「兩樣嘢，第一，我哋呢兩日走咗咁多路，其中有一半係為咗逃避嗰隻不知名物種，因為，我哋一共見過佢哋三次，每一次出現，都好恐怖。不過，我哋似乎忽略咗一樣重要嘅嘢……」

暴龍友抓不到說話的重點：「噏乜春呀？忽略乜鬼重要嘢？」

我呼了口氣：「屯門公園同吉之島可能係唔同種類嘅物種，屯門公園嗰隻有利爪，臂力重，甚至磁磚都可以整裂；但係吉之島嗰隻速度快，體型大啲，仲好似比較人性化……其實，應該話係聰明先啱，你見佢可以拎起電筒就睇得出，同埋佢喺舊碼頭跳上岸後，都冇傷害我哋，正正因為佢較為人性化。所以，我都係大膽推測，佢可能冇打算傷害我哋……」

暴龍友抓抓頭：「So？你想講乜？」

我一字一頓道：「通訊機呀！」

「通訊機？」暴龍友摸不著頭腦。

我解釋：「市廣場嗰架直升機呢，上面應該有通訊系統，可以同佢哋總部聯絡，所以我先假設如果隻物種唔會傷人，咁我哋不如返去市廣場……」

暴龍友一揮手：「阿進話騎術學校出面有三隻死狗，就係喺發現受傷動物位置隔離嗰，所以我諗嗰隻受傷動物，就係嗰隻物種。我係唔會信貓Sir條粉腸亂吹，話倉入面係隻狗，咪當我小學生，乜狗可以咁把炮，將三隻同類掛喺樹上？所以，羈留室入面，一定係嗰隻怪物！」

我沒法子反駁暴龍友的話，相反，他言之有理，而我只是單

方面覺得，那物種表面並不會對人傷害，對其他動物，例如狗隻，則十分凶殘。

我道：「咪先，你話隻物種將三隻狗掛喺樹，我補充，正確係插喺樹枝上……」我向他們說出在騎術學校所目睹的情況。

之後 B 級神樂道：「咁你個自閉症仲話去攪佢？」

我解釋：「正因為嗰三隻狗，先顯得佢哋有人性。你哋諗下，有冇見過人會拎把刀喺街斬隻狗？最多咪踢佢兩腳。相反，我哋會一腳踩死甲由，用電蚊拍追殺啲蚊。同一道理，隻物種知我哋人類會利用其他武器，所以有所顧忌，但對於其他小動物，佢哋就好似我哋踩甲由咁……」

他們目瞪口呆看著我，我也知道這推論是很勉強，若然是以這論點為基礎，賭博成份甚高，而且，要輸的，是一條命！

暴龍友搖頭：「太危險，市中心根本唔應該再去……咦，頭先你話有兩樣嘢，另一樣係乜？」

我問：「有冇見過警方處理喺街上發現嘅炸彈？」

暴龍友爽快答：「何止見過，我直情參與過，有次喺羅湖當更，有人報喺廁所有炸彈！」

我道：「咁你一定知道，每逢發生咁嘅事，警方就會設立一個封鎖區，佢哋先估計爆炸品嘅影響範圍，從而決定要封鎖嘅範圍。如果喺大廈入面，佢哋甚至會疏散樓上樓下嘅人，至於疏散層數，佢哋又有條數計。」

暴龍友皺起眉頭，B 級神樂甚至閉上眼睛，顯得疲累。

我再道：「咁樣樣，即係……聽清楚，如果屯門公路交通意

外嘅正確位置，係大欖海員訓練學院對開，而最高危險區域喺黃金海岸二期六座，只要我哋喺兩個地點之間拉一條直線，得出個距離……」

暴龍友顯得不耐煩，我繼續：「即係話，我哋只需要掌握到距離，再以交通意外現場為中心，將呢個距離當做半徑，用圓規畫一個圓圈……」

暴龍友臉色凝重起來：「而呢個圓圈，就係真真正正嘅最高危險區域……」

我「dark」了一下手指：「冇錯！只要將大欖嘅最高危險區域，加埋新墟嗰面嘅最高危險區域，再睇下危險區域以外，有冇啲咩窿窿罅罅可以行，咁樣，我哋就搵到條安全路徑。而家我哋只係欠……」

暴龍友快速回應：「地圖！」

我點了點頭，B 級神樂醒神過來向我豎起拇指：「係喎，冇網絡，有手機地圖都用唔到……」

笠原中女也向我微笑。

暴龍友用力拍打我肩膀：「好醒㗎你，我一早知你個粉腸眉精眼企，我果然冇睇錯人！」

我人被打得震開，故瞪了暴龍友一眼！

我問暴龍友：「你又有咩講？」

他磨著牙，樣子十分討厭，我追問：「講啦，唔係要冰呀……」

暴龍友右手摸著臉：「我喺度諗，與其坐喺度等死，不如……去搵嗰個指天仔，之後……」

之後……暴龍，難道你也是想先下手為強？

突然……

啪！啪！啪！啪！

「開門！開門！」是貓 Sir，他沒有中槍？

確認是貓 Sir 後，我立刻開門讓貓 Sir 進來，而他的右手，正在流血。

正想找 B 級神樂，但她不知道跑到那裏去，我只好協助為貓 Sir 包紮傷口，那幸好只屬皮外傷。

「個癲佬呢？」暴龍友心急地問。

貓 Sir 咬著下唇，表情痛苦：「鬼知咩，我頭先真係想揸車走咗去，不過呢，唉……」

我明白貓 Sir 的嘆息，是因為他的警察身份，說到底，他不好意思再撇下我們。

「頭先我見佢打咗你一槍㗎，你冇嘢咩？」我問。

貓 Sir 抹了一額汗：「好彩有道閘頂住咋，佢打中條金屬柱，嗰條打靶，中我兩槍都未死……」

於是我說出曾經在診所看到指天仔一事，貓 Sir 亦道：「佢好熟口面，好似嗰個歌星，嗡唔出個名添，喺邊度見過呢……」

我們面面相覷，我當然從未見過揸天仔，這個瘋子，也不知道會否再為我們帶來厄運。

暴龍友仍然為了墳場一事，而未有理睬貓 Sir。B 級神樂卒之現身，但是，她和另外兩位女子，均戴上 KN95 口罩！

暴龍友驚訝道：「你哋……你哋……俾個我！」

說話後暴龍友立刻拉遠和貓 Sir 距離，並戴上 KN95 口罩！

我知道什麼一回事了，B 級神樂等人把揸天仔認定為受到感染了，以致全身長滿毒瘡、紅斑等，並不斷抓癢。

而貓 Sir 曾經與揸天仔埋身肉搏，這是屬於近距離接觸，若果揸天仔所帶有的病毒屬高傳染性，那麼……貓 Sir 的處境，真是十分令人擔憂。

他很大機會，已經受到病毒感染！

我以惶恐的眼神看著貓 Sir，他退後了兩步，向我道：「唔緊要，唔緊要，我明白你哋驚乜，你戴口罩先，順便俾個我……」

我同樣戴上了 KN95 口罩，並多取一了一個給貓 Sir。

現場氣氛一下子緊張起來，貓 Sir 道：「我知道你哋擔心乜嘢，我講多幾句，就會返上 5／F……首先，下面嗰幾條屍體，真係冇乜辦法留喺度，因為好快會臭。我諗過，而家嘅情況，我唔會再照以往警方一向處理案件嘅手法去做，一有機會，我會將屍體用垃圾袋包住……」

暴龍友彈了起身，但立刻被我制止。當然，他必然是不想好

友阿進的遺體放進垃圾袋。

貓 Sir 再道：「你哋都未見過腐屍，真係好臭！所以，對唔住都要咁做，好彩呢度仲有拜關二哥，有大把壇香可以點，希望可以辟咁啲味。另外，嗰個揸天仔好可能仲喺度，我上咗 5 ／ F 之後，你哋要鎖好門，我估計，佢身上只剩番一粒子彈，所以，可能我會設局引佢出嚟，等佢消耗埋粒子彈......另外你哋有冇見過白鴿華？」

我們搖頭，老爆犯每次也是最先走的，這回他不知道又跑到那裏。

「仲有，你哋有冇嘢食？」貓 Sir 似乎很肚餓。

我把兩個即食麵及火鍋器具給了貓 Sir，之後他道：「誤會......我樓上大把嘢食，人數多咗，我只係怕你哋冇嘢食，入面有個廚房（指向一道門），你可以拎啲罐頭，冇我通知，唔好出嚟。」

「貓 Sir，有冇大張嘅地圖？」我問。

貓 Sir 道：「應該有，要去報案室搵搵，不過，先要攪掂個揸天仔單嚟先！」

之後，貓 Sir 小心奕奕地走上 5 ／ F。

攪掂個揸天仔單嚟？貓 Sir，難道你和暴龍友，甚至和我一樣......

想 殺 了 揸 天 仔？

其實這樣對一個嗅天拿水的人來說，是十分不公平。因為，他可能連自己做過什麼也沒有記憶，嗅天拿水甚至沒有納入

吸食毒品的罪行。

我們三個人的想法，是否過份偏激？但是，揸天仔可是一出現便向人開槍射擊，被他槍擊的自殺仔想必已魂歸天國，難道還要用談判的方式去勸告揸天仔？

生命，可比一切更重要，尤其是我自己的生命！

你死！總好過我死！

我還有家人......我的可愛女兒......小公主......

貓 Sir 走後，我才感到有點兒內疚，警署明明是他的主場，但是他為了安撫我們的不安，寧願自己一個人上 5／F 休息。說到底，身為警察的他，還是以保護市民性命為首要責任。

之前對他的誤解或者反感，來到此刻，我已經釋懷了。

餐廳有個頗大的廚房，我進內找到些罐頭，我們脫下口罩，弄了簡餐之後，天色已經開始轉暗。

暴龍友及 B 級神樂在照顧扭親腳，前者已經跟兩行山女混熟起來。

笠原倚在窗前，看著下面的停車場，不知她想著什麼。

而我則坐在桌上，雙手托著頭，但我並不是閒坐，而是盤算著「處理」自殺仔，再取得地圖，畫出最高危險區域，找到不受污染的道路之後......

逃出屯門！

計劃似乎很簡單，握要地說，「我們」要做的，只是殺人及

離開青山警署。

非常地清晰。

「我們」就是指我們這一班死唔去的人，殺死揸天仔的，最好不是我，暴龍友這麼衝動，多半會是他，又或者，留待貓Sir去解決。

他眼界準，百發百中，揸天仔甚至已經中了他兩槍。啊！揸天仔確實是腹背分別中了貓Sir的子彈，但為何他好像是沒有受傷似的。

當他蹲在自殺仔面前的時候，甚至中氣十足，說什麼「一個窿，兩個窿，三個窿，四個窿」，句句字正腔圓，這樣的人，怎麼會有這樣強健的身體，子彈也打不穿？

除非，他穿上了避彈衣！

揸天仔可能在外面的警車上，找到警察用的避彈衣穿上！

難怪當他中槍倒在自殺仔身上時，我觀察到他的肩膀，肌肉非常結實，與其身高及臉型格格不入，原來是穿上了避彈衣。

如果是這樣的話，又要對他從新估計。

「喂！你過嚟睇下……」笠原中女甚少說話，一開口，似乎又是注意到什麼。

我走到窗邊，她貼著玻璃：「中央廣場好怪。」

我被她遮擋視線，根本不能遠眺屯門中央廣場，那裏可是相隔了一條屯門河的建築物。

笠原中女轉身，她身上的黑色風衣胸部位置濕透，十分耀眼地顯現出她的體態美，一眼可以看出，她沒穿 T 裇，只有一個 bra！

我湊近窗前，玻璃眨起了兩個既圓且大的水印，我立時顯得尷尬萬分。

「快啲睇啦！」笠原中女用手推我到窗前。

我貼著玻璃窗，胸膛沾上了圓形的水印，有種怪怪的感覺。

我向屯門中央廣場看去，看了一會，才知道笠原中女要我看什麼。那原本是灰灰白白的中央廣場，著了一半以上變為黑色，且還不斷在擴張。

簡單來說，是大廈在變色，但並不是一下子變成黑色，而是一部份一部份逐漸的變黑。

漸漸地整幢中央廣場，已轉為黑色，接著，建築物部份結構開始剝落，有時候是三四層樓的玻璃整幅墮下，多半是零零星星的地下玻璃，那些不知是金屬抑或是水泥的結構等等，情況令人想起恐怖襲擊的畫面。

我望向附近的南浪海灣，完全沒有變色，因此一定不是外來光線或雲層反映的現象。這幢屯門中央廣場，正在反物理現象的在變色。

任何物質也有衰期，鋼筋水泥也不例外，建築物總不能永遠豎立。但現在的情況，就像少量冷水受熱一樣，一下子已改變過來。

我凝神注視著，心想卓爾居及新墟的建築物，在倒塌之前，是否也曾經這樣變黑？甚至乎屯門新墟那個像《鋼琴戰曲》

頹垣敗瓦的景象，難道是像這般的開始形成的嗎？

中央廣場全幢變黑後，過不多久，又開始有所轉變。當黑色過後，變為灰色，而最令人不解的是，那些褪了的黑色，還會蔓延。先把中央廣場外道路染黑，一路移，一路移，再染黑屯門河，之後便在視野中消失！

我轉身看著笠原中女，不知道怎樣解釋剛才所看見的現象。既不是自然，也不屬於人為，那些黑色物質，究竟是什麼？

只可以說一句，這個世界已經改變，跟我生活了數十年的世界並不一樣。看著日漸改變的世界，身為人類的我，似乎只有靜觀其變，什麼也做不到。

咯！咯！

是敲門聲，想必是貓 Sir。我見暴龍友已經走到門前，向外看了一會後，便開門。

原來是老爆犯！

「嗄……嗄……嗄……」老爆犯好不辛苦，跪在地上，指手劃腳。

我感到有些不安，開始聽到一些噪音。

「咁冇義氣，自私走咗去……」暴龍友埋怨。

說話後他遞了一支水給老爆犯：「死得未呀，飲水喇，打靶！」

「悶……悶……」老爆犯急忘回氣。

「生？生咩呀？生 cancer 詐病呀，仲生乜春呀，慳啲啦！」

暴龍友揶揄他。

這時貓 Sir 也走了下來。

老爆犯咳了兩聲：「閂門呀！哥哥仔，隻嘢上緊嚟呀！」

隻嘢？

「你未閂門呀！」我大喊。

暴龍友如夢初醒，也不理會外面的貓 Sir，雙手推門，門未合上，突然蓬一聲，一羣黑影衝了進來！

蓬！蓬！蓬！蓬！蓬！蓬！蓬！蓬！蓬！蓬！

啪！

餐廳的另一面的門被開啓，似乎是被黑影撞開。

我伏在桌上雙手抱頭，鑽進耳朵內的，除了是巨大「蓬！蓬！」聲之外，還有像似是狼的嚎叫聲！

「嗚……嗚……嗚……嗚……」

「嗚……嗚……嗚……嗚……」

還有突如其來的槍火聲！

嘭！

槍聲由另一邊梯間傳出，似乎與貓 Sir 無關。

黑影就如一個缺堤洪峰，迅雷不及掩耳的高速衝入餐廳，且

連錦不斷。這些黑影，就像一列不停站的地下鐵，不，比地下鐵，甚至比高鐵更高速！

快得使人不敢看，我嘗試在臂縫之中睜大眼睛，但瞬間被像烈風般氣流掩至，塵埃走入眼簾，一陣刺痛。

但最奇怪的是，在聲響當中，夾雜了一些人聲，就像在附近的電視聲音……

「貨櫃不斷冒出白煙，至於消防車，就啱啱已經喺出荃灣嘅行車線反方向上咗嚟現場……」

「咩話？明哥你大聲啲？咩口罩呀？走？消防話危險呀？不如影埋架直升機先啦，佢就走喇！」

啪！

「明哥你……」

「呀……我……對眼……」

啊？是新聞報導？

…待續……

19

新聞報導在女子尖叫聲中結束，而颱風式掩至的黑影，還要在報導結束後過多十秒左右，才停止下來。

啪！

終於，黑影隨著關門聲而落幕！

地上出現了兩道像煞車痕，在暗啞的地磚上，擦出兩道明亮及光滑的痕跡。

我抬起頭，看見另一邊的大門虛掩，地上遺下了鎖著門的木方。

剛才的黑影，居然在這樣高速掠過的情況之下，仍然能完整地取走木方，拉門及外出！而且，這種一氣呵成的行動，是一大羣為數不少的黑影所為。這些黑影，速度之快，就如我們在舊碼頭所遇到的不知名物種一樣。

這些物種，行走迅速，擅於水性，相比起我所認知的任何動物，更難於防範。利爪一伸，秒速殺敵！可憐的三隻小狗，枉死之餘還要掛屍在樹上。

我挺起身子，找到笠原中女問她：「有冇撞親？」

笠原中女搖頭。

而暴龍友不知為何竟在地上爬行，B級神樂則跟扭親腳二人抱在一起，老爆犯則瑟縮在一角。

我見暴龍友仍然不起來，便道：「喂！唔洗再扮，走晒喇，

你仲爬下爬下仲咩呀？」

暴龍友才如夢初醒：「我見到呀......」

他緊張起來，再道：「係佢哋......碼頭嗰隻嘢......」

B級神樂嚇傻了，顯得慌慌張張：「乜嘢嚟㗎，就係你哋講嗰隻物種呀？好恐怖呀，會唔會返轉頭㗎......」

我想起了貓Sir，他剛才還在樓梯間，我走到門外，看不見他，想必是返回了 5 / F。

剛才一羣物種就如山洪暴發，說不定正在某一層流動，想到這裏，我立刻走回餐廳，把門關上。

「仲踎喺度托咩，鎖咗嗰邊門先啦！」我向暴龍友道。

這是他才如夢初醒，站起身來前去關門，而我則走到窗前，看著停車場，但沒有發現任何異樣。

不知名物種再次出現，而且跟我們愈走愈近，這究竟意味著什麼？我們人類，氣數已盡嗎？

我再往屯門中央廣場看去，仍然是灰色，外牆也剝落了不少。我感到毛骨悚然，剛才已經褪去了的黑色，之後在屯門河中消失，過了不久，一羣不知名物種闖入警署......

這兩者之間，是否有某些共通之處？

我嘗試把兩者串連，首先中央廣場變黑，接著變灰，褪了的黑色物質轉到馬路，再染黑屯門河，接著消失......

不知名物種的出現......

黑色的物種……

一個古怪念頭出現在我腦海中，使中央廣場變黑的物質，其實是不知名物種！

我感到震慄！牠們竟然爬上了建築物外牆，以鋼筋水泥充飢嗎？就像家中木門框及木衣櫃被白蟻所蛀一樣，那些黑色物種，牠們是依靠建築物為食糧！

剛才我和笠原中女所看見的屯門中央廣場，正是被為數近千隻的不知名物種所攻擊，不知牠們是怎樣進食，實際上也不想知道。

進食後，建築物外層被削薄，接著，一幢接一幢地，就如屯門新墟，甚至我至愛的卓爾居，通通也因為結構受到嚴重損毀，建築物外牆剝落，因而一一倒塌！

瘋狂！這想法近乎瘋狂！但是這似乎又合情理，否則，當黑色物質進入屯門河消失後，為何會這般巧合，那物種立刻又衝進青山警署來？

不不不！儘管在時間上吻合，但是就有一種違反自然的情況出現。就算是白蟻，牠們所蛀蝕的木材，實際上也是由樹林加工而成的，昆蟲以植物作為糧食，合乎情理。

更極端的例子是，我曾經聽聞在二戰時期，飢餓的士兵要煮皮帶、皮靴等來充飢。雖然聽入耳是很驚奇，但是說到底，皮具也是在動物身上抽取出來的皮膚加工而成，這也似乎說得過去。

但是，鋼筋及水泥這兩樣東西，以我貧乏的有限知識去想，怎樣也不能和「生物」畫上等號。

因此，我說的違反自然就是這個原因，若然大廈倒塌是這樣弄成的，那麼，這座青山警署說不定已經被那物種侵蝕！

「喂！大家聽住，我哋要即刻走！」我亮聲道。

只是，暴龍友及 B 級神樂等人，正目瞪口呆看著我。當時的我正背著廚房，左手面是暴龍友他們，右手面是玻璃窗，窗旁的不遠處還站著笠原中女，再看清楚，他們實際上是看著我身後！

同時，笠原中女提起抖震的手並指向我，結結巴巴地道：「仲有……仲有一隻呀……」

你這個扮小說人物的，不要嚇我！

我緩緩轉身……

「嘭！嘭！哈！哈！」

是指天仔在扮槍聲。

他正站在廚房門外，右手持槍，左手握拳，正在嗅天拿水！

我揚起了手：「大家鎮定啲，佢應該冇晒子彈，因為頭先佢喺樓下開過槍……」

嘭！

指天仔突然高舉右手，向我開槍！

颼——

子彈由我右耳邊擦過，我根本來不及反應，我甚至什麼也沒

326

做，只是在槍響的剎那間，自然反應地閉上雙眼。

「呀……」是女子尖叫聲！我跟他們認識不深，根本分不清楚是誰在叫聲。

指天仔開槍後道：「世界末日喇！我銅皮鐵骨……」

接著指天仔把胸前的拉鍊拉下，露出黑色的衣服。我沒有推算錯，指天仔真的是穿上了避彈衣！

「Wendy……」

「放低佢先……」

扭親腳不知出了什麼狀況，我也沒空閒去深究，因為指天仔的手槍，已經對正著我胸口！

手槍子彈輪盤內，究竟還有多少顆子彈呢？

我一廂情願地推算當物種衝入來時所聽到的槍聲，是指天仔所開，但實際上他剛剛又再開了一槍，究竟這一槍才是他最後一顆子彈？又抑或是再 reload 的後備子彈？

難道另一方邊的槍聲，其實是貓 Sir 所開的。我不知道，兩種情況均有可能。

我心中盤算著，廚房門正呈開啟狀態，只要我使勁踢指天仔一腳，之後把門關上，那麼，憑他怎樣銅皮鐵骨，也只能自得其樂。

但是，若果他趁我踢他的時候開槍，那麼只有求他一槍把我殺死，以免給他虐待，遭受到像自殺仔般的痛苦。

只是，揩天仔是胡亂開槍的，過去的每一秒鐘他也有機會向我開槍。因此，我別無選擇地作出第一種方法......

我使勁踢向揩天仔胸口，他右手同時向我開槍！

咔！

手槍沒子彈了！

點三八手槍子彈輪盤逆時針轉了一圈之後，撞鎚重複打在空彈殼的火帽之上。

我命不該絕！

他中了我一腳後便退開，但是他因為同時間向我作出開槍舉動，使我的右腳跟他持槍手碰個正著，二人同樣失去平衡，我跟他雙雙跌進廚房地上。

揩天仔掉了手槍，雙手不斷用力拍打我背脊。

我也不理會他是否智障、神經錯亂等，我拳打腳踢，俗稱「狂揪」毆打對方。

打架絕對不是我專長，揩天仔年青力壯，一下子他佔了上風。

「幫拖呀喂......」我高聲求助，只是，沒有任何人支援！

「停手呀！」我盡力地以雙手擋住對方攻擊。

「呀！呀！呀！呀！呀！呀！」揩天仔暴雨狂風，拳拳重擊！

我雙眼不停搜索，希望找到什麼硬物，突然記起自己也有工具在身上......

冒著可能頭部受到重創的風險，我左手伸進褲袋，只以單手抵擋，並取出了螺絲批，使盡全身力氣，插向揸天仔！

「呀！呀！」揸天仔痛極尖叫。

「呀！血呀！」他站了起來，摸著右手臂⋯⋯

那螺絲批，插中了他右肩膀對下的手臂上！

「嘩！血呀！痛死我喇！」揸天仔有著一把雞仔聲。

我站了起來，皺起眉頭，看到對方痛得跳跳紮，我也感到很難受。

揸天仔走上前來：「你快啲幫我拉走支嘢去，好痛！」

我吞了吞口水，面有難色：「應該⋯⋯唔拉得㗎喎，要去醫院攪㗎⋯⋯」

我也不知道怎樣去面對揸天仔，他的傷是我弄的，現在他又反過來找我治理，這樣的關係，真的不懂形容。

我再向對方搖頭，揸天仔坐在地上，脫下了背包並打開，我趁機會上前一手搶走他背包！

「俾番我呀！」揸天仔忟忟憎憎道。

我不理會他，把背包中的所有物品霹礫啪嘞的全倒在地上。

「攪錯呀！」揸天仔又來雞仔聲。

搖控車、天拿水樽、界刀等等，還有一部開啓了屏幕的手機，剛才我聽到的新聞報導，會不會是這部電話傳出？

「咪攪架車呀,裝咗自動毀滅裝置㗎!」揩天仔恐嚇我。

「你都黐線!」我拾起界刀以及那把警槍,正想拾起手機時……

「俾番把槍我!」揩天仔拾回地上物品,站了起來,咬緊牙關,左手一拔,把螺絲批從右臂拔出!

現場即時血花四濺!

沒有跨張,就像開香檳一樣,血液噴灑在我身上,包括雙手。

接著,揩天仔拿著螺絲批向我襲擊,我立刻轉身避開第一下,螺絲批插入了牆上壁佈板,我馬上走出廚房,順手把門關上。

我雙手拉著門鎖,右腳撐在門框借力,以防揩天仔走出來。

我環顧四周,一個人也沒有,正想像有什麼東西可以當繩子之用,突然「嘩呤」一聲,廚房門中間的玻璃破碎,揩天仔伸出了左手,胡亂地揮舞!

我沒法子地唯有鬆手,因為不想跟對方搏鬥,故唯有不斷奔跑。

我衝出了餐廳,走下樓梯,一口氣走到2/F,推門走了進去。

2/F的間隔截然不同,只是一條長走廊,左右兩邊均是房間。

我嘗試開啓房門。

咔!咔!

糟!上鎖了!

我不斷嘗試，終於到了第六度房門，並打開了。我進內並按下了銀色門把手上的鎖，把自己反鎖在房間之中，跟著走到窗前，以備揸天仔硬衝的話，我還能沿窗逃生。

寫字桌上有部電腦，我按下開關，沒有反應，這代表仍然沒有電力。我再取出手機，沒有訊號，剛才所聽進耳的新聞報導，想必是由揸天仔手機所播放的。

但當我的視線接觸到自己雙手，我呆了半嚮！曾經在漁民墳場因為失足而擦傷的雙手，其包紮著手腕的繃帶，竟然，沾上了血跡。

這些血跡明顯不是我傷口流出的，而是剛才揸天仔手臂上傷口，所噴灑出來的血！

深深吸了一口氣！冷靜！並且必須要立刻處理傷口，否則可以很嚴重！

我打量著四週，所身處的正約十平方米的辦公室，有寫字枱及椅子等，沒有什麼特別。

啊，有了，是瓶裝水！

我拆除了繃帶，心裏一寒，傷口本身開始積聚血水，若然與剛才揸天仔的血液接觸的話，他身上有什麼大小病毒也好，相信已經跑進我心臟，再輸送到其他器官。

一想到揸天仔長滿紅斑，內心不寒而慄，立刻以瓶裝水清洗傷口。我邊洗邊想，現在所做的，似乎是多此一舉，要感染的，已經感染了！

長紅斑與否，已經不能改變！生與死，似乎已經進入排程！

想到活在這個急速變化的世界中，我無奈地呼了一口氣，若然我已經受到病毒感染，其實根本不用怕了揩天仔，大不了跟他拼命！

所以，我要武器！

只要手持比螺絲批更長的武器，我有把握可以保護自己。

我把警槍收藏在假天花上，把剝刀收進自己口袋，再掀起窗前的百頁簾，看看警署範圍內的其他建築物……

此時鬆了一口氣，我看到警犬犬舍等外牆完整沒缺，至少，沒有我瘋想的物種吃鋼筋水泥的情況出現。然而，直覺也告訴我，警署已經是不宜久留之地！

假設揩天仔已經把這裏污染的話，他每一滴汗，每一滴口水，每一個細胞，也不知帶上了多少病毒！

就算我幸運地還未染病，這裏也再找不出一個逗留的因素。若要在危險當中求生，我先假設揩天仔走到停車場，所以，我要做的，是走回 4／F，以便取回背包。

我的背包，有很寶貴及有用的東西。

我再進入餐廳後，居然找不到背包，甚至不見其他人的行李，奇怪了！剛才我和揩天仔搏鬥的時候，明明是沒有人的，至少在我召援手時，沒有人來協助。

他們必然立刻逃出餐廳，我還聽到他們喚著扭親腳名字，不知她是否中槍。

我走進廁所，找到一條拖把棍，那是實木做的，我拆下了把頭，手持木棍，走了落樓。沿路沒有異樣，間中會聽到外面

有狗吠聲，除此之外，整座青山警署，渺無人聲！

寂靜得令人害怕，走至 G/F，我暗地裏罵了自己一句：死蠢！

原來除了我以拖把鎖著的門之外，在同一個梯間，原來有另一道門，通往停車場。就算沒有那羣物種闖入，揩天仔也能從側門進入，直搗 4／F。

我走出停車場，沿途一步一驚心，除了要提防揩天仔出現，也要繞過地上東一處西一處的屍體。

自殺女、速龍友及自殺仔，三人之中以自殺仔死狀最為恐怖。他平躺在地上，除了胸前及右手臂的傷口之外，頭上的傷，才最令人嘔心！

他頭顱先後中了兩槍，原本右眼角及臉頰已輕微扭曲，但經揩天仔致命的一槍後，左額頭至耳朵頭骨已經變形，但是左眼睛居然還在，只是整個眼球，竟移位走到眼簾內，就像生腫瘤一樣。

狀況慘不忍睹，我閉上眼睛，企圖淡化，但自殺仔的死狀仍殘留在我記憶之中，非常恐怖！

「殊……」

有人！

我睜開眼睛，閘口之外，暴龍友在向我揮手，他仍然戴上KN95 口罩。

我拉閘外出，暴龍友從白色 HONDA Mobilio 出來，急速道：「快啲上車！」

說話後他坐上了前座乘客位。

「車匙呢？」坐在司機座的笠原中女問。

我從褲袋取出車匙交給對方，令我難過的是，她戴上了透明手套。

自動門打開，我上了後座：「我個背囊呢？」

「喺度！」坐在司機位的笠原中女道，她也戴上 KN95 口罩。

我身後的是 B 級神樂及扭親腳，她們老早已經坐在後排，二人中只有前者戴上口罩，後者緊閉雙眼，臉無血色，似乎很痛苦。

車門關上，笠原中女踏上油門，車子駛離青山警署。我抬頭向車外看了一眼，整座警署，完整無缺，沒有變灰色，對於自己空想出來的謬論，一笑置之。

我也戴上了口罩：「見唔見揹天仔？」

暴龍友答：「冇見過，我哋都只係諗住等多陣咋，好彩你趕得切。」

我好奇問：「你哋又會咁大膽，上返去四樓拎袋嘅？」

我的問題，無人回答！

暴龍友轉換話題：「個揹天仔點？」

我把剛才跟那傳染病瘋子困獸鬥一事簡略地說出，當說到求助無援時，我肉緊地加上粗言。

暴龍友再轉換話題：「係呀！你有冇咩唔妥咁呀？」

我也知道他們感到不安：「我知你哋驚我感染到病毒，我冇唔妥，我雖然同揹天仔打過交，不過都係用腳踢來踢去，冇乜接觸。」

我說謊了！我不想被孤立！

「貓 Sir 呢？」我問。

一說起貓 Sir，暴龍友又回復原狀：「嗰條打靶，我哋落到停車場，佢同嗰個叫白鴿華嘅中坑，兩個打靶已經喺警車度，我哋原本諗住上埋車走，我都未開口，佢又好似喺墳場咁，就咁走咗去，佢老母！」

我實在無言以對，這些情況也不是首次。

當車子駛至蝴蝶灣時，我問：「揸嚟呢度做乜呀？有船咩？」

笠原中女轉身看著我：「我負責揸車咋，你問佢哋啦！」

「Wendy 死咗……」暴龍友突如其來的一句，嚇了我一跳。

我轉身望向坐在後排的二人，B 級神樂抽抽搐搐，兩行淚痕早已劃破粉臉，她雙手緊抱著扭親腳，原來對方已早登極樂！

我把視線在扭親腳身上掃瞄，並無發現任何傷口或血跡。

暴龍友補充：「Wendy 喺餐廳暈咗，我哋救唔番佢，嘉嘉話佢本身有心臟病，所以先做多啲運動行吓山咁……」

我沒有再說話，暴龍友及 B 級神樂把扭親腳屍體搬出車外，接著由暴龍友一人抱著屍體，向沙灘走去。

我問笠原中女：「佢哋仲攪咩呀？」

笠原中女拉著我衣袖：「你真係冇掂過嗰個揹天仔？」

又是這個問題，你們都很怕我！

「冇呀，最多都係用鞋底掂佢。」我再次說謊。

接著笠原中女下車，把我推進司機位，自己則坐進前排乘客座位：「你唔好呃我呀，我唔想個死變態佬坐我隔離。」

對不起！笠原，我騙了你們，那又如何？

「你唔過去幫手？」笠原中女問。

「我都唔知佢哋做咩……」我皺眉。

笠原中女解釋：「佢哋要埋屍呀！叫嘉嘉個女仔話唔想佢個 friend 俾流浪狗食，所以叫個死變態幫手埋喺沙灘度囉。」

「咩呀？埋屍？！唔係嘛……」我感到很意外！因為自從老童的死開始，所有人的屍體也是留在原地，就算是速龍友，暴龍友也沒有特別提出什麼要求。

我趁機會再次包紮了傷口，等了將近半小時，暴龍友及 B 級神樂才返回車上。

我啓動車子，也沒有想到要怎麼樣，我駛到蝶意樓的便利店停下，走進便利店，在雜誌架上翻看。

「搵乜嘢呀你。」暴龍友跟了進來。

「冇嘅！得嗰幾本旅遊書……」我集中精神不斷尋找。

「你想搵邊本呀?乜而家仲有心情睇雜誌咩?」暴龍友顯得不滿。

我停下雙手,嚴肅道:「搵地圖呀!」

暴龍友不明所以:「地圖?」

我在貨架上取了數支能量飲品:「唔想走呀?先前同你提過嗰個方法呀!」

暴龍友如夢初醒:「啊!地圖!有方書店呀,書店咪有囉!」

對!書店!屯門時代廣場有一間書店,必定找到。我們上了車,向市中心駛去,當駛至中央廣場外,我把車子停下。

我把頭伸出車外,四周圍打量著,發現地上遺下很多沙石、玻璃碎片等,一堆一堆地,分佈不同角落。

我抬頭往上看,當下天色已經轉黑,眼前的中央廣場,表層剝落之後,真是變了灰色!

我擔心建築物倒塌,於是立刻開車。

我們到了屯門市中心巴士總站,笠原中女突然拉著我手:「你……睇下出面……」

我望向屯順街,那艘直升機殘骸仍在,沒有異樣。笠原中女所害怕的,對比昨晚我目擊整個墜機過程,簡直沒法子相比。

「咩嚟㗎?直升機呀?係咪嚟救我哋呀㗎……」B級神樂直覺是搜救隊到達,急忙開啓車門。

暴龍友阻止:「唔洗睇啦,尋日已經喺度,兩個飛行服務隊

同埋一個警察死咗。」

B級神樂十分失望，我打開車門，正想下車，笠原中女一手抓住我：「又去邊呀你？」

「去書店搵地圖囉，唔係揸車過嚟托咩！」我道，並且向暴龍友望去。

「你唔洗咁樣望住我！我之前都講過，我唔想返嚟市中心，你當我細膽又好，紙紮賓州都好，我唔落車㗎。」暴龍友立場分明，態度強硬。

「又想走，又唔肯落車！」我很不滿。

「我當初諗住喺警署搵咋，冇諗住要去書店……喂！你係落車就快啲呀，我鎖車門……」暴龍友顯得不耐煩。

我在背包中取了餐刀及螺絲批，此時暴龍友遞給我一把剪鉗：「老童把鉗！」

我怒瞪著他，一手奪過剪鉗，立刻下車。

「等等……」暴龍友突然叫停我。

我打開車門：「又點呀？」

暴龍友猶豫了一會才說出口：「順便幫我攞本《京阪神》呀，我年尾去日本。」

「去死你呀！」我拔了車匙，頭也不回便離開。

「順手門門呀粉腸……」

全變了！由我跟揩天仔打鬥開始，他們三人跟之前已不同了！甚至在談話之中，我也察覺到異樣。

這種想法可能太過主觀，但是，我就是感覺到他們三人的態度，似乎有點生硬。

有點吞吞吐吐的！

時代廣場入口的玻璃門沒有關上，我走到書店，大門鎖上，我取出剪鉗，在玻璃櫥窗敲了數下，之後使勁重擊……

啪！

玻璃沒有損毀。

於是，我在保安崗位附近找到滅火筒，雙手舉起它並用力掉向玻璃櫥窗。

嘩呤一聲，玻璃應聲破碎。

我跨進了書店，亮起手電筒，四處搜索。書店不大，我也經常光顧，但就是從來沒有買過地圖。

當手機程式覆蓋面這麼廣闊的年代，我從來沒想像過，仍然還有人印製地圖出售。沒想到，此時摸黑夜尋的我，竟然會找一樣，我甚至不確定有沒有售賣的東西。

我找了很久，從內至外，順時針方向走了一轉，沒有！我抓了抓頭，再走到旅遊書的書架，取了一本有關香港遠足郊遊的書籍，用口含著電筒，隨便翻開書本。內文全是新界及離島的郊遊資料，我合上書本，把它收起，之後再找多一遍。

我深信縱使資訊發達，有些東西是不能替代的，郊區就是電

訊接收不良的地方，所以才會設置緊急求助電話。因此，當人身處荒山野嶺，沒有網絡覆蓋的時候，一份地圖很有可能已救回不少生命。

否則，香港偏遠地方的公共設施，維修人員不怕迷路嗎？

找到了，我在一個不及半米高的小木櫃中，找到了地圖，我取了一份屯門及元朗的地圖，也沒有翻看，便離開書店。

走到大街上，看到車上的暴龍友在催促，我沒有理會他，反而向直升機方向走去。

但之前我要證實一件事，PTU 遺體！

我走到 PTU 前，他頭部有很多蒼蠅，可能有五十至六十隻，真的很嘔心！他的配槍不見了，當然是給自殺仔取去。

我在他腰間的裝備中取出快速上彈器，很幸運！內裏有六發子彈。接著我再取走 PTU 的通訊機，我按了數下，沒有反應，當然，和貓 Sir 的情況相同，經過了一整天，通訊機電池已經耗盡。

最後，我向直升機走去，我突然又感覺到，自己跟電視遊戲《生化危機》中的主角很像，我把在不同地方取得的工具，有用的，可能用得上的，也一一放在身上。

最後我站在直升機前，以手掌按在直升機機身之上......冷冷冰冰，引擎已熄！

我忍受著兩具機師的遺體惡臭，伸手在控制板上按了數個按鍵，直升機完全沒有反應！我也不知那些按鍵是什麼一回事，算了，用直升機取得對外通訊一事，可以死心！

正當我從機艙退開，身旁有些沙石落下。

霹礫啪嘞！霹礫啪嘞！

同時亦聽到一把女子聲：

「走呀！」是笠原中女！

緊接著，我頭頂居然被沙石擊中。故立即以手撥弄頭髮，那是一些細小沙石，我同時退開了數步，抬頭一看……

「如果……命運……充滿殘酷困惑……啦啦啦……」

突然而來的歌聲！是誰？

唱歌的，是站在介乎市廣場及時代廣場斷橋上的四個人，斷橋是被直升機所撞毀的，四人就是站在斷裂之處。

他們四個男人，衣飾一致，均是白色恤衫，啡色西褲。據他們的服裝來看，似乎是任職保安員的。

「神已經死咗，一個連神都冇嘅世界，究竟代表乜嘢呀？」一個較胖及較年長的保安員喊著。

「今次我哋幫政府做嘢，但最後居然上唔到船，有神又點？我鬧佢添呀！」這句話是白髮高瘦的保安員所說。

「明哥，亮哥，唔好諗啦，早死有著數……」一名戴眼鏡的保安員，把四樽液體交給年老的及白髮的二人，接著，他自己便把兩樽液體倒在頭上。

我心裏一寒，心跳急劇加速！

噗噗！噗噗！噗噗！

我聽到自己的心跳聽，以及笠原中女叫喚聲「走啦......」

第四名光頭的保安員亦將液體倒在頭上，同時間他把一樽物體擲給我：「接住呀！」

我沒有接收，任由那物體跌在地上。

那是金屬罐裝的白電油！

天！拜託！不要！

「咪先！仲有其他人㗎！你哋唔使死......」我盡力阻止。

「唔使死？飛碟都降落咗喇，啲毒氣吹到嚟，我哋都吸咗好多，幾個同事死咗喺保安室，冇㗎喇，異形都喺你後面喇！」白髮保安員道。

異形！我轉身一看，沒有什麼特別之處。回頭再往上看，四名保安員同時手持打火機，燃點了火。

光頭的保安員道：「世界玩完㗎啦！」

接著四人自焚起來！

同時，我背後刮起了一陣強風，使我褲管不斷拍打雙腳。

啪！啪！啪！啪！

啪！啪！啪！啪！

四人上半身紅紅烈火，他們手無足蹈，互相碰撞起來。

「你走呀⋯⋯」笠原中女再次高聲呼喚。

只是，我雙腳就是不聽話，釘緊了在馬路上。

最後，四個火團逐一逐一地⋯⋯

從斷橋躍下！

颼──颼──颼──颼──颼──

「嗚⋯⋯」

⋯待續⋯⋯

20

隨著四個火團逐一從斷橋躍下，背後寒風風向改變，從左至右，並且發出似曾相識的聲音！

「嗚嗚嗚嗚嗚嗚嗚嗚嗚嗚嗚嗚嗚嗚嗚......」

啪！啪！啪！啪！

四個火團應聲墮下，我沒有了昨天救 PTU 時的勇氣，反而立刻跑向巴士總站方向。

「嗚嗚嗚嗚嗚......」

怪聲不斷鑽進我耳內，十之八九，我也猜想到是什麼的一回事。

牠們......

又來找我了！

暴龍友說得對，返回市中心，是一個愚蠢的選擇，自以為牠們沒有惡意，也只是我一廂情願的想法。

我很想快一點上車，但好奇心使我回頭一看，之後，出事了。眼前所見的，一下子把我推進了黑漆漆的深淵之中......

若果，命運有take 2，像湯泰華導演的《Run Lola Run》一樣，請讓我由四個自焚保安員墮下的一刻開始，mark 鐘再起，我必定毫不猶豫，不再回頭地奔跑至車上，急速離開。

然而，命運是沒有 take 2！縱使後悔，已經太遲了！

就在身後 T 字路口的建築物，錦華花園 A 座上，一羣既黑且亮，為數近千的生物，在大廈外牆出現。

那種生物像人大小，一隻黏著一隻，密密麻麻，像毛蟲般在巢穴內活動，一隻意外掉下，另一隻又再補上，牠們發出像狼叫的聲音。

「嗚嗚嗚嗚嗚……」

這種叫聲，不正正是我們四處躲避的不知名物種所發出的嗎？

笠原中女早已經開啓了車門，我連翻帶滾上了車，立刻啓動車子，沿屯門大會堂外逆線而行。

撤了，大勢已去！保安員不知道幫政府做了什麼，竟說得像是被出賣了一樣，可以用自焚的方式來跟世界道別，這是需要何等的勇氣？

他們口中的飛碟降落及異形，是指正在錦華花園 A 座上的牠們吧！

我看不清楚這羣物種的外貌，若保安員用異形去形容牠們，那到底是在外形上相似，抑或因為是外星人，便索性用異形去稱呼？

保安員這個「外星論」，我倒是從來沒有認真想過。

打從由屯門公園開始，這些在黑暗中爬行的物種，我認為，牠們是一種我們人類從未認知的生物。

或許，是我才疏學淺，從來沒有在任何電視、網絡、書籍上

見過牠們的資訊，牠們也許是一種靈長類動物而已。

拜託！請不要把事情複雜化！

這個被香港政府稱為「新界西區特別事故」的災難，由始至今，所得知的只是洩漏有害物質，全個屯門區疏散而已。至於屯門區以外，希望仍然依舊，網照上，波照睇，我最壞的打算，是屯門要封鎖一段很長時間，就像前蘇聯切爾諾貝爾核洩事故。

至於家園問題，只要一家平安齊整，便可重建。

但是，若然「外星論」是真的話，我才沒有想過怎樣面對。

「叫咗你咪嚟市中心喋啦，引咗啲怪物出嚟，都唔知會唔會跟住我哋。」暴龍友在埋怨，我沒氣跟他爭論。

車子經過大會堂停車場入口時，我慢了下來。在那一秒鐘的時間內，我看到異樣。

我把車子停下。

「開車啦，粉腸！」

「喂！你唔好玩喇⋯⋯」

「你個自閉症係咪想大家死呀？」

不是啊！我很懼怕死亡呢！

我把車子停下來的原因很簡單，有人追趕著我們！一名跟自焚保安員同款制服的男子，在向我們招手，他是從大會堂停車場跑出來的。

他愈走愈近，手不斷揮舞著。

暴龍友三人也回頭看，一看之下，暴龍友立刻拍打我肩膀：「佢感染咗呀，塊臉同雙手都出晒紅點，成個揩天仔咁，又痙攣，走啦！」

「幫唔到佢喇……」笠原中女道。

男子終於趕上，他撞向車子右側，再反彈，之後越過我們，走到車子前面，手腳不斷抽搐，四處摸索，其行為舉動，就像失明人士。

「佢有皮膚病，又似中毒！」B 級神樂道。

中毒？再加傳染病嗎？

B 級神樂再道：「佢好似視力受影響，呢啲都係中毒嘅病徵。」

男子最後倒在馬路上，胸口朝天，奇怪的是，身上有一塊深綠色的東西。

我把車子駛近，從窗外可以看見，這名男子穿著一件白色恤衫，在恤衫內外，有很多綠色的東西。

這些東西像是顏料，能使恤衫也染上綠色，質感似乎像是茶葉，有散開的，也有一小撮的，用最貼切的描述，就像是中醫師為筋骨扭傷者在患處所敷的藥。

那些所謂「嚤山草藥」。

男子倒在地上後沒有動靜，我們再觀察多一會，已經看不到他胸部起伏。

他「應該」死了。

「開車啦，佢死咗喇！」暴龍友在催促。

「我諗佢哋係大會堂嘅保安員嚟。」B 級神樂猜測。

對了，剛才那白髮保安員在自焚前也曾經說過，他們的同事在保安室死了。那保安室，必定是指大會堂內，若果在保安室內也能吸入毒氣的話，那麼我們在車上也⋯⋯

「個窗未閂好呀⋯⋯」笠原中女轉身向 B 級神樂說。

B 級神樂十分驚慌，她坐在中排，靠右的車窗還未關上，而不久之前，那保安員才碰撞過車窗。

「大鑊⋯⋯」暴龍友立刻伸手去尋關窗按鈕。

但很不幸，這部舊款 Mobilio 車沒有電動窗。

它的車窗只設手動鎖，並不是常見那些能上下升降的車窗，而是像微波爐塑膠飯盒蓋的扣，「啪」一聲扣著飯盒的同等裝置，車窗鬆了扣之後，最多只能開啓四厘米闊的窗罅。

若毒氣要在那窗罅滲透進入的話⋯⋯

「個鎖喺嗰度呀！」我轉過身伸手試圖關窗，暴龍友終於找到窗鎖，將之關上。

車廂內眾人平靜下來，我立刻啓動車子。

笠原中女從袋中取出消毒啫喱搓手，B 級神樂及暴龍友也立刻跟著，當中 B 級神樂甚至以消毒啫喱洗臉。

「洗唔洗咁誇張呀？咪嚇我呀！」暴龍友道。

B級神樂沒有理會他，反而脫下口罩，很認真地把臉、頸、手臂等一一清洗。

「如果係中毒，都已經吸入咗喇，點洗都冇用！」笠原中女甚少說話，一開口，已經在潑冷水。

B級神樂停下手來：「唔通乜都唔做，等死呀？戇居！」

「仲話做護士……」笠原中女視線回望前方。

隱隱看見空氣中的火花……這兩名女子，第一次交手已經舌劍唇槍。

我打完場道：「我認為要返警署拎防毒面具。」

暴龍友極度不滿：「仲返去？個指天仔成身都係瘡，間警署都俾佢污染咗喇，你知唔知傳染病發生嘅時候，幢大廈啲住客點死呀？」

B級神樂亦道：「如果指天仔有病毒，佢接觸過嘅所有地方，都黐有病毒。」

他們說得對，但是我也有我看法：「我知道大家嘅擔憂，不過，你哋諗吓，頭先嗰幾個保安員自殺，同埋停車場出現嗰個，佢哋都係吸咗毒氣。我唔知道佢哋去過邊度，喺邊度吸入，幾時吸入，最大機會係之前方耐吸入，我估計佢哋上唔到船之後，返回市中心，不知不覺咁吸入毒氣。」

我吞了吞口水：「咁即係話，我哋都好大機會吸入咗！」

暴龍友大力地深呼吸著：「我好似有啲呼吸困難……」

「你有落過車咩？就算係中毒，嗰個都唔係你嚟啦！死變態！」笠原中女冷冷地道。

多了參與討論的她，原來頭腦也很清晰，因此她向我投以一個眼神。而這個眼神，是關心或是懼怕，我也分別不了，或許，已經不再重要！

我們差不多回到青山警署，就算貓 Sir 不在，我也要取防毒面具，就算揩天仔在，若果他膽敢再襲擊我，我就殺了他。

啪！啪！

誰人拍打車窗？

「咩事呀你？」暴龍友問。

「我好似中咗毒！」

我把車子停下，回頭一看，B 級神樂滿額汗水，皺起眉頭。

暴龍友立刻退開到另一邊，B 級神樂伸出雙手，前後翻看手掌，接著脫下口罩，深深地一下一下呼吸著。

我對她的行為很了解，因為當我還是驚恐症患者時，常會觀察自己有否手腳麻痺。

我安慰她：「放鬆啲，你可能聽咗我講，一時緊張啫，我開門俾你出去行下。」

車門一開，暴龍友以九秒九的速度逃出車廂，接著是 B 級神樂。

我們停下車子的地方，恰巧在湖康診所外。

我和笠原中女也下了車，B級神樂一個人在踱步：「我個頭好痛……」

我道：「不如你除咗對鞋，郁下啲腳趾，可能好啲。」

B級神樂雙手不斷抽搐，她坐在地上，手震震的鬆去鞋帶。

當她脫下第一隻鞋後，開始咳嗽，唾液流在地上。

「唔掂呀……大隻仔，幫我！」B級神樂雙眼充滿淚水，左手抖震撐在地上，右手把上身恤衫鈕扣扯爛。

暴龍友吞吞吐吐：「喂……我……唔掂㗎……你受感染……我唔識攪㗎……」

除了B級神樂自己，對急救有所認識的，就只有暴龍友，可是現在連他也亂了起來，我和笠原中女，該什麼辦？

我蹲在地上，著急道：「我哋唔識㗎，要點做呀？你講清楚俾我聽呀！」

B級神樂道：「除晒我衫褲，搵稀釋漂白水，清洗皮膚，快！」

說話後B級神樂開始嘔吐，我立刻在車廂中尋找，翻箱倒篋地找，終於找到一枝藍色清潔液。

我取出膠桶，用車上的兩支瓶裝水把清潔液稀釋，再以毛巾沾濕。

「冇漂白水，但有其他清潔液，得唔得？之後點？」我情急之下，親手脫去了B級神樂上衣。

正當我猶豫應否脫下B級神樂的胸圍時，原本站在一旁的笠

原中女走上前來，雙手脫去了 B 級神樂的 B Cup Bra。

笠原中女問：「跟住點呀？」

我道：「好似沖涼咁抹身先！」

我也只是照 B 級神樂的吩咐做而已，接著就以稀釋過的清潔液，裏裏外外的在她身上擦乾淨。

B 級神樂勉強睜開雙眼：「水！洗眼！」

我把大量清水倒在她臉上，並幫她清洗：「有冇好啲？」

B 級神樂開始大口大口吸氣！

這樣可能是最壞的情況，因為在表面看來，她呼吸已經出現困難！

「好……辛苦，嗄……嗄……」B 級神樂喘著氣，顯得十分痛苦。

笠原中女把她平放在地上：「點算好？」

點算？誰知道！

B 級神樂左翻右翻：「我……好快會窒息……大隻仔……救我……打細 A……」

我向暴龍友看去，他站在一旁，不敢走前。

「過嚟啦，打細 A 呀！」我高聲喊著，儘管我不知道什麼是「細 A」。

暴龍友閉上眼睛：「佢冇著衫呀！」

「你唔係好想睇嘅咩？」笠原中女在自己行李中取出一件白色外衣，將之蓋在 B 級神樂身上。

「大隻……求你！」這句可能是 B 級神樂最後的話，接著她呼吸開始緩慢，十分虛弱。

我取出 B 級神樂的背包，被暴龍友一手奪去，背包內有很多藥物，口服的，外敷的及注射的等等。

「搵到！你帶手套先，跟住幫我拎住個樽……」暴龍友卒之認真起來。

我照著暴龍友的指示做，跟之前救速龍友一樣，我們現在所做的，是替 B 級神樂作皮下注射。

注射後，B 級神樂沒有什麼改變，暴龍友向我道：「半個鐘後要同佢打多劑，一日可能打幾次，所以要再搵細 A ！」

「邊度搵呀？我都唔知乜嘢係細 A ！」我有些忟憎。

暴龍友將一個小玻璃瓶交給我：「你去診所搵呀！快！」

我接過小玻璃瓶一看，所謂的「細 A」，是一支約五至六厘米長，寫著「Atropine Sulfate」的注射液，中文是阿托品。

我向笠原中女道：「你扶佢上車坐，我好快返。」

笠原中女點頭回應。

我走進湖康診所，直衝入藥房，但……天呀，無從入手。

我隨意看看，都是一些口服藥物，真不懂 B 級神樂是在什麼地方發現那支「細 A」……

想深一層，假設她是在這藥房取得這支細 A，那麼她必定比暴龍友更清楚該藥物的用法。若然暴龍友說他要使用第二支細 A，那麼，即表示用細 A 作治療是不止一次的，為何 B 級神樂不多取一些？

答案是因為，那是最後一支！必然是！那麼我應該去那裏找呢？

中毒！

我若是發現自己中毒，第一時間我會致電 999 召救護車。所以，最有可能的是，救護車上存有細 A——阿托品注射液。

救護車！我好像曾經在那兒見過，我閉上眼睛，心中不停搜索著。

我離開診所，終於想起了，我不是見過，而是聽過！就在第一天遇到兩龍友時，速龍友曾經說過，他在內河碼頭一帶看到救護車！

我再次上車，B 級神樂沒精打彩，嘴巴時開時合上。

「佢點呀？」我問。

「有眼你睇，唔精神。」暴龍友答。

我將車駛向內河碼頭，但幸運地在美樂花園外，找到一輛救護車。

我從後門走進車內，在一個藥箱內找了到阿托品。

同時我順便把救護車上很多裝備取走，放上 Mobilio 後座。

「搵到，有十支！」我把阿托品交給暴龍友。

「唔洗打住，過多陣先。」暴龍友回應。

我們返回青山警署閘外，已經看見貓 Sir 的警車停泊著。

我順勢把車子掉頭，心想遇事時可隨時離開的狀態，並向他們道：「我入去想辦法搵防毒面具，你坐司機位（指住笠原），而你夠鐘就同佢打針（看著暴龍），等我！」

我拿著剪鉗，直接地走上 1／F，進入報安室，考慮到揩天仔可能已經污染全警署，故我戴上了醫療手套，走起來小心奕奕，不時四週觀察。

我沿報案室向下的樓梯走，走到槍械室前停下。

隆！隆！我搖著鐵門，似乎並不易爆開。我使勁用腳踢了一下，絲毫沒有損毀。

我離開報案室前，經過羈留室（2），感覺到有點異樣……

就在我經過倉門時，有東西在倉內伸了出來，就在我轉身之前，又縮回倉內。

此時，有腳步聲走近！

「咦，係你呀，早估到啦。」是貓 Sir。

一見貓 Sir，我很激動：「防毒面具呢？快呀，病毒已經吹到市中心喇，我哋要走㗎啦！」

貓 Sir 向我招手：「估到喇，上去先講！」

上樓期間，我把市中心的情況告訴貓 Sir，他道：「頭先我想喺山景嗰面硬闖，但唔掂，因為路上有好多死狗、死雀，我就估到好大鑊！」

上到 5／F，聽到很響亮的嘭！嘭！聲，原來是老爆犯，他正以一支藍色鐵筆，把一個又一個的鐵櫃撬開，而他身旁，則放著一個防毒面具！

「喂！貓 Sir，好多櫃都冇嘢......」老爆犯瞄了我一眼，便忙於撬櫃。

這裡是警察更衣室，中間一條走廊，兩旁有百多個鐵櫃，我這才記起，貓 Sir 的防毒面具早已經被兩男童所偷。

「呢個有喇！」老爆犯在一個黑色袋中取出防毒面具。

貓 Sir 把一個黑色圓形的物體像扭螺絲般，扭在防毒面具上，接著取出火酒紙，把面具裏裏內內抹乾淨。

接著向老爆犯道：「爆多四個......唔好，六個啦！」

我感到有些安慰，因為，貓 Sir 明顯地，是把我們的四人份也算上。

老爆犯只用一支鐵筆，熟練地爆開一個又一個的鐵櫃，之後貓 Sir 就在每一個鐵櫃內尋找，直至爆了十五個鐵櫃左右，才湊夠防毒面具數目。

我用貓 Sir 所給的火酒紙把每個面具消毒，之後貓 Sir 向我示範：「首先戴上......用手掌遮住個過濾器，呼吸......如果吸唔到氣就 OK，但如果仲吸到，即係唔 Fit，可以咁樣......較

緊後面條帶⋯⋯」

我很留心學習著，因為我還要教導其他人。

我把之前用地圖圈出最高危險區域後，再尋找路線的方法告訴貓 Sir，正盤算會被他認同之際，意外地反被他撥了冷水。

他說：「而家情況變晒喇，問題唔止係傳染病咁簡單，而係毒氣，又或者打孖一齊嚟。總之，大攬單交通意外並唔係表面咁簡單，洩漏嘅有害物質，好大機會曾經移動過，又好可能係唔止一個地方洩漏。」

「至於係病毒抑或毒氣，都已經唔重要，因為個風已經將佢哋吹散晒，亦即係話，本身嘅最高危險區域，唔再局限喺新墟或者黃金二期，好可能已經擴散咗、加大咗面積。」

我道：「你意思係，就算喺地圖上搵到啲窿窿罅罅，都可能已經受到污染？」

貓 Sir 點頭：「所以，我打算著晒全身保護裝備，行山路離開，山上有風，可以吹散毒氣⋯⋯」

我岔入：「同時亦有可能加快擴散毒氣⋯⋯」

貓 Sir 把防毒面具戴上：「可能喇，二分一機會，世事方完美，我搏呢一鋪有 50% 生存，如果搏都唔搏坐喺度等，就 100% 死亡，條數好易計，決定權喺你手！」

決定權在我手？其他人的生命，也掌握在我手？這未免太高攀了我吧！

貓 Sir 推門離開 5／F，臨走前道：「1／F 張大枱上放咗幾件防生化保護衣，你哋拎去用啦，我走先⋯⋯白鴿華，你點樣？」

「咪玩喇,貓 Sir!我一定跟你走㗎,仲黐住佢哋咩!」老爆犯也可能是明智的決定。

「仲有一樣嘢......」貓 Sir 突然顯得神經夸夸:「我間中仲聽到啲電話播片聲,提醒你一句,個揩天仔可能仲喺度,執生!」

貓 Sir 離開了,老爆犯也跟隨他走了。

情況轉變了,如貓 Sir 所說,最高危險區域內的不止是細菌病毒,而是毒氣!

保安局向民眾發布的是:

放射性物質或其他對人類有害的物質污染,可能及相當可能對人造成嚴重傷害,並可能持續一段頗長時間......

而我太太在電話所說是:

屯門公路運載危險品的貨櫃車洩漏,死很多人,之後藍地一帶亦有毒氣洩漏......

中伏!

打從由保安局首次發布的訊息已經是一個錯誤,所提及的「放射性物質『或』其他對人類有害的物質」,其實是「放射性物質『及』其他對人類有害的物質」。

這使我一開始覺得只有一種污染物的意識，但事情一路發展下去，漸漸發覺所影響的並不止是單一種因素造成。

首先我發現最高危險區域以外，所設立的臨時沖身設施，是化生輻核的第一處必經的潔淨點。

之後是大嶼山的士司機猝死，他必然是在交通意外現場吸入大劑量毒氣而死亡。

接著便是屯門公路及黃金二期的車龍，司機紛紛昏倒在車上或馬路上，這又似乎是吸入毒氣致死。

再接著來是揹天仔及大會堂的保安員，他們身上均出現紅斑，亦因為揹天仔不斷用手抓癢，那些紅斑甚至破裂感染，轉變為膿瘡。

另外大會堂的保安員視力受損，手腳痙攣，有四位甚至自焚，他們似乎身體受到兩種攻擊：

細菌病毒！

神經毒氣！

我內心突然感到極度不安……

B 級神樂！

她表面上是中毒，實際上很大可能是，毒氣沾染在保安員衣服上，透過空氣傳入了沒把窗關上的車廂，而坐在最近的 B 級神樂便首當其衝。

因此，若然她不止是中毒的話，還感染到病毒，那麼，車上的人……

我來不及細想，跑至報案室，打算取了貓 Sir 留下的保護衣便走。我找到一個垃圾膠袋，把防毒面具及保護衣收好，突然有人拍打捲閘！

啪！啪！啪！啪！

我放下手上東西，走到捲閘前，從門框罅隙向外看，此時天色已黑，什麼也看不到，若是暴龍友他們催促，按照習慣也只會響號。

啪！啪！啪！啪！

又來！我視線還未離開罅隙，拍門聲近在咫尺，這代表，我站著的位置，相隔了一度捲閘外有人！

「邊個？講嘢！」我向對方提出要求。

但沒有回應，正當我準備離開，不想再糾纏下去時，拍門聲又響起。

啪！啪！啪！啪！

我取出螺絲批，罵道：「出聲呀你老母！」

我再次走近捲閘，透過罅隙，所看見的已經跟之前不同，眼底下只看到一遍暗紅色的景象。

之後，紅色漸漸縮小，漸漸縮小，縮小......

同時捲閘開始微微震動......

咔！咔！咔！咔！咔！咔！咔！

縮小了的紅色圓點，又多出了一顆紅色圓點……

之後，我看見一個嘴巴！

是個頭顱！

捲閘外原來站著一個東西，打從我第一次從罅隙窺探閘外時，原來他亦同樣看著我！我們眼球跟眼球的距離，不足五厘米，就只相隔了一道閘門。

這個黑色的東西有著一雙紅色眼睛，牠的嘴巴，跟速龍友在舊碼頭所拍攝的照片相近……

那是不知名物種！

是一羣集體活動，且能吞噬建築物的不知名物種！

牠們，就在我眼前！

啪啪啪啪……

又來了，這次居然是羈留室（２）。

羈留室內的所謂受傷動物，終於也按耐不住了，不是要破閘而出吧。

「嗚……」捲閘外的物種在叫。

「嗚……嗚……」羈留室（２）回應著。

顯然易見，倉內並非受傷動物，而是不知名物種，捲閘外的同伴，來找牠了。

「嗚嗚嗚嗚嗚嗚嗚嗚嗚嗚！」急促的。

「嗚⋯⋯嗚⋯⋯嗚⋯⋯」這是哀怨的。

牠們，在對話！

當我們在 4 / F 餐廳時，那些像高鐵般高速的黑影，原來牠們是來尋找同伴吧。

這個屯門弄成這樣，是否因為牠們而引起的呢？若果受傷的同伴能歸隊，一切又是否可以結束呢？

捲閘碰撞聲愈來愈響亮，嗚叫聲愈放愈長，牠們的數目相信不會少。

毅然地，我走向羈留室（2），手持剪鉗，在鎖頭上用力一剪。

啪！

我掉了鎖頭，抽起橫鎖柄，向右一移。

咚！咚！咚！咚！咚！

牠在牆壁上走動。

噗！噗！噗！噗！噗！

噹！噹！

牠在地板上跳動，且用鈎形腳趾甲敲打在地板上。

it⋯⋯

我把倉門向外拉開⋯⋯

一片寂靜！

逢！逢！逢！逢！逢！逢！

倉內床褥及床板在移動⋯⋯

接著⋯⋯

一聲尖叫！

「嗚嗚嗚嗚嗚嗚嗚嗚嗚嗚嗚嗚嗚嗚嗚嗚⋯⋯」

⋯待續⋯⋯

21

是牠在叫喊！

「嗚嗚嗚嗚嗚嗚嗚嗚……」

接著事情發生得很快，叫喊聲帶出一個龐大的黑影！

颼颼颼颼颼颼颼颼——

啪！啪！

剎那間，捲閘鐵門已經被撞開，黑影一下子消失了，剩下的，只有捲閘鐵門還在開開合合。

完結了嗎？

一切也……

當我再離開警署之時，世界會回復舊有面貌嗎？所有人，所有事與物均會回到原點嗎？

我走近捲閘，從鐵門探頭外看。

牠們走了！

救了同伴之後，物種們已經離開。

我希望，從今以後，不要再遇上牠們！

不論牠們是外星生物，抑或是潛藏深海億萬年，而未被人類

發現的物種也好，什麼也好，總之，我們之間的關係，就由這一刻開始終結。

各走各路！

永不再遇！

在離開報案室前，我走向羈留室（2），裏面應該什麼也沒有了吧！

閘門開啓，倉內的床板及床褥凌亂，地上除積水之外，更有三兩條黑色毛蟲，也不知是什麼，總之，倉內滿佈一種海水的味道。

有一點值得注意的是，倉內牆壁完整無缺，比我預期的狀況差很遠，還以為牠會把牆壁咬爛，露出鋼筋。

我在值日官的椅子坐下，深呼吸了一下……

此刻，我很想浸一個熱水浴，把兩天以來的疲倦、不歡情緒，透過熱水及蒸氣洗滌，先把身上的污垢及死皮去除，然後將心裏的屈悶一下子褪去，之後……

好好的睡覺！

如果，生命有 take 2。

我翻開桌上的抽屜、Tary 內的文件、檔案等，也沒有什麼能有助脫危的資訊，甚至乎掛在牆壁上的地圖，也只顯示市中心及公共屋邨。

我離開警署，返回車上，車上三人也伏了下來，雙手抱頭，他們之所以這樣，當然是聽到不知名物種的叫聲。

我拍打車窗:「走晒啦!喂!」

暴龍友看了我一眼,仍然不敢開車門。

「開門啦!都話走晒咯!」我嘗試開啓車門。

暴龍友開了門鎖,我登上了車。

暴龍友道:「我頂呀,嚇鬼死,報案室嗰邊……嗰啲尖叫聲……」

「佢哋……想點呀?」笠原中女惶恐未過。

牠們怎樣?笠原,我也想知道!

我道:「我放咗羈留室隻嘢出嚟!」

暴龍友驚訝道:「吓!放隻嘢出嚟?咁佢……係咪受傷……」

我道:「唔知!速度太快,一打開倉門已經走咗。」

二人再沒有查問,相反得知物種已經離開,顯得鬆一口氣。

我看 B 級神樂臉色有所改善,注射阿托品後效果顯著。

我示意暴龍友及笠原中女落車,向二人展示防毒面具,並教他們使用方法。

「好焗呀,有陣咖喱味,上手食完咖喱冇洗……」暴龍友永遠很多埋怨。

我瞪著他:「我頭先已經用火酒抹過㗎啦!」

笠原中女拿著保護衣問：「啲醫生袍要嚟做乜？」

我道：「係防生化物嘅保護衣……」

我將自己推測的細菌病毒及神經毒氣告訴二人，並提及 B 級神樂可能已經受傳染病感染。

「原來貓 Sir 同埋白鴿華就係著呢件嘢……」暴龍友嘗試穿著保護衣。

「貓 Sir 有冇叫你哋走呀？」我問他們。若貓 Sir 曾經邀請二人一起離開，而二人拒絕的話，至少是他們自己的選擇。

選擇了我勉強想出來的方法。

若然最終逃不出屯門，至少不是我強逼他們，我可是背負不起這個罪名的。

一提起貓 Sir，暴龍友仍然很憤怒：「嗰個粉腸，掟行掟過冇望過我哋，理鬼得佢！」

笠原中女問：「佢哋去邊呀？」

我道：「佢哋話行山路走。」

「山路？行山路嘅村民都死晒啦，仲搏呀？」暴龍友表示驚訝。

我道：「所以佢哋兩個打算戴上防毒面具，著住保護衣硬闖……」

暴龍友走近：「搏唔搏得過呀？我睇你頭！」

笠原中女也神色凝重地看著我，等待答覆。

搏嗎？若然毒氣透過皮膚進入體內，像這樣單薄的保護衣，真的能夠保住性命嗎？

「如果你俾我揸主意......我唔搏！」我很堅決地說。

我繼續：「我條命，好寶貴，我好多嘢未做，我仲有屋企人等緊我。」

暴龍友低著頭，很認真地考慮，笠原中女則把防毒面具試戴。

「好唔舒服......我哋真係要一路戴住佢呀？」笠原中女把防毒面具脫下。

我道：「戴唔戴，自己決定啦。」

暴龍友取了一份防毒面具及保護衣，道：「幾時要戴呀？」

我發作了：「冇嘢呀嘛！乜嘢都問我，條命係你哋嘅，戴唔戴你咁大個人決定唔到咩？唔通明知食咗山埃會死嘅，仲等人叫你先去急症室咩？」

我突然發怒起來，暴龍友也怕了三分，沒有再說話，他自行穿上保護衣，並戴上防毒面具。

我同樣穿上保護衣及防毒面具，把所有車門打開，用火酒清潔一次車廂。之後我脫下面具，將之前在書店取得的地圖，以雜誌墊底，張開平放在地上，再從背包中取出女兒繪畫用的筆盒，取出間尺及圓規。

我首先以海事訓練學員對開的屯門公路設為第一現場，即（A）點，再以黃金海岸第六座對開的青山公路設（B）點，

用間尺量度（A）和（B）點的長度，之後依照地圖的比例呎計算。

得出的距離，是 3.2 公里。

接著我將藍地當作第二現場，因為我估計，是先有屯門公路的交通意外，才引發出藍地的洩漏事故。但問題出現了，我只是從太太口中得知藍地有毒氣洩漏，但是洩漏的實際位置，我並不清楚。

因此，第二現場我只能粗略估計，我把藍地輕鐵站定為事故的第二現場，即（C）點，再在發現告示及封鎖帶的育康街，設（D）點，以同樣方式計算，居然巧合地也是 3.2 公里左右。

我取出圓規，在第一現場（A）為中心，以（B）點的距離為半徑，畫出一個圓形。

得出來的圓形，便是真正的最高危險區域！

接著我以第二現場（C）點為中心，以（D）點距離為半徑……

出事！

地圖顯示有限，除了屯門新墟能以圓規畫出最高危險區域之外，較西面的地圖不足，沒有展示整個屯門區，圓規落在墊底的雜誌上。

我立刻翻開另一本遠足郊遊的書籍，不停地翻看著。

沒有！

這本書只介紹出名的郊遊徑，甚至沒有暴龍友所說的花朗古

道，更加沒有屯門新墟的地圖。我這個被暴龍友讚口不絕的方法，原來輸在欠缺地圖。

不能放棄！我在兩個最高危險區域之中，找到一處綠色地方，是大欖郊野公園的一部分，這座山分隔了屯門市中心及大欖。

這座山，那管它有沒有山路，這是唯一能安全離開屯門的途徑。

但是目睹了屯門大會堂保安員的死亡，証明危險區已經擴大，因此又要把藍地的最高危險區域伸延。重新計算量度之後，結果，兩個圓形已經在綠色的山區重疊，亦即是說，連離開屯門的路也沒有了。

我自以為是最後終極方案，到頭來，把一切希望幻滅，墜進深淵。

「死人貨車佬……咁多嘢唔車，車埋啲毒氣，正打靶……」我不單止喊出一連串髒話，還衝向警署閘門，用腳瘋踢在閘門上。

我自知此刻猶如一頭瘋牛，但我已經徹底失控了！所有之前無奈的偽裝，製做出來的冷靜形象突然崩潰，歇斯底里地叫喊，放縱地在肆意破壞，直至……

「停手喇！」笠原中女前來安慰，我真不知道可以說些什麼。

暴龍友也收起地圖，此刻他們也大概知道什麼景況。

我不敢回應他們，不懂怎樣面對，是他們基於對我的信任，才會放棄跟隨貓 Sir 離開，才會把他們的生命交託給我！

十分重大、沉重的責任！

到頭來，他們也絕對沒有想像過，希望也有幻滅的一刻，要真真正正去考慮最惡劣的處境。

暴龍友將地圖等放回車上，示意我上車。車廂中一片沉寂，只有 B 級神樂間歇性的呻吟聲。

「去蝴蝶灣燒烤場！」暴龍友向我道。

終於要游水走了吧？我不擅水性，但我還是會載你們去的。

我把車開到蝴蝶灣，暴龍友取了剪鉗下車，一言不發，走向沙灘。

我往笠原中女看了一眼，她以搖頭作回應，我再問：「你哋有冇傾過游水走？」

「冇！」笠原中女看著我：「做乜咁問？」

我有點不好意思：「我以為你哋喺呢度游水走，如果係咁，我……」

「我唔會囉，咁遠，點游呀？講就易。」笠原中女的回應是我預料之外。

我道：「你話過曾經喺碼頭游上船，以為游水係你強項。」

笠原中女：「如果你係我，嗰一刻，就算你唔識游水，都會想辦法上船，生存，比一切都重要。」

笠原中女醒覺了！自從同行人數減少後，她已經從牛角尖裏爬了出來，說話已經變為更加理性。

我跟隨暴龍友，他在康民署的辦公室內，大肆搜掠：「你老味，

乜都冇！」

我站在他身旁，不明白他幹什麼：「搵咩呀你？你唔係諗住搵個電鑽鑽開個石躉行隧道去機場呀嘛？」

暴龍友沉思：「電鑽？係喎……」

暴龍友道：「你知唔知啲石躉有幾大？幾多噸重？電鑽？鑽條鐵咩。我係搵橡皮艇呀、獨木舟呀，你唔想走呀？」

暴龍你這頭史前生物，果然並非如表面這般討厭，本以為你一到蝴蝶灣便跳水離開，原來是我小人之心。

「有！」暴龍友在一個垃圾堆旁，找到一隻獨木舟。

這是一隻破舊的獨木舟，只有一個座位。暴龍友再在附近尋找，但是並沒有任何發現。

「唉！得一隻……」暴龍友怨道。

此時笠原中女也來了，她蹲下檢查那獨木舟，之後道：「一隻艇，夠邊個用？」

暴龍友向她看去，結結巴巴道：「如果……只可以一個人走……咁走嗰個一定要游水好叻……」

「我游水好麻麻。」笠原中女目無表情道。

暴龍友皺起眉頭：「總之，邊個出番去……第一時間求救，搵人入嚟救其他嘅人……我以前有玩開獨木舟，都……划得幾好……」

暴龍友說了半天，都只是想表示只有他一人適合使用這艘獨木舟。

既然我們另外三人也不合適，由暴龍友來划獨木舟去求救，又算是合情合理。

我道：「咁你教埋我點打『細A』先好走......」

暴龍友道：「哎！係呵，差啲唔記得......你跟我嚟我教你。」

接著，暴龍友草率地教曉我皮下注射藥物方法，雖然我嘗試用心去聽，但是，當看到暴龍友臉上那雀躍的表情，便很不爽！或許，我是妒忌他可以離開！

此時，在沙灘那邊傳來人聲。

「哈......哈......」

我和暴龍友對望了一眼，不約而同，說出：「去睇吓！」

我們三人沿路走進沙灘，我不時留意地面，深怕會踏在扭親腳的屍體上。畢竟我還不清楚 B 級神樂是怎樣把她埋葬。

走到救生員當值的救生台底，聽見兩名男子在台上說話。

「我先呀，明明猜輸咗都要爭！」

「嘩！有方咁大呀，假波嚟㗎......」

「你等陣先啦！」

「咁你快啲呀！」

台上的兩把聲音，似乎是上了年紀的長者。

突然，我感覺到一陣寒意，一個可怕念頭掠過腦海！

我一手抓著暴龍友手臂：「你哋喺邊度埋屍呀？」

暴龍友臉色一變：「唔係嘛......」

說話後暴龍友指向十米外的大樹：「樹旁邊！」

我們走到大樹旁，只見沙泥鬆散，我問：「係咪掘咗......」

暴龍友皺眉：「好似差唔多......你咪亂估啦，唔會咁重口味呀......」

笠原中女突然摟著我手：「你哋唔係想話......姦屍呀......」

暴龍友轉身走向救生台，亮聲道：「喂！」

救生台上一名男子站起身來，一頭白髮，年約六十多歲，上身赤裸。

「咦......變態佬......」笠原中女把頭倚偎在我肩膀。

「老坑！你哋喺上面搞乜春嘢呀？」暴龍友指著老人，遠看甚有台型。

「你講咩嘢呀？」老人回應。

暴龍友走上石梯：「落嚟呀，打靶！」

老人怒氣沖沖：「哎呀！我冇犯你，你犯我？我未從見過啲人咁樣惡，一開口罵人老坑，鬧人打靶！」

老人在救生台上走了下來，邊走邊推撞著暴龍友。

「嗱！老坑，唔好再推呀！」暴龍友被逼從樓梯上退了下來，

對方穿著一條鬆身的黑色長褲，體型黑黑實實，老而彌堅。

老人一走到地面，左右腳掌一揹，將拖鞋脫下，同時右手舉高過頭，打了兩個圈，下身雙腳拉開，前弓後箭，皺起眉頭，喝道：「來呀！未從怕過惡人，你啲反動派我未從驚過。」

「bu…………」看見老人一副戰鬥狀態，我忍不住笑了出來。

暴龍友無奈地道：「仲乜嘢啫你，打交要除鞋嘅咩？」

「我隻眼假㗎！」老人突然雙手在臉上翻弄……

噗一聲響，左眼球從眼窩跌了出來。

「黐線㗎咩你！」暴龍友被嚇得跑開。

老人右手持著假眼，走到我和笠原中女面前，作進一步介紹：「真假眼來㗎，有時喺公園打紙牌，啲差佬來冚檔，以為我係白粉佬，次次都要我拎隻眼出來，睇我有冇柄埋啲白粉。」

老人左眼立時沒了眼珠，十分猙獰可怕！笠原中女底著頭，轉身跑到暴龍友身旁。

「嘩！呢……呢件好嘢，波彈彈吓！」另一名老人在救生台上說，他視力很好，笠原中女穿上了保護衣，也能看出她雙峰厲害。

此人比假眼老人更瘦，年紀跟假眼相約，人中留鬚，色迷迷看著笠原中女，磨拳擦掌，十足十鹹濕蟹伯。

「講乜嘢死老嘢！前世未見過女人呀？返屋企睇自己老婆啦，變態佬！」笠原中女向蟹伯作出回應，對於被對方言語上非

禮的受害人身份，笠原中女已算是十分厚道。

我一手撥開假眼的右手，他的左眼跌落在地上，我乘機會跑上救生台，而救生台上，鋪上了草織的沙灘蓆。

而蓆上⋯⋯堆滿了上古年代的色情雜誌！

我不由得呼了一口氣！這兩條老伯姦屍的畫面立刻消失得無影無蹤，取而代之，是龍虎豹內毫無美感兼露骨的硬照。

「你哋仲乜唔走呀？仲戴住個豬嘴？」蟹伯問。他穿著一件利工民底衫及沙灘褲，一副色相模樣。

我沒有理會他，便走下救生台，此時假眼站在我面前。

「噓！」假眼一手捉住我。

我實在沒有心情跟他糾纏，這二人因為什麼原因留下，兩天來遇過什麼，相信跟我們不會相差太多。

於是，我向他道歉：「阿伯，對唔住，我冇心整跌你隻眼，我哋起初以為⋯⋯」

假眼不斷搖頭，並從一個膠袋取出一部手機：「你哋有冇見過佢？」

手機屏幕顯示是一個瘦削老伯，身旁是一名約十五歲的少年，少年眼睛細細，穿著校服。

「相入面個阿伯呀，叫劉金，識咗佢幾十年啦，我哋尋日三條老野喺度飲酒，之後佢一個人行咗去，冇返過來，都唔知係咪死咗咯。」假眼道。

我突然想起什麼似的:「佢……幾時行咗去?」

假眼道:「尋晚,可能好夜,十一、二點度。」

據假眼所說,相中老人離開蝴蝶灣後,可能去了附近一帶,包括舊碼頭。舊碼頭、瘦削老伯,以及誤踩中水樽而墮海的老人!不會這麼巧合吧!

我向笠原中女看過去,她正靜靜地站在一旁。

若然墮海老人死了的話(十居其九了),那麼,笠原中女就算不是直接,也是間接地害死了他。不是謀殺,也會是誤殺!

笠原中女殺了假眼相識數十載的朋友。

「冇見過喎!」我道。

我也不清楚自己是否在說謊,若要硬生生給自己好過一點,就是,我根本不能確定墮海那老人,便是叫劉金的老人。

「呀!條老野去咗邊呢……」假眼在喃喃自語,此時救生台上的蟹伯也走了下來。

蟹伯道:「喂,你……你哋係咪衞……衞生幫呀?戴晒口罩醫生袍咁攪……攪咩呀?」

「阿伯,你哋唔係唔知發生咩事呀?」我好奇地問。

蟹伯:「知,咪啲人走晒囉,佢哋 ……哋話『新病毒』嘛,我一向瞓街,而家冇人咪仲好,平時啲師奶喺度跳舞唱歌嘈住晒,家下難得清靜。」

暴龍友問:「你唔驚死咩?」

蟹伯：「死？我咁老仲……仲怕咩？之前傳染病爆發我都冇戴口罩，又……又唔見我死？該死唔洗病，有乜好怕！」

暴龍友轉向假眼問：「咁你呢？你又唔怕死？」

蟹伯岔入：「佢日日飲燒酒，醉到乜都唔知，你……你問佢都嘥氣！」

暴龍友突然關心起二人：「兩位，屯門有毒氣洩漏呀，啲毒氣就快飄到過嚟，你哋居然唔走？」

蟹伯笑道：「唉！我講過你聽呀，你哋年青，有事業，有家庭。我老啦，老婆一早死……死鬼咗，冇兒冇女，難得有免費罐頭拎，又有鹹……鹹書，夫……復何求呀！」

我無言以對。人是否活到某個年紀，經歷了某個階段，所有年青時的東西也可以放棄，以另一種心態去面對生活？

蟹伯再道：「都過咗成兩……兩日，可能冇事呢，成……成個屯門我玩晒，諗……諗起都和味！」

我看著暴龍友二人，防毒面具加保護衣，論論盡盡，我臉上滿是汗珠，防毒面具透明鏡片積聚了倒汗水。戴著防毒面具，真的比想像中辛苦得多，於是，我把它脫下。

並且深深地吸了一口氣！

嗄……

這是海灘的味道，濃烈的海水味。

「我想除好耐！」

「係啦，個面具好臭，有咖喱味！」

暴龍友及笠原中女也跟我一樣，脫下了防毒面具。

假眼拿著剛才向我展示的電話：「希仔個電話點呀？」

假眼看著我，我不明白他的意思，蟹伯幫手解釋：「希仔即係老……老野劉金個孫仔，佢尋晚十二點踩單車嚟搵劉金，想叫……叫埋佢阿爺走，但劉金已經行開咗，咁我就同希仔講，佢阿爺同我哋三條老野冇打算走。咁希仔就擺……擺低部電話俾劉金用，跟住就踩單車走咗。」

這個孫仔，怎麼會深夜才走？

「可唔可以借部電話我睇下？」我問假眼。

假眼把手機交給我，一看之下，嘅模水著背景圖，所有按鈕 icon 改成動漫式樣，這個孫仔阿希，是名典型的毒男。

我直接按入訊息，對話視窗至少四十個，我先看置頂最新的訊息：

12：57 ／ 太　后：你唔走你留低陪你阿爺。

12：58 ／ 毒男希：脫苦海！

我再看他跟這名叫太后的對話內容，都是些閒話家常，估計太后是這個毒男希的母親。

我再看其他對話視窗，找到一個名 Gap Joe，似乎是他同學的人。

12：57 ／ 毒男希　：你唔係咁早走呀，就算走都趁夜晚方晒

人撻晒啲扭蛋先走啦！低能！

12：58 / Gap Joe：確認下先，係咪呢條路？

12：58 / Gap Joe：「下載 圖像」

這是二人對話的最後一段，毒男希提議「夜晚」、「冇晒人」、「撻扭蛋」、「先走」！

這句話很重要，代表叫毒男希的青年，有計劃地在政府疏散之後才走！還有時間多到去扭蛋機偷扭蛋，不論到底是什麼方法，這手機的訊息，很值得細看。

我向暴龍友招手，打了一個眼色，之後我們三人便離開。

「喂！你未曾交番部電話過我。」假眼在我身後喝止。

「吓！係咩？不如我幫你搵阿劉伯呀。」我亂說，希望能騙取手機。

假眼走上前，攤開雙手：「從未有人偷我嘢，放抵部電話你先走！」

「等等⋯⋯叫個靚女俾我揸⋯⋯揸兩下先⋯⋯」蟹伯色迷迷道。

我道：「不如調返轉，你俾我踢春袋兩野呀，蟹伯！」

「佢冇春袋㗎，踢都唔痛⋯⋯我螳螂拳呀！嘿！嘿！」假眼跳來跳去，手舞足蹈。

我閉上雙眼，呼了一口氣，一轉身便跑。

「上車！」我叫喊。

我們一口氣跑回車上，立刻開車離開！

「做乜拎佢部電話走？」笠原中女問。

「睇下佢好啲未？」我從後視鏡看著暴龍友。

他道：「佢心跳好快，差唔多要打針。」

我把車停在蝴蝶邨口，暴龍友立刻替 B 級神樂注射阿托品。

B 級神樂口唇蒼白，不斷開合，雙手有點抽搐，暴龍友再把清水逐少逐少倒入她口中。

「我諗係打咗細 A 嘅正常反應，我哋唯有等！」暴龍友無奈地表示。

笠原中女湊上前：「電話有咩睇？」

於是，我們三人，再次按入毒男希及 Gap Joe 的對話視窗……

以下對話介乎昨天中午 11：00 至 12：58 之間，會刪減時間只顯示對話：

Gap Joe：條女好似話住瓏門。

毒男希　：我去到蔡意橋站落左，咁即係有錢女啦，早知唔跟。

Gap Joe：後悔，為咗條零波女比人揸春袋。

毒男希　：我早幾日喺月台又見到嗰個男人。

Gap Joe：有冇報警？

毒男希 ：冇，唔知點同警察講，好似畀人姦。

Gap Joe：揸春袋唔算，齋入唔射都唔算被姦。

毒男希 ：我想同社工講，不過上星期要踩板，冇時間。

Gap Joe：實在太戀居了，在文娛踩板都唔報警。

毒男希 ：你都唔好得過我，畀你表姐倒晒啲蛋落街。

內容顯示關乎毒男希尾行女子，亦曾乘輕鐵時被男子非禮，但沒有報警。

Gap Joe：啲蛋冇晒，又要扭過，冇錢。

毒男希 ：乜要錢咩！趁友愛安定疏散啲人走晒，我先去 OK 同 seven 照蛋，照咗咪偷。

Gap Joe：你係咪要踩車走，預我，利申：唔想跟阿媽走，同成班女人坐渡輪好傻。

毒男希 ：我阿媽都唔理我，咁遠，唔踩車點走？你阿媽坐船去邊，機場已經淪陷左，利申：會留低。

Gap Joe：踩邊度咁遠，唔怕中毒咩？頭先有戰機在噴白色霧，新聞話係人造降雨。

毒男希 ：你驚中毒？毒男怕中毒？

Gap Joe：冇話驚，夠膽「掉轉條路」行呀！唔掉即冇用。

毒男希　：掉咪掉，不過火燭後好少去，夜晚多數去美樂，唔知賊船而家點。

Gap Joe：賊船火燭好似好多年前，乜都整番好啦，驚咩！

毒男希　：而家久唔久都有啲癈中老成日喺嗰度食煙，又燒嘢，搞到污糟邋遢，不過，你都係估賊船有條路啫，你唔洗因為大家掉轉行，就吹噓到一定有條路。

Gap Joe：好大機會有路，聽「藍地阿昌果班人」講 ，嗰次火燭，得一個走得甩，其他嘅唔係沿路另一面走咩，畀人帶上山上嗰個唔知點。

毒男希　：阿昌？佢仲細過我哋，佢點會知火燭件事？

Gap Joe：唔係阿昌知，係佢個黑社會大佬講嘅，好似叫做孖棍定係孖枝 ，我上去過，搵唔到，如果你去 ，你不如上山去探下佢。

「乜嘢賊船呀？」暴龍友好奇地問。

賊船？賭船嗎？澳門？多年之前有什麼賭船發生火警？是以前屯門碼頭往澳門的航班？賭船遊客眾多，發生火警的新聞怎麼會沒有印象。

想必是一羣叫阿昌的童黨不知道在什麼船上縱火，這名阿昌又或者孖棍的人可能還協助犯人逃脫。

毒男希　：賊船果條路會唔會抖唔到氣？我怕窒息。

Gap Joe：放心，冇事嘅，佢哋唔會傷害你，你話嗰條路，唔通係嗰邊條路？如果係仲抖唔到氣。

毒男希　：你唔係估唔到邊條路呀？你又未見過黑色嘅，又叫我可以放心，咩玩法？

Gap Joe：我未行過，就睇下邊個快出到元朗先。

毒男希　：好，你踩車走 我就行賊船走，不過咁多年之前，嗰羣黑色嘅會唔會冇行嗰邊？

Gap Joe：我信阿昌佢哋冇講大話，我跟過佢哋去，就算黑色嘅冇行，條路都唔會冇咗，不過記得帶工具 ，個窿可能封左，冇封都有個蓋都鎖住咗。

毒男希　：OK！我架車擺係賊船度借你用。

Gap Joe：不需要，橫掂冇人，可以揸大膽車。自動波好似好易揸。

毒男希　：邊度有自動波車。

Gap Joe：而家落街搵！

毒男希　：你唔係咁早走呀，就算走都趁夜晚冇晒人撳晒啲扭蛋先走啦！低能！

Gap Joe：確認下先，係咪呢條路？

Gap Joe：「下載 圖像」

對話完畢。

跟我的情況一樣，訊息只去到下午 13：00 之前。

可惜的是，最後一幅由 Gap Joe 所發出的圖片，毒男希沒有

按「下載 圖像」，只有模糊的細小縮圖。

整段對話，最重要的，是有關兩條逃生的路！其中一條路，相信是在一個叫作賊船停靠的地方。

最震撼人心的是……

多年之前，一羣黑色東西，曾經……

在發生火警的賊船出沒……

黑色東西……

不知名物種？

…待續……

22

Gap Joe 的圖原本對焦不清，加上毒男希也沒有按「下載」，因此，那是一幅模糊不清的縮圖。

暴龍友皺起眉頭：「噏乜春呀？而家啲嘅仔寫埋啲咁嘢嘅！」

我再次查看內容，除了發生火警的賊船之外，還有兩點值得關注：

機場淪陷！

人工降雨！

尤其是後者，可能已經解開了一個困擾了我一整天的謎團。

假設，昨天在家中窗外所見到的是一架軍機，那麼，在一個受大型生化污染的災區之中，噴灑化學物，來達致人工降雨，這是正常不過的事。

雨水必定能阻止生化物質蔓延，有利政府掌握時間疏散居民。

另外是有關機場淪陷，市民眼見屯門數十萬人疏散的新聞後，舉家收拾細軟而出走香港是很正常的事。若然受影響的地區擴散，坐飛機有多遠便去多遠的想法，必然是大部分人的心態。

走到客運大樓航空公司櫃位，取出信用卡隨便買張機票十分方便，機場淪陷已是政府估計之內。

還有一個較為值得深究的，是多年前發生的火警。

起初，我由 Gap Joe 訊息中推算出，他或者他的朋友曾經協助縱火者逃離賊船，之後，亦有另外的縱火者沿賊船的另一條路逃走。

但是，最令我感到疑惑的，是二人所說的「得一個走得甩」及「果羣黑色嘢」！

脫險的「黑色嘢」，似乎又並不等於縱火者，也有機會是受影響的一羣。

照字面解釋，「黑色嘢」數目是在一個以上，所謂三五成羣，故此他們的數目可以推測得出，大概就是三個或以上。

Gap Joe 亦提醒毒男希，前往賊船時要帶備工具，因為那道路的洞可能封了，就算沒有封，個蓋也鎖了上等等。那亦即是說，二人所提及的路，實際上不是我們所知道，行人或者行車的道路，是因為有蓋鎖上。

所以，那是人為的，而並非常人已知道的一條秘道！

假設，那羣「黑色嘢」在賊船失火時，一個被某人（可能是 Gap Joe）帶了上山，另一羣沿秘道離開，那很有可能，Gap Joe 或其他協助者是目睹他們沿秘道離開的。

所謂縱火當然是人類的行為，犯法後怎樣逃離現場也是罪犯必需的技巧。

只是，有什麼罪犯是黑色的呢？

就算是一班非洲人縱火，我也不認為二人會以「果羣黑色嘢」來形容他們，甚至協助其逃走。

脫險的黑色嘢，若然要人帶上山匿藏起來，那麼，這是什麼

不見得光的東西？

想到這裏，我就只有一個結論……

所謂「嗰羣黑色嘅」，就只能不是人類！至於會否是不知名物種，這個問題……

除非，找到二人其中的一個，就算是 Gap Joe 的屍體也好。他最後發出的圖片，雖然毒男希沒有按「下載 圖像」，但是，Gap Joe 的手機必定有原來的檔案。

但是人海茫茫，那裏去找他呢？賊船更加難找，在屯門沿海一帶，平常會停泊不少船隻，單憑賊船二字，怎樣去猜？

Gap Joe 行走的是縮圖所指的路；而毒男希走的是賊船秘道，範圍之大更令人迷惘。

賊船？火燭的賊船？這好比丹尼波爾導演，一百萬零一夜的百萬問題般難解答……

「D！」

「It is written！」

「乜 D 話？你講乜春嘢呀你？」暴龍友把我帶回現實。

我由電影中醒過來：「冇……我話整定啫！」

「整定？」笠原中女看著我。

我想了一想：「係呀，整定！點解會係我？又點解會係你呀？有冇諗過點解睇新聞俾人跳樓壓親嗰個唔係自己，交通意外死又唔係自己，中六合彩冇份但遍遍走唔甩嗰個係我？又冇

做錯咩殺人放火嘅，你有冇做咩壞事呀（看著暴龍友）？」

暴龍友道：「我一等良民嚟㗎，不過間中會 download 啲 AV 睇，咁算唔算呀？」

笠原中女顯得十分鄙視：「算呀！你正人渣，死變態，成日去叫雞，正鹹濕佬！」

笠原中女不斷咒罵，暴龍友亦不斷解釋睇 AV 和自瀆的成因、益處等。

我們得到了防毒面具，得到了保護衣，那又怎樣？ Gap Joe 打算找一部自動波汽車，相信不難，現在我們所坐的，就是自動波，Gap Joe 要走，必定已經成功離開屯門。

毒男希曾提及扭蛋，還要趁安定及友愛邨民疏散後才下手，那麼，他很大機會住安定及友愛。

友愛邨！安定邨！

偷扭蛋後，毒男希便會使用賊船秘道離開。這兩個毒男對新界西區特別事故居然處之泰然，必定對自己所計劃的逃生路線信心十足。

如今唯有找到那叫阿希的毒男，就有離開方法。另外，若果當年在賊船出現的黑色生物，就是不知名物種的話，或許這是一個自有近代史以來，最大的發現。

到底，牠們跟那艘賊船有什麼關係，並且在屯門發生重大事故的時候出現，究竟想怎麼樣？

「幾點……」啊！是 B 級神樂說話。

「七點半啦。」暴龍友答。

「肚餓……」B級神樂居然感覺到肚餓，阿托品似乎令她回復不少。

「我都有啲餓。」笠原中女看著我，我肚子也咕咕作響起來。

我們在蝴蝶邨內的便利店及超市補給，並簡單地吃了些麵包等乾糧，之後我向三人提出建議：「我打算去友愛同安定睇下，因為毒男希同 Gap Joe 有機會喺邨嘅便利店偷扭蛋。」

暴龍友：「市中心已經污染咗，附近都唔會好得去邊。」

笠原中女：「你唔係仲去搏呀？」

我無奈地道：「我都唔想去呀，但我哋點樣走呀？已經第二日喇，唔通真係等死咩！」

暴龍友：「方法緊有㗎，再諗下囉，你去到便利店又點呀？有啲咩線索呀？」

我開始忟憎：「我唔知呀，可能俾我搵到佢哋兩個，又可能搵到 Gap Joe 條屍，咁佢部手機有幅原圖呀嘛！」

暴龍友：「頂！講極你都唔明，你而家踩緊鋼線呀，如果唔係你話要返市中心，咁嘉嘉唔會中毒啦，你仲想害死我哋呀！」

我氣得把水樽掉在地上：「我唔去搵地圖，點樣搵路走呀，你夠民安隊啦，你有乜好提議呀？只係識得亂嗌、扮物種，仲做過啲乜嘢呀？」

「唔好再嘈呀！」笠原中女也怒了起來。

她怒瞪著我們道：「有乜好嘈啫，過去兜過圈，冇嘢咪走囉！」

笠原中女的說話令暴龍友及我收聲，我駕著車慢慢地向友愛邨行駛，看著窗外漆黑的馬道，感覺到有一種步向死亡的感覺。

天空一片深藍色，微弱的光線映照在輕鐵路軌上，就如一度明燈，向我們指引到地獄。假如人死後有天堂與地獄之分，那麼，我們四人當中，暴龍友、笠原中女及我必定下地獄。

暴龍友剛才所說的下載 AV 片，他這個宅男，每當下載後必定立刻開啓檔案，順手來一個自娛。

那是干犯了約櫃中的十誡。

這種娛樂，站在道家或佛教的立場來說，不知道會否沾上「殺生」的過？

笠原中女也是，那個水樽！

雖然證物已經石沉大海，但那名墮海老人，百分之百是被她害死的——那個很可能叫劉金的老伯！

至於我，最應該打落十九層以下的地獄。B 級神樂之所以中毒，全因為我的好奇、多事、一己鹵莽之過，硬要把車駛回市中心，令她中毒。

無辜的 B 級神樂，她這刻不知道在想什麼？有沒有在咒罵我呢？又有沒有在我身上落下咒怨呢？

我把車停在友愛安定商場外，下車走到便利店，暴龍友及笠原中女也尾隨著，我開始懷疑二人是否真的想下車，或是只想距離 B 級神樂遠一點。

便利店大門沒有關上，我找到店內的扭蛋機，然而，扭蛋機破爛了！

「咦！真係有人嚟偷蛋喎......」笠原中女道。

「咁又點呀？係偷咗蛋呀，咁又代表啲咩呀？」暴龍友總是在唱反調。

他的問題，我確實不懂回答，偷竊扭蛋與逃生路線，當然是風馬牛不相稱。只是，找到二人走過的路，總是覺得較漫無目的地走好而已！

我們在友愛邨及安定邨遊走，沿途看見多間店舖的扭蛋機均遭到破壞。暴龍友勃然大怒，為宣洩怒火，每經過一間店舖，他便把所有扭蛋機用腳踢倒，連本來逃過一劫，未受破壞的扭蛋機也不能倖免。

我知道照這情形下去，對逃生根本沒有丁點兒幫助，因此，在看畢友愛及安定邨後，便放棄尋找。

當車子駛到屯門公園在友愛邨的入口時，看見大量貓狗及鳥類死亡，屍體分佈在公園小徑、緩跑經及花圃等。

我們立刻再戴上防毒面具，病毒......似乎已經感染了屯門公園。甚至連樹木花草，予人的感覺灰灰沉沉，毫無生氣。我深信，這不單純是沒有街燈映照的問題！

總之，整個屯門公園，就是給我電影《破天慌》的感覺。一草一木，一畜一鳥，全部像突然一下子倒下的，病毒經呼吸道進入肺部，再經血液帶到身體每一個角落，同一時間，起革命般在動物體內爆發，只消一瞬間，生命已經被奪走。

正當我們打算撤離友愛邨時，有一個人自街市走出來。

他雙手抽著兩袋東西，一拐一拐地走著，跌倒地下，又再勉強撐起身子，定眼細看，他身穿格仔恤衫、西褲及白布鞋，而且是個胖子。

他愈走愈近，又再倒了下來，大字形躺在地上，手上兩袋物品翻倒，是一些像山草藥及一樽樽像白醋的東西。

這個人，是老爆犯！

他倒下後，再沒有動起來！

「係白鴿華呀！」暴龍友手持電筒，向窗外照射。

「佢好似……死咗！」笠原中女語氣帶著惶恐不安。

老爆犯躺在地上，附近不見其他人，他很大機會是心臟病發，或者……

受到感染！

老爆犯沒有戴防毒面具，受到感染絕不出奇，以往不理三七廿一，暴龍友會第一時間作出搶救，不過，現在的他只是在等待，等待其他人的反應！

這點我也明白，車上的 B 級神樂，就是吸入毒氣的一個受害者，在事情未明朗之前，只好按兵不動！

「白鴿華點會喺度嘅？佢應該同貓 Sir 一齊㗎？」暴龍友的疑問，相信也說出了其他人心中所想。

暴龍友將電筒光轉移往地上兩袋東西上：「佢拎住啲白醋……仲有嗰啲……」

「係板藍根！」笠原中女道。

板藍根？

是在傳染病爆發期間曾經被市民大量搶購的中藥，聞說有抗肺炎的功用。

老爆犯應該是和貓 Sir 一起，不知道是誰人提議到街市找白醋及板藍根。結果，老爆犯不知道曾逛過什麼地方？或許曾走進屯門公園，或許是暴露於空氣中太久，換來的是失去性命。

車廂中的我們，沒有一個打算落車，我深信笠原中女及暴龍友二人，必定是求神拜佛也想我立刻開車離開。

最有資格救人的暴龍友也袖手旁觀，我還要逞什麼英雄？

當車子一轉出友愛邨，迎頭遇上一部警車。

是貓 Sir！他雖然戴上了防毒面具，但我仍然能從外表認出他。

我把車駛近警車旁，不得了，車廂中居然坐著兩個男童，是在中午時份，逃跑了的黑瘦男童及四眼男童！

貓 Sir 拿起咪頭說話，車頂廣播器立刻傳來聲音：

「見唔見白鴿華？」

我點頭回應。

「佢喺邊？」

老爆犯死了，應用什麼手勢表達呢？

此時坐在我身旁的笠原中女，以用手作刀在頸項剟一剟，之後挺直腰骨，再用力靠在椅背上。

「白鴿華死咗？」

笠原中女豎起拇指回應。

「情況有變，好嚴重，我哋搵個地方再傾......識唔識去蝴蝶灣體育館？」

我豎起拇指回應，之後啓動車子。兩男童的出現，或多或少也令我心裏好過一些，畢竟我曾誇下海口，定必會帶著二人離開屯門。

我們在蝴蝶灣體育館停下，眾人均不敢謬謬然下車，直到笠原中女脫下防毒面具為止。

她撥弄半濕的頭髮，連連幾下呼吸：「我真係唔可以再戴住佢！好焗，算啦，該死唔洗病！」

咔！

笠原中女打開車門，走了出去。她走進草地，雙手不斷打圈，最後，竟翻了兩個側手翻。

我還在等什麼？

要等笠原中女中毒而倒下嗎？抑或是等待貓 Sir 再次透過廣播器說話，由他領軍，再作安排？

隆......

警車趟門開啓，兩男童走了下車，二人隨即在地上小便，並

發出笑聲。

「咁點算呀？」暴龍友問。

我脫下防毒面具，面具沾滿汗水，我以紙巾抹去臉上汗水：「你有冇宗教信仰？」

「咩呀？有，基督教！」暴龍友答。

我從倒後鏡看著他：「其實我唔明天主教同基督教點分？」

暴龍友解釋：「你喺電視見到梵蒂岡教宗呀、咩紅衣主教呀、神父呀嗰啲咪天主教囉，喺好多地方見到啲細細間教會、有牧師呀、浸信會呀嗰啲咪基督教囉。係嘞，你無啦啦問乜啫？你唔係諗住死前信主耶穌呀，頂你，咪玩啦……」

我問：「乜你哋基督徒唔係好想見到神咩？對你哋嚟講，其實死咗咪仲好，即刻上天堂！」

暴龍友一揮手：「我而家唔想講呢啲嘢！」

我追問：「天堂喺邊？」

暴龍友有點猶豫：「天堂咪天堂囉！」

我不放棄：「即係喺邊？」

暴龍友不滿：「我點知啫，我又未死！」

我道：「如果係一億年前地球，未有人類出現時，咁有冇天堂？」

暴龍友認真去想：「神又冇話明天堂只係屬於人死後嘅世界。」

我好奇：「恐龍呢？未有人住，恐龍可唔可以上天堂？」

暴龍友開始不耐煩：「動物應該唔得，神創造天地時話，大地上嘅所有動物都係由人去管。」

我笑道：「即係恐龍都食得？點整呀？」

暴龍友嘆了一口氣：「恐龍係幾千萬年前，嗰陣都未有人類。」

我皺起眉頭：「乜天帝唔係做人類先做動物咩？亞當嘛！」

暴龍友發怒：「天乜嘢帝呀，上帝呀！」

我道：「又如果地球毀滅咗呢，咁仲有冇天堂？」

暴龍友：「…………」

我轉身看著暴龍友：「我認真㗎，我阿媽同阿爸都係基督徒，我而家想信主呀，死咗都可以上天堂照顧兩個老人家呀。但嗰啲物種如果係外星人，咁我哋個地球咪玩完！」

暴龍友：「…………」

我抓著他手：「又或者，地球俾粒巨形碩石撞擊，甚至成個爆開；又或者太陽燃燒盡，變成黑洞，扯咗成個太陽系，甚至銀河系入去……仲有，成個宇宙根本就唔係無限大，原來只係你嘅幻想，終有一日你會夢醒，你只係一條臭蟲，無離頭比滴水珠浸住，之後你永遠係一條臭蟲，唔會死……」

「咪再講呀……」暴龍友一怒之下打開車門，脫下防毒面具，衝了出外。

「呀……呀……呀……呀……」暴龍友手舞足蹈，不斷大叫。

他的叫聲，跟平常亂嗡的有點不同。這次，是帶點失控，兼且絕望的叫喊。

本來我也只是想向他求證，那些天堂跟永生的事，因為我真的有想到，這次遇事最有可能是死亡。因此，無神論者的我，也希望買個保險，先在天國，等待家人的到來。

但是，以暴龍友現在的狀態來看，他已經被我激發起內心中最原始的恐懼！

我下了車，也脫下防毒面具，想起笠原中女說的：該死唔洗病。

這句話也是較早時在蝴蝶灣遇上蟹伯所說的，他在傳染病爆發時期就沒有戴口罩，也沒有死去。

新冠狀病毒在香港爆發，起初你出街或乘坐交通工具，只有你一個人戴上口罩，大家也會怕了你，怕你已經受感染。但當衛生署每天公布確診人數直線上升，出街或乘坐交通工具時，只有一個人沒有戴口罩，人人也不敢走近他，怕他受到感染而不自知。

該死唔洗病，意思就是說：要你死的，始終要死！

例如，交通意外，一秒鐘前你投資大有斬獲，一秒鐘後，你的座駕已經被 40 呎貨櫃壓扁。

而你，不出十秒痛楚，已經身首異處。

我對於剛才的說話有點歉意，故走到暴龍友身旁：「喂！sorry，都未死，你做乜呀？」

暴龍友表現惶恐：「吓？唉……頂你呀，正打靶，好講唔講！」

「你同佢講咩嘢呀？又講鬼故呀？你明知佢芝麻膽就咪鬼嚇佢啦！」笠原中女道。

笠原中女面上永遠帶著憂鬱。

暴龍友微怒：「你講咩芝麻膽呀，阿姐！」

笠原中女：「雖然我年紀可能大過你，但個樣後生過你十年呢，我入投注站仲會俾人查身分證㗎。」

暴龍友：「算罷啦你……」

二人各不相讓，氣氛一下子緩和起來。

兩男童走到我面前，我皺起眉頭一瞪，四眼男童立刻躲到黑瘦男童背後。

「去咗邊呀你哋？」我帶點責備的問。

四眼男童道：「我哋……上咗青山寺……諗住嗰度有神靈保佑嘛……」

此時，貓 Sir 也下了車：「佢哋兩個原來唔係少年犯，只不過成日離家出走，父母管教唔到，少年法庭判入兒童院，佢哋趁疏散時逃走。」

「仲乜成日離家出走呀？」我問二人。

黑瘦男童道：「屋企好悶呀，冇得上網。」

四眼男童亦道：「我同佢通常夜晚三點出街打機，打完就順便返學，但我阿媽鬧我成日出夜街。」

我疑惑：「打機之後返學？」

貓 Sir 解釋：「佢哋兩個去麥記呀！俾我啲夥記發現，帶咗返報案室，老豆老母接佢哋走，話佢哋一個星期有三日係咁，管教唔到，所以就拍咗入兒童院。」

這兩個男童……

我指著黑瘦男童：「除咗件衫換咗佢啦，又濕又污糟……」

黑瘦男童身上的衛衣濕透，但是他十分抗拒更衣。

「除啦，我拎件衫你換呀！」我再道。

黑瘦男童這才緩緩把上衣脫下。

當我看到他赤膊的上身時，打了一個冷震。

「嘩！做咩呀？」笠原中女第一個控制不了。

「點會咁㗎？SM 呀？」暴龍友道。

貓 Sir 抓著黑瘦男童手臂：「邊個打你呀？」

黑瘦男童身上佈滿了一條二條，數之不盡的傷痕，傷痕由兩吋至五吋不等，由手腕開始，他瘦瘦的肋骨、肚子、胸口、肩膀、背脊，以至腰間，都佈滿一條條傷痕，似乎是由藤條造成的。

「佢老豆打佢㗎，一飲醉酒就打。」四眼男童笑笑口道。

「好好笑咩？你都俾你阿媽打啦。」黑瘦男童道。

我在背包取出一件長袖 T 恤給了黑瘦男童，他火速穿上。

貓 Sir 問：「乜你又俾人打咩？」

四眼男童掀起衫袖：「我阿媽成日打我，仲試過用煙頭辣我添⋯⋯你睇下⋯⋯」

四眼男童右手睜一帶，有多處淡紅色疤痕。

我閉上眼睛，腦海立刻浮現女兒的可愛模樣，為何身為父母的，會狠心傷害自己孩子？我幻想若是我女兒遇到他人這般對待，我會毫不猶豫地以同樣方式報復。

兩名男童居然被自己父母凌辱、虐待，他們二人是什麼感受？被虐打後會怎樣去面對打他的父母？

那麼他們的父母呢？當初他們孩子出生時，抱著他逗他笑，陪他玩耍的心情呢？往那裏去了？十月懷胎的親情，血脈相連的事實，又掉到那裏去了？

我著兩男童返回警車上，分別摸著他們的頭：「你哋唔好再走啦，知唔知呀？」

二人點頭，我看著貓 Sir，期待他有什麼安排。

貓 Sir 也脫下防毒面具：「大家都唔戴，要死都有伴。哼！咁樣，毒氣擴散咗，我去到青山寺，除咗見到佢哋兩個，仲見到山邊好多屍體，狗、羊、雀仔，仲有幾個人添。」

貓 Sir 搖頭嘆息：「之後我同白鴿華打算走，白鴿華話如果要硬闖最高危險區域，不如去焫啲白醋，同埋飲幾杯板藍根先，唉⋯⋯白鴿華點死㗎？」

我說出在友愛邨街市外所看見的情況，之後貓 Sir 問：「係咪醫生證實白鴿華死亡㗎？」

貓 Sir 所說的醫生，就是 B 級神樂。

我道：「佢仲未好，要打針，不過情況有改善。」

貓 Sir 向我取了一支阿托品，用手機拍了照片，當然，他也很需要阿托品防身。

除了 B 級神樂仍在車上休養，我們也擠在警車之中。

貓 Sir 似乎有事宣布：「兩條嘅仔發現咗啲嘢，我就唔知係乜，你哋幫手分析下……」

於是，四眼男童從一個巨形紙袋中取出一樣物件，兩人要合力搬運，似乎重量十足。

這是一塊灰灰白白俗稱石屎的混凝土，約 40 乘 30 厘米，一面有些坑文及生銹跡；另一面是啡色紙皮石，部份更已經剝落。

奇怪的是，紙皮石剝落的方式很奇怪，它除了是本身啡色的小磚塊剝落，連同小磚塊之下的水泥，也同樣剝落。

情況就像是一件雞蛋三文治，我隨手在面層撕下一小撮，除了面層的方包，夾層的雞蛋也給取走。

這塊混凝土共有二十多條坑，每條坑失去的小磚塊，也像是人為切割的一樣精緻。

「喺邊度搵㗎？」我問。

「喺兒童院出面，塊石屎係兒童院嚟。」黑瘦男童道。

我突然想起新墟最高危險區域內的建築物：「兒童院？兒童院而家點？」

四眼男童一字一頓道：「差唔多成幢冧咗！」

果然是！是牠們所幹的！

四眼男童抓著頭道：「不過……」

貓 Sir 岔入：「唉，呢度我講嘅，我先俾一條片你睇……」

貓 Sir 打開手機，按下一個檔案，先是一個遠景，在黑暗中只看見較近的一道閘門，貓 Sir 加以解釋：「係冧咗嘅兒童院，但太黑，影唔到。」

接著出現閘內一堆混凝土，就像剛才看見的一樣。

不同的是，這一堆混凝土會郁動，「霹礫啪嘞」的發出聲音。

我取過手機，把它靠近眼前，小磚塊下的石屎坑，有闊有窄，窄的那些坑中，有些灰灰紅紅的東西……

似昆蟲，但它是黏在坑中的，似糊狀，但它又像會跳動。坑中灰紅色的東西，充塞每一塊混凝土上。

片段中有人大叫「呀……」

不知道是那個男童尖叫聲，尖叫聲過後，一羣像貓一樣大小的四腿動物，以極速掠過那堆混凝土。

之後片段完了。

貓 Sir 道：「兩秒鐘都冇，嗰乍嘢走晒，之後我撩咗塊石屎出嚟，你哋話係咩一回事？」

暴龍友道：「你阿媽呀，係小物種呀！」

小物種！

我們也看著暴龍友，他再道：「之前咪見過啲成年物種逼晒喺大廈外牆，以為佢哋好似小吉咁（註），乜都食，連水泥石屎牆都食。但係，條片睇到石屎嘅坑有啲嘢，嗰啲成年物種，好似係埋啲食物喺啲坑入面，餵飼小物種呀……頂你！」

註：小吉是鳥山明的漫畫《IQ 博士》的主角之一。

成年物種把食物放在坑中，餵小物種，那麼，牠們是想……

暴龍友雙手掩著臉，並深呼吸著：「冇啦！冇啦！」

四眼男童立刻把那塊混凝土掉出警車外：「你哋唔好再講啦，好恐怖呀。」

暴龍友再道：「如果……如果佢哋將每幢大廈都變成巢谷咁，我哋……就真係玩完啦！」

突然，我想起在夢中，由笠原中女化身成長滿黑色硬毛的物種向我說：

玩完喇，你仲唔認命！

…待續……

23

昨晚在屯門公園，我遇見了兩名攝影發燒友，速龍及暴龍二人。

前者曾經是我們這群雜牌軍的領頭人，可惜，他因為目睹漁民墳場出現可能是人食屍體一事影響，而產生強烈的絕望及恐懼，最後更不幸命喪槍下。

沒有了速龍友，某程度上，我是極度不願意之下硬著頭皮，頂替了他的使命，帶領著雜牌軍，以離開屯門為目標。

而現在，唯一可以跟我分擔及分析事情的暴龍友，也開始接近崩潰。

再這樣子下去，下次崩潰的……

可能是我！

真的玩完？

我不想去接受暴龍友所說的話，但是曾經看過有關外星人侵略地球的電影，片段一下子湧上腦海中。

那些物種，究竟是屬於什麼種類呢？牠們能在水中暢泳，能跳欄跑，走樓梯時步重力大，陸上活動高速敏捷，兼具靈長類的智慧，能用手持物，甚至互相之間以語言溝通。

而最令人心寒的是，牠們是集體行動，像某些鳥類和魚類一樣，一大群，為數過百地在建築物攀爬，把食物埋藏在大廈外牆，讓小物種睡醒便可溫飽。

這等群居生物，若然大量出現，人類應該怎樣去應付？

若果當牠們只是新發現的物種，那麼，是任由牠們像野生動物般自由活動？牠們可是能走上數十層高的大廈如履平地，秒殺流浪狗掛屍樹上，人類和牠們隻揪隻必然被潰擊。

這些物種，表面上像是野獸般難馴，若然牠們是一群高智慧的生物，科技只有比人類更高，那麼，人類，不就如暴龍友所說的：

玩完嗎？

「鹹濕仔你又唔洗諗得咁灰，獅子老虎夠惡啦，咪一樣要跳火圈討好人類歡心，我哋就係比其他動物多咗樣嘢……」貓Sir安慰同時，用手拍打腰間配槍。

暴龍友道：「槍？」

貓Sir笑道：「係，知唔知我哋人類點解會比其他生物聰明？因為我哋條脊椎骨可以令我哋企直，令到我哋視嘢廣闊咗，腦部更發達，仲多出一雙手可以用，呢啲，就係我哋人類可以成為萬物之靈嘅原因。」

暴龍友有點迷惘：「萬物之靈？」

貓Sir點頭：「係，你諗下，如果嗰啲物種大量出現，四圍攪破壞，你估執政嘅人會睇住佢哋而唔反擊咩？而家打仗唔洗明刀明槍㗎，音波、氣像、細菌都係好強嘅武器。以細菌為例，科學家只要捉到一隻物種，注射一種病毒入佢體內，之後再放生佢，等隻嘢返咗去佢哋個竇度，咁樣就……」

「好似由甲藥咁，一舉殲滅？」暴龍友開始精神起來。

貓 Sir 豎起姆指:「係,醒目,而家諗諗下,個倉入面嗰隻嘢都應該唔係咩受傷動物,似乎係你哋見過嗰隻物種,啲夥記困佢入倉,應該係收到高層指示,有可能好似我頭先所講,科學家會喺嗰隻身上注入病毒。」

說到這裏,暴龍友及笠原中女二人看著我,暴龍友更是顯得很不安。

貓 Sir 見狀道:「你哋……係咪發生咗啲咩事?」

笠原中女雙手掩著臉,不斷搖頭。

貓 Sir 道:「嗱!咁樣,有乜嘢事唔好收埋。」

我雙手手指捽著兩邊太陽穴,沒有正視貓 Sir:「我……放咗隻嘢出嚟!」

「吓?你唔係咁搞呀?」貓 Sir 驚訝地道。

我很尷尬地道:「我都唔想,佢哋成群喺警署外面,我哋走唔到呀……」

於是,我把在 1 / F 報案室的遭遇告訴貓 Sir,為免被責備,我刻意跨大了不知名物種在警署外的數目。

「所以,我都係冇彎轉先搏一鋪,咁至少我哋冇死到呀!」我盡量解釋到無奈兼沒法子下,才放物種出來。

貓 Sir 聽後不斷搖頭,又嘆息,雖然沒有開口,但我知道他很想罵我。

轟……隆……

突然雷電交加，原來污雲早已經籠罩在我們頭上，雨下得很快，並且很大。

啪！啪！啪！啪！啪！

雨水打在臉上，甚至會疼痛。

我、暴龍友、笠原中女三人立刻跑回車上，黑瘦男童亦馬上把警車車門關上。

返回車廂後，我把車頭向著警車，停泊在警車司機位旁，我們也打開了部份車窗，方便溝通。

貓 Sir 道：「呢啲都可能係人工造雨，我諗之前嘅直升機，喺政府派人收集毒氣含量，如果仲要落雨，可能空氣中毒氣含量好高，所以，政府暫時係唔會派人入嚟災區……」

暴龍友很著急：「咁即係點呀？見死不救呀？」

笠原中女也道：「佢哋都應該知道架直升機炒咗啦，連飛行服務隊隊員同埋個警察都唔救，又點會救我哋呀……」說話後笠原中女看著貓 Sir。

貓 Sir 無奈地說：「又真係過份，擺到明有伙記失蹤，又有直升機墜毀，咁都唔落嚟救人，佢哋唔係人咩！」

我想到了市廣場的直升機，那兩位機師及 PTU 警員，就剛才返回現場所見，開始有蒼蠅圍繞，相信再過多一天，將會開始發漲。

「咁我哋點算呀？」黑瘦男童問。

我們面面相覷，我深信，這個其實也是大家所共有的問題，

只是，我們真的已經想到沒辦法再想了。對我而言，最後，就只能戴上防毒面具，硬闖最高危險區域。

「你不如俾部電話貓 Sir 睇下！」笠原中女提議。

我這才醒起，或許貓 Sir 對毒男希及 Gap Joe 二人的短訊，有另一番見解。

我將毒男希的手機從窗罅伸出，遞給阿貓。

「呀......」警車上的四眼男童突然大叫道。

「草地......草地......」他再結結巴巴地道。

貓 Sir 轉身向後：「嗌咩呀你，見鬼呀？」

四眼男童指著車尾位置：「草......草地上面，有隻黑色嘢......」

警車尾正對著的，是一大遍草地，那是湖山遊樂場的位置，因天色已黑，加上我的視野，正正被警車擋著，所以不明白四眼男童所說的正確位置在那裏。

我把車窗關上，啓動車子，駛前到草地邊緣。

「做乜嘢呀你？隻黑色嘢係佢哋嚟㗎，快啲走啦。」暴龍友大力拍打著我的座椅頭枕。

「殊......靜啲，而家有車，有咩唔妥都安全好多。」我道。

暴龍友雙手抓頭：「黐線㗎你，俾你累死......」

儘管暴龍友不滿，但是我沒有理會他。我也不是膽子大，只

是對現在有了車子，較之前信心大增了，至少遇上突發事件，也可迅速離開。

車子進入了湖山遊樂場小徑停下，我回頭望四眼男童，他大動作地指著草地內。

我不敢亮燈，只是加快了車前水撥速度，集中精神盡量望向草地深處……

看到了！

牠們倒在地上！

不止一隻，而是大約有二十多隻黑色物體倒在地上。所謂倒在地上，就像是死了一般。

我想到剛才我們曾經下車，伸展肢體，若不知名物種要偷襲我們，早早已經下手了，根本不用等到現在。

於是，我亮了車頭大燈！

一照之下清楚得多，躺在地上的黑色物體，是一群之前曾經在蝴蝶灣社區中心遇見過的：

黑色山羊！

「係山羊！」我道，同時也希望車上其他人停止恐懼。

這群山羊任風吹雨打在身上，附近也不是沒有躲避之處，有這樣的行為，除非，牠們已經死了。

山羊死了，相信不會是餓死，那麼……

「好似死晒！」暴龍友看著窗外。

笠原中女慢慢抬起頭來，伏在窗前細看。

黑色山羊的死因是值得令人關注，若牠們是死於非自然⋯⋯

「佢哋好似係社區中心嗰羣山羊⋯⋯」暴龍友道。

他再道：「你唔係話佢哋住掃管笏咩？掃管笏好近大欖⋯⋯我反而想知道佢哋點解會死！」

「你意思係話佢哋受到感染？」我問。

暴龍友道：「好出奇呀！個的士司機戴咗口罩都死啦，我懷疑交通意外現場嘅毒氣係好大劑量，可能個貨櫃入面係一啲超高濃度嘅生化武器，啲山羊一定係食咗附近啲草而感染！」

「你哋有冇聽過複製羊——多利？」笠原中女道。

「講呢啲嘢托咩你！」暴龍友說話是不理會笠原的女性身分的。

我道：「你係講史上第一隻複製羊呀嘛，死咗啦，問嚟做咩呀⋯⋯」

我也認為笠原中女在這個時候，談論複製羊的話題，確實是無補於事。

笠原中女續道：「你睇下佢哋，隻隻都一樣嘅，好似係複製出嚟咁。」

暴龍友回應：「我呀，夠睇個個韓國女仔個樣都一樣啦，唔通佢哋又係複製出嚟咩？整容之嘛！」

暴龍友這個例子我又沒有想過，反而，我眼中很多印巴藉人士是同一個模樣，或許等於西方人看我們亞洲人一樣。

這也難怪，相傳很多日本人的祖先，就是中國一名叫徐福的人。他帶上三千童男童女，為秦始皇往東方尋找長生不老藥，最後更定居日本。

笠原中女在擋風玻璃霧氣上，寫上「Dolly」一字，她道：「複製羊——多利出生之前，有 277 個失敗之作，佢哋唔係一出世即死，就係有兩個頭、五隻腳，總之就係畸形，嗰羣黑色物種，其實會唔會係複製人類嘅失敗產品？」

想不到笠原中女對這些題目也會有認識，我也是在市廣場聽到保安員說「異形」後，才會意到不知名物種也有機會是外星生物，保安員直稱牠們為異形，情況就如我一樣。

我一直只猜想牠們是未被人類發現的物種，我雖然是看科幻小說成長，但是從來也沒看見 UFO、大眼小灰人等，要我接受外星文明是有一定困難。

若然 1947 年美國政府真是活捉了一隻外星生物，那麼數十年過去，地球人有什麼了不起的能力，可以阻止外星生物來香港？難道如陰謀論者言，外星的蜥蜴人已經在地球定居多年，甚至曾經化身成為美國總統或者皇室成員？這個似乎又太牽強了。

我們的維多利亞港如此美麗，外星生物怎會錯過，單是在天空上飛算什麼高智慧生物，至少像好奇號在火星上漫遊，為何不從奇形怪狀的 UFO 下來？是怕尖東海旁太擠擁嗎？難道外星生物已經在香港活動，外星生物又在扮人？

至於笠原中女所說的複製人類，牠們的黑色外形，是以非洲人的細胞複製嗎？反而我想到更嘔心的是，科學家以其他動

物身上的基因，加入人類身上，培育出這些新物種，大量「生產」，來用在軍事上。

每隻物種以傘兵空投入敵陣，一收到指令，便像在騎術學校外時一樣，殺害對方士兵，破壞電腦等。

這樣想像下去，還有更多推測⋯⋯牠們是群居物種，兩棲類，行走迅速，能使用人類工具，牠們可能是⋯⋯

1）上一個文明的死剩種。

2）保安員所說的「異形」，外星生物。

3）笠原中女說的或基因改造工程的動物，複製人的失敗品。

4）一種未被人類發現的物種。

5）科學家製造的生物武器，空投敵國，以一敵百，秒速殺人。

6）靈長類基因特變後新品種。

7）物種在自然界雜交後新品種。

最可怕是外星生物，因為單看牠們吃建築物的行為，已經令人震驚，牠們若生活在其他星球，在該處的大氣成份、引力、維生條件通通和地球不同，所以，根本就不能推測牠們的下一步行動。

舉一個例子：牠們可能沒有惡意，但地球人在牠們眼中，可能只是一隻小動物而已，就如好奇號降落火星的時候，可能已經令到火星上唯一的生命消滅。

火星之上，可能剛有水源，剛有單細胞生物，但在好奇號降

落的一刻，氣溫輕微轉變，在火星來說，或許已經是一次滅絕災難、冰河時期及大洪水等。

雖然我並不認同笠原中女所說，牠們是複製人類的失敗產品，但是，我的思維已經比以前擴闊不少，可以用更多角度去分析事件。

正當我們還在討論物種來源的問題時，突然警車「嗚……嗚……」的響起警號。

紅藍色燈在警車頂上閃爍，我被嚇了一跳。

暴龍友伸頭上前，隔著玻璃，向貓 Sir 埋怨：「你冇嘢呀？嚇親人呀，頂你！」

我們當時與警車相隔了數個車位，故貓 Sir 透過廣播器道：「聽唔聽到？我可能知道電話入面喺講邊一條路，但要返一返警署先。」

貓 Sir 說完已經一馬當先，警車響著警號，亮起紅藍閃燈，離開了蝴蝶灣體育館。

「佢知道邊條路，又要返警署？攪乜春呀？要落簿收工呀！」暴龍友道。

暴龍友的話有時候是很有 point 的，但老是要加些無聊字句為結尾，才令人討厭。

這樣，我只好啓動車子離開，這次再闖青山警署，希望能夠平平安安，齊齊整整，沒有那物種及揩天仔才好。

我們到達青山警署，報案室外停泊了警車，我向前駛至平排，只看見兩男童在警車上。

「貓 Sir 呢？」我問。

「佢話入去拎啲嘢喝。」黑瘦男童道。

「叔叔呀，你帶埋我哋入去呀，呢度好恐怖呀......」四眼男童表現得很驚慌。

「我哋點呀？入唔入去呀？」暴龍友例牌問我意見。

貓 Sir 發現了逃生的路，但是又要走回來，當然有他的理由，或許他要上 5 / F 取回自己物品。

我道：「呢次可能係我哋最後補給，我會上去 4 / F 餐廳再拎啲罐頭同飲品，你哋可以留低喺車上。」

我把外衣帽子蓋過頭頂，衝下車子，跑上報案室樓梯，但見我一動身，其他人又要跟隨。

「我個唥入面仲有好多嘢未拎走。」笠原中女還對她的行李不死心，我才不會幫助她。

「我都......睇下有冇漏低嘢先。」暴龍友提起自己的背包，跟了上來。

「你拎埋個背囊落車托咩？」我道。

暴龍友直入報案室：「你理得我呀！」

兩男童也說害怕硬跟了上來，外面車上，只剩下 B 級神樂一人。

我安排兩男童坐在報案室的沙發，等待我們回來。我先到 4/F 取了些食物，放在報案室，報案室地上血跡斑斑，四眼男童

被嚇得縮在一角。

暴龍友自行到地下，他說要找些東西，我才不願下去，下面有數具屍體，我不想再接近。但暴龍友被笠原中女勸服，會協助陪她在地下梯間取回行李唿內物品。

我見貓 Sir 遲遲未曾現身，便問兩男童：「貓 Sir 有冇話返嚟拎啲咩呀？」

黑瘦男童道：「貓 Sir 佢冇講呀，佢睇完部電話，就講『唔通係嗰條路？仲行到咩？』之後將部電話充電，又話好彩啲短訊有用，不過條路唔係百分百安全。」

我追問：「佢冇講邊條路呀？路名呢？」

兩男童搖頭。

聽完黑瘦男童所說的話，已經得出初步結論，就是貓 Sir 單從毒男希的訊息中，得到了一個重要訊息，那是毒男希或 Gap Joe 逃生的路。

可以是毒男希所提供，Gap Joe 所走的路；也可以是 Gap Joe 提供，要毒男希帶備工具所走的賊船秘道。

這也代表著，我可以回家了！

我高興得抱著兩男童：「我哋可以返屋企啦，等咗好耐啦！」

黑瘦男童：「你箍得我好緊呀⋯⋯」

四眼男童：「唉⋯⋯咁即係又要上 court。」

我不解：「上 court？」

四眼男童:「係呀,當我哋係走犯嘛,今次有排踎。」

我雙手搓著四眼男童的臉:「下次唔好再偷走啦,有伴唔會好惡踎啫,哈哈!」

兩男童雖然有點不捨,但是仍然不能影響我的興奮心情:「喂!我上去搵貓 Sir 先,你哋喺度等隻暴龍返嚟。」

黑瘦男童喊道:「佢好黑人憎呀,我跟埋你上去。」

我沒有阻止,兩男童跟隨我上樓,我們上到 5 / F,這是之前來過的地方,已故的老爆犯曾經在這裏撬開多個鐵櫃,取得防毒面具。

如今,這個偌大的更衣室,就像剛剛被洗劫的單位一樣,已經被撬開的櫃中物品,凌亂地撒滿在地上。

這種行為,若然是貓 Sir 所幹,他到底要找什麼呢?要使用什麼東西,才可以走上逃生道路?

突然我眼前一黑,感覺到左搖右擺,兩秒過後,又回復正常。以前也曾經出現這種情況,我歸究是自己休息不足之故,也沒有去跟進。

「叔叔呀,呢度好恐怖咁嘅,不如走啦......」四眼男童永遠是膽量最小的一員。

「你好 Q 冇用㗎!」黑瘦男童在揶揄他。

「張家志你收皮啦,你夠屎急唔敢入廁所瘌咯。」四眼男童道。

「你哋咪再喺我面前嘈交呀!」我慢慢走著,亮了手電筒,

不時四處打量。

我停下腳步，閉上了眼睛，感覺到左胸膛有些微刺疼痛，一下又一下，二十秒過去，痛楚停止了。我想，離開屯門之後，第一時間要浸一個熱水浴，來一個正宗的全身按摩，再好好睡上一日一夜。

身體所發出的警號是最能反影現實的，這是在告訴我自己，要小心注意身體。

「貓 Sir 呀！」走在最後的黑瘦男童，轉身叫了一聲。

黑瘦男童離開了 5 / F，跑下樓梯，四眼男童立刻跟上：「張家志，等埋我！」

我也立刻走出梯間，已經看不見兩男童。

「等埋我呀……」聲音源自較下的樓層，那是四眼男童的叫聲。

我立刻沿樓梯跑下去，也不知是 3 / F 或是 2 / F，卒之見到兩男童，二人進入了走廊。

我問：「貓 Sir 呢？」

黑瘦男童瞇起雙眼：「頭先明明見到有人㗎……喺對面呀！」

我看進走廊，看見走廊盡頭站著一個人影，單從外表看，應該是貓 Sir 沒錯。

「係貓 Sir 呀！」黑瘦男童看著我道。

我看著貓 Sir，他舉起左手不停揮動。

看見貓 Sir 的動作，黑瘦男童亦揮手回應：「貓 Sir，係咪你呀？」

但貓 Sir 只是不斷揮手，而且還加快了頻率這使我感覺到，他是叫我們不要過去。

之後，貓 Sir 舉起右手，再以左手指著右手。他的右手正拿著東西，從外形看來，是一把手槍。

黑瘦男童大叫：「貓 Sir......你講咩呀，我哋聽唔到呀......」

我已經察覺到不妥，但仍然未能阻止黑瘦男童大叫。

貓 Sir 終於按耐不住，亮聲道「我叫你哋走開呀！開槍會射到你哋呀！」

出事了！貓 Sir 之所以作出警告，當然是因為事不尋常。他擎槍的原因，多半是感到生命受威脅，我已經讓不知名物種離開警署，那麼，對貓 Sir 作出威脅的會是......

「佢話開槍呀......張家志我哋走啦......」四眼男童勸喻道。

咔！

是開門聲！

聲音很近，在漆黑的走廊中，其中一個房間的門，清脆地打開了，房間的位置，大約是在走廊中段，之後，走出一個人來！

此刻，我感覺到恐懼了，心跳突然加速起來！

噗！噗！噗！噗！噗！噗！噗！噗！

除了心跳之外，又再感覺到一些不安……

啊！這種生理反應，很熟悉，是老毛病再來找我嗎？我已經康復了的驚恐症，不是在這個時候復發吧！

但是又不太相似，至少我手指沒有抖震，臉頰也沒有麻痺！

easy……easy……這種感覺，不像舊病復發，而是……

發燒！

而且來得很快，剛才頭暈的時候，還是頗精神的，現在一下子已經手軟腳軟，全身疼痛似的。

回說有人從走廊中段的房間出來，之後不斷地左顧右盼。雖然那人距離我們比貓 Sir 更近，但是因為走廊太黑，兼且那人外形線條並不明顯，因此我也不敢確定，說他就是揸天仔。

他個子不高，但像駝背一樣，背部突起。

「咦！佢！」黑瘦男童的聲調本身就很響亮，一下子，那人頭部一轉，向著我們，但是，不久又轉頭向貓 Sir 那邊。

「殊……唔好嘈……」我扯著黑瘦男童手臂，但感覺到有心無力，身體狀態開始跟不上思考。

雖然我成功以右手推開了門，並把四眼男童從走廊推了出外面樓梯間，但是黑瘦男童就是有一種和我抗衡的一股力量。

當一扇門打開，微弱的光線透進走廊，裏頭的能見度增加了，可以看見走廊中的人，原來並非駝背，而是背上了一個背包！

一個曾經見過，似曾相識的背包！

「係呀！真係佢呀！」黑瘦男童帶點興奮的聲調說。

「走開呀……危險呀……」遠在另一端的貓 Sir，聲嘶力竭地叫喊著。

「出……去呀……」我盡用全身氣力，雙手抓著黑瘦男童左手，同時，他用右手開啓了箍在前額上的電筒，也甩開了我的雙手……

電筒光線十分刺眼，走廊突然充滿強光，牆壁、地板、天花互相反射，令我雙眼一下子未能適應。迷糊之中，看見黑瘦男童離我而去，我也不想鬆手，只是我力不從心，他氣力剎那間比我更大。

黑瘦男童進入走廊，跑向那人，那人身上所背的，我這刻才認出，那是個什麼公仔的背包。

一部迪士尼動畫的公仔！

藍色的公仔！

「喂喂喂……」

那是黑瘦男童喜悅的聲音。

「你仲乜唔捉住佢呀……好危險㗎……」這是貓 Sir 對我的責備說話……

只是，要發生的，終於會發生……

黑瘦男童腳步聲停下，並道：

「史迪仔，乜真係你呀！」

「咦？你⋯⋯」

⋯待續⋯⋯

24

「點解......」

「嗚......嗚......」

第一天

屯門市廣場,晚上。

目睹直升機墜毀後,我滿身大汗跑回家並收拾輕便行李。當走至電梯大堂,發現了兩名男童,他們是多次離家出走,以及被父母虐待的——

黑瘦男童 - 張家志。

四眼男童 - 吳德安。

「叔叔,唔該你帶埋我哋走喇,當我求你啦......」

他們將自己的命運,交託給我,而我亦立下誓言,帶他們離開。

只是,命運弄人,一而再,再而三地,我連累了身邊的人。

假如,在環保園偷車後,我沒有把車折返青山警署,速龍友或許不會死。

若我不是一意孤行,再返回市中心,B級神樂應該不會中毒。

當初,只要我堅持要兩男童留在警車上,他們就不會隨我走上 5 / F,亦不會走進這條漆黑的走廊......

命運嗎？

那個背包的人轉個身來，一頭短髮，臉上長滿紅瘡！

是揩天仔！

「史迪仔個背囊......你係？」黑瘦男童問。

對方沒有回答，一手把黑瘦男童按在牆上，右手不知拿著什麼硬物，往黑瘦男童頸部橫掃！

嘭！

槍聲同時響起，不知道打在什麼地方，但至少我沒有中槍。

「伏低呀......」貓 Sir 高呼。

我立刻伏在地上，接著傳來急速的奔跑聲，由遠至近，接著再有數下槍聲。

嘭！嘭！嘭！嘭！

四下槍聲過後，再有奔跑聲音由另一面遠去，我才抬起頭來，走廊中間，伏著兩個人。

一大一小！

我撐起身子，突然天旋地轉，感覺就像耳水不平衡。我勉強站穩身子，慢慢走到走廊中間。

一種快要窒息的感覺湧現！躺下來的，是黑瘦男童及貓 Sir ！

黑瘦男童頸部被刀拖出一條五吋長的疤痕，已經沒有反應，

雙眼瞪大；貓 Sir 的腹部大量出血，已經染紅了外衣，衣上有十多二十處傷口，似乎是被利刀所刺。

我分別用手指去把探二人氣息，黑瘦男童已經沒有呼吸了，也感應不到有脈搏；至於貓 Sir，他右手在顫抖。

「貓 Sir！貓 Sir！」我道。

貓 Sir 嘴唇微微張開：「槍⋯⋯」

找配槍嗎？看不見呢！

貓 Sir 道：「佢⋯⋯衝入報案室⋯⋯隊我！有⋯⋯避避彈衣⋯⋯」

他再想說話，但沒有了，在這個情況下，我至少得把他抬到暴龍友面前急救。

貓 Sir 很重，我抓著他雙臂，嘗試拉扯，但我全身軟弱無力，我走出梯間，看見四眼男童蹲在地上，雙手抱膝。

我開始連說話也困難：「入去⋯⋯幫手⋯⋯」

當我們再走回走廊中間時，我發現貓 Sir 曾經移動身子，他右手握拳，手中有些東西，只是，他口部也吐出血來，鮮血由口部開始，像泉水一般，慢慢地流過頸項，直至地上。

我把探他的脈搏，貓 Sir⋯⋯

他已經沒有反應，身體不似是受到槍擊，似乎是活生生地，被指天仔用刀刺死的！

「張家志佢⋯⋯叔叔⋯⋯」四眼男童不斷抽搐，開始哭了！

我搭著他肩膀：「我好唔妥，你去搵暴龍上嚟幫手......」

四眼男童立刻上前緊抱我左手：「我......唔去呀，叔叔......唔好掉低我呀......」

「殊......唔好喊呀......靜啲先啦......」我希望四眼男童可以冷靜下來。

「叔叔......我好驚呀......我想返兒童院......」四眼男童喊得滿臉淚水。

「殊......收聲呀，佢可能未走㗎......」我也控制不了，淚水開始落下。

看見黑瘦男童雙眼，再想起他被父親虐待的經歷，內心一酸，我也哭了起來。

我握著黑瘦男童的手：「對唔住......」

我想像著他被父親毆打時的情形，想起第一次看到他背上疤痕的情況，他才十一歲人，為何要受到這等苦楚？

我抱著四眼男童，就這樣哭了一陣子，之後，我在貓 Sir 握拳的右手中，找到一串鎖匙。一串共兩條的鎖匙，由一個紅色塑膠牌連繫著，上面人手寫上「NW」兩個英文字母。

之後，我在貓 Sir 身上取走了記事簿，簿內有我們所有人的資料，若我能夠死裏逃生，這就是我們這群「新界西地區特別事故」受害者的證明，假如死去的人有投買保險，可能有點幫助。

我在貓 Sir 身上找到紙巾，分別蓋在二人頭上，之後，我取走了黑瘦男童的袋，便和四眼男童離開。

出到梯間，我才知道是在 3／F，揹天仔還在警署之內，我們要盡快離開，否則，以我現在的狀況，根本連保護自己也感到困難。

我們走到 2／F，正打算再下一層時，一個人影坐在樓梯上。

糟！是揹天仔！

他左手握拳在鼻上嗅，右手持著一把切肉刀。

接著他左手垂下，發現了我倆。

情況是，我們正站在樓梯上，揹天仔正坐在 2／F 落 1／F 的轉角處。

時間不容許我細想，若我再折返往上走，不知道要待到何年何月，因此，我決定跑進 2／F 走廊，沿另一面樓梯跑落報案室離開。

「走！」我也沒有時間向四眼男童交代，一聲之下立刻拖著他跑下樓梯……

「跑去另一邊落報案室！」我叫道。

同時眼角瞥見揹天仔站了起來！

我伸手去拉門，但很不幸地，四眼男童他居然用手去推……

啪！啪！

走廊門一開再關，接著揹天仔掩至：「吼……我銅皮鐵骨……」

鏗！

一聲響，一把利刀劈中木門的金屬手把，擦出火花，我立刻縮手，幸好沒有被擊中，於是我以肩膀撞向揩天仔，他身上的避彈衣把我弄痛，但我仍然把他撞開。

趁這個空檔，我再度拉開木門，帶著四眼男童衝進走廊，但揩天仔如影隨形，跑了進來。

我們沿走廊跑向另一面，但二人腳步不一，不知道是我氣力不繼或是四眼男童跑得太快，二人跑至中斷，竟雙雙跌倒地上。

我們勉強站起，但揩天仔又到，他左手拿著天拿水樽，反握樽頸作武器，樽內天拿水四灑，他持樽向我襲擊，我以背部硬擋了一下。

揩天仔真是氣力大，我所受一擊，令我再次倒下，但同時雙手亂抓，抓到一個門鎖，除著倒下順勢一轉，門被打開，我跟四眼男童跌進一間房中。

我立刻把門鎖上，揩天仔則不停撞門。「開門呀⋯⋯」

「叔叔⋯⋯係徐民呀⋯⋯」四眼男童以背部頂著門。

「徐民？」我不解。

四眼男童再道：「佢褫住咗史迪仔個背囊呀，張家志認錯咗佢係史迪仔呀，徐民揩天㗎，佢本身都係傻㗎⋯⋯」

叫徐民的揩天仔，本身也是傻嗎？難怪他沒有一刻正常過。這也就是說，他有沒有嗅天拿水，也份別不大。

他是個極為暴力的危險傢伙！

「叔叔，個門鎖就爛啦……」四眼男童抬頭看著門，門鎖不繼震動，似乎快要從木門脫落。

「頂住呀……」我坐在地上，雙腳撐著寫字枱，枱面上的水樽，也因震動而跌倒地上。

瓶裝水？啊，這房間……

是 2／F，我曾經待過這房間中，清洗傷口，但我不是反鎖了嗎，怎會……

我沒花時間細想，立刻起身，爬上寫字枱，翻開假天花。

「叔叔……你過返嚟呀……頂唔住啦……」四眼男童驚呼著。

在那裏？我把它放在這裏的……

有了！

我從假天花上取出揸天仔的手槍，好一會才成功把槍膛打開，再從褲袋中，取出在 PTU 身上尋獲的快速上彈器……

啪！

成功了，我成功地把手槍上膛！

「過嚟踎底呀！」我指示四眼男童，他馬上連翻帶滾，走到桌下匿藏起來。

只要揸天仔一衝入來，我就送他六顆子彈，直至他氣絕身亡為止。

我就殺個人看看，說到底，也是他逼我出手的……

但其實……

根本就不需要找什麼借口，殺人便殺人吧。

我從寫字枱跳下，走到門前，左手去開門，右手準備射擊。

門一開啓，揩天仔可能是剛好撞門，故撞了個空，跌在地上，我立刻瞄準他開槍。

嘭！嘭！嘭！嘭！

糟！打中了他身上的避彈衣！

四眼男童嚇得從枱底爬出。

「跑出去呀！」我高聲叫喊。

四眼男童成功奪門而出，我再向揩天仔頭部開槍。

嘭！

打中他了！

開槍時剛巧揩天仔轉身站起，右手一揮，擊中我所持手槍。

啪！

手槍應聲跌在地上。

但揩天仔只是耳朵流血，那一槍我只是射中他耳朵罷了。

他蹲下身撿起地上手槍，我立刻伸手入褲袋，去找螺絲批……

當然，螺絲批已沒有了，早在 4／F 餐廳和揩天仔困獸鬥時，就已經使用了，還把它插在揩天仔右臂之上。

我在身上再找，卒之從外套口袋中取出一樣東西——

胡椒噴霧？

不容細想，立刻按下胡椒噴霧，噴霧全數噴在揩天仔臉上。

「呀……咩嚟㗎……好�眼呀……」揩天仔站了起身，在房內不斷亂跑。

「嘭！」

他胡亂開了一槍，打碎了玻璃窗，並完成了六發子彈的使命，我正想走出房間，突然揩天仔爬上窗框，往窗外一躍而下……

啪！啪！

先後出現兩下聲響，揩天仔必是身體碰到什麼後，再跌在地上。

我檢查房門鎖，原來本身是損壞了，鎖了等於沒鎖。出到走廊，看不見四眼男童，故走到報案室，同樣沒有人，就連笠原中女及暴龍友也不見。

我離開報案室，看到車上有人，笠原中女坐在司機座位，暴龍友也在車廂中。

「上車啦！」笠原中女喝道。

「見唔見戴眼鏡個細路呀？」我問。

笠原中女搖頭。

我沿馬路跑向警署閘口，必須要找回四眼男童，我一定要帶他離開。

我跑到閘口，鬆了一口氣，四眼男童跪在停車場上，想必是給數具屍體嚇傻了。

雨勢沒有之前般大，只有毛毛細雨。我跑入警署，踢中一件東西，就像皮球，令我跌到地上，幸好雙手及時按在地上，但手腕傷口一受壓，反射神經令雙手自然縮起，眼看頭部落地，但給一個軟綿綿的東西墊著。

我定眼一看，居然是揹天仔的背包，那個史迪仔的背包！

我忍受痛楚，撐起身來，卻見眼前的揹天仔，頭顱不見了！

當他從 2／Ｆ 躍下時，不知頸項落到什麼地方，使他身首異處。

可怕！我曾經見過一次相同情況，一位女子跳樓自殺，也是身首異處，但她的頭顱竟還留在公屋簷蓬上，而身軀則跌落在馬路上。

那我剛才踢中的球形東西是⋯⋯

天！

可是，我突然想起一件重要的事。那是交通意外的新聞報導，

揩天仔的電話！

我閉上雙眼，深呼吸了一下，再張開眼睛，視線只集中在史迪仔背包，我打開手電筒不斷尋找，內裏除了有玩具之外，還有很多木顏色筆，以及有一把警槍，想必是貓 Sir 的配槍。

之後，在背包的一個暗格中，發現一本警察記事簿，同時終於找到了一部手機。

我把記事簿及手機放進衣袋，並把手槍的子彈退下，發現只剩下一發有彈頭。剛才在走廊困戰，貓 Sir 曾經開過五槍，揩天仔居然可以全身而退，生命力比自殺仔更強。

當下這一發子彈及警槍，我必須收起，說不定下一次生死關頭，能救我一命。

我走到沙發旁，看見四眼男童掩著雙眼在顫抖，我用盡全身氣力，抱他起身。

「冇事啦，我哋走……」我也不知道是在安慰四眼男童，抑或是安慰自己。

真的是告一段落吧！

我把四眼男童抱上車廂時是失去平衡跌進去的，不知為何，當笠原中女為我打開車門時，我雙腿軟了下來。之後，我很辛苦才能坐上前排座位，四眼男童仍然在抽搐哭泣。

由笠原中女駕駛，我們終於安全離開青山警署。

暴龍友問：「貓 Sir 呢？仲有另外個嘅仔呢？」

基本上，我不是不想回答，而是我已經沒有氣力，在車門打

開的同時，我就知道，自己已經疲憊不堪。之所以能夠抱起四眼男童，全憑剛才的一絲生存意志，現在稍為感覺到安全，便立刻原形畢露。

「我哋聽到有槍聲，先走返上車，貓 Sir 佢哋呢？」笠原中女左手輕按我手背。

但我很辛苦，舌頭像千斤般重：「佢哋……死咗……」

「唉！其實聽到槍聲，都估計到多少，始終要有人犧牲……」暴龍友的話，像一把刀刺進我的心。

我們剩下在車上的五個人，是犧牲了多少生命來換取得來？前路還有多少障礙，再要我們付出性命，來換取其他人的生存機會？

而我，還要連累多少人？

接下來，四眼男童向他們說出貓 Sir 及黑瘦男童，還有揩天仔的死亡經過。

「你好似好唔精神噃，冇嘢嘛？」笠原中女關切慰問。

「我……好似發燒，全身手軟腳軟……」我勉強說出。

笠原中女把車子駛至舊碼頭外停下，我取出一支能量飲品，一飲而盡，可能我太心急，邊喝邊漏。

笠原中女把手撫摸我臉頰：「嘩，你好慶喎，可能淋咗雨冷親，食退燒藥先啦。」

可能是暴龍友，他把退燒藥遞給我，我接過了，也沒有看便用水服下。吞下的是兩粒藥丸。

「佢點呀？」我其實想問 B 級神樂情況，但就是不想說太多。

暴龍友道：「佢？你係指嘉嘉？佢頭先又嘔呀，嘔番晒食過嘅嘢，但嘔完臉色好吃，都有講下嘢，但似乎好劫。」

太好了！B 級神樂康復的話，我內心會好過一些，她中毒全是因為受我牽連，真不想再有人為我而死。

我取出從揹天仔背包中所找到的手機及記事簿，交給笠原中女：「充電......」

笠原中女在汽車充電線弄了一會後，轉身問暴龍友：「你有冇呢隻插頭呀？」

暴龍友：「冇呀，而家仲有人用呢隻機咩！」

我道：「我個背囊入面有束百搭插頭，你拎嚟換咗我部電話。」

暴龍友打開我背包在找：「嘩，你個袋好亂呀......又罐頭又棉花糖......你畫畫寫生㗎？有本畫簿嘅？」

我閉目養神，完全不想回答暴龍友的廢問題，他找到插頭後交給笠原中女，她把我正在充電的手機拔走，換上了揹天仔的手機。

「咦！啲素描 OK 喎，個花樽好立體喎！」原來暴龍友在看女兒的畫簿。

暴龍友：「呢個......你老婆呀？咦！索喎！」

「好心你尊重吓人啦，人哋有冇話過俾你睇咩？」真好！是 B 級神樂說話。

她的語氣雖然無精打彩似的，但是她能說出這句話，至少證明阿托品在她身上能有效抗毒。

笠原中女掀開揹天仔身上的警察記事簿：「咦……呢本記事簿……會唔會係搜索隊留低？」

我睜開眼睛，轉頭看著笠原中女手中的記事簿，那是一本粉紅色記事簿，表面印有一個警察徽章。

笠原中女所掀開的一頁，內容如下：

0730 / 當值 PTU H 連 2 小隊早更，於總部文件工作。

1100 / H 連大隊長帶領，到屯門公路交通意外現場，協助處理氣體洩漏事故。

1130 / 交通擠塞，改為在屯門公路荃灣方向設封鎖線，禁止車輛進入屯門公路。

1426 / 第二次向同一名大嶼山的士司機作出警告（ 男子黃來 ·55 歲 · HKID X 662xxx-A）。他說其女兒（黃妙娟 · 20 歲）正在屯門市廣場，想進入屯門尋找。我警告要他立刻返回其營業範圍，提醒他再闖便會被拘捕。

1450 / 通知指揮及控制中心上述事情並留意一名失蹤人士：女子黃妙娟 · 20 歲。

1600 / 聯同飛行服務隊在屯門區高空觀察。

1800 / 指揮及控制中心通知，屯門所有居民已經撤離，駐港部隊開始為入災區前作準備。本縱隊以直升機高空派發傳單，小隊隊長指示我在 2000 前返回機場集合。

之後沒有了，這是最後記錄。

我估計，這記事簿是市廣場那名 PTU 的，記錄中所提及的大嶼士的士司機，從年紀來看，相信是昨晚遇見墜橋的士的司機。

看來他為了尋找女兒，而不惜以身犯險，只可惜，最後也受到病毒感染而死。

笠原中女繼續翻看 PTU 的記事簿，其中我看到一頁是一幅圖畫。

「等等⋯⋯你掀翻去之前⋯⋯」我向笠原中女道。

笠原中女慢慢地向前掀，直到出現一幅手繪畫！

一幅以黑色木顏色筆所畫的圖畫，揹天仔的背包中，正有大量木顏色筆。

而這幅畫，我也不知道所繪畫的什麼，一團黑色物，像個人頭，畫出來的效果就像是一團很多毛的頭。

其形狀就像是圓明園的十二生肖銅首，頭部沒有太大的起伏，耳朵也是貼著頭形。

我伸手接過記事簿，再掀後一頁⋯⋯

啊？我把記事簿打橫看，出現一幅左右跨頁的圖畫⋯⋯

天！是一隻瘦瘦長長的物種！

像獵豹的頭，發達的前腿及後腿，猴子般的身體！最令我感覺心寒的是，兩後腿之間，有一間一間描素出來的陰影⋯⋯

收尖的陰影！牠有一條尾巴！

我感到自己心跳加速得很快，肋骨就像要爆開一樣。

毫無疑問，這隻就是令我們無限驚嚇的不知名物種，亦即是被警察困在羈留室（2），最後被我放走了的所謂受傷動物！

不知道指天仔在那裏遇見過那物種，多半是青山警署。他的圖畫是十分簡單，但所帶出來的視覺感反而十分恐怖。就像是在某些廟宇中，看見一些猙獰神獸的壁畫一樣。

牠們的眼睛，可能只是一個黑色圓圈，但就是給人一種望而生畏的感覺。

「喂！你呢粒鵝蛋石咁樣係畫乜嘢⋯⋯」暴龍友仍然在看女兒的畫簿。

他不知道，坐在他前面的笠原中女及我，已經被指天仔所繪畫的物種嚇怕，反而他正留神看記事簿。

我把 PTU 的記事簿交給暴龍友：「喺指天仔身上搵到，你睇下幅圖⋯⋯」

暴龍友接過記事簿，B 級神樂也居然伸手要看，於是他把記事簿湊近，與 B 級神樂及四眼男童三人一起看。

暴龍友：「畫乜嘢呀⋯⋯橙呀⋯⋯」

B 級神樂：「打橫睇⋯⋯」

暴龍友把記事簿打橫看⋯⋯

「嘩！」暴龍友立刻把記事簿掉在地氈上：「係嗰隻嘢呀！」

「唔……叔叔呀……我哋快啲走啦……」四眼男童哭道。

暴龍友再次拾起記事簿翻開。

暴龍友:「一定係揩天仔個粉腸畫,佢見過嗰隻嘢,隻嘢有條長尾巴㗎!」

長尾巴!若果不知名物種是有長尾巴的生物,白髮保安員所說的「飛碟降落」、「異形」……

異形,就是有長尾巴的外星生物。

整個「新界西地區特別事故」漸漸地明朗化起來,但是因為知道得愈多,同時也感到愈來愈複雜。

交通意外,

毒氣洩漏,

人工降雨,

疏散居民,

封鎖屯門,

物種出沒,

大廈倒塌等等,

下一步會發生什麼事呢?

我從倒後鏡看著暴龍友:「將本圖畫簿放番入我個袋度,本圖畫簿我個女㗎……」

暴龍友驚魂未定：「呀⋯⋯係呀⋯⋯頭先想問你，嗰粒鵝蛋石係畫乜嘢？」

我也不知道什麼鵝蛋石：「你嗡乜呀？」

暴龍友：「本圖畫簿呀！入面有粒類似鵝蛋石係畫乜嘢？」

我得同意，暴龍友本身應該是一名十分無聊的人，他必定是在行人天橋看見鬆漆工人，會問人為什麼要鬆紅色漆油。

最後一次，我就答他最後一次，若果他之後再問些無聊問題，我一概不理會。

「嗰幅係我個女素描嚟，嗰粒亦唔係鵝蛋石，係一舊樹膠⋯⋯擺返本圖畫簿去。」我已經清楚解答，希望他滿意、收貨、放我一馬。

暴龍友皺起眉頭：「樹膠？無啦啦畫舊樹膠托咩？」

暴龍！你老母！

「標本嚟㗎，入面有隻金絲貓㗎，我小學時搵人整⋯⋯我求你放返本簿啦⋯⋯」我開始忟憎，感到很委屈。

暴龍友表情很困擾，再次翻開女兒的圖畫簿：「金絲貓？有咩？」

我惱羞成怒：「舊膠入面呀，四腳爬爬嗰啲金絲貓呀，死咗㗎啦，標本嚟㗎！」

「金絲貓⋯⋯四腳爬爬？」暴龍友有點不好意思，他湊前上來：「sorry，不過⋯⋯真係冇金絲貓喎！」

暴龍友突然嚴肅，說話很認真：「你係咪唔記得呀？你……係咪燒壞腦呀？」

不會吧！難道我，真的發高燒燒壞了腦。突然一陣恐懼感來襲，腦海中出現一個可怕念頭……

我聲音也開始顫抖：「金絲貓喎……旺角雀仔街大把中坑玩，即係……俗稱『豹虎』喎，又老督、又紅鞋仔嗰啲喎？」

暴龍友呼吸也開始大起大落，他搖頭道：「冇呀！」

我全身抖震，手毛竪起，剛才腦海的一個不想發生的念頭出現！那是我女兒的畫簿，那幅金絲貓標本素描，我曾經在數年前看過，也沒有詢問她於何時繪畫。

我很清楚記得，她所畫的樹膠入面，是有金絲貓標本的。如今照暴龍友所說，樹膠入之內根本沒有金絲貓，那麼，牠……

那隻金絲貓標本……

不會是……

逃走了吧！

而且……

那隻不知名物種在這時候出現，不會是……

不會是那隻金絲貓成長之後……

來找回主人吧！

…待續……

25

所謂金絲貓，又稱作豹虎，屬於昆蟲一種，那是我小學時期，其中一個玩意兒。

金絲貓極度凶殘，會互相毆鬥，平時會吸取小螳螂或蚱蜢分泌，我甚至試過把餵小龜用的小魚，來給「敵將軍」吸食。

「敵將軍」便是我那戰無不勝，住在一個透明菲林盒（註）中的金絲貓，只是牠很短命，活不了一個星期便死了。

註：菲林盒是盛載舊式 135 格式攝影菲林之用。

雖然牠成為一個標本，但敵將軍生前可是隻漆亮外皮，四腳爬爬，口齒尖銳的傢伙。

厲害嗎？

我的……

敵 將 軍 ！

對於暴龍友的說話，我除了感到愕然之外，還有一種特別的感覺。這種感覺就像是自己昏迷了十年、二十年，甚至更久，一覺醒來，世界已經不是我以往所熟悉的世界。

「喂！你唔係想話隻金絲貓標本自己走咗呀，咪玩啦！粉腸！」暴龍友的話把我帶回現實。

我向暴龍友伸出手道：「俾本畫簿我。」

暴龍友把畫簿遞給了我，我拿上手的時候，感到有無比重量，故吞了口水，鼓起勇氣，掀開畫簿......

一、二、三、四......我一路向上翻頁，直至......找到了這幅畫，這幅金絲貓標本的畫！

畫中，一個比拳頭大些少的樹膠，內裏是......

「超！無聊！」我怒瞪暴龍友，內心裏亦不停咒罵他。

樹膠之內，正有著我的敵將軍標本！黑亮的敵將軍，口部微張，正以牠最威武的作戰狀態，安詳地在樹膠中沉睡！

暴龍友伸手前來，抓住我手的畫簿：「呢隻嘢係金絲貓咩？」

「呢隻唔係金絲貓，唔通澳門金魚缸入面嗰啲係呀！」我忍了那隻暴龍很久，是時候發他爛渣。

暴龍友用手指篤了那幅素描幾下：「你究竟有冇玩過『打貓』㗎？呢隻嘢成條蟲咁，點會係金絲貓呀？」

我道：「七呀！當佢個頭一紅，咪放落隻碗度打囉，打到對方走咪贏囉！你有冇玩過㗎？」

我已經忘記了自己正在發燒，此刻怒火攻心，這個暴龍友無端白事取出畫簿來恥笑我，打擾我休息之餘，還把女兒畫簿弄皺。

我一怒之下，一手將暴龍友拿著畫簿的手拍打開去，再把畫簿放在自己大腿上。

暴龍友氣得使勁地坐回座位上，笠原中女則伸手拍我大腿上的畫簿......

「借俾我睇下。」她顯露出奇怪的眼神道。

暴龍友：「你唔好攪佢啦，一陣連你都鬧理呀，發燒發到傻咗呀佢，金絲貓點會四隻腳爬爬？用碗打貓⋯⋯都戇居嘅！」

我真的不知道暴龍友是因為屈悶得太久，抑或是受到病毒感染，總之他就是直衝著我而來，甚至把這兩天來的不滿，通通發泄在我身上。

笠原中女取過畫簿，便翻看起來，我一路留意著她，而她的神情，也隨著畫簿的翻頁，逐漸逐漸轉變，直到停留在某一頁。

在笠原中女臉上，是一種很迷惘的神情，之後，她將畫簿向我顯示，而那一頁，正正是女兒所畫的金絲貓標本。

「呢隻⋯⋯咩嚟㗎？」笠原中女問。

我心跳急速起來：「呢隻⋯⋯」

「金絲貓唔係咁㗎喝！」笠原中女所說的話，令我兩邊太陽穴一陣壓迫感。

暴龍友：「我都同佢講咗話冇金絲貓喺入面啦！」

笠原中女湊上前來，指著畫中的樹膠：「金絲貓係好似一隻嘅蜘蛛咁㗎咋，最大都係粒紅腰豆 size 咋，唔會咁大隻㗎！」

我以右手拇指及中指在著太陽穴上，不斷按壓，一下子，我要消化笠原中女及暴龍友二人的說話：

金絲貓不會四腳爬爬，

不會用碗打貓;

只像是一隻嘅蜘蛛大小,

最大也不會大過粒紅腰豆......

那麼......

我童年時所玩的,這個樹膠入面的標本,到底是什麼東西?

女兒所繪畫的樹膠內,是一隻三厘米長、黑色、有前腳及後腳的東西,前腳較發達,但後腳有利爪。

而牠的頭部並不明顯,跟身體連繫在一起,只是勉強嘅能看到有眼睛及嘴巴,嘴巴大,但不似是有牙齒,牠們在打鬥時,是似前腳抓緊對方,再以後腳利爪撕開對方的。

這種生物,不是金絲貓是什麼?

我用困擾的眼神望向笠原中女,她道:「金絲貓係昆蟲嚟㗎,你呢隻嘢得四隻腳,點會係金絲貓?」

小時候的我,只感覺到敵將軍很好玩,雖然知道金絲貓是昆蟲,但是根本不會留意,昆蟲一定要有六隻腳

暴龍友:「我唔係想抽水,不過,呢隻嘢類似吸血嗰啲鼻涕蟲,但係又有四隻腳......喂,佢好似袋鼠啲 BB 咁呀。」

我疑惑:「袋鼠 BB?」

四眼男童突然感興趣:「係呀,啲袋鼠 BB 唔夠兩個月大已經係子宮爬出嚟,一定要爬上袋鼠媽媽個育嬰袋先得,否則啜唔到奶就會死。」

我追問：「你話，我呢隻標本唔係金絲貓，而係另一種動物嘅 BB ？」

四眼男童：「我唔知咩叫金絲貓，我聽過，但未見過，我開頭估係啲外國貓，即係波斯貓之類。」

突然，我想到一件事情，但是一閃即逝，抓不穩，我閉上雙眼一會，那感覺更加遠去。

暴龍友：「嘅仔，你喺學校冇玩過金絲貓咩？」

四眼男童搖頭：「冇呀，啲同學玩平板電腦，我有時問佢哋借嚟玩。」

暴龍友轉向我：「呢隻嘢你幾時捉到㗎？」

我想了一想：「可能係十歲左右……」

暴龍友：「你喺邊度讀小學㗎？」

我問：「深水埗囉。」

暴龍友愕然：「你哋學校當呢隻嘢係金絲貓玩㗎？啲校規咁特別嘅？」

我：「學校冇人玩，反而我係同外面啲人玩。」

暴龍友：「喺度捉㗎？」

我回想：「我有個阿伯住三聖邨，我阿爸年年都帶我去。十歲嗰年暑假，我自己去咗三聖廟玩，之後有兩個大我小小嘅哥哥，介紹咗呢隻嘢我玩，佢哋話喺山上搵到嘅。因為隻嘢會打交，咁我就偷咗阿伯屋企個湯碗，拎上三聖廟，將兩隻

446

嘢放入碗到，佢哋就打餐飽，唔夠打嗰隻會逃走，我呢隻打親都贏，但過咗幾日就死咗。我俾阿爸睇，阿睇就整咗個標本。」

暴龍友嘆氣：「咁你點會當佢喺金絲貓㗎？」

我：「我哋幾個第一次見呢隻嘢，但係因為聽過人講，山上有啲嘢細細隻叫金絲貓，會打交，咪以為呢隻嘢係金絲貓囉。」

暴龍友道：「金絲貓係昆蟲嚟㗎嘛，昆蟲六隻腳㗎嘛，你呢隻一、二、三、四……仲有個屎忽凸起咗，計埋個屎忽都只係五隻腳啫，你有冇常識㗎！」

我反駁：「係昆蟲又改個貓名托咩？未見過咪唔識囉，好出奇咩，咁你知唔知乜嘢係水馬騮呀？」

暴龍友怔了一怔：「水……水馬騮？」

我道：「唔知呀？因為你從未見過，亦都冇聽過人講嘛！」

四眼男童搶答：「我知咩係水馬騮，好似隻蝦咁，放喺魚缸度養嘅，我識水馬騮，但唔識金絲貓。」

笠原中女伸手摸摸四眼男童頭頂以示鼓勵。

四眼男童再道：「呢隻嘢一定係哺乳類動物。」

突然，腦海裏閃過剛才一閃即逝的事情，這事情必定和剛才四眼男童所說的話有關連。

他說：呢隻嘢一定係哺乳類動物。

腦海裏的事情……對了，這隻我一廂情願誤以為是金絲貓的生物，跟之前在羈留室（2）中所看到的三條蟲很相似！

那可是不知名物種曾經逗留的羈留室（2）！

若果，我的敵將軍標本，原來是哺乳類動物初生 BB 的話，那麼，羈留室（2）地上像蟲的生物會否就是……

初生的不知名物種！

似了！

假如那物種懷孕的情況，就如袋鼠一樣，初生的物種數星期大便從母體出來，未完全發育的初生物種要依靠母乳成長。

那麼我小時候所擁有的敵將軍，難道真的是那些物種所出？二十多年前的屯門，就已經有不知名物種在活動？

我將自己的想法告訴他們，暴龍友道：「嘩！好核凸呀你，同啲怪物玩埋一齊，你個雜交人……」

四眼男童：「叔叔，個標本呢？」

標本？

在鐵盒之中，不過……

我指住暴龍友身旁的背包：「我袋入面有個黑色鐵盒，你開嚟睇下有冇個標本，不過應該唔見咗好耐。」

四眼男童立刻取過背包，打開鐵盒，翻了一會，但沒有發現。正如在夢境中，敵將軍的標本一早已經遺失了。

我深深地呼了口氣,望向車窗外,這裏是舊碼頭,曾經是牠們上岸的地方,牠們所經之處,地上仍然遺留一些燈罩。

眼前是個不可預測的未來,對於這隻物種,究竟還有多少事情是我不知道的呢?這兩天以來,大大小小的事情就已經把我的世界觀改變。

香港,在世界上被喻為最安全的其中一個城市,居然會受到生化污染。屯門,香港其中一個最多人口的地區,竟然會成為重大事故的舞台。

我們現在所經歷的,相信已經成為國際新聞。若干年後,也必然會被寫在歷史書上,甚至乎,我們,也會成為傳媒追訪的對象......

但前設是,我們還能保住性命,並且活著離開屯門。

我從口袋取出貓 Sir 遺下的鎖匙,那紅色膠牌上寫著「NW」的鎖匙,我只是感覺到得物無所用。

當然,我深信貓 Sir 不惜賠上了性命,也要回青山警署取匙,可以看得出此匙極其重要。而且,我也認為,這鎖匙是能夠開啓一條逃生通道,是毒男希或 Gap Joe 的通道。

但是現在又不是打生化危機,有鎖匙又怎樣?我又沒有相關地圖,我怎樣才能知道,逃生通道在那裏呢?

雖然我不清楚毒男希及 Gap Joe 是什麼人,多半是一些宅男或毒 L,但我就是把自己的最後的希望,全押在二人身上。

他們是我們唯一的希望!

經過剛才跟暴龍友為了金絲貓的一輪爭吵後,可能是解開了

一個疑團，我由緊張轉為放鬆下來，發燒而引致的疲累，一下子再生。

腦海裏一片混亂，此時，後排的暴龍友道：「充緊電嗰部手機邊個㗎？」

啊！差點忘了，揩天仔的手機，內裏可能載有交通意外的新聞片段。

我全身乏力，看著暴龍友接過手機：「嘩！部機居然冇鎖！年青人咁 open 嘅！」他開啓手機之後，按了一會，播出了一段片段。

片段在屯門市廣場所拍，拍攝者走到一間電器店前，對著櫥窗的一部電視，電視中正播新聞報導：

直播室內，穿著端裝的女主播道：

「屯門公路近大欖發生交通意外，一架貨櫃車懷疑切線撞向一架九巴，做成多人傷亡。」

接著，畫面轉到交通意外現場。

女主播繼道：

「現時所見到來往荃灣及屯門方向嘅屯門公路已經封閉，車龍分別喺汀九以及友愛邨，部份巴士乘客甚至徒步行落青山公路，大批交通警員喺現場指揮交通，直至現時為止，事件做成六死二十二傷，死者包括貨櫃車司機、巴士司機、一架拖頭嘅司機、三名巴士乘客。」

畫面出現的是一輛車頭嚴重損毀的九巴，另外，一輛四十呎長貨櫃車跨越了兩邊行車線中間石壆，車頭竟向前掀起並翻

側，四十呎貨櫃反壓在車頭背後。

暴龍友：「嘩！乜原來咁大鑊㗎！」

笠原中女：「尋日朝早就係見到呢㗎貨櫃車。」

直播室女主播繼道：

「而家交俾現場採訪嘅同事，海宜呀，而家現場情況點㗎？」

一名身穿黃色風褸的女記者正在交通意外現場按著耳機：

「係呀，安瑩呀，我而家正正就企咗喺肇事嘅貨櫃車前面，貨櫃車司機啱啱就由警察同埋救護員喺車廂抬咗落嚟，救出時已經冇晒知覺，警方而家要帶部份傷勢較輕嘅傷者，跨過中間石壆，喺入屯門方向嘅行車線上救護車……」

突然畫面一陣「軋」「軋」之聲，鏡頭轉向天空，一架直升機急降，現場大部份人慌忙走避，之後有人從機艙游繩下來。

現場叫安瑩的女記者道：

「現場突然有一架直升機降到好接近地面，亦見到有一個載住頭盔黑色連身衫褲嘅人，沿住繩梯落嚟……明哥……你退後小心啲……係呀……」

直播室女主播道：

「海宜！海宜！你哋小心啲喎……」

鏡頭 Zoom 近到貨櫃車車尾……

現場女記者道：

「相信係飛行服務隊嘅醫生奉召到場......呀......而家見到嘅
係啱啱從直升機落嚟載頭盔嘅人，開咗貨櫃嘅門，有警察係
不斷喝止，但現場風勢好大，冇人行到埋去。」

畫面中黑衣人進入了貨櫃，取出了兩個約兩吹立方體像郵包
的東西。正想再進入貨櫃時，大量白煙從貨櫃霧出。

黑衣人迅速退開，把兩個郵包繫在腰間扣上，並抓緊繩索，
將腰間一個扣鈎緊繩索上。

現場亦看見紅光不斷閃亮，及警號聲音，有消防員不斷呼籲
女記者離開，但女記者正背著對方，故看不到。

黑衣人慢慢被繩索拉扯上直升機。

現場女記者再道：

「貨櫃不斷冒出白煙，至於消防車，就啱啱已經喺出荃灣嘅
行車線反方向上咗嚟現場......咩話？明哥你大聲啲？咩口罩
呀？走......消防話危險呀？不如影埋架直升機先啦，佢就走
喇！」

啪！

鏡頭突然朝向天空，再影著馬路，攝影師似乎向後摔倒。

女記者走入鏡頭之中，蹲了下來。

女記者道：

「明哥你......」

「呀⋯⋯我⋯⋯對眼⋯⋯」

最後看到女記者伏在馬路上。

片段完結。

我們面面相覷，誰也沒有說話，卒之，由四眼男童發表意見：「係職業軍人！」

職業軍人？！

暴龍友：「嗰仔你咪亂噏啦！」

四眼男童：「你有冇聽過職業僱傭兵呀？」

職業僱傭兵！

我有聽說過，只知道有美國成立的私人僱傭兵，曾經替美國承包在阿富汗及伊拉克的工作，包括建立與訓練伊拉克陸軍、警察等。

暴龍友：「乜Q嘢僱傭話？係咪賓印呀？」

四眼男童：「我唔係話賓印傭，只係我見到片段中嗰架直升機，似係職業僱傭兵機種 - MD 500」

四眼男童真了不起，他似乎對軍事有些研究。

我也想發表意見，但實在太累，早在剛才看完片段，一雙眼皮累得像千斤墜般壓了下來。

暴龍友：「乜嘢MD - 500呀？高達呀？架架直升機都一樣啦，呢架咪同市廣場墜毀嗰架黑鷹一樣！」

四眼男童：「市廣場嗰架係新款嘅，政府飛行服務隊冇用黑鷹好耐啦！」

笠原中女摸摸四眼男童頭頂加以鼓勵。

四眼男童再道：「所以，頭先見到嗰個黑衣人根本唔係政府飛行服務隊員，我估係恐怖份子，偷取生化武器！」

四眼男童說話言之有理，片段中黑衣人把兩包東西取走，之後屯門便發生洩漏事故，這兩件事必定有關連。

暴龍友：「如果嗰條粉腸偷嘅係生化武器，咁邊個打靶走去運呢啲武器？警察？軍隊？抑或係中東嗰啲恐怖組織？」

四眼男童：「點解一定係中東？唔可以係其他國家？」

暴龍友：「係中東的國家先攪埋啲乜嘢聖戰，用化武殺人啫，唔係佢哋，唔通係美國政府咩？」

四眼男童：「乜美國喺你心目中真係咁正面咩？」

我暗自為四眼男童打氣，這小子很有意思。

四眼男童繼道：「除咗中東之外，美國 CIA、英國 MI5、以色列莫煞德呢三個情報組織，甚至任何國家政府都有可能，我只係想講，用生化武器嘅可以係你想像唔到嘅人。」

厲害！四眼男童一改之前的喊包形象，似乎災難把他的專長發揮了出來。我深信此刻的暴龍友，必定是目瞪口呆。

四眼男童：「我估係有組織偷運生化武器入境，但唔小心撞咗車，之後再派人到現場運走啲武器。」

啊！若果四眼男童推測屬實，或許解釋到藍地一帶亦有毒氣洩漏，恐怖份子可能會以直升機在高空散播毒氣，又或者直接污染水源！

因為在藍地大街附近，正正有一個青山濾水廠！只要污染食水，我們屯門區的所有居民……

不幸中的大幸是多得發電廠職員，「藍領行動」工潮進入高峰，甚至人為地停止供電，間接令濾水廠不能運作，否則的話，後果不堪設想！

難怪保安局出動「化生輻核應變小組」來處理。

接著，暴龍友再播放另一短片：

片段中的屯門市中心人潮擁擁，馬路上行人及車輛水洩不通，拍攝者被一名軍裝警員截停，對方道：「呢度封咗唔行得，所有人行沿天橋過對面輕鐵站，再行上屯門站坐西鐵離開。」

拍攝者回應：「哦，咁我行另一邊。」

拍攝者是男子的聲音，且頗為年輕。

片段完了。

暴龍友再播另一段：

畫面影著電器店櫥窗的電視，正播放新聞，顯示時間是中午12：40。鏡頭影著西鐵站，大量市民等候入閘，之後再轉到一個的士站，女記者正戴著一個 KN95 口罩：

「我而家身處喺港鐵兆康站，警方已經調動咗全港七成嘅警力入到屯門協助疏散居民，大部份兆康苑嘅住戶已經逼爆咗

整個兆康站，有好多乘客投訴屯門站出到嚟嘅列車，連企都冇位企，逼都逼唔入，而家現場仍然有大量乘客鼓噪。」

「因為藍地有兩架直升機相撞，同樣出現洩漏事故，現場嘅警察總指揮官宣布，稍後會將藍地一帶列為封鎖區。講番直升機相撞事件，其中一架就係之前喺大欖氣體洩漏現場出現，拎走咗思疑化學品嗰架直升機。」

「警方聯同政府飛行服務隊用直升機追截，但係兩架直升機意外相撞，政府飛行服務隊直升機喺青雲路工廠區墜毀，而另一架相信係賊人嘅直升機喺藍地附近墜毀。有專家估計，被偷走嘅危險品好可能已經喺屯門上空散播，隨風而散，連我呀，都要戴住個 KN95 口罩。」

片段完了。

隔了一會，暴龍友再播另一片段，仍舊是影著電視，畫面像是一個新聞發布會，發言的是一名肥胖身形，架上一副金絲眼鏡......

是保安局局長！

他道：「我哋進行咗快速測試，初步得知藍地洩漏嘅係一種神......神經性......毒劑，呢一種神經性......毒劑感染力好強，只要喺空氣中滴幾滴仔，附近嘅人就會經呼吸系統，口呀、鼻呀、甚至皮膚吸入。」

記者：「呢種神經性毒劑係咪都係毒氣一種？」

保安局局長詢問身旁的人，再回答：「算係毒氣嘅一種。」

記者：「咁同唔同東京地下鐵沙林毒氣事件......」

保安局局長：「屯門呢種比沙林毒氣毒性更強。」

記者：「呢種毒氣有冇學名？」

保安局局長：「係 VX 毒氣，死亡率相當之高。」

記者：「咁大欖嗰邊洩漏係咪一樣？」

保安局局長：「大欖嗰種初步測試對某種病毒程陽性反應，有機會係一種細菌病毒，但我哋重要反覆確實咗先，我諗暫時係咁多先⋯⋯」

畫面轉回直播室，女主播道：「政府宣布疏散受影響居民，並已開始由⋯⋯」

突然畫面黑了，停電！

剛才最後出現的女主播說話的片段，正是我昨天中午停電之前聽到的報導。原來我居然錯過了重要的新聞，天意！但什麼是 VX 毒氣？

說回片段中，電視一黑之後，拍攝者走進時代廣場，畫面上下搖晃，拍攝者似乎在奔跑，卒之走到一名男子面前，用腳踢了對方一下屁股！

拍攝者：「傻仔民！鬼鬼祟祟做乜呀？仲唔走？收埋啲咩呀？俾我睇下！」

被踢者除了沒有史迪仔背包之外，橫看掂看，根本就是揩天仔徐民！

「唔好呀，啲扭蛋我㗎！」揩天仔在哀求。

拍攝者雙腳不停踢在揩天仔身上，並用手奪去對方的手抽環保袋。

「咁多蛋？偷㗎？充公！」拍攝者翻看環保袋，可以看見袋中約有二、三十隻扭蛋。

看到這裏，我恍惚想起什麼似的。

拍攝者再以手拍打揩天仔的頭：「學人偷嘢，趁火打劫呀，打得你啱唔啱呀？講多謝啦！」

揩天仔雙手舉起保護頭：「啱！啱！多謝 Joe 哥，不過啲蛋我用錢扭㗎……」

拍攝者：「喺邊度扭㗎？」

揩天仔：「上面二樓囉……」

拍攝者又再揚手打揩天仔：「更加抵打，你扭晒啲蛋咁我扭咩呀？」

說話後拍攝者用勁打了揩天仔一記耳光，接著拍攝者轉身離開。

鏡頭影著袋中扭蛋，拍攝者自言自語：「正！好多 one piece！又慳返啲錢……」

「嗰……嗰……嗰……」

突然一聲大叫，拍攝者轉身，揩天仔衝了上來，之後手機跌在地上，出現一些打鬥聲音，之後揩天仔取起手機。

片段完了。

四眼男童：「係徐民呀！」

暴龍友：「你睇佢個樣又殺人又剩，原來俾人蝦得到咁緊要。」

笠原中女：「VX 毒氣？細菌病毒？」

四眼男童：「VX 係最勁一種毒氣㗎！」

暴龍友：「打揸天仔嗰個好似都係嚿仔嚟，最多十六、七歲。」

我揚手：「等等……揸天仔叫佢做 Joe 哥，同埋咁鍾意扭蛋……」

「係 Gap Joe！」我道。

我望向暴龍友：「訊息……最後幅圖！」

他立刻開啓訊息軟件並進入……

Hei B：你唔係咁早走呀？就算走都趁夜晚冇晒人攬晒啲扭蛋先走啦，低能。

手機機主：確認下先 係咪呢條路

手機機主：「檢視／轉寄」『圖像』

果然是他！

訊息中稱為 Hei B 的，是毒男希！

天！這部是 Gap Joe 的手機！

只要按下「檢視」，便能看見他所走的逃生之路。

暴龍友立刻按下「檢視」，畫面出現一幅圖片。

正確點說是地圖！

但這條路是......

...待續......

26

這幅地圖所顯示的，是屯門區的某一處，但我並非單靠內容便認得出來，相反，我完全沒印象這地圖是什麼地方。只是，在地圖上方的搜索列，顯示輸入了「屯門」二字而已。

地圖最右邊顯示的除了有一條上至下的大路，左面有一條河，我估計是香港常見的內河，是人工建設，非天然形成。

當初在毒男希手機中看到的縮圖，之所以感覺到模糊，全因為圖片曾經被軟件加工。應該是發訊者，即是 Gap Joe 用修圖軟件作修改，他在地圖用了濾鏡，把圖片中心點以外的地方虛化。

這幅圖......他媽的！

暴龍友：「正乞兒，好整唔整，攪到矇查查，原本河邊有個路名，而家變咗睇唔到！」

我也用手拍打自己的額頭，暴龍友之所以如此暴躁，絕對是可以理解的，Gap Joe 的圖，根本不知所謂......

「咪先，去相簿度搵下，可能有原本幅圖......」我靈機一觸。

暴龍友再按了一會：「開唔到，所有相簿鎖住咗......頂佢，有咩咁秘密啫，雜交相呀？你老......」（下刪二百字）

我從未見過暴龍友如此火大，他此刻若然見到 Gap Joe，必然會單手抽起他，在頭頂轉一圈再拋出大海。

四眼男童：「不如開個地圖睇下，可能有最後用嘅一幅圖。」

四眼男童也有點聰明，暴龍友暫收起怒火，再按動手機……

過了一會，暴龍友：「冇呀，佢用咗冇軌跡搜尋，另外幾個改圖軟件都係要密碼先入到去，個 PK……」（再刪五十字）

B 級神樂：「大隻仔……水……」

暴龍友這才收起對 Gap Joe 的詛咒。

Gap Joe 的手機除了使我們知道「新界西地區特別事故」的起因之外，並沒有為我們帶來其他驚喜。

我們，仍在原地踏步！

我從倒後鏡看見 B 級神樂在喝水，她神色好了很多。我問：「你見點呀？」

B 級神樂：「OK ！」

我道：「對唔住……」

一句道歉，根本就不能把我的內疚感抹去，而對於死去的人，更永遠不能剔除我的罪過。

B 級神樂盡量安慰：「唔好自責，你已經做咗好多……」

笠原中女也道：「至少你冇掉低我哋。」

神樂及笠原的說話，令我釋懷了不少，已經犧牲了的人，當然也希望餘下的人能安然脫險，我唯有以自己的生命，去完成他們在天之靈的心願。

可能是照顧完 B 級神樂，故此暴龍友又再以髒話咒罵起來：

「佢老母呀，正打靶嘢，呢個 Gap Joe 唔洗問一定係毒 L，呢啲粉腸都成廿歲人，死到臨頭仲掛住扭蛋喎？你會唔會咁做呀？呢啲唔係毒 L 係乜？一係匿埋喺房打飛機。嗰個叫 Hei B 仲戇居，坐輕鐵俾男人搓春袋都唔敢出聲，一日到黑睇埋啲女僕動漫、儲扭蛋、抽龍珠卡，你話有乜嘢用呀？」

「等等⋯⋯」笠原中女突然從暴龍友手上奪過揸天仔的手機，再次翻看訊息。

她看完訊息，再看 Gap Joe 遇上揸天仔的片段，之後道：「你哋記唔記得友愛同安定邨嘅便利店，有啲扭蛋機俾人整爛晒，但係有啲完整無缺？」

其他人沒有回答。

扭蛋機嗎？若果是有部份爛了，但也有完整無缺的話，想必是有人針對某一種玩具而盜取，至於是那種玩具被盜取呢？

我閉上眼睛，集中精神去回想⋯⋯大部份被毀壞的扭蛋機，是一部長壽火熱的日本漫畫⋯⋯

「多年之前嘅火燭⋯⋯賊船⋯⋯」笠原中女喃喃自語。

「係海賊王！賊船呀！」笠原中女亮聲道。

對！是海賊王！ One Piece ！

海賊王⋯⋯賊船？

我突然醒覺，眉頭上閃出一個畫面⋯⋯那裏，居然會是逃生的地方？腦海中閃出來的，一個像是海賊王漫畫中之賊船畫面，熟悉兼且立體地浮現出來！

這個地方，我從來沒有踏足過，只是曾經在駕車時經過。那是一個像小型足球場大小的地方，位於兆麟苑旁，鄰近三聖邨輕鐵總站及青山灣避風塘。

這個被毒男希及 Gap Joe 二人稱之為賊船的地方，其實並不是船隻靠泊之處，我們之所以有這樣的誤解，全因為這裏真真正正有一艘「船」座落！

這個可能有條秘道的地方，其實並不隱秘，相反每天也有人由從兆麟苑取道進出巴士站。

所謂賊船，其實是⋯⋯

老 鼠 洲 兒 童 遊 樂 場 ！

「係老鼠洲公園呀！」笠原中女抓住我右手臂，激動地說。

我以堅定的眼神作回應。

暴龍友：「咩老鼠洲呀，大埔嗰個元洲仔我就知。」

笠原中女凝重地道：「叫毒男希同 Gap Joe 呢兩個人咁鍾意海賊王，所以佢哋叫公園入面隻『船』做賊船呀，最重要係，我知道嗰度之前曾經發生過大火，聽講新聞都有報導公園火燭，成架『船』燒咗⋯⋯」

又是「聽講」，跟 Gap Joe 一樣，她也只是聽別人說，她自己並沒有真正看見過老鼠洲公園火燭。

笠原中女連連回氣，顯得很緊張：「但係我又唔敢百分百肯定⋯⋯」

暴龍友：「咁個老鼠洲公園即係邊度呀？」

四眼男童:「喺大嶼士的士跌落嚟嗰度再前小小,我以前去過一次。」

暴龍友咁度好奇:「咁公園又關艘船咩事呢?」

笠原中女:「老鼠洲公園主要係艘船嚟㗎⋯⋯我唔知點同你講,我哋即刻開車去呀!」說話後笠原中女把車子掉頭,準備前往老鼠洲公園。

暴龍友阻止:「咪住!」

笠原中女氣道:「你又想點呀?係咪唔想走呀?」

笠原中女解開了「賊船」之疑團後,連人也急躁起來。

暴龍友作解釋:「easy⋯⋯我只係想知老鼠洲公園係咪好近市中心啫?因為白鴿華都受到感染,友愛安定嗰邊似乎好近老鼠洲公園,我哋謬謬然咁去會好危險!」

笠原中女雙手打在呔盤上:「咁點呀,我哋已經冇得揀啦⋯⋯」她雙眼通紅,哭了⋯⋯

我握著她左手:「放鬆,深呼吸!」

我知道此刻能夠令她安靜下來的,不是任何人,而是她自己。

暴龍友向我說:「你嚟決定嘞,我睇你頭,去定唔去?」

你們又要我作決定嗎?

我從倒後鏡看著 B 級神樂,她臉色紅紅,沒有之前蒼白;再轉看身旁的笠原中女,她雖然紅著淚眼,但可以看得出,她願以性命作賭注。

我道：「如果唔去，我哋就只有等救援，但係我冇信心會有命等到……」

笠原中女緊閉雙眼，淚珠沿粉臉滑下的同時，左手握得我更緊。

我呼了一口氣：「去！戴防毒面具去！」

「好！」暴龍友道：「就算係死，都搏埋呢一鋪。」

我一句說話便成為接下來的行程，在生化襲擊屯門之後的第二晚，我們五個人，決定前往一個仍然有很多不明朗因素的公園。

晚上 23：00

由笠原中女駕駛，我們來到老鼠洲公園。

我們在車上戴了防毒面具、超市的膠手套及防生化衣，之後，所有人也下車了。

我雙腳一踏到地面後，再挺身站起時，立刻感到頭重腳輕，眼前景象左右搖動。

「喂！你頂住呀，係你話要嚟㗎。」暴龍友道。

我定了定神：「OK！」

我們走進老鼠洲公園，紛紛亮起手電筒，隨意照射。

這是我首次踏足老鼠洲公園，反而女兒及太太曾經來過，女兒口中說的大船，便是我眼底下這一艘……

所謂大船，其實是一個以船身設計為外形的設施，由淺啡色
的長木建設而成，這種淺啡色，給人一種很乾燥的感覺，船
頭左面近地面有一個拱門，可供人進入船內，但高度只有
130 厘米左右，小孩子可以隨意進出；成年人則要俯身屈膝
穿過。

由拱門進入船內，會有樓梯通往甲板，而所謂甲板，其實是
像一般兒童遊樂場的設施。

有短短的兒童滑梯，有大約七十度傾斜，且附有上至下的鐵
鍊作攀爬物。船尾有些乘涼之處，其上蓋有兩個船帆形狀的
東西。

甲板由紅色圍欄包圍，有一個東方色彩的方向盤，也有顯示
方位的圓盤。公園另一個特色，是甲板有一條通道連接住一
個燈塔。

燈塔不算很高，分上下兩部份，上面是一個約六米高燈塔，
大小像各屋苑保安員的更亭，下面的建設較大，似乎內有可
用空間。船之外的範圍亦有些休憩之處，整個老鼠洲公園，
大概便是這樣。

而現下我們要做的，是要找出 Gap Joe 所說的秘道！

暴龍友：「而家點呀？」戴上了防毒面具，他的說話也提高
了聲線。

笠原中女：「呢度一眼睇晒，兩條馬路一個屋苑包圍住個公園，
咁仲有咩路係要用工具開？」

四眼男童：「仲有佢話火燭後嗰隻嘢上咗山，咁即係邊個山？」

我們環繞公園走了一圈，除了鄰近青山公路山邊之外，就只

有公園中央，分隔了鄰近兆麟苑休憩處及賊船的小山丘。

我道：「假設大火係公園範圍之內發生，當時藍地阿昌果班人帶咗隻黑色物種走，就一定係公園以外嘅地方，所以一定唔係呢個山丘仔。我哋要搵嘅路，係如 Gap Joe 所講，有個窿，但可能封咗，就算冇封，個蓋都鎖咗。」

「有個窿……但可能封咗……就算冇封……個蓋都鎖咗……」他們也唸唸有詞，不斷反覆念著我剛才的說話，同時亦各自找尋，希望發現秘道。

我走到公園另一面的入口處，那裏有一個介紹老鼠洲公園的金屬牌：

老 鼠 洲 歷 史 簡 介

位於新界西南部的屯門青山灣；因得東西高山屏護，可作為天然的避風塘，是漁民聚集的地方，青山灣畔有一個名為老鼠洲的小島，島上建有一座燈塔，為船隻導航，因小島遠觀形如一隻小老鼠俯伏在岸邊，故取名老鼠洲。

七十年代起青山灣進行大規模的填海工程，填海後老鼠洲變為陸上小丘，四周建成了高樓大廈，大大改變了原來的面貌。

其實所有名稱有個「洲」字的，大部份昔日都是一個小島，像剛才暴龍友所說的元洲仔、解放軍駐守的昂船洲便是例子。

香港政府為了開發新市鎮，把很多地方作出重大改變，現在的老鼠洲，就只剩下眼前老樹盤根纏繞的小山丘。

這個像是老鼠背部的小山丘。

此時，看見四眼男童跑向馬路。

我高聲問：「去邊呀？」

四眼男童回應：「攞剪鉗！」

啊！他們應該有所發現！

我走到船頭，看見他們站在燈塔下半部的門外，門外有橫鎖及鎖頭，並有一個金屬牌寫著：

```
┌            ┐
  請 勿 擅 進
  NO ENTRY
└            ┘
```

我道：「你哋爆呢道門？ Gap Joe 所講嘅應該唔係一般正統嘅門嚟。」

暴龍友：「咁唔係點啫？豆潤咁細，都行過晒啦！有條春秘道咩？」

我沒有異議，四眼男童取來了紅色剪鉗，這是老童生前的「搵食工具」。

門上鎖頭很粗，是一把銀色鋼鎖，似乎是貴價貨，很少見政府會花錢在這方面，可以看出，內裏一定有很重要的東西。

剪鉗對準鎖頭，暴龍友很輕易便雙手把剪口合上，但……

暴龍友愣住：「咦？剪唔到嘅？」

四眼男童湊近門鎖，指着剪鉗：「個鉗『曲』咗呀。」

暴龍友鬆開剪鉗，可以看到剪鉗剪口部份凹凸不平，已經不再鋒利。

暴龍友雙手舉起剪鉗，由上至下撞擊鎖頭：「死老童⋯⋯買埋啲平嘢⋯⋯」

嘭！嘭！嘭！嘭！

鎖頭終於被鑿爛，暴龍友掉了剪鉗，鬆了橫鎖，拉開了門。

一陣濕臭味傳出，我們以電筒往內裏照射，這裏，居然是一間雜物房，有木椅、木桌、鐵櫃及其他雜物，甚至有藍色工作服，就像是清潔工人的休息室。

我或多或少感到失望，正當我想離開時，暴龍友開始翻箱倒篋起來，我知道他是在尋找秘道，但這裏明顯是一間雜物房，深信昨天還有清潔工人在這裏工作，所以又怎可能是秘道入口呢？

暴龍友十分投入，大大小小的物品也遭他移動：「幫手搵下啦！打靶！」

其他人也加入，甚至 B 級神樂也不斷以電筒照射，但是我已經提不起勁，高燒似乎沒有退過。我走出雜物房，在地上坐了下來，他們過了好一會也離開房間。

「你點呀？」笠原中女問我。

我回答也感到吃力，因此也只是搖頭回應。

暴龍友：「乜都冇，上去爆埋燈塔隻門先！」

燈塔建在雜物房之上，從邏輯上推算，更加沒有可能藏有秘道。

嘭！嘭！嘭！嘭！嘭！

嘭！

暴龍友索性以腳踢門，鎖牌抵受不住撞擊力而毀爛，打開門後，燈塔內的空間更少，盡收眼底，放滿清潔用品、掃把地拖等。

完了，老鼠洲公園大大小小的地方，已經被我們搜索過，根本沒有可以供人通過的秘道。所剩下的，就只有填海前已經存在的小山丘！

若是要相信 Gap Joe 的說話，就必需要征服這座小山丘，才能再下定論。

我道：「上埋呢個山，如果都係冇，就可以死心。」

眾人沒有異議，山丘不算太高，大約三層樓高左右，有一條藍色扶手的石梯，由公園伸延至山丘頂。石梯入口有一道閘門並鎖上，閘門只有一米高度，亦掛有「請勿擅進」的告示。

我們跨入閘內，開始走上山丘，山路雜草蓬生，想必是很久沒有人走過。我們一下子上到頂端，能夠立足的地方不多，名符其實是個小山丘。

暴龍友：「邊度有窿呀？一眼睇晒，個Gap Joe係咪亂吹㗎？」

我環顧四周圍，這裏朝著兆麟苑的方向有個斜坡，兩米之下有個地方較為平坦，勉強能夠站立一個人，除此之外，盡是不能踏足之處。

「有啦！」笠原中女突然高叫。

我走上前去，原來在草叢中有一個混凝土建設，形狀就像一部在室外豎立的分體式冷氣機，外面有一大一小四四方方的鋼門。

我先掀開小的鋼門，只看見一個水龍頭，似乎小山丘的石梯，只是供人方便上落，清除雜草之用。

我再打開較大的鋼門，除了有水管之外，有些水泥填滿了其他空間，水泥顯得跟建設格格不入，似乎是事後加上去的。

笠原中女：「真係有條路？」

暴龍友：「有都冇用啦，都封住咗囉！」

我指著剛才發現的斜坡：「前面有個位可以落去，如果水泥封住嘅真係秘道，咁即係呢個山丘入面有地方係空心，我唔知 Gap Joe 點解咁肯定呢度會有條路，可能當年帶黑色物種走上山嘅藍地阿昌果班人，真係講到實牙實齒，所以 Gap Joe 先咁相信同埋肯定。不過當時嘅環境唔同而家，我想再睇埋個斜坡先。」

於是我帶他們到斜坡，暴龍友立刻道：「嘩！咁斜，萬一揦唔穩啲樹咪跌落山？」

B 級神樂：「你真係好冇用……」

暴龍友解釋：「唔係呀嘉嘉，我……」

我沒心情聽暴龍的廢話，正想下山坡，笠原中女一手把我抓住：「我去！」

接著她小心奕奕地爬下山坡，之後她站在一顆樹旁緊抓樹枝，以電筒不斷尋找。

「有好多斷樹枝呀！」笠原中女道。

她撥開了一些雜草：「有個窿呀！」

終於找到了！笠原中女發現的洞穴，就在我腳下約一米半之處，是賊船的秘道？我們，真的可以回家了？

我從背包中取出在超市取得的螢光棒，掉下給笠原中女：「先放螢光棒入去，再掉塊石頭入去睇下有幾深。」

笠原中女照著做，她投進石塊時，能聽到清脆的撞擊聲。之後她嘗試進入洞穴，但不久又退了出來。

暴龍友：「入面咩環境呀？」

笠原中女撥弄頭髮：「好窄呀，我入唔到，但個窿好深。」

笠原中女可能胸脯太大，卡住洞口，不過，現場有一個人身材比她瘦削的⋯⋯

B級神樂道：「等我試下。」說話後她滑下山坡，幸好笠原中女扶了她一把。之後B級神樂像戰場上的士兵，慢慢爬入洞內。

過了十分鐘，她退了出來：「真係好窄，起初上斜，但轉彎後向下落斜，好似『sir』滑梯咁，如果我再矮啲，有個位可以轉身，再『sir』落去。」

我問：「入面有冇異味？」

若是黑色物種出入的通道，可能會有糞便。

B級神樂道：「有種好怪嘅味，又唔係臭，好似⋯⋯好似海

灘嗰陣味。」

海灘？難道山丘下有水源？

等等……

老鼠洲原本是一個小島，這座小山丘可能是島的最高點，可說是山頂，而小島的形成便更久遠……假設這小島曾經是黑色物種居住之地，屯門填海工程令牠們遠離人類，那麼，牠們去了那裏？

不對，若人類是牠們遷移的原因，這樣就是很久之前的事，可能是數百年前，甚至遠至剛發明船隻的時候。

那麼牠們跟大火有何關連呢？

再假設牠們是被人類迫遷，而移居到地底，在小島的地下生活，那麼，地下空間能連接水源是最正常不過的事，但當年一場大火，濃煙滲入了洞穴，把牠們嚇跑，其中一隻被「藍地阿昌果班人」遇見，並把牠救了，帶了上山……

這樣又似乎勉強說得通，但是現在我們要面對的，是取地下通道離開屯門。

我開始明白 Gap Joe 為何這麼有信心可以有路離屯門開。因為當大火發生時，只有一隻走了上山，而其他物種，他相信是沿路走回洞穴，亦即是入面有其他出口。

但這是非常大膽的假設，若然 Gap Joe 推算錯誤，他的朋友毒男希便被他害死。而最大問題是，另一個出口在那裏？若是在最高危險區域的話，那又有什麼用？

毒男希……

「我覺得要入去！」B 級神樂道。

我們也看著她，等她進一步解釋。

她道：「如果真係可以離開屯門最好啦，但如果唔得，都唔會太壞嘅……」

我岔入：「你係想話我哋可以匿喺入面，避開地面嘅毒氣同病毒？」

B 級神樂道：「係！我中毒差啲死鬼咗有眼你睇，所以我哋走唔到都要搵窿匿埋……」

笠原中女道：「但係就要假定嗰啲物種唔會傷害我哋……」

我道：「我遇過佢哋幾次，如果佢哋要我死，易如反掌。」

暴龍友「dark」了一下手指：「係啦，Gap Joe 冇見過黑色物種，但都仲夠膽叫毒男希行，其實會唔會係因為 Gap Joe 清楚黑色物種係唔會傷害人類……」

笠原中女：「你意思係…… 嗰個 Gap Joe 同佢哋接觸過，即係佢講大話？」

暴龍友：「我唔知道點解 Gap Joe 要講大話，可以係想保護嗰隻黑色物種，不過又或者佢真係冇見過，推毒男希去送死！」

我：「你講到好似偵探小說咁……」

四眼男童：「其實如果佢要殺我哋，我喺警署已經死咗幾次。」

我按著四眼男童肩膀：「你講得啱，所以你而家要入去，因

為個窿太細，只有你同神樂先入到去。」

四眼男童顯得迷惘：「神樂？」

我沒有解譯，轉向 B 級神樂：「你帶佢入去，如果真係冇路，就過兩三日先出番嚟，希望到時毒氣散晒，至於我哋三個……」

我望向笠原及暴龍友：「見步行步！」

我知道這句話是十分不負責任，但是我別無選擇，救得一個得一個。

「我唔去呀……叔叔，唔好再掉低我呀……」四眼男童抱著我哭泣。

過了一會，笠原中女爬了上來，最後，連提議進入洞穴的 B 級神樂，也爬到山丘頂，她道：「算啦，我狀態一般，如果得我一個人走，我怕應付唔嚟。」

B 級神樂紅了眼看著我，我知道，她放棄了一個可能是讓她生存的唯一方法，多少有些不甘心，但是連笠原中女也不能通過，暴龍友與我又有什麼資格呢？

我們一行五人無言地離開老鼠洲公園，車繼續由笠原中女駕駛，漫無目的行走。其實市中心已經被污染，我們可以走的路實在不多，不經不覺，又走到蝴蝶灣。

正當駛至停車場，遠處一個玻璃樽飛過來。

嘭！

玻璃樽擊中車身，笠原中女立刻開啓車窗：「你黐線㗎！死老坑！」

「來呀！來呀！死賊佬！偷我手機！」假眼道，他和蟹伯二人走上前來。

假眼一看見我便喊打我：「你偷我手機，即刻攞來，唔係我搏老命都同你死過！」

我見他兩人仍然精神奕奕，似乎毒氣還沒有吹至，故立刻把防毒面具除下，來個深呼吸。其他人也將防毒面具除下，之後我把毒男希的手機，還了給假眼。

此時暴龍友取出 Gap Joe 的手機，向二人展示那幅地圖：「兩位，有冇印象屯門有呢條路呀？」

二人近乎以臉貼著手機屏幕一看，假眼道：「啊！可能係嗰條河呀……」

暴龍友興奮起來：「真㗎，先生，咁請求你講俾我聽點去呀？」

假眼隨便向天指了一指：「唔……係河來呀？」

暴龍友道：「咩河內呀，呢度香港嚟㗎！」

假眼再道：「唔……喺嗰個掃管笏嗰便來嘩，呀……我都好久冇去過囉……」

暴龍友失望：「吓！掃管笏？嗰便封咗啦，你啲資訊咁唔 update 㗎！」

蟹伯笑道：「邊……邊……邊……邊係掃管笏呀，阿叔我住屯門五十幾年，點會唔知喺邊。」

暴龍友又高興起來：「多謝你呀，伯伯，咁喺邊呀？」

蟹伯笑淫淫看著笠原中女：「講你聽可⋯⋯可⋯⋯以，叫靚女俾⋯⋯俾我搞一搞呀！」

暴龍友尷尬：「吓！伯伯，乜你仲得咩？欠住先得唔得呀⋯⋯」

我提踭推了暴龍友一下，向蟹伯罵道：「你仲有冇人性㗎？呢個時候仲想攞著數？儍㗎你！」

可能是一時激動，我感到天旋地轉，跌倒地上。

模糊中，聽到蟹伯說：「唔講仲好，有人陪⋯⋯陪葬⋯⋯」

我開始眼花，頭十分之暈，眼前景象不斷旋轉，只知道他們扶我上了車，並把座位較後，讓我躺下。

B 級神樂說：「你塊臉紅晒喎⋯⋯」

暴龍友驚訝地道：「嘩！你仆街啦，你條頸出晒一點點紅色嘅呀⋯⋯」

紅色斑點？終於，輪到我感染了嗎？

B 級神樂很冷靜：「開晒啲車窗先。」

我連張開眼也乏力，只聽到有人離開了車廂。

B 級神樂：「你好似出麻疹喎⋯⋯」

麻疹？我連在大部份女性身上確診的德國麻疹也出過，甚至水痘也翻發了，俗稱「生蛇」也曾經纏身，還有什麼是沒有感染過的。

我向 B 級神樂說出我的病歷，她再道：「我諗你可能真係感染咗病毒，不過我哋又會冇事嘅？」

突然，我想起了我的朱古力鐵盒，內裏有一樣從我未懂性時便存在的東西。

我道：「我……背囊入面……有個……啡色鐵盒……入面……有張針咭……你……拎出嚟……」

我每隻字也是很辛苦才能說出。

過了一會，聽到開鐵盒的聲音，我再道：「睇吓有……一項人手寫嘅項目……右面寫住『沒有』……唔知……有冇關係……我阿婆似前係個護士……佢話我哋呢一代人……唔洗打……阿婆寫得好撩……好似……係 S 字頭……」

這是我夢境所見的情境，但是印象中確實是有些疫苗沒有注射。

「人手寫嘅 S……」B 級神樂道：「有！」

她聲線一下子變得很沉重。

我道：「真係……有……係咩嚟……」

究竟是什麼？為何會沒有注射呢？

B 級神樂：「SMALLPOX VACCINE ！」

護士小姐，說中文吧，我只認得卡介苗是「B.C.G.」！

我不解：「即係……乜嘢……」

Ｂ級神樂：「係天花！」

天花？

…待續……

27

VX 神經毒氣
··················
VX 毒氣是最致命的化學武器之一，它也是一種無色無味的油狀液體，一旦接觸到氧氣，就會變成氣體。主要是以液體造成地面、物體染毒，可以通過空氣或水源傳播，幾乎無法察覺。

人體皮膚與之接觸或吸入就會導致中毒，頭痛噁心是感染這種毒氣的主要症狀。 VX 毒氣可造成中樞神經系統紊亂、呼吸停止，最終導致死亡。

天花
······
主要透過空氣中的液滴傳染，症狀為高燒和劇痛及皮疹。病者感染後初期出現癥狀類似感冒，再出皮疹，皮疹轉成膿皰。之後若膿皰收縮轉乾，感染後一個月痊癒。

但膿皰出現後，因皮下出血而引致皮膚變黑，病者便多數會死亡。死因多數是因為內臟出血、感染其他併發症、或是多種器官衰竭。

牛痘
······
是一種由牛痘病毒所引發的皮膚疾病，而該病毒是天花病毒的近親。18 世紀後，牛痘病毒用作免疫接種以預防高傳染性的天花。

人類接種天花疫苗即「種牛痘」，第一次 1 歲以內，第二次 5 至 6 歲，第三次 11 至 12 歲。

然而在 1980 年，世界衛生組織正式宣布「天花已經在地球上被滅絕」，故全球停止再為民眾種牛痘。

天花嗎？所以，「SMALLPOX VACCINE」，亦即是所謂種牛痘吧！

我出生的那個年代並沒有種牛痘，神樂他們應該也沒有吧，若果我身上的紅點是因為感染了天花，那為何只有我一個人感染？

不公平！我為了其他人，付出了那麼多的心血，頂替了速龍友的擔子，到頭來感染病毒的居然是我，不公平，我不甘心！

是揩天仔傳染給我嗎？抑或是在黑色山羊身上感染？

若按照我們等人的狀況，後者機會比較大，兩男童失蹤期間，我曾經在蝴蝶灣社區中心遭到黑山羊襲擊，就是在那個時候感染到吧！

真是湊巧，兩龍友當時也是跟我在一起，但是偏偏就只得我受到感染，是因為我被山羊踢中胸口嗎？病毒依附在山羊的細胞之中，隨著山羊的毛髮、汗水、唾液等傳到了我皮膚上，入侵身體了吧！

我很氣餒：「你哋落車先……」

B 級神樂：「佢哋頭先已經落咗啦，係我叫佢哋唔好上返車嘅，呢度……剩番你同我咋。」

我：「你仲唔走，如果真係天花，會傳染你。」

B 級神樂：「之前我吸入毒氣都係多得你幫我，我先死唔去，仲欠你一個人情。」

我：「就算要還人情，都唔洗搵命搏。你⋯⋯認為我係咪出天花？」

B 級神樂：「你冇打牛痘針，唔代表你咁巧合感染咗天花病毒，其實可以係其他感染。冇錯，表面上係好相似！但我只係睇過天花病人嘅相片，未見過真人，不過⋯⋯亦都可能係一般普通皮膚病⋯⋯你唔好太憂慮⋯⋯」

憂慮的，似乎是 B 級神樂，她說起來吞吞吐吐，其實是想緩和我那過分擔憂的心態。

我：「個揩天仔呢？佢似唔似出天花？」

B 級神樂：「都⋯⋯有啲似，但係佢個身咁痕，反而比較似生疥瘡、出麻疹之類。」

我：「如果我出天花，好大機會係黑色山羊傳染⋯⋯」我向 B 級神樂說出在社區中心的遭遇及湖山遊樂場死去的黑山羊。

B 級神樂：「如果呢個係你受感染嘅渠道，咁就大鑊⋯⋯」

我：「點解？」

B 級神樂：「由你遇到黑山羊受襲擊至病發，都唔夠一日，通常啲病毒有潛伏期，多數人冇咁鬼快就病發，一般都係發燒幾日先轉到去皮膚出疹，好少咁樣。天花都一樣，但你咁嘅情況，我反而怕係山羊感染咗病毒後⋯⋯」

我岔入：「你係指病毒基因喺山羊身體入面『洗牌』？」

B 級神樂：「係！如果真係咁就麻煩，以天花為例，洗牌後已經成為一種全新病毒，就算全人類再種牛痘都未必有用。」

我張開眼睛：「落車！」

B 級神樂：「我唔落。」

我從倒後鏡中，看到自己臉上長滿斑點，再看看手掌，也有紅斑。

我嘗試提高聲調：「即刻落車！」

B 級神樂：「我知，你想一個人匿喺車廂等死之嘛，我唔落呀……」她開始哭泣了。

神樂，拜託你收聲，不要再添亂。

我瞪著她：「落車！去叫暴龍同笠原游水走，你同條嚿仔返去老鼠洲公園，爬窿走，幾辛苦都要爬，快啲去！」

B 級神樂：「我唔叫，你死咗條心啦，我係唔會走㗎。」

我：「死開啦你，我結咗婚㗎啦，你唔啱我㗎！」

B 級神樂：「你咪自作多情添呀，你先唔啱我，我夠有男朋友囉。」

算了！我不想再跟她糾纏下去，有人陪我當然是好，只是，我再不能負擔得起這個重擔子了……

不想再連累其他人！

這樣的連累，可是要咐上性命作結局的！

很累了……身體一下子像墜進了深淵，就連思想也給控制了。

B 級神樂的哭聲已經漸漸遠去，究竟是她離開了我，抑或是我離開了她呢？

若是後者，也有更進階的分別，究竟是我離開了車子，抑或是我離開了世界呢？

生命，就此劃上句號嗎？

啊！是他們……

速龍友，你的擔子我應付不來了……

老童，你的牙我以性命抵消吧……

黑瘦男童，對不起，我也自身難保……

貓 Sir，我贖罪來了，我們連累了你……

揩天仔，被螺絲批插穿手臂很痛吧，但你是抵死的……

之後，是母親！

母親你別嚇我，你怎麼會在此處……

你有看見過我的敵將軍標本嗎？

牠在那裏？

啊！是敵將軍？

你居然……回來了？

呀！你為何咬我！我可是你的主人啊！

那道光......

很耀眼呢，是呼喚我上路的時候到了吧......

是要我跟隨光線走嗎？

會去什麼地方呢？

笠原......

你......你真是在發條鳥小說中的笠原 May，幼幼......為什麼
伏在我的大腿上？

不！你放什麼入我口袋中？

胡椒噴霧？

不要搓弄......

不......受不了，我要......

「射啦......」我高聲叫喊。

「你做咩呀？」B 級神樂在車廂後座問我。

我低頭看看自己大腿，再輕按左右褲袋，幸好......剛才只是
做夢罷了。我鬆了口氣，否則背包中好像再沒有新褲子了。

啊！我雙手的紅斑竟然退了，我挺起身子，身體似乎恢復了
不少氣力，我再湊近倒後鏡，臉上的紅斑點也退減了！我看
出車廂外，這裏是龍門路，蝴蝶灣就在附近，我......仍然生
存！

突然一陣刺眼的光線照射入眼簾，是陽光，此時烈日當空。

我看看手錶：13：20

我竟然睡了差不多十三個小時，而最重要的是，我身上的所有紅斑消失了。

我康復過來了，居然……

我道：「我冇事，好返晒……」

B級神樂走上了司機位，伸手按我額頭，再撫摸我的臉：「你退咗燒啦，尋晚俾你嚇鬼死，你頭先話射咩呀？」

我有點尷尬：「冇……發夢睇緊波啫。」

B級神樂皺起眉頭：「睇波？」

我岔開話題：「尋晚發生咩事呀？」

B級神樂：「你瞓著咗之後，我就落車同佢哋商量，咁我提出話大家休息吓，因為咁夜，個個都劫，但大隻仔同個波妹又因為一啲無聊嘢嘈，嘈嘈下我冇鬼理佢哋，就同個細路一齊上咗車瞓。」

「瞓到今朝五點鐘我紮醒咗，見到你全塊臉都出滿斑點，好似一套外國電影，呢……有個噴火，有個橡筋手，仲有個橙色石頭人……」

「神奇四俠！」我道。

B級神樂：「我唔鬼知套片乜鬼嘢名，可能係啦，總之你塊臉好鬼核凸，嚇到我哋落咗車，我見大隻仔佢哋舖件衫喺馬

487

路瞓，咁我同個細路咪學佢哋咁樣瞓。到咗朝早十點半，大隻仔佢哋兩個話去搵嘢食，我見你啲紅斑退咗，估你應該康復，咪上返車繼續瞓囉……」

咕……咕……B 級神樂肚子傳出聲響。

「頂！個波妹又話好快返，呃鬼嘅！」她道。

「波妹？」我問。

B 級神樂笑道：「大波妹呀！你都成日幫人改名啦，又暴龍又笠原，你又改我咩名？」

太好了，我們一行五人，平安地渡過第二晚，我體力恢復之餘，還抵抗了致命病毒。雖然還不肯定是天花，但只要出過一次，理論上我便有了抗體。

太陽的光我從來不覺得重要，夜行性一族的我，沒有太陽反而更好。但是現在的陽光，充分使我更加感受到自己生命存在的氣息。

我步出車廂，B 級神樂也伴隨著我，此時，連四眼男童也睡醒了。

「叔叔，你冇事啦？」四眼男童走前來。

我伸手摸他的頭，但他縮開：「叔叔，其實我大個仔啦，唔鍾意再俾人摸頭㗎，不過我哋可以擊下掌……」

四眼男童舉起右手掌，我亦伸出右手跟他拍手，再以拳頭互碰。

接著我取出手機，向著烈日當空的藍天，拍了數張照片。真

希望速龍友能看到這些照片，接下來的日落，我也要為他而拍照。

我們返回車子，我發覺電油不多，故我啓動車子，打算去找電油。

「點解揸咗架車過嚟呢邊嘅？」我問。

B 級神樂解釋：「其實係大隻仔佢哋走咗之後，沙灘嗰兩個阿伯騷擾我哋。」

四眼男童道：「係呀，佢哋係色魔，想攪大姐姐。」

我：「所以你就轉咗位？」

B 級神樂：「我冇車牌架，試下咋，所以我都唔敢去咁遠，我之前有同大隻仔提過下，話兩個阿伯好鬼煩，可能會去前啲……佢哋搵嘢食唔洗咁耐掛？」

四眼男童：「唔會有意外掛？」

意外？不會吧！

我們再去到環保園，我在之前移動過的汽車前，開啓了油蓋，用 Mobilio 車上的油泵及桶，抽取了電油，把電油泵進 Mobilio。但油量不多，另一架車甚至沒有汽油。

我再駛去小冷水路，這是上漁民墓場必經之路，當想到老童陳屍在山上，就不寒而慄。幸運地，在一個小迴旋處內再找到一輛私家車，之前沒有發現，全因為給樹木遮擋了視線。

我駛進迴旋處，原來除了私家車外，還有一輛車停泊在草地上，且被樹木包圍。下車後，我立刻在私家車上偷取電油，

太好了，再加上這車子的汽油量，便可以將 Mobilio 油缸注滿。

之後，四眼男童及 B 級神樂也下了車，前者經過了我身邊，向草地行去。草地那個方向，只有在重重疊疊的樹影中的車子。

我也走近這輛車子。這車子體積也很大，介乎客貨 van 跟中型貨車之間……

啊，這是……這是部類似軍用車子，但並不是綠色的。在藍色的車身上，竟然印有……

「係新款裝甲車呀！」四眼男童道。

裝甲車？是防暴警察用的車吧！

車身上印有的字是：

```
┌                    ┐
   警 POLICE 察
└                    ┘
```

「叔叔，我參觀 PTU 總部嘅時候見過呀，係全警隊最勁一部車呀。」四眼男童道。

「係咩，我覺得最勁係喺 Highway 發告票嘅隱形戰車。」我道。

裝甲車嗎？警隊出動了皇牌裝甲車，說不定裏頭有更實用的防生化裝備。我們走近裝甲車，這輛很特別，記憶中曾經在外國的新聞片段中看過，但顏色不同。

此車四個車輪很巨大，整架車像貨車分車頭及密斗，但是仔細發現是相連的，只是設計上突顯了這個部份。車頭擋風玻璃外面設有橫柱，似乎是防止他人以硬物襲擊司機，整部車給人感覺異常硬淨。

咔！咔！

「鎖住咗！」四眼男童嘗試打開中間車門，但是不成功。

我也伸手去開司機座位門，同樣上鎖了。

咔！

「開到啦！」B 級神樂開啓了車尾門，我和四眼男童走了上去。

車廂的擺設十分凌亂，有很多東西，座位亦不是傳統的方向，十分古怪。

我們走進車內，可能是習慣了，我立刻檢查司機座有沒有車匙遺留下來，但是當然沒有，就算有，我也沒有信心能夠駕馭它。

錶板上很多燈及按鈕，加上橫柱阻礙視線，我深信能駕駛這裝甲車的警務人員，必定受過一連串特殊的駕駛訓練。

可惜！

若能駕駛裝甲車，我反而有信心硬闖進最高危險區域，它的車廂保護性似乎很強，身為警隊裝甲車，必然是最後的防線，車上成員必定是留守至最後一刻，才撤離屯門的。

我先在車上放滿雜物的長木箱尋找，內裏居然有一大個繩網、

亦有像滅火筒般大的電筒、斬樹木用的刀、斧頭等用具。

之後，我在一個透明文件盒中找到兩份文件，第一份居然是屯門公眾騎術學校的動物發現：

CASE：INJURED ANIMAL FOUND

LOCATION：AT TUEN MUN PUBLIC RIDING SCHOOL

第一頁是在青山警署看過的那一頁，內容一樣，頁面還用原子筆寫著「重要」，但之後的頁數，雖然也是關於這宗受傷動物發現案，但是性質不同。

這份是處理案件人員的報告！

內容如下：

INFT REPORTED THAT WHEN THEY......

政府文件嗎？幸好大致上還看得懂，一看之下，我說不出話來......

B 級神樂接過我手中的這份文件，她很認真地閱讀。

「姐姐，份嘢係講咩㗎？」四眼男童也湊上前來。

B 級神樂是公立醫院護士，文件中我有些不懂的字眼，她或許能明白。

她向四眼男童道：「呢份係一個姓歐嘅督察打嘅報告，佢係屬於 CTRU PLN 3 嘅指揮官......」

四眼男童：「CTRU？係反恐特勤隊呀，機場特警之後就到

佢哋啦！」一說到有關軍事或警備資料，四眼男童就高興起來。

B 級神樂繼道：「我繼續……咁佢哋喺屯門騎術學校處理『受傷動物發現』時，見到隻不知名動物同三隻狗打交，之後嗰隻動物走咗去屯門 38 區山邊。佢覺得呢隻嘢係地球上一種新嘅物種，應該由香港政府保護。反恐特勤隊 P L N 1 指揮官已經被通知，並提醒佢繼續搵隻物種，同埋採取進一步行動。」

「跟住係隻物種嘅詳情：未知性別、體型瘦但快速、6 呎半高、強壯後腿兼且有爪、黑色、行路時似人類！」

B 級神樂說的最後一句，亦是令我感覺到困擾的……

走路時像人類！

不知名物種不是四腳爬爬的嗎？牠們在屯門公園出現的時候、還有在水務署閘門攀爬、在舊碼頭、警署餐廳，牠們也是四腳動物般行走，暴龍友甚至曾模仿牠們。但這份報告中，說的又像是另一回事。

B 級神樂看著我：「究竟反恐發現嘅物種係咪警署嗰隻？」

「我估係，雖然描述有出入，但大致上係一樣。」我道。

四眼男童也道：「咁即係佢哋可以好似人咁只用雙腳行。」

我想了一想：「有機會，我喺報案室隔住捲閘望出去，就見到佢哋可以企高望番我。」

B 級神樂：「即係話，捉隻物種去警署嘅，好可能係反恐特勤隊 PLN 1。」

啊！對了！如果是反恐特勤隊，必定有防生化裝備！

我們不斷尋找，卒之在一個圓形鐵箱中，找到了防毒面具的過濾器，型號不詳，但是全新未開封的。

我把我們數個防毒面具換上新過濾器，B 級神樂則再看另一份文件，突然，外面傳來一陣噪音……

軋！軋！軋！軋！軋！軋！軋！軋！

我們步出裝甲車，抬頭看見一架直升機在高空飛過，我們立刻揮手大叫，四眼男童甚至跑到馬路中心，脫去上衣，不斷揮動。只是，直升機繼續飛向大海，速度沒有減慢。

「頂你……返轉頭呀……」四眼男童高聲回敬。

但是也改變不了直升機已經遠去的事實，遺下的，除了四眼男童的咒罵外，還有撒落地上的一些東西。

我們等了一會，才看清楚直升機撒下的東西，原來是一些傳單，內容如下：

基於任何情況仍留在此區的人士留意：

駐港解放軍會在未來三小時後，向懷疑有高傳染性的設施清洗或銷毀，包括各種交通工具、可能是任何建築物、任何露天地方包括山頂及道路、任何可能散播傳染病毒的動物或雀鳥。

其銷毀方式極可能涉及使用火器、高空散布高濃度消毒液（可能對人體有害）、以射擊方式或地面爆破方式令建築物銷毀。

請注意，這並不是演習，任何仍留在此災區的人，必須要躲

避到安全地方（如地窖或防空洞穴），切勿與其他人身體上（包括衣服）作任何接觸。

這張可怕的告示，下款處名已經不是什麼生化小組或保安局，而是......

香港駐港解放軍總司令部

天！香港政府在「新界西地區特別事故」已經要求軍方協助，並且在三小時後開始在屯門區大清洗。若果我們不在三小時之內離開屯門，後果不敢想像。

B級神樂接過告示再看一遍：「去邊那度搵地窖呀？呢度唔係外國，邊有地窖呀？」

四眼男童很驚慌：「姐姐，商場地庫算唔算呀？」

地庫？

地下停車場算是吧！附近有嗎......

我努力在想那裏有什麼地下商場、停車場等，但一下子想不到，腦袋塞了，全是軍隊投下炸彈的畫面......

想了一會，想到了！老鼠洲公園！

我向B級神樂道：「而家唔係鬥氣嘅時候，有眼你睇，軍隊三小時後就會大清洗屯門，可能用炸彈，可能大量噴灑消毒液體，所以你即刻帶佢（指著四眼男童）去老鼠洲公園，入山洞度避開大清洗。」

「你呢？你又點呀？想到辦法嗎？」B級神樂再度眼紅紅，取起文件在看，我知道她其實是在遮掩自己情緒。

「叔叔！一齊走啦，我見到你個心先定啲咋，唔好掉低我哋呀！」四眼男童拉扯我衣袖，這個情境，跟兩天前首次遇見他的時候一樣。

又再一次回到昨晚的情況，我應該怎麼辦呢？

速龍，你又會怎樣做？

若果我現在駕車到老鼠洲公園，並以武力威嚇方式，把 B 級神樂及四眼男童硬推進山洞內，屆時他們必定再不能反抗。

對了！就這樣做吧，我們五人之中，起碼有兩名生還者，先把貓 Sir 的記事冊交給 B 級神樂，再由她向警方提供我們的資料，那至少，家人也知道我死在屯門，不會不明不白。

正當我有了決定時，B 級神樂有新發現。

「咦！」她正在閱讀裝甲車上的其他文件。

之後她把文件遞給我：「你睇下先！」

她很凝重地看著我，我接過文件，一共有兩份，四眼男童也嚷著要看，故此我跟他一起閱讀：

我向四眼男童道：「呢份嘢署名係 PTU A 連指揮官......內容係 PTU A 連正喺最高危險區域，包括大欖及藍地，進行搜查，確保所有居民已經離開，防生化過濾器已經分發咗俾 PTU V 連，PTU C 連，同埋 PTU H 連。CTRU......反恐特勤隊會留守屯門 38 區候命......」

接着是第二份文件，跟之前的警察文件完全不同格式，是一份環境保護署署長發給保安局局長便箋的副本，內容是「新界西地區特別事故」爆發之後的空氣評估報告。

其中提到飛行服務隊協助出動定翼機收集新界西區的空氣樣本，得出結果之後的一個建議。而這個建議就是盡量將屯門區回復原貌，其中亦有問及可否使用人造降雨。

而最令我心寒的是最後兩句：

如果現時的情況不能夠回復正常……

屯門區便會一切停頓下來……

時間是……

至少一百年……

…待續……

屯門區便會一切停頓下來……

至少一百年！

這是環保署環評評估報告的最後解讀，千真萬確，並沒有看錯。

我不是專家我不知道。環保署必然掌握了更加有力及充分的數據，而數據顯示出來的結果，便是屯門區受污染情況極端嚴重。

單是 VX 神經毒劑應該不會令屯門區封鎖一百年吧，應該還有一些公眾不知道的信息。會否是區內的土壤、植物、地下水已經受到一定程度污染，短時間之內並不能夠復原。也有可能官方已經發現感染了天花病毒、甚至是天花的變種病毒的物種，牠們可能是貓狗豬牛羊、野生小動物、鳥類、爬蟲類甚至是昆蟲。

我大膽下個假設，先假設病毒已經在山羊身上洗牌，再變種，成為一種全新病毒。再推測屯門區其他動物及昆蟲，甚至魚類均有機會感染病毒，再洗牌。

這樣子的話，頭一批受感染的物種已經產生新病毒，大量動物因飢餓而互相廝殺，交叉感染後新病毒再在動物身上洗牌，如此這般惡性循環，最後會產生了什麼呢？

可能是，一種滅世的病毒！

可以殺死地球上大部份物種的病毒，一種令人類束手無策的病毒，可能已經在屯門區爆發。當然，這個大膽恐怖的假設

要有個前設條件，就是受病毒感染的物種，可以傳染其他不同物種！

事不宜遲，我再叫 B 級神樂及四眼男童從老鼠洲公園離開已經不是上策，他們必定會再三推搪，唯今之計是立刻找回暴龍友及笠原中女，五人再從詳計議。

我們在裝甲車上取了那些文件，連同一個盛載著消毒藥水等等雜物的紙箱取走，返回 Mobilio 後，立刻往蝴蝶邨方向駛去。

暴龍友及笠原中女二人去了很久，相信也已經折返，故沿途我們必定能遇上。

我們在蝴蝶邨走了一圈，沒有發現二人蹤影，我問：「暴龍佢哋仲有冇話會去邊呀？」

B 級神樂答：「冇呀，剩係話去搵嘢食咋，我諗都係超市之類啦。」

四眼男童也道：「大姐姐會唔會返咗去蝴蝶灣等我哋呀？」

B 級神樂回應：「緊唔會啦，蝴蝶灣有兩個鹹濕阿伯喺度，仲點會返去啫。」

兩個鹹濕阿伯......

笠原中女......

人渣！

二人去了這麼久，理論上我們會在路上相遇的，難道......

難道是暴龍友威脅笠原中女犧牲色相，出賣肉體來換取蟹伯說出地圖的位置？

Gap Joe 那幅該死的地圖......

「死暴龍！」我怒道，同時極速往蝴蝶灣駛去。

當到達蝴蝶灣，我立刻下車，跑入沙灘，直衝救生塔，但塔上除了色情雜誌之外，什麼也沒有。

「呢邊呀！」B 級神樂呼喚，她站在急救站的房間外。

我跑到急救站，B 級神樂已經把門踢開，只見假眼及蟹伯正赤裸上身，和笠原中女三人坐在椅上，其中蟹伯的臉正湊在笠原中女胸前，而暴龍友則站在一旁。

我立刻一腳踢在蟹伯心口......

啪！

蟹伯應聲倒地。

假眼抓著我衣領：「喂！你咩事幹呀你，你情我願啫......」

我右手一踭打在假眼臉上......

篤......篤......

他的假眼球被力度所震出，滾在地上，場面十分混亂，義眼滾到四眼男童面前，他不小心踩中。

啪！

假眼球爆裂了！

我立刻動拉笠原中女離開，B 級神樂也拖著四眼男童跟隨，但是他的鞋底仍然黐著假眼球的碎片，嚇得他不停把鞋底左擦右擦。

我把笠原中女帶到停車場，冷不防她使勁一揮，連消帶打推開了我。

此時其他人亦趕至。

「你攪咩呀？」暴龍友在怪責我。

我反駁：「你仲問返我轉頭？」說話後我看著笠原中女，她低頭不語。

B 級神樂也看不過眼：「大隻仔你有冇攪錯呀？你個胸夠大啦，你唔去俾個阿伯揸？」

暴龍友呼了口氣：「揸咩波啫，我哋傾掂數㗎啦！」

我指著他：「你仲咁樣講，信唔信我打埋你呀嗱！」

暴龍友大聲道：「信！但係我咁做為咗咩呀？我為咗大家咋喎！唔係話要大清洗屯門，我哋根本唔會咁做！」

當然，剛才直升機投下大量告示，暴龍友必然看到。

笠原中女：「俾你攪禍晒啦！」

我愕然，最後居然連她也這樣說。

笠原中女繼續：「我同佢哋傾咗啦，我除件衫俾佢哋齋睇個

胸咋，唔俾掂㗎，而家你打人，人哋未必肯㗎啦！」

我真的不懂怎樣去回應，為了生存，她的價值觀已經大大改變了，再者，以這種方式來換取一句說話，她當自己是什麼？

妓女嗎？當然不是⋯⋯

我已經不懂正確的價值觀是什麼？或許，根本就沒有所謂正確及不正確，我打從在三聖邨超市開始，不是干犯過很多罪行嗎？

盜竊、刑毀、毆打、偷車、持械傷人，甚至可以是謀殺⋯⋯

干犯了這些罪行是鐵一般的事實，就算最終能夠脫險，我也要面臨法庭審訊，犯案累累的我，還憑什麼？

我這個罪犯還能憑什麼去批判別人？

笠原中女她可是出賣自己的身體，來換取我們五人的生存機會，我還居然以妓女的字眼來品評她？我太過份了，我想法真是幼稚，她可不是換取名牌手袋，而是為了求存！

生命，比一切來得重要，換了是我的話，在這個絕望的時刻，也許⋯⋯

突然想起了女兒，為了能夠再見到她，我或許會像笠原中女一樣，做我不想做的事情。

暴龍友道：「你聽到佢講啦，而家個老伯俾你打到眼都跌埋出嚟，實唔會講條路名出嚟啦！」

笠原中女開始哭泣：「唔好話齋睇呀，如果可以知道個路名，就算俾佢摸下都冇所謂啦⋯⋯我唔咁早想死呀⋯⋯」

我無言以對，為了活著，我們已經把舊有的傳統思想改變，所有以往被視為不對的行為，所謂正確的道德觀念，在此時此地，不知不覺間已經重新定位。

軍隊快將大清洗屯門，笠原中女看到告示後才會和兩名老人提出交易，我實在無話可說。

此時，B 級神樂突然脫去衣鈕，露出 B Cup Bra，並向沙灘跑去：「喂……係咪要睇呀，喂……」

暴龍友及四眼男童立即跟上。

剩下我與笠原中女，我道：「對唔住！」

笠原中女閉上眼睛，強忍著抽搐。

我再道：「你上車先！」

之後，我也趕到沙灘，聽到 B 級神樂道：「喂！睇完嘢仲唔講呀？」

蟹伯瞪起雙眼：「你班打靶仔，打我，同你死……死……死過！」

蟹伯衝向我，但是被 B 級神樂截停：「你睇咗啦，快啲講路名出嚟！」

假眼也道：「講你老母呀，你啲死賊佬，我未從見過咁樣咁霸道嘅人，打甩我假眼，阿叔我……咳咳……」

吐！

假眼使勁吐了一篤綠色濃淡在暴龍友波鞋之上。

「嗤！頂你咩，阿伯……」暴龍友道。

假眼怒道：「我先頂你呀！你班反動派，打靶仔……」說話後假眼拾起一個玻璃樽。

「咪嘈往……」B 級神樂高聲叫道。

此時，笠原中女也走前來了。

B 級神樂走向兩老人：「嗱，阿伯，唔好咁勞氣先，我除晒成件衫俾過你哋睇好冇，不過你乖乖地話我知地圖條路喺邊好冇？」

說話後 B 級神樂看著我，也向笠原中女看了一眼，笠原中女垂低頭，似乎感覺到不好意思，令到對方成為自己的代替品。

而我更加無地自容，身為男子漢，此刻就只有看著女同伴以這種方式求生。但實在是，我也很想知道地圖所顯示的路在那裏。

你兩名老人，快……快應承吧！

蟹伯上前打量 B 級神樂，她此時已經把胸前數顆鈕扣脫去。

「喂！其他人唔好偷望呀，有咩唔妥我會嗌㗎嘞，擰轉面啦！」B 級神樂叮囑道。

蟹伯笑：「妹妹……你都幾……幾靚嘛！」

B 級神樂：「係咪 OK 呀，咁唔該你講條路喺邊呀！」

假眼：「唔……被阿叔錫下啦！」

B級神樂:「唔得……之前講明齋睇㗎嘛,快啲講條路喺邊?」

蟹伯:「俾我攪……攪一攪先啦……」

B級神樂聲調也變了:「阿伯,你哋唔係講過唔算數呀……」

我再望向B級神樂,她已經扣回衫鈕。

暴龍友道:「阿伯,你唔係咁樣呀,咁大過人,講嘢唔算數?你老母冇教你做人要誠實咩!」

假眼道:「係又點呀……你打我眼又點算呀?」

我惱羞成怒:「你條死老嘢呀!」

蟹伯看著我,舉起握著拳頭的手:「又……點,死……飛仔……」

蟹伯走上前來,用拳頭在我面前舞動。

四眼男童見狀立刻上前勸阻:「伯伯……唔好呀……」

蟹伯:「唉……細路,你……你仲咩冇坐船走呢?」

四眼男童哭泣道:「我同爺爺走散咗呀……」

蟹伯撫摸四眼男童頭髮:「陰公囉……呀,你同我個孫仔差唔多大,不過佢跟爸爸媽媽坐船走咗囉……你同爺爺走散咗呀?」

四眼男童七情上面:「係呀,伯伯呀,我好想返屋企呀……唔……唔……求你講俾我聽點走啦,唔該你呀……」

四眼男童雙手不斷拭去眼淚，任何成年人看見一個滿身傷痕及聲淚俱下的小孩，也會泛起憐憫之心，只要在能力範圍內可以做的，也會去幫助。

終於......

「哦......傻仔......唔......唔......唔好喊，有阿伯喺度。」蟹伯畢竟敵不過淚彈攻勢。

四眼男童扁著嘴巴：「唔......唔......伯伯......」

蟹伯微笑：「乖......」

兩爺孫......不，四眼男童緊緊抱著蟹伯，好一幕感人肺腑的場面出現，笠原中女走到我身旁，依靠著我，連我也被場面感動到淚水汪汪了。

此時，正在哭泣不絕的四眼男童，竟向我打了一個眼色！

他居然：「爺爺......我想你做我爺爺呀......」

一聲爺爺，蟹伯忍不住哭了出來：「好......爺爺喺度，乖，爺爺話......話......話你知條路喺邊......」

突然，我緊張起來，終於也，有答案了嗎？

現場氣氛像凍結了下來，時間......

停頓了！

整個空間！

蟹伯道：「條路喺嗰面......」他同時揚起手，指向某一個方向......

506

西面！

龍鼓灘方向！

四眼男童再問：「爺爺，咁條路叫咩名呀？」

好！四眼男童，我們的數條人命，全落在你手上了。

蟹伯：「哎喲......路名我就唔......唔......記得喎，不過一直去......去......去到尾就搵到！」

「唔該晒......」四眼男童收起哭泣聲。

「乖孫......」蟹伯仍然在沉醉當中。

四眼男童轉回原來聲調:「死老坑！」接著雙手使勁推開蟹伯。

「講咩呀？你個死仔呀......」蟹伯如夢初醒。

四眼男童走到 B 級神樂身旁，並拖著她的手，向蟹伯罵道:「去死啦你，死蟹伯，想非禮我細姐姐，食屎啦你，你老母個老母個老母......」

假眼道:「呀！你個乞兒仔，有爺生冇乸教。」

「蟹伯！蟹伯！蟹伯！蟹伯！」四眼男童邊罵邊脫下褲子，散尿在蟹伯及假眼二人面前，他屁股左右擺動，尿水像水槍般愈射愈遠，兩名老人退避三分。

暴龍友見目標達成，立刻抱起四眼男童便跑。

我們五人上了車，我馬上開車離開，此時暴龍友問我：「喂！你唔係出天花咩？乜你冇事嘅？仲以為你......」

我岔入：「以為我死咗呀？」

我語氣很差，對剛才笠原「交易」一事，仍然怪責暴龍友。

「係囉，尋晚仲見你好唔妥，成身紅晒......」坐在我身旁的笠原中女問。

死不去便好了，還去想什麼原因幹嗎？我見兩老人沒有再追來，便把車子停在停車場出口。

暴龍友：「冇理由㗎......如果係天花，又唔見我瀨嘢？」

B 級神樂：「你係咪有種過牛痘呀？」

暴龍友：「我唔知喎......應該冇......但如果佢出天花，即係冇種牛痘......」

我道：「我當然冇種牛痘呀......」

此時，我看見大路上出現了很多狗隻屍體：「大家唔好開窗，好多屍體......」

我立刻開車，避過狗屍，向龍鼓灘方向駛去。

「好多動物屍體，好似中晒毒咁......」B 級神樂從後拍我肩膀：「等等......我知點解！」

我把車子停下：「知乜？」

B 級神樂道：「我估你有天花抗體。」

我皺眉：「抗體？」

B 級神樂點頭，我追問：「你點知？」

她沒有回答，反而在我的背包取出一樣東西⋯⋯

女兒的畫簿！

啊！原來是這樣嗎？

B 級神樂道：「我估計，你身體入面有天花抗體，所以，病毒只係停留咗喺你身上一日就控制到。其實所謂疫苗、抗體，只不過喺你身體入面有種病毒，可以抵抗其他死亡率高嘅病毒咁解。情況好似而家啲初生嬰兒打水痘針，但係打完仍然有機會出水痘，但會減少咗好多併發症。」

B 級神樂掀開畫簿後，把它交了給我：「抗體！」

我伸手接過畫簿，B 級神樂的意思是我之所以有天花抗體，原因是眼前畫簿的這一頁⋯⋯

敵將軍標本的素描！

是牠？

假設敵將軍便是不知名物種幼兒，在屯門區生化襲擊之下仍然能這麼活躍，想必然是這物種本身對天花病毒有抗體。小時候跟我玩了一星期的敵將軍，真的在不知不覺之間，把天花抗體帶了給我？

我輕撫自己臉頰、頸項、手臂，若我真的是有抗體，豈不是能夠硬闖最高危險區域而離開嗎？

不能，毒氣已經擴散，過了一晚，VX 毒氣恐怕已經逼近碼頭區，若然我們同一時間中毒，又有誰來注射阿托品？實際上，

阿托品剩下的數量不多，但是，萬一毒氣還未吹至呢？

正當我在猶豫之際，遠遠在三聖邨方向，發出震耳欲聾的聲音⋯⋯

隆⋯⋯隆⋯⋯隆⋯⋯隆⋯⋯隆⋯⋯

大量白煙在三聖邨升上半空，最後，籠罩整個三聖邨！

隆⋯⋯隆⋯⋯隆⋯⋯隆⋯⋯隆⋯⋯

緊接著是，屯門市中心方向同樣霧出大量白煙，甚至把天空遮蔽。

隆⋯⋯隆⋯⋯隆⋯⋯隆⋯⋯隆⋯⋯

笠原中女道：「開始⋯⋯大清洗⋯⋯」

此時，一度白光像流星般劃破天空，並落在蝴蝶灣附近的渠務署泵房。

「呀⋯⋯呀⋯⋯」似乎是兩名老人的慘叫聲。

建築物旁也霧出大量白煙，瀰漫在天空。相信軍隊已經開始進行大清洗了，那些白煙，多半是一些超高濃度的消毒液體。

撤了！向西行！

暴龍友：「咪住！」

我才剛啓動車子，突然又給暴龍友喝停。暴龍友一言不發，離開車廂。

「喂！攪咩呀？」我探頭出車窗。

他回看了我們一眼，便繼續急步行。

我把車子駛上行人路：「喂！去邊呀？」

暴龍友沒有理會我，我嘗試伸手抓他手臂，但被他甩掉。他一路走，向蝴蝶灣康文署的辦公室走去，我駕車一路跟隨。

原來，是這樣吧！

我亮聲道：「喂！你唔係呀，而家先話要走？」

暴龍友沒有回應，他在垃圾堆旁，拉出之前發現的獨木舟。

我下了車，上前阻止他：「已經知道咗地圖條路喺邊，仲咩而家要走呀？」

暴龍友撥開我：「乜嘢路呀？西面？上西天呀？西面得龍鼓灘路咋！點樣走呀？咪又係得水路，你個粉腸識游水咩？知唔知最西面係咩呀？係發電廠呀，俾你去到又點呀？游水去珠海呀！」

游水去珠海？我啞口無言，去到龍鼓灘發電廠又怎樣？

暴龍友成功拉出獨木舟，並在另一處取出兩支船槳，他原來老早已經預備了這一著。

他開始把獨木舟拖出岸邊。

「喂！你個背囊唔要呀？」B 級神樂亦走上前來。

暴龍友沒有離會，繼續拖行獨木舟，直到岸邊。

我問：「部相機你都唔要咩？」

我取起他背包，放在他面前。

他抬頭看了天空一眼：「對唔住！」

我道：「你冇對我唔住，你有能力，你自己走。」

暴龍友從褲袋取出記憶卡交給我：「我怕要落水整濕張卡，張卡太重要……」

這張記憶卡當然重要，內有速龍友所拍攝到的物種容貌。

暴龍友把獨木舟推出水面，準備上船，我喝止：「等等！」

接著，我從車廂中取出一樣東西，掉向暴龍友！

啪！暴龍友手忙腳亂地接著！

「《京阪神》呀，仆街！」我把之前在市中心書店偷取的旅遊書掉了給他。

他雙手接過，向我點了點頭：「對唔住……你喺警署餐廳嗰幫拖嗰陣，其實我哋喺度……」

突然我感覺到一股寒意！

暴龍友繼續道：「我當時驚到……唔敢出嚟……再見！」

我想起了，在我和揞天仔搏鬥時，4/F 餐廳是沒有人的，至少在我召援手時，就沒有人前來協助。

其後發現我的背包也不見了，甚至不見了其他人的行李，我

還在想他們怎會這麼大膽折返餐廳，原來他們根本只是匿藏起來，待我正和揩天仔打得難分難解時，才收拾行李離開餐廳⋯⋯

有我的掩護，他們才能安然撤走⋯⋯

看著暴龍友遠去，我們返回車上，向龍鼓灘出發，沿途沒有什麼說話，整個車廂，死氣沉沉。

是因為暴龍友的離開，打擊了大家的士氣？是軍隊開始進行大清洗，嚇怕了各人？

抑或是笠原中女及 B 級神樂二人，在餐廳沒有向我伸出援手，並作隱瞞，才落至如此尷尬場面？

我們駛至 38 區環保園外，此時，為了緩和氣氛，我提議我們拍張合照留念，於是打開暴龍友的背包，但是內裏只有瓶裝水，沒有相機。

笠原中女：「原來佢一早打算水路走，連相機都冇帶，搏遲啲返警署拎番。」

對於暴龍友的行為，我有點失望，但是，我不是也曾向他們說謊嗎？我在和揩天仔打鬥後，不是也隱瞞了曾經在身體上，曾經和揩天仔接觸的事實嗎？我也怕被他們排斥。

但其後，笠原中女是第一個牽我手，並主動坐在我身旁的；B 級神樂也是，連我感染到天花，她也不離不棄。

暴龍友也曾經在社區中心扶我一把，若則，可能我已經被山羊踏死。

人性，怎會只得一面！

「叔叔！叔叔！」四眼男童突然喊道，他正站在一部泵把脫落的私家車前。

我走上前，他再道：「司機座位度有部機！」

我湊上玻璃窗窺看車廂內，這部車，車門的空隙放了一本橫掀的藍色簿，隱約可看到印上了一個車輛號碼 AM 8XXX。

原來這部私家車，居然是一部政府車輛！表面是一般民間用車牌，但是實際有 AM 車牌編號，這是政府私家車的登記做法。

我再向司機座位看去，四眼男童所說的那部機，居然跟我在 PTU 身上取得的一樣。

這部私家車，是一部警車！

我以螺絲批爆了車窗，開了車門，在貼近司機座下的空隙，取出了一部通訊機，只是，機身的顯示屏爆裂了。

我開了通訊機電源，亮了紅燈！

有電了！

我不斷按下通話鍵，也不斷轉換頻道，但是通訊機也只有機頂一盞紅燈，沒有畫面，似乎已經不能用，這部通訊是部壞機。

接著我從背包中取出 PTU 的通訊機，把壞機電池取下，並在 PTU 的通訊機換上⋯⋯

do⋯⋯⋯

一下聲響後，機頂亮了紅燈，且不斷閃爍。

十秒過後，紅燈轉為綠燈，按常理推算，通訊機正在網絡覆蓋之內。

有畫面了，亦即是，可以通訊！

「喂！喂！」我胡亂在某個頻道上說話。

沒有回應！

我繼續調教頻道，不斷嘗試，但除了某一些頻道有雜音之外，一概沒有聲音。

「睇下可唔可以收到的士 CALL 台？」笠原中女問。

四眼男童搖頭：「警察轉咗行數碼頻道好耐，連記者都收唔到。」

笠原中女道：「唔怪得見近十年八年少咗好多突發新聞啦！」

我已經試了十四個頻道，再調教一格，去到第十五個頻道……

「喂！喂！喂！有冇人？有冇人？」我在絕望中說出。

終於……

「係！邊位？係咪 Peter？」

天！有救了！

是一把男聲，這第十五個頻道，顯示著

```
┌        ┐
  PTU
  TRG
└        ┘
```

我高興地道:「喂!阿 SIR,我哋困住咗喺屯門區呀,快啲嚟救我哋呀。」

對方道:「等等,我唔係警察,我維修頻道嘅啫,你邊位呀?」

我:「我哋有四個人,兩日前開始困咗喺屯門,俾毒氣包圍,而家喺 38 區嗰個環保園,快啲搵人嚟救我哋。」

對方:「嘩,你......我......我幫你通知警察,你有冇電話留低?」

我:「電話冇用,全個屯門冇電,冇網絡訊號......」

對方:「OK,我幫你報警,係咪環保園?」

我:「係呀,唔該你!」

對方:「環保園......OK,你睇下部機有冇編號,通常貼咗喺個機面......」

我看了看通訊機,找到了編號並告訴了對方,之後他便沒有再說話。

此時已經接近下午四時十五分,太陽開始西下,我們坐位不安,只想剛才的維修員或警方會聯絡上我們。

過了大約二十分鐘,通訊機終於有回應:

「喂！有冇人，係咪報警？」

我：「係呀，派人救我哋呀！」

對方：

「等等......」

再換了一把雄厚的男聲：

「係，你係咪我哋 PTU 同事呀？」

我：「我唔係警察呀，部機執㗎，我哋一共四個人困咗喺屯門，俾毒氣包圍，而家喺 38 區嗰個環保園，快啲搵人嚟救我哋！」

對方：「先生冷靜啲，你貴姓呀？部機個警察而家喺邊呀？」

我向對方作了簡單的自我介紹，其中包括拾取 PTU 通訊機的情況。

他道：「呢度係警察指揮控制中心，你而家係咪安全？」

安全？

我向他交代了現時的情況。

對方：「咁你附近有咩地窖或者地下室呀？」

聽到這句話，心裏寒了一半！

我：「冇！我哋喺環保園，只有個保安控制室......」

對方：「咁你哋匿喺入面先，因為屯門區就快要開始消毒，

等消完毒再想辦法救你哋啦！」

我閉上雙眼，差點哭了出來。

怎會這樣？

政府怎能這樣對待我們？

對方再道：「喂！先生，先生？」

我：「喺度，你講……」

對方：「總之你搵個地方匿埋先啦，而家成個屯門封鎖咗，我哋警察同消防都入唔到嚟㗎。」

「有方攬錯呀，見死不救，叫你上級嚟講。」B級神樂向著通訊機道。

對方：「小姐，你冷靜啲先，我係警司，已經係呢度最大嗰個，我想你明白，而家屯門區太危險，我哋暫時唔會派人入去住……」

笠原中女搶了通訊機：「阿Sir，而家四條人命等你救呀，你哋係咪乜都唔做呀？」

對方：「小姐，由維修員報警嗰刻開始，我哋已經立刻打俾駐港解放軍，問佢屯門區消毒嘅進度，同時我亦通知咗飛行服務隊，要安排人手隨時出發，只要現場環境一許可，我哋就會盡快入屯門救你哋。但係，而家個情況……」

我在女兒畫簿空白頁寫著「政府高層」三個字，向笠原中女展示。

笠原中女：「叫啲政府官員嚟講！」

對方：「小姐，而家屯門區交咗俾軍隊，我哋警方真係……」

笠原中女：「我叫你嗌政府高官嚟呀，橫掂你都話唔到事！」

對方：「好！我知有位局長上咗嚟我哋總部，我即管傳達你嘅意見，你等等……」

接著，笠原中女搶了畫簿，在女兒筆盒中取出鉛筆，開了新一頁並寫上「重點」二字。

只見她臉紅耳熱，帶點歇斯底里地開始逐點逐點寫著，接著她把畫簿交給四眼男童，後者也寫了些東西。

我瞥了一眼，看到四眼男童正使用木顏色，寫下就像是麥兜的兒童字，凌亂兼且大小不一。

我向海邊看去，夕陽西下，這是我首次認真地在屯門觀賞日落，這景象，真是美麗。難怪兩龍友長途跋涉，走到龍鼓灘，只為求拍下數張照片，待之後能夠美麗重溫！

「寫好喇！」B級神樂道，連她也在畫簿上寫上了字句。

她將畫簿遞給了我，一看之下……

字形核凸不在話下，大小不一，還居然有立體字，左一句，右一句的，這份所謂「重點」，簡直……

簡直就像是綁架案電影中匪徒用剪報紙方式堆砌的的勒索信一樣！

我取起一支紅色筆，在「重點」二字之前，加了「屯門人的」四個字，之後，笠原中女再在「重點」之前加插了「日落」二字。

最後，B級神樂把「重點」二字，刪改為「宣言」。

此時，通訊機再次傳來聲音：

「喂！喂！先生？喺唔喺度？」

我取起手機：「喺度，你講。」

對方仍是剛才的警務人員：

「先生，你真係好彩，頭先你咪話想同政府官員作個對話嘅，而家你哋可以講……」

好彩？

「係……你好呀先生，我係負責今次重大事件嘅其中一位政府官員……」

這聲音……

沒錯，是那位常在電台講解衛生及環保等事宜的「政府高官」，我正想說話之際，突然心念一轉，把通訊機交給四眼男童，向他揚一揚眉。四眼男童睜大眼睛，看了看笠原中女及B級神樂，二人也向他點頭。

政府高官：

「喂！先生？你喺唔喺度呀？」

四眼男童吸了口氣:「喺…度。」

我把畫簿交給四眼男童,他以一雙充滿自信心的眼神作回應。

政府高官:

「我大概知道你哋四個人嘅情況,不過而家情況仲好惡劣,我哋會盡快派人嚟搵你哋,呢一點,有冇問題?」

仍然是這方案嗎......

四眼男童:「不如你俾我講先......」

政府高官:

「好,你講。」

四眼男童皺起眉頭:「長官先生,你唔好再呃人嘞!而家我同你談判,我手上有一份重點......唔係......係宣言先啱,希望你聽清楚同埋記低去。」

B 級神樂轉身,為四眼男童的勇氣拍了幾下掌聲。

政府高官:

「又唔好話談判,你即管講出你哋嘅訴求喇,我哋會記低。」

四眼男童:「你聽住,我以下落嚟講嘅嘢,希望你可以做到,我手上呢一份,就叫做......」

四眼男童頓了一頓,看著我們,提高聲線道:

「叫做:屯門人的日落宣言!」

...待續......

29

對！是屯門人的日落宣言！

這是我們代表遺留在屯門，包括已經逝世的人，向外界宣布的一些說話。

四眼男童鬆開了對話按鍵問：「叔叔，點呀，照讀呀？」

我道：「佢哋已經放棄咗我哋嘞，唔洗擔心，照讀。」

政府高官：

「先生......仲喺唔喺度呀？」

四眼男童：「首先問你一個問題，現階段為止，你係咪唔會派人嚟救我哋？」

鬆開了對話按鍵後，現場靜止下來。

我們正等候政府高官的答覆。

過了一會......

政府高官：

「先生，咁啦，正如我哋之前所講，而家屯門區係好危險，我哋都要確保搜救人員嘅安全，因為有幾部機器定時定候咁散布緊毒氣同病毒，喺未銷毀呢啲機器之前，要入去現場，我哋真係有困難。」

四眼男童：「得啦，唔洗再講，聽住，首先……我哋要求你即刻派直升機或者船入嚟接我哋，又或者打通屯赤隧道，同埋向傳媒公布我哋被困住咗喺屯門，一部衞星電話連後備電池，用空投或其他方法運送十幾套完善有效嘅防生化裝備俾我哋，醫療用品，消毒包紮傷口用品、常用藥物、大Ａ、細Ａ、水、能量飲品、麵包、罐頭、紫菜、加洲卷、生煎包、焗豬扒飯等等……」

四眼男童鬆了通話鍵，問我們：「仲有冇呀？」

Ｂ級神樂一手取了通訊機：「喂……」

政府高官：

「你……你係另一位女士，你又有咩要求？」

Ｂ級神樂：「我哋喺警車度發現兩份報告，其中一份係空氣評估，提到屯門嘅情況持續嘅話，將會封鎖一百年，係咩一回事？」

政府高官：

「小姐，你等等，呢個問題我交返俾警方先……」

Ｂ級神樂：「唔好走呀……你答啦……」

對！我們就是要政府高層回應！

政府高官：

「好啦……我唔走，放心，不過咁多間警署，每日有咁多文件，我唔知你講嘅係咩文件……不過，我大概知你所指嘅係咩嘅，冇錯，我哋綜合咗各方面嘅數據，推算出屯門區入面

嘅生物、植物等，未來會出現超大規模嘅病毒感染，呢種好可能種喺歷史上死亡率最高嘅病毒。」

「病毒除咗傳染，仲會喺正常溫度下大量繁殖，佢可以依附喺任何地方，包括所有陽光接觸到同接觸唔到嘅地方。甚至乎可以令到整個大欖郊野公園寸草不生，所有動物甚至乎雀鳥都會死亡。我哋喺市區亦發現到感染咗新病毒嘅雀鳥，証實咗係變咗種嘅天花，直至今日為止，已經有四個新變種天花病毒。」

「但好彩呢啲變種病毒暫時未有傳染俾人，反而喺屯門就有好多市民感染到最原本嘅天花，亦都有好多人係因為天花而引致其他併發症而死亡。我呢番說話，較早之前已經向傳媒講過，亦都唔係咩秘密。喺醫院治療緊嘅病人，我哋係有信心醫好佢哋，所以特區政府現階段係用斬纜式嘅方法，去阻止變咗種嘅天花擴散，針對疫區所有動物，會立刻屠宰及銷毀。希望喺成功研製到疫苗之前，冇人會感染到新病毒。」

「因此，特區政府會同駐港解放軍合作，喺災區作大型清洗行動，呢啲行動唔係話用漂白水洗下塊地就算數，係一個好徹底對抗病毒嘅持久戰，時間可以係幾個月，幾年，甚至講緊係十幾廿年嘅事，之後我哋會重建屯門區。」

「你睇我哋荃灣已經係發展咗超過五十年嘅市鎮，屯門港鐵都唔係好耐歷史，要屯門回復番以往舊貌，呢個使命好可能要靠我哋大家努力去建設，甚至乎係兩代、三代人嘅事。」

我取過訊息機：「咁係咪真係恐怖襲擊呀，其他國家有冇呀？」

政府高官：

「咦！你又另一位先生嚟，你又貴姓呀？」

我道：「我姓樂，我想知究竟發生咩事？」

do……do……通訊機紅燈閃爍發出聲音。

政府高官：

「樂先生你好，暫時只有我哋香港有咁嘅情況，唔除排係恐怖襲擊，但好好彩，只有屯門區有咁嘅事發生，亦都好成功將所有居民疏散，我對於樂先生你仲留咗喺屯門，係……好遺憾，亦都好明白你處境。」

我道：「局長，我打份牛工啫，你唔好怪我粗魯……你噏乜呀！乜嘢好好彩呀？乜嘢所有居民疏散咗呀？我唔係人呀？我住屯門市廣場咋，我屋企距離屯門港鐵站好近㗎咋，我都走唔到呀？你知唔知屯門周圍都係死人嘅屍體呀？連啲警察都俾你哋放棄咗呀，條屍仲瞓咗喺馬路上呀？你對唔對得住佢屋企人呀？得你有阿媽生呀？」

do……do……

政府高官：

「樂先生你冷靜啲先，呢個情況我諗大家都唔想見到嘅，我哋確實係有部份有份參與救災嘅人員係失蹤咗嘅，我哋係有派直升機去搜尋。但係好不幸，屯門區環境好惡劣，我哋連直升機連同機組人員都失蹤咗。因為現場唔單止有毒氣，部份建築物甚至整棟著火，產生大量灰塵，增加咗搜救嘅困難，呢點希望你明白。」

我道：「得啦，我完全明白你哋嘅立場，一句講晒，我哋要靠自己。咁開頭講嘅嘢你哋官方有邊項可以做得到？」

政府高官：

「多謝你明白同埋體恤，交通工具呢方面呢，好對唔住，樂先生，我真係唔能夠應承你住，講到底，我都要確保我哋委派出去搜救人員嘅安全，至於食物或者醫療用品，我哋會將你嘅訴求，傳達俾駐港部隊知道，因為而家整個香港上空已經列為禁飛區，只有軍隊先可以使用。」

我道：「OK！我想你話俾我知，青山警署羈留室入面有隻不知名物種，全身黑色嘅，七呎高，係咪嘢嚟？如果你話唔知，可以問下 CTRU。」

do……do……

政府高官：

「樂先生，我手頭上方你所講嘅資料喺，至於你講警署羈留室有隻物種……（政府高官似乎跟身後其他人細語一會）而家警方有太多嘢做，但係佢哋如果有特別情況或者發現，都會同上級匯報嘅，我喺呢個重大事故嘅委員會成員之一，如果有其他公眾要特別關注嘅事，我都會知道嘅。另外，我哋亦都 keep 住同駐港解放軍聯絡，暫時未聽到有乜嘢物種發現。」

我道：「喺你哋清洗屯門之前，已經有好多大廈倒冧咗，好可能係呢啲不知名物種繁殖下一代嘅時候整冧，如果你仲扮唔知，唔緊要，但我希望你嚴肅同認真對待呢件事，否則，唔好話屯門，甚至整個香港都會俾佢哋攻佔，我諗你明我講乜。」

do……do……

政府高官：

「OK，我明白嘅。」

此時，到笠原中女搶了通訊機：「咁疏散咗嘅屯門居民呢？點安置呀？」

笠原中女十分緊張，當然，他母親及外婆下落不明。

政府高官：

「小姐，你可以放心，佢哋已經安排入住特區政府可以提供出嚟嘅安置單位，有啲甚至係一啲未入伙嘅新單位，絕對唔會係喺社區中心。當然，因為人數太多，安排需時，但係因為今次係一個超大型災難，我哋政府得到各界幫助，將對受影響災民嘅不便減到最低。」

笠原中女：「咁冧咗啲樓呢？啲業主點呀，有冇得賠呀？」

政府高官：

「小姐，而家最主要係你人生安全嘛，呢啲嘢你唔需要諗咁長遠啦，不過既然你提起，我話埋俾你知，立法會今日先通過咗，我哋會另外搵一個地方重新發展新市鎮嚟替代屯門，今次仲會破天荒以公共房屋為主打，甚至乎會有單軌動車環島而建，仲會塑造番屯門所有嘅特色，初步構思係喺赤鱲角隔離填海，但時間會耐好多。反而最大機會係喺屯門對開，租用珠海市部份內伶仃島，加埋附近興建嘅人工島，成為新發展區，但唔會再用屯門個名，因為屯門仍然喺度，只係暫時未用得番。而新發展區嘅名，叫做——屯山！」

笠原中女驚訝道：「屯山？喂，你搬我哋去咁遠住呀，我唔制㗎，交通咁唔方便，我唔慣㗎，我一向冇北上嘅！我⋯⋯

我連回鄉卡都冇喝！」

do……do……通訊機的響聲是代表……

政府高官：

「咁你唔洗太擔心，到時候，冇嘅嘢都會變成有㗎喇，好啦，我仲有個會要開，咁我諗交返俾警隊同事同你跟進啦！」

笠原中女：「喂！你咪走住呀，既然你哋都放棄屯門，我而家以屯門人名義申請逆權侵佔呀……我要求……」

「頂！」對於笠原中女的說話，連我也感到多餘。

do……do……do……

笠原中女開始亂說話，我立刻奪去通訊機：「仲講埋啲癈話，嘥晒啲電。」

我按下通話鍵：「唔該你幫我 check 吓龍鼓灘路去到尾仲有冇路可以行？」

do……do……do……

do……do……do……

do……

通訊機長鳴一聲之後，電池用盡，宣布死亡！我嘗試重新裝上電池，但是沒有用，電池已經沒電。

「我重有好多嘢未讀㗎！」四眼男童高聲道。

我看著通訊機，一片茫然。

過了好一會，耳邊仍然傳來四眼男童對政府高官的咒罵，他把畫簿上還未曾讀出的宣言，也高聲地讀出，內容包括要求社會福利署每天安排被看管兒童三小時假釋，好讓他到青山寺玩等等。

突然，遠處傳來一些嘈雜聲。

噠！噠！噠！噠！噠！

噠！噠！噠！噠！噠！

不似是直升機，聲源沒有那麼高，我環顧四周，看到就在蝴蝶灣方向，有一層白白黃黃的東西漸漸移近。

且快速地......是濃煙！不似是因為大火引起的煙，這些煙較為淺色。

聲音愈來愈大......

噠！噠！噠！噠！噠！噠！噠！噠！噠！噠！噠！噠！噠！噠！噠！

也可以看得見，一些黑色的物體愈來愈近......

太快了，根本來不及細想。

牠們，到了！

「上車！」我高聲說。

我們立刻返回車上，才一關上車門，車頂便被硬物撞擊，一

下子凹了下來。緊接著，一大群黑影從後而來，跨過車頂，擦過車身，蜂擁而至。

我高聲說：「伏低呀！」

車子左搖右擺，我們就像杯中紅酒，忽左忽右，不能穩住身體。

黑色物數目眾多，有些甚至從車頂跌落車頭玻璃，當我看清楚的時候，才知道是牠們！

不 知 名 物 種 來 襲 ！

物種似動物大遷徙般掠過之後，我感覺到車廂開始霧出白煙，是十分刺眼兼且灼喉的白煙！

「咳咳！」

「咳咳！開窗……」

我回頭一看，窗外竟佈滿白煙，車子被一團又一團的煙籠罩著，我立刻啟動車子：「唔好……開窗住！」

「好姆眼呀！」

「唔好捽！合埋眼！」

「咳咳！」

估計是高濃度消毒液散佈，天！我們還來不及帶上防毒面具。我踩下油門，過了一會，車子才能衝出煙霧，但濃煙仍然從後飄來，就像幽靈一樣，苦苦相纏。

確定遠離煙霧之後我才道:「咳咳!開……開晒啲窗……」

車窗打開,風進入車廂,帶走了白煙,但雙眼刺痛的感覺依舊。

「咳咳!」

「咳咳!」

我們到了龍鼓灘,右邊的村屋渺無人煙,死寂得來帶有虛假感覺,一排又一排的村屋,就像虛有其表,像樣板屋一般,只等待不知道會在那一年出現的核爆作測試品。

咔!咔!咔!咔!咔!

車子開始上上下下的抖震。

「咳咳!咳咳!咳咳!」我眼水不斷湧出,呼吸道像被俗稱「火燒心」的胃酸倒流衝擊過一樣,咳嗽得死去活來。

從倒後鏡可以看到,他們也跟我一樣,甚至取出清水,從頭頂開始倒在身上,我停下車子,離開車廂,索性一起用清水清潔。

「咳咳!」

「咳咳!」

那些不知道是什麼的消毒液,簡直比毒氣更毒,車上大部份瓶裝水也給我們用了,但還是沒有明顯改善,雙眼仍然不斷湧出淚水,非常刺痛。

我再度啟動車子,但是車子開始上上下下的抖震,並發出咔!

咔！聲音，我推測是不知名物種來襲的時候，把車子撞壞了，車輛不能正常運轉。

咔！咔！咔！咔！咔！

「咳咳！」

「咳咳！」

過了龍鼓灘後，看到了發電廠，「藍領行動」工潮的橫額掛滿路旁。之後道路開始微微向右彎，太陽的位置亦轉了在左面。

不經不覺，看到了一個路牌，才發現所行駛的路，已經不是龍鼓灘路，而是我從不知道路名：

稔灣路！

沿著稔灣路走，不久便走到了一個有警衛室的地方，並有個大大個告示牌寫著：

WELCOME TO WE NT LANDFILL

新界西堆填區

我們一進入了堆填區，便感覺到很濃烈的垃圾臭味。

B級神樂：「咳咳！好臭呀，咳咳！」

四眼男童：「叔叔……好辛苦呀……」

我立刻把車窗關上，同時關掉冷氣，這個堆填區，根本不宜進入。所謂臭味，比一般家居垃圾臭得多，簡直是不能接受，

難怪每個堆填區也會設置在邊界位置，若在西九龍興建一個堆填區，樓價肯定百份百立刻跳樓機式直線插水。

因為關掉了冷氣，車廂變得侷促，若再打開車窗，我恐怕臭味會把人弄暈。

四眼男童：「叔叔……個身好姆呀……」

笠原中女：「我都係……咳……咳……開窗……」

不知道什麼原因，自從進入了堆填區之後，便感覺到全身一股灼熱，由腳底直燒上喉嚨。我隨手取出只剩餘少量的瓶裝水，倒在臉上，也不敢浪費，餘下的交給身旁的笠原中女。

但是她沒有伸手接過，反而雙手抓著我衣服：「唔得喇……咳……落車……落車……」

我被笠原中女干擾之下，一下子看不清楚路面情況，失控之下駛進了一個綠色尼龍帆布蓋著的東西。

嘭！

噠！噠！噠！噠！噠！噠！噠！

車輪被帆布纏繞著，硬生生拖行了一堆不知道是什麼的東西，加上車輪本身已經被不知名物種所撞過，車子終於失去了操控感，轉了一圈之後，剷上了沙堆。我嘗試再啓動，但車輪不能抓實地面，只好放棄。

笠原中女最先開啓車門，甫一打開，臭氣便一擁而入，可能是跟車廂中的白煙剩餘氣體產生化學作用。一下子身體像被烈火燃燒！

我把電動門打開，B級神樂及四眼男童也走出車廂，眾人立刻用清水倒在身上，希望可以舒緩身上燙熱感。

我想起 Gap Joe 在訊息中所說的話，指毒男希所提供的路，是一條「仲抖唔到氣的路」，他一點也沒有說錯。我們戴上防毒面具，感覺是好了一點，但是就變得呼吸十分困難，每一次呼氣，也不敢奢望有下一次。

我們取回行李，但是同時也增加了不少重量，亦減低了身體對抗性，加速了體力的消耗。

堆填區滿是垃圾山坡，一個又一個，臭氣薰天，加上可能是高濃度消毒液散佈後，產生出來的變化，使四周圍充滿白霧。

「橋……」B級神樂半死的道。

橋？

看見了，白霧掩蓋之下，前方有一座橋，原本在左前方太陽已經轉到在身後。

橋是通往北面……

香港的地形……

跟大陸連接的邊界……

屯門的方位……

我想到了很多，但思緒十分凌亂，一下子不能把它組織起來，但橋似乎是唯一可走的路。

我們四人前後不一，但目標明確。

我們不停地走，走呀走，前景儘管一片白霧，但是我知道，唯一可以幫助自己的，就是一鼓作氣地走至目的地。雖然那裡是怎麼樣的環境，我仍未知道，不過，這也是現下我們唯一仍然能做得到的事。

背包中的物品差不多已全數棄掉，只剩下一把剪鉗及一支水。與我一起走的另外三人，均表現出筋疲力盡，雖然目標明確，距離亦在計算之內，但是我也不止三次想要放棄。

太陽又一次落下，我仍然是慣性地取出手機，在日落前拍了張照片，儘管知道照片永遠無法再傳送給他，但是也希望，在天國的他會安然看到。

空氣愈來愈不穩定，反而令我求生意志更加堅強，想起事發首 48 小時的心境；想起第一天所看到的街景，總是令人不寒而慄，毛骨悚然。

如果這一切只是夢境就好了。每當我合上眼睛嘆息，心裏就這樣想，總寄望一覺醒來，我還是老樣子的我。

當吸入太多有害氣體，呼吸道會自然地反映出來，我立刻咳嗽連連，辛苦得淚水也流了出來。

正當我咳至上氣不接下氣之時，雙腳也剛好宣布投降，身體已經告知再不能支撐下去，兩膝一酸，「噗」一聲響，跪了下來，身子同時一軟，整個人向橫倒下。

此刻，我只有等待死亡的降臨……

他們……

這是……

自殺仔：絕望？抵你死啦！

自殺女：其實你對我有冇 feel 呀？

揩天仔：你有冇帶扭蛋俾我呀？

黑瘦男童：叔叔！你做咩要放手？

貓 Sir：喂！呢度唔係你嚟個喎！

速龍友：起身啦！兄弟，你有嘢仲未做呀！

未完成呀！

我睜開眼睛，看見笠原中女伏在身旁，但臉上沒有防毒面具。

「你個面具呢？」我問。

笠原中女道：「入……氣……」

我把自己的防毒面具脫下，並給她戴上，同時把自己的外套帽子蓋過頭，把拉鍊拉至最高，遮掩著口鼻。

我也找回了 B 級神樂及四眼男童，二人也沒有大礙。

我在四眼男童身上看到黑瘦男童的孭袋，便立刻打開，幸好還有個防毒面具，那是他生前拾到的，我隨即戴上。

於是，他們二人行前，我扶笠原中女走在後面，她像是吸入了很多不明氣體，臉色蒼白，顯得很辛苦。

「細姐姐……」在前方的四眼男童，似乎有所發現。

一會兒後，B級神樂走來，把一條車匙交給我：「有部車。」

我看過去，原來我們已經到了橋頭，橋頭除了有個更亭之外，有一支升起了的電動欄杆。

而橋的另一端，還有一道閘門，閘門前，亦即是在橋上，正停泊了一架黑色私家車！

這架是舊款的 Honda Stepwagon，自動波的。原來四眼男童已經坐在司機位旁。

我和 B級神樂先扶笠原中女上車，再走到閘前⋯⋯

閘門有個頭鎖上，若能開啓，便可打開閘門，繼續前行。

我取出剪鉗，那是老童的遺物，雖然在老鼠洲公園時候不能剪開大鎖頭，但這道閘門的鎖較細，一定能剪斷的⋯⋯

啪！

「嘩！頂！」B級神樂道。

當對著鎖頭剪下去時，不知道是什麼東西竟然射了出來，打中 B級神樂胸部。

「你有冇事呀？」我問。

「我個胸係細啫，但係冇僭建㗎，唔洗拮爆我呀。」她道。

我鬆開剪鉗，原來剪口的金屬進一步碎裂了，閘門閘鎖仍然絲毫無損。

我掉下剪鉗，打量眼前的這道閘門⋯⋯

閘門由兩度約三米高金屬閘組成，把整段路面封閉。但是我們勉強可以從閘頂或閘旁攀爬越過去。

天色已經黑下來，我就是找不到手電筒，可能在之前已經意外遺失了。

我取出手機，開了電筒功能，希望能找到什麼硬物之類，把鎖頭撬開。

但是附近工具找不到，就只有一個路牌：

Nin Wan Road
稔　　灣　　路

我能不能把這個路牌的柱推倒呢？或許能把閘門撞開，否則有車也不能使用……

等等……

稔灣路？

Nin Wan Road……

[N] in [W] an Road ？

N 稔，W 灣？

鎖匙！

貓 Sir 的鎖匙！

我立刻伸手入褲袋尋找……鎖匙？鎖匙呢？鎖匙在那？

「頂！條鎖匙呢！」我高聲叫道。

「唔見咗乜鬼嘢呀？」B 級神樂問。

「咪郁！」我喝止。

B 級神樂不敢再動，我再道：「跌咗串鎖匙，幫手搵。」

其他人正想開始找時，我再道：「咪先……」

我把自己拿著手機的左手張開，原來貓 Sir 的那串鎖匙，正正由我自己拿著。而紅色塑膠牌上，正寫有「NW」兩個英文字母。

NW！

Nim Wan！

我走到閘門前，深呼吸了一下……

貓 Sir，沒有錯吧，NW，是 Nim Wan 的意思吧！

你們警署之所以有這串鎖匙，是怕有緊急事故，而需要通過這條路吧！

我插進鎖匙一扭……

啪！

再輕輕用力向下一拉……

咔！

開啓了！

我們合力推開閘門，再上車，把 B 級神樂給我的車匙插進匙膽……

隆……隆……

我踩下油門，開動車子……

咔！

我感覺到右腳踏破了一些東西，我伸手去拾取，撿到的，竟然是……

一 隻 扭 蛋 ！

是動漫海賊王的扭蛋！這部自動波的 Stepwagon，極有可能是 Gap Joe 使用過的。

若是這樣的話，亦相等於說，我們，並沒有走錯路。這段稔灣路，相信是因為興建堆填區而封閉，若干年前，深信能自由進出。

我們行駛了一段路後，雖然仍然有濃烈的垃圾臭味，但白霧已經消散，只希望空氣會漸漸清新起來。

脫下防毒面具後，我把剩餘的最後一瓶水，跟大家分享。但是我們仍然不敢喝清，只怕那剩下的丁點兒水，有可能會成為救命之泉。

天色黑得很快，已換上皎潔的明月，看上天際，已經是深藍色的星空，遠遠眺望，能夠看到深圳市的蛇口，那邊表面上仍然燈火通明，繁華閃耀，跟香港是兩個世界似的。

身旁的四眼男童已經睡了，樣子有點像童年時代的我，身後的笠原中女閉上了眼睛，也不知道她是否已入睡。

B 級神樂也在不斷眨眼睛，是太疲倦之故，在他們三人的影響下，我也開始睏起來。

沿著海岸線走，察覺到左面岸邊沙灘上，有很多一閃一閃的東西，可能是石塊或是貝殼，給月光映照後的反射。

原來潮漲，也有另一番景象。

在經過數次紮醒之後，自知已經不能再駕駛下去，我把車子駛至一條分叉路前停下，路邊有個牌，寫著：

下白泥

有點像我曾經在台灣環島遊時，走到台東太麻里鄉看日出，在路邊便有個牌指示遊人前往沙灘的方向。

太麻里的日出；下白泥的日落，我也曾經拍下不少相片。只是，我就從來沒有想過，會在晚上來到下白泥。原來，下白泥的夜空，是十分美麗。

我把車燈關上，打算稍睡片刻，才繼續駕駛。

很寧靜的夜晚，很快便入睡了⋯⋯

呼⋯⋯

有聲音⋯⋯

沙⋯⋯沙⋯⋯

音量不大，並非車廂中的人發出。

沙……沙……

我張開眼睛，看看身旁的四眼男童，他的鼻鼾聲十分之大。再看看後座的笠原及神樂，二人甚至互相摟在一起。

我把冷氣調節一下，再細心尋找聲源。

沙……沙……

找到了，就在距離車子不遠之處，右面的小山崖上一棵小樹幹跟雜草之中。

沙……沙……啪啦……啪啦……

隨著小樹幹旁的沙石像泥石流般落下，崖壁竟出現了一個小洞！

我立刻伸手摸索車門鎖，確定已上鎖後，便靠後身子，把身體盡量隱藏在車窗以下。

接下來想像不到的情境出現，小洞冒出了一樣東西……

人頭！

微弱的光線反映在人頭臉上，那是一個尖咀的人頭，形狀很奇怪，不似人類！

我心跳加速，怎會這麼怪異，難道又是牠們嗎？

咳！咳！咳！嘎……

嘎......嘎......

隨著人頭伸出之後，竟然出現了咳嗽聲，接著，在不斷氣喘的聲音下，小洞爬出了一個人來。

嘎......嘎......那人伏在地上，仍然在喘氣。

我下了車，走到那人面前，他是個男子，身上也不知道穿了什麼衣服，黑黑漆漆、又濕又滑。

「喂！」我道。

他抬起了頭，並看著我：「嘎......嘎......嘎......」

男子的臉上，居然戴上了一個相信是自行製造的防毒面具！

之所以看到他尖嘴，全因為他的面具，那是以 2 公升裝的塑膠汽水瓶加工而成。先把膠蓋棄掉，瓶口蓋上紗布，再以膠索帶拉緊，再在瓶身封條之上切開，裁剪出汽水瓶上半圓球體狀，最後在兩端綁上游泳鏡用的橡膠帶而成。

因為供呼吸用的瓶口太少，故他呼吸也會受到影響「嘎......嘎......嘎......」

我把他那個 DIY 的防毒面具脫下，好讓他呼吸暢順一些，這才看出，他只是個十五、六歲的青年，他的樣子像在那兒見過......

對了！毒男希的手機！

在和老人劉金合照的中，出現在劉金身旁的人，就是這位青年！

所以他就是……

毒 男 希 ！

如果真是他的話，那麼，他就很有可能是通過老鼠洲公園山丘上的秘道，走到這裏來。

「喂！喂！醒下呀喂！」我唯有詢問清楚對方，才能知道他發生什麼事。

毒男希睜大眼睛，先是看一看我，接著便轉看我身後。

「你……後面……嗄……嗄……」毒男希身子抖震，雙眼睜至最大之後，眼皮回落，暈了過去。

我立刻回頭面向車子，左面草叢出現一條大蟒蛇，有手臂般粗大，全身黑色，十分光滑，口部張開時，竟然露出類似人類的眼睛，十分恐怖。

我蹲在地上，不敢亂動，深怕牠吐出毒液來，唯有按兵不動。

此時，有一個球狀的東西「咚！咚！咚！咚！」從草叢滾出來，之後，大蟒蛇的尾部突然提高，就像蠍子擺尾架式一般。

我慢慢站了起來，球狀的東西在我臉前滾過，這個球體，半透明的，籃球大小，旋轉速度很快，還居然看到有東西在裏頭！

大蟒蛇尾巴升高至一米左右之後，蛇頭居然凌空飄浮，蛇尾沒端，竟然……

出現了一雙……

不知什麼動物的大腿！

所謂蛇……

其實是一條尾巴！

沙……沙……

尾巴隱沒在草叢中之後，不久又冒出一隻手來！漆黑的手在地上抓挖一會後，一隻全身黑色的物種，從草叢中爬了出來！

我瞬間全身皮膚像被針刺，身子一軟，倒退靠依在山崖壁上。

黑色物種以四足爬行，踱步地走到我面前。

「嘎！嘎！嘎！嘎！嘎！」我呼吸不能自主，顯得十分緊張急速。

最後，黑色物種只用雙腳，像人一樣站了起來……

這次，是在沒有捲閘阻隔的情況之下……

我終於……

面對面地……

看見牠了！

…待續……

30

黑色物種近在咫尺，牠的雙眼正在我頭頂之上，觀察著我！

我臉頰、鼻樑、嘴唇及手指也感到麻痺，突然……

噗！噗！噗！噗！噗！噗！

是心臟，跳得異常之快！

噗！噗！噗！噗！噗！噗！噗！噗！噗！噗！噗！噗！
噗！噗！

不得了，心臟快要跳破胸膛，糟透了，我太緊張了，不夠氧
氣……

不夠氧氣……我大口大口呼吸，愈吸愈快、愈密、愈多空氣
……

突然手指抽搐起來，臉頰更是麻麻緊緊的，我知道，出事了，
因為，身體內血液含氧量過多了。

必需控制，否則後果可要比什麼也來得可怕。

不對！我曾經戰勝它，曾經……

我戰勝驚恐症！

不要惡性循環，不要向負面想，不要……

不要害怕牠！

思想逆轉……逆轉……

我閉上雙眼……

吸氣！忍耐，1、2、3、4、5……

呼氣！

我必需要調節好呼吸，否則，恐怕不能再與家人相聚。

我幻想自己在路比桑電影《THE BIG BLUE》之中，海邊沿岸一條山路，兩旁是一排一排藍白色的小平房，剛和海豚口泳的我，正躺在房子外面的樹蔭下，從山丘上，看著一級一級石梯的山下，那迷人蔚藍的海灘，簡直是一幅大師級名畫……

是如此令人著迷，我想著那幅名畫，深深吸了一口氣，再張開眼睛！

黑 色 物 種 ！

牠面對著我，嘴巴露出齊亮的利齒，就像是速龍友拍到的相片一樣，向著我微笑，之後牠抬頭向天，發出：

「do……ar……di……ar……do……ar……do……ar……」

「喔！喔！喔！喔！」

「咯！咯！咯！」

之後，他行向伏在地上的毒男希，此時，我才真真正正看清楚牠的容貌。

牠約六呎高，全身黑色兼且帶有光澤的短毛，頭型像海豹，但有高高大大的鼻子，嘴巴可以擴張至很大，且有利齒，耳朵貼在臉上，頭圓但頸長，也很像猴。但是，牠一雙明亮且大的眼睛，就只有比海豹及猴更有靈氣。

牠肩膀狹窄，但胸膛居然有像人類般的肌肉感，腹部的毛較長，甚至遮蔽了下體，看不到性徵。雙手長及膝蓋，手指及手指之間，近手掌長有像青蛙的蹼，剛佔去手指的一半，也長有利爪，難怪牠們擅於水性，也能殺死犬隻，同時也可以拾起手電筒。而狹窄的肩膀也有利於牠們在地下秘道中活動。

牠亦有強壯發達的一雙腿，但小腿開始至腳掌，比人多了一個關節，使牠可以像豹一樣高速的活動，但也可以像人一樣站起身來，把牠們的脊椎骨垂直！

我記起貓 Sir 曾經說過，人類之所以有高度智慧，是因為人可以站直，這可是比其他動物優秀的地方。

但是，這個黑色物種，牠除了能站立之外，還有很強的⋯⋯

殺傷力！

牠伏在毒男希面前，腳趾有像貓爪般特性，收放自如，在地上敲打，發出「噠噠」之聲。

牠先以鼻子在毒男希身上嗅了一會兒，接著在腹部的長毛中，取出一些綠綠黃黃的植物，並放入嘴巴。

嘴嚼一會後，牠掀起毒男希的上衣，把頭湊近他的胸膛前，把嘴巴中的嘴嚼物吐了出來，並以長長的舌頭把嘴嚼物塗抹在毒男希胸膛上。

過了一會，毒男希開始甦醒！

這令人想起跌打中醫的生草藥，同時，亦令我想起了速龍友在漁民墳場山上，所看到的人食人景象！

這黑色物種，牠似乎在為毒男希急救！若真是這樣的話，速龍友所看到的恐怖駭人景象，其實是黑色物種們在救治人類！

牠們，根本就對人類沒有敵意。

甚至是在市中心大會堂外遇到身上長滿斑點的保安員，他身上也有這些綠色植物，相信也是黑色物種曾經救治他的證明。

只是，那保安員並不好彩，VX 毒氣加上天花病毒，似乎是連牠們也束手無策。所以，牠們並不以人類為敵，相反，看到人類在死亡邊緣，甚至出手相助。

所以，儘管我遇上黑色物種好幾次，也能安然無恙，全因為牠們根本就沒有傷害人類的念頭，想傷害牠們，想一舉滅絕牠們的，反而是我們人類。

至少，貓 Sir 和我也討論過這個問題，人類捕捉了牠後，不知道會作怎樣的對待。就算不解剖，硬生生困牠在鐵籠內已經很不人道，試想想動物園內，大猩猩的每一天是怎樣渡過的？有很多動物園甚至只有一隻猩猩獨困！

毒男希醒了後，看到黑色物種，並沒有特別害怕，只是手腳並用，連忙退後。他看了我一眼，向我問：「唔該有冇水呀？」

他似乎已經見過黑色物種！

我靜靜地打開了車門，取了剩餘的那半瓶不足的水，當我在車廂中打量一圈之後，笠原中女仍在睡覺，但我看見 B 級神樂瞪大了雙眼，呆呆的看著車外。

她當然是被黑色物種的出現所嚇呆。我再看四眼男童，原來他全身在顫抖，還在裝睡！

我輕輕關上車門，把水給了毒男希，但是他沒有全喝下，只喝了兩口，便把水還給我。

正當我伸手接過水樽時，黑色物種竟伸手奪取，牠把水倒進嘴巴中，接著，牠的尾巴把剛才的球型物體撥至腳下。

球體「啪」一聲打開，內裏竟然出現一隻黑色小物種！

小物種像小貓般，似在向母親發出撒嬌的聲音……

牠們可能還未懂以雙腳站立，只是手腳並用，在黑色物種腳下打轉。黑色物種把餘下來的水，倒在分開後半圓形的殼內，這兩個半圓球體，我記得曾經見過。

就是在舊碼頭，當時我們還誤以為是中華白海豚在暢泳時，牠們跳上岸後直奔海濱徑離開。被牠們弄跌在地上的，就是這圓形的燈罩！

小物種用作躲藏的兩個半圓形，原來，是那些燈罩分割開後合拼而成的。

這真是意想不到的事，黑色物種不單止能夠使用植物製「藥」，更能夠把燈罩切割後再加工，難怪牠們可以輕易地，在大廈外牆留下深深的坑紋。

牠們，究竟還有多少智慧，是我所不知道的？

小物種喝過水後，又鑽進燈罩之內，「啪」一聲，燈罩又再度合上，再次在路上滾來滾去……

不得了……這個燈罩，其實是小物種的玩具！

厲害！既是玩具，也是代步工具，牠們果然聰明，是高智慧的物種。

此時，黑色物種的尾巴提起及腰，伸進牠腹部長長的毛當中，郁動了一會，再伸出來。可以看到牠尾巴的眼睛收了起來，並以可能是眼皮的軟組織，吸嗽著一些東西。

一些銀色的東西！

牠又向我伸出手來，突然抓著我的手！牠的手十分濕潤，也帶有黏性，給我感覺十分難受。

接著牠的尾巴把嗽著銀色的東西，放在我手心上，之後牠鬆開了濕潤的手，而尾巴的眼睛再度張開，瞪著我！

這感覺十分怪異，也很難三言兩語去形容，這就像是有個監視鏡頭對著我，而這鏡頭是個活生生的，有血有肉的，十分嘔心。

對了，我想起老童！

老童被關押在羈留室的時候，曾經說過，隔壁有又長又高的東西，伸進羈留室（1）看著他！

原來，是困在羈留室（2）之中，黑色物種的尾巴！

我這才明白到老童的感受，真是……畢生難忘！

「da……doo……doo……doo……」

黑色物種向我發出奇怪的聲音，我看到也有表情配合，似乎

是想跟我溝通。

「da……doo……doo……yan……」

牠頭部上上下下郁動，尾巴觸碰到我拿著銀色東西的手，我這時候看一看手心，才發現自己拿著的……

是一個錢幣！

「yan……yan……yan……」

牠發出另一些聲音，同時尾巴仍不斷觸碰我的手，使我的手踭被推動地碰上崖壁。

啊……牠這個舉動，是叫我收下這個錢幣！

是喝了瓶裝水的交易吧！

而牠腹部長毛之中，想必是有個像袋鼠的育嬰袋，既能保護小物種，也能收藏雜物。

我手上是一個銀色的錢幣，很大個，有英文字母，但我從未曾見過。

我把錢幣放進袋中，這時黑色物種又發出另一種聲音：

「ar……ar……ar……ar……」

接著載有小物種的燈罩又滾了回來，黑色物種以尾巴吸啜著燈罩之後，伏了下來，揚起尾巴，以四足行走方式，沿斜道向海邊走去。

「嘎……」我呼了一口氣，才會意到，身體上恐懼的徵狀消失了。

我向毒男希看過去，他把背包除下，取出紙巾把胸前綠色東西抹去，之後他向我道：「有冇煙呀？」

我搖頭，並取出 Gap Joe 的手機交給他：「你個 friend 部電話，不過，你爺爺好可能已經死咗！」

毒男希：「死咗……」

他沒有再詢問我詳情，也沒有問怎樣認識他及拾獲 Gap Joe 的手機。

我道：「上埋我車！」

毒男希搖頭：「呀……唔好喇，我自己行出去得喇！」

我沒有再三勸他，宅男般的他，害羞似乎是他的本性，他有自己一套理念。

他臨離開前，在地上拾起一些石塊、樹枝及雜草等，把崖壁上洞好好的封閉，並向我道：「呀……你可唔可以唔好同人講呢度有個窿？」

我毫不考慮，點頭應承。之後他自行離開了。

我也沒有問他山洞內是個怎樣的世界，對我來說已經不重要，而對他來說，是另一個故事！

我打開了車門，打算上車，但突然，不知道什麼原因，改變了主意。我關上了車門，走下斜坡，還隱約聽到 B 級神樂在喊我，但是我沒有理會，繼續走下山坡。

走了一段路，到了一個約十米高崖邊，腳下便是下白泥的海灘。這是水漲了的下白泥，我從不知道，晚上的下白泥，是這般美麗。

寂靜的星空之下，有輕輕的海浪拍打聲，也嗅不到垃圾臭味，不知道是否消毒液投下在堆填區上，跟垃圾產生化學作用，這時候的空氣，十分清新。

格......格......格......

此時一個球形滾了過來，是剛才的小物種！

接著，一隻黑色物種走了過來，站在我面前，提起了手，手指郁動，向我作出一個類似驅趕的手勢。之後，小物種從燈罩走出，跳上黑色物種的肩膀之上。

黑色物種向著海邊，大聲呼叫：

「嗚......」

突然，海灘上出現了很多綠色閃光......

「嗚......嗚......嗚......嗚......嗚......嗚......嗚......嗚......嗚......」

一下子嗚呼聲此起彼落，環繞在山崖及海灘之中來回，比大型電影院的環回立體音響更震撼。

我這才看出，海灘上，有過千雙黑色物種的眼睛，正朝著我這邊看，數量之大，嚇得我雙腳軟下來。雖然跟在報案室時候看到的紅眼不同，但也駭人聽聞。

站在我身旁的，似乎是物種們的首領，嗚呼聲停下之後，牠又再重覆剛才的動作，像是在告訴我：

「我們數目不少，你還是離開吧！」

我轉身離開，返回車廂，四眼男童立刻抱著我，我安慰他道：
「冇事喇，佢哋走晒啦。」

四眼男童才敢偷偷看出窗外，我轉身看著 B 級神樂及笠原中
女二人，後者才剛睡醒，而前者臉色蒼白，可想而知，她剛
才在車廂看出車廂外的畫面，是何等震撼！

我看看手錶，原來已是深夜一時十分，我立刻啟動車輛，繼
續行駛。沿途經過一些村落，也不知道有沒有人，這條稔灣
路跟屯門相隔了高山，可能就是這個原因，沒有受到污染吧。

我們一直走，終於，安全地離開了屯門，到達天水圍。天水
圍大部份地方停電，只有小部份的屋苑，才有零零星星的燈
光，我們取出手機，仍然沒有網絡訊號。

街上車輛也寥寥可數，只看到有警車及兩部七人車。七人車
上都坐滿乘客，警車經過我們時，車上面的警察，也向我們
打量一番。

到了元朗市中心，才開始多了些人，但是大部份商店也關門，
路人也很少，24 小時的便利店也沒有營業，特別顯得冷清，
甚至連大部份街道也封閉了，亦有大量警車設置路障，檢查
車輛。

我把車子停在元朗廣場外面，再不能前進。長長的車龍正在
等候警察路障檢查，我留意到除了警察之外，還有身穿白衣，
戴上口罩，相信是衛生署的職員，遂一向車上乘客量度體溫，
也有救護車在候命。

之所以封鎖大部份道路，似乎是想把車輛集中在一個路障檢
查，以滴水不漏的形式去堵截帶菌者。同時警方也會徹底搜
查車上的東西，也有查核乘客身分證，使得現場有很多乘客
鼓噪。

手機仍然沒有網絡。若我推算準確，短時間之內，也不會回復網絡服務，似乎是避免一些不想公開的資訊大量發布，例如有關黑色物種的。

「慢慢落車，唔好出聲！」我叮囑眾人，畢竟車子是偷來的，免卻麻煩。

我們落了車後，沿路障反方向而行，當走至車龍中段，看到一架九龍的士。

的士司機探出頭來：「荃灣、葵芳五百，仲有一個位。」

「五百？你泥鯭的咋喝！」我道。

的士司機：「唉……算平㗎喇，尋日八百㗎，唔坐冇車㗎喇！」

四眼男童拉我衣袖：「叔叔，我想去荃灣嫲嫲度呀，可唔可以借錢俾我呀？」

我取出銀包，給了五百元四眼男童。

他收好錢後，向我道：「叔叔，你叫做乜嘢名呀？」

對，我從來沒有向他說過自己的名字，我向他道：「我姓樂，叫做樂瞳！」

名字是父親改的，他想我眼中所看到的，都是快樂的事。

四眼男童：「樂瞳叔叔，多謝你，再見啦！」

「走你就走啦，咁多嘢講！」我鼻子有些酸，立刻開啓的士車門，把四眼男童推進的士車廂。

終於要道別了，沒想到自己竟然有點依依不捨，他首天在電梯大堂出現的情境，仍然記憶猶新。

「大細姐姐，再見啦！如果我再入兒童院，記得嚟探我呀！」四眼男童向二人揮手道別。

送走他後，我們經過了一間時鐘小型旅館，笠原中女道：「我都唔知可以去邊，不如喺度過一晚先算，沖個涼都好呀。」

看現在的情況，還不清楚交通安排，於是我們入住了旅館。

事後我們才知道元朗區的旅館大部已經被屯門居民長租，剩下來的房間，是老闆自己休息用的，我身上只剩下三百元，但是旅館老闆開出的是三千元一晚，笠原中女沒有討價還價的支付了。

房間很少，只有一張雙人床，我似乎沒有選擇的餘地。可能真是太累，大家也想早點休息，笠原中女是跟 B 級神樂二人是一起入浴室洗澡的。

當我洗澡後，二人已經關燈在床上睡了，我把由老闆供應的床單舖在地上。

不知道怎樣地，才躺在地上，笠原中女便放聲大哭，是連日來遇到太多委屈，受到她的影響，連 B 級神樂也哭了，還把我從被窩中硬拉出來，要伏在我胸膛哭過痛快。

這時候我才知道，其實我跟神樂及笠原三人，只是穿著單薄的內衣褲。我們在堆填區時已經弄得一身泥塵。

結果，我睡在二人中間，讓她們依在我懷裏哭過夠，之後，三人便這樣過了一晚。

我在早上八時醒來，已經看不見 B 級神樂，而笠原中女正在浴室梳洗。

離開旅館後，因為固網及流動網絡仍然未能使用，笠原中女似乎很怕再聯絡不上家人，世上只剩下她自己。說到底也跟我睡了一晚，不介意我已婚。

正當我認真考慮她要求時，突然她手機響起，是她母親找她，她高興得也沒有跟我道別，便離開了。

離開之前我也曾經問她是否曾把胡椒噴霧放在我袋中，答案是沒有。那麼，我夢境中出現的事，竟然在現實中發生了，究竟，誰幫了我一把呢？

我相信永遠找不到答案。

我查看手機，仍然不能連上互聯網，只有一般通話網絡，但是我也找到了父親，他只是罵我為何離開香港也不通知他兩老，害得母親到深水埗警署報我失蹤。

父親說妻子跟女兒也已經從日本轉飛到北京，待車票確定後，便會乘搭高鐵回港。

沒有網絡，資訊缺乏，很久沒有買過報紙的我，也買了一份看。也提取了現金，便在元朗大馬路少數仍然有營業的茶餐廳坐下。餐廳內所見的情況，跟之前發生過的疫症時期一樣，大家也是草草吃畢早餐，便戴回口罩。

報章的新聞全是涉及「新界西地區特別事故」的報導，「藍領行動」發起的工潮已經伸延到其他地區，勞方代表與電力公司高層的談判仍然未達到預期目標。堵塞屯赤隧道的涉案份子被警方拘捕，「藍領行動」要求警方無條件釋放所有工潮被捕人士。

至於屯門區受影響的居民，部份被安排入住大地產商的全新屋苑，但居民為了豪宅的昂貴管理費問題而和政府代表交涉。

警方捕拘了涉嫌非法走私生化武器的一名女子，這名女子表面上只是一名日籍婦人，她看準中日就釣魚台問題多年未解決，竟搭上了日本極右組織的頭目，私下向該組織兜售生化武器。

她先在中東國家購買了 VX 毒氣及天花病毒，並要求裝置成自動噴灑的功能，先由中東運送至阿根廷，再經非洲國家輾轉運到香港，之後打算運往內地，發動恐怖襲擊。

但在運往內地過程中，竟意外地在屯門公路發生交通意外，令病毒及毒氣洩漏。日本極右組織在事發後立刻派人以直升機取回部份化武，但最終也因為被政府飛行服務隊追截而兩機相撞，釀成藍地的最高危險區域。

而電視上亦出現相關的新聞內容，包括：

大嶼山的士的死者家屬炮轟警方封鎖不力，好讓他進入封鎖區，而引致意外。

保護動物權益團體到政府總部示威，因為屯門公園爬蟲屋的盾臂龜於運送期間走失，令數隻巨龜被棄置在屯門公園內，團體要求康民署署長下台。

盾臂龜？

屯門公園？

另有屯門居民於疏散期間在公眾騎術學校，發現疑似巨形青蛙生物並報警，其後警方証實屬穿山甲。

盾臂龜及屯門公園，這兩樣加起上來，再對應事發首天晚上，在屯門公園廁所遇到的不知名物種，也很吻合。

難怪事後再遇上幾次黑色物種，老是覺得牠們是不同種類，原來我們只是自己嚇自己。當天在屯門公園廁所遇到的原來只是一隻盾臂龜⋯⋯

離開茶餐廳後，我正盤算怎樣離開元朗，當然我只能先回深水埗父母家，剛巧看見一輛九龍的士，便上了車。

正當的士駛在大馬路時，我發現警察路障不見了，從司機口中得知，行政長官與政黨交涉後，只能爭取了短短三天引用緊急法例，以確保民眾不能攜帶任何小動物離開元朗出九龍。三天剛好時限已到，變相令政府沒有藉口搜查任何離開的人及車。

收音機亦正直播保安局局長及保護動物團體辯論過程。互聯網也恢復正常，我的社交網站被洗版，大部份留言很簡短，基本上只是三個英文字母：

R.I.P.！

很快，我在網上找到由 B 級神樂開設的一個群組，名叫「屯門生還者」，不足一天，已經很多人加入及留言。原來除了我們，還有至少三十個人，也像我們於不同時間，以游泳方式離開屯門。

當中一個名叫「公子軒」的男子，從那幅自戀狂的自拍照中，我肯定他是暴龍友！他不單止未死，還在群組上大談他是如何足智多謀，死裏逃生的經過，最後因為過份刊登自己的自拍照片，而遭 B 級神樂封鎖。

B 級神樂上載了貓 Sir 記事冊當中我們十多人資料，文中好強

調自殺仔女是被謀殺的，我相信他們家人必定能 Claim 到保險。

而我，在貓 Sir 記事冊內容曝光後的第三天，已經有衛生署職員聯同警察到父母家找我，之後我被安排入住了瑪嘉烈醫院，原來政府以該醫院定為第一收容醫院，把所有疑似受感染的人隔離觀察。

住院期間，我又再一次遇見笠原中女及四眼男童。先說前者，我們又跟以往在電梯大堂時遇上一般，顯得尷尷尬尬。不過，不知道這次的尷尬，是因為不熟，抑或是我們瞓了一晚而太熟之過。

而四眼男童已經再上兒童法庭，法官批准他跟嫲嫲一起住。

警方也替我錄取了口供，替我取口供的探員也曾經是天花病的康復者，他負責所有生還者的口供，據說，像我這樣方式令揹天仔跳樓而死亡的行為，也可以說是謀殺。但是因為揹天仔之前已經殺過人，我和四眼男童是被他逼到絕境，為了生存才出手，或許會成為合法辯解。

醫院所謂的隔離，其實也只是日日抽血，與及觀察我這十日內有否病發。所以，我很珍惜呢個假期，除了天天在「屯門生還者」聊天之外，也看一些有關屯門的資訊。

原來大約距今五百年前，葡萄牙人曾經侵佔屯門。明朝為了保衛當時仍未命名為屯門的海灣，跟葡萄牙人爆發了一場戰役，歷史亦有記載此事，統稱為「屯門海戰」。

黑色物種可能已經在多年前避開人類，而去到老鼠洲生活。葡萄牙人在屯門登陸，相信就是在這段時間，有人接觸過黑色物種們，牠們學習了一些人類的行為，至少，牠曾以一個銀圓，來換取我少量瓶裝水。

明朝政府驅趕萄葡牙人後，正值西方殖民主義興盛時期，隨著與西方國家的貿易，大量銀圓流入中國，直至中國自行鑄造同等份量的銀圓，以漸漸替代其他西方國家的貨幣。

雖然找不到黑色物種所給我的銀圓資料，但類似圖案設計的也有很多。可以確定，我手上這枚銀圓，至少有五百年歷史。

駐港部隊的工作由中國人民解放軍南部戰區接替，當局也沒有公布屯門區解封的時間。

而這天，正是我隔離期剛滿，妻子及女兒來接我出院的日子。

女兒還是這麼可愛，一看到我便口水多多：「爸爸呀，點解本畫簿寫咗咁多嘢嘅？咩叫『屯門人的日落宣言』呀？」

她拿出畫簿，喋喋不休。

我道：「好，我返屋企慢慢同你講，講呢個宣言，可能係一個可以寫到 20 幾萬字嘅故事。」

接著女兒取出一樣東西：「爸爸，俾番你喇，爺爺話你搵咗好耐啦，佢今日喺個魚缸入面搵到㗎。」

我取過女兒給我的東西，提起至眼前觀看……

居然是……

敵 將 軍 ！

多年之後，我們……

又見面了！

樹膠標本內的牠，正威風凜凜，架起隨時殺敵的姿勢。

這可能是……

牠們存在的唯一證據！

回家後，我翻看手機在那三天內所拍攝到的相片及錄影，以「新界西地區特別事故」爆發開始之後計算，原來第一個檔案，居然是一段在家樓下大堂拍攝的短片。

當時我去完油站後回家，還未知道大禍臨頭，居然以手機拍攝電梯大堂及保安員崗位，甚至沒有關上的玻璃門，以備日後投訴保安員之用。

重看這段片，感到很可笑……

啊！沒有看錯吧！

怎會這樣？

我發現片段有異樣的地方，就在我拍攝保安員崗位時，鏡頭一左一右移動期間，玻璃大門上竟然多了一些東西！

玻璃門上，有橫橫直直，亦有傾斜的坑紋，其情況跟貓 Sir 在屯門兒童院外找到的混凝土外牆一樣。

黑色物種……居然……在我沒有察覺到的情況之下，就在我附近，而且，還把玻璃刻出坑紋！

我把片段有關玻璃坑紋的影像截圖，再上下左右倒轉看，居然出現了一些意想不到的效果。

最後我把截圖底面翻轉……

天！出現了一些文字！

我立刻離家，跑到公共圖書館，找到一本古代文字的書籍。沒有錯了，是文字，而且，有部份文字，我們在今天還會使用！

甲骨文！

黑色物種牠們刻在玻璃上的，是至少有三千年歷史的甲骨文！

玻璃門面積有限，所刻有的只有數個字：

商、樹、木、王、龍……

其中較有意思的是三個連在一起的字：

我 歸 家 ！

我合上書本，深呼吸了一下……

忽然感覺到，人類其實很渺小！

我不清楚政府要銷毀設施或建築物的真正原因是什麼，我只想到，黑色物種在這麼多年來，已經學習了人類很多東西。牠們在不同的大廈外牆出現，已經有千言萬語刻在外牆上，若然被民眾看到的話，必然引起預計不到的風波。

儘管官方澄清黑色物種是穿山甲，但是我知道，每當夜幕低垂，在后海灣一帶，會有千多雙明亮的眼睛，與蔚藍天空上的繁星連成一線，守衛著一個超過數百年，甚至過千年的傳說！

……

原文：又東三百四十里，曰堯光之山。其陽多玉，其陰多金。有獸焉，其狀如人而彘鬣，穴居而冬蟄，其名曰「猾褢」，其音如斫木，見則縣有大繇。

——《山海經》

釋文：再往東三百四十里，是座堯光山，山南陽面多產玉石，山北陰面多產金。山中有一種野獸，形狀像人卻長有豬那樣的鬣毛，冬季蟄伏在洞穴中，名稱是「猾褢」，叫聲如同砍木頭時發出的響聲，那個地方出現猾褢，那裡就會有勞役之災。

...全文完......

主要角色出場序

我 / 瞳 / 屯門市廣場第 8 座住戶
「有冇外傳呀？瞓旅館嗰晚仲有啲嘢未講呀喂！」

黑瘦男童 / 張家志
「我出得嚟行，出入法院預咗啦！」

四眼男童 / 吳德安
「叔叔……都係上返青山寺啦……有神靈保祐呀……」

速龍友 / 黃華進 / 民安隊隊員
「咁快完？仲有冇鬼故啊？好吊癮呀……」

暴龍友 / 楊家軒 / 民安隊隊員
「X 你呀！」

老爆犯 / 陳華陞（白鴿華）
「哥哥仔，我未攞番啲電話㗎！」

老童 / Peter lp（10 號恩尼斯達）
「唉……其實，我都唔知恩尼斯達係 8 號，老翻波衫，女人街買之嘛。」

笠原中女 / April Chu / 屯門市廣場第 8 座住戶
「你估我唔知你時時偷望我個胸咩！」

貓 Sir / 貓 Sir / 青山警署警員
「警察！咪郁！否則開槍！」

自殺仔 / Andy Lai

「大佬！我未打卡呀！」

自殺女 / Winnie Kwok（駱駝腳趾）
「笑咩呀！信唔信我搵契哥斬你呀嘩！」

B 級神樂 / 嘉嘉 / 博愛醫院護士
「咩啫！B Cup 好細咩！你有冇呀？」

扭親腳 / Wendy / 博愛醫院護士
「究竟我嘅出現為咗乜？頂你！」

揩天仔 / 徐民
「啦！啦！啦！啦！啦！啦！」

老人 1 / 假眼
「來呀！還返隻假眼來呀！」

老人 2 / 蟹伯
「嘩……嘩……正……正呀！」

毒男希 / Hei B
「咳！咳！咳！咳！」